Muerto para el mundo

CHARLAINE HARRIS

SUMA
de letras

Charlaine Harris

(Mississipi, Estados Unidos, 1951), licenciada en Filología Inglesa, se especializó como novelista en historias de fantasía y misterio. Con la serie de novelas *Real Murders*, nominada a los premios Agatha en 1990, se ganó el reconocimiento del público. Pero su gran éxito le llegó con Muerto hasta el anochecer (Punto de Lectura, 2009), primera novela de la saga vampírica protagonizada por Sookie Stackhouse y ambientada en el sur de Estados Unidos. La traducción de las ocho novelas de la saga a otros idiomas y su adaptación a la serie de televisión *TrueBlood* (Sangre fresca) han convertido las obras de Charlaine Harris en best séllers internacionales, otorgándole galardones como el premio Sapphire o el prestigio de ser finalista del premio Pearl. Los derechos de los libros se han vendido a más de 20 países.

Título original: *Dead to the World*
© 2004, Charlaine Harris Schulz
© De la traducción: Isabel Murillo Fort
© De esta edición: 2009, Santillana USA Publishing Company
2023 N.W. 84th Avenue
Doral, FL, 33122
www.sumadeletras.com

Diseño de cubierta: María Pérez-Aguilera
Imagen de la cubierta: Cover Art © 2009 Home Box Office, Inc.
All Rights Reserved. HBO® and related service marks are the
property of Home Box Office, Inc.

Primera edición: octubre de 2009

ISBN: 978-1-60396-865-2
Published in the United States of America

Índice de títulos

«Consistente, bien construida y con una trama llena de acción que mantiene a los lectores deseosos de llegar al final e imbuidos en esta espumosa mezcla de amor, misterio y fantasía».

Publishers Weekly

«Atmosférica y moderna, [...] esta historia les encantará también a los aficionados a la novela romántico-supernatural y los misterios sureños».

Bookclub

«Harris hace que Sookie sea tan real que podemos aceptar su mundo vampírico y su mente también leyéndolo de una forma normal».

The Denver Post

«Otra divertida entrega de la consistente y entretenida serie de misterio».

Locus

«Una batalla sobrenatural que puede rivalizar con el mismísimo Harry Potter. Charlaine Harris es capaz de los giros más astutos y es tanto una excelente escritora de género como una autora de *best sellers* con un género propio».

The Dallas Morning News

«Divertidísima y de ritmo trepidante. Tiene un estilo mucho más divertido que el de Anne Rice, con un estilo sencillo que no se suele encontrar en las secciones de terror o fantasía de las librerías».

News-Star

«Absorbente y picante».
Booklist

«Una gran heroína y excelentes aventuras sobrenaturales. Harris escribe con estilo, ingenio y calidez».
Jayne Ann Krentz

«Directo, duro e incontenible… Uno de los libros más interesantes que encontrarás nunca».
January Magazine

«Las interacciones emocionales son complejas y convincentes, y la trama de misterio tiene una solución satisfactoria».
Chronicle

«Una vez más Charlaine Harris ha creado una aventura ingeniosa y entretenida».
SF Site

«La insuperable combinación de amor, suspense, humor y aventura te mantendrá en el borde del asiento».
Romantic Times

Aunque seguramente no lo leerán nunca, este libro está
dedicado a todos los entrenadores —de béisbol, voleibol
y fútbol— que durante muchos años han trabajado,
a menudo sin recibir a cambio recompensa económica alguna,
para estimular el rendimiento deportivo de mis hijos
y para inculcarles la comprensión del Juego.
Que Dios os bendiga a todos, y gracias de parte
de una de las madres que llena las tribunas
haga frío, calor, llueva o haya mosquitos.

Sin embargo, esta madre siempre se pregunta quién más
podrá estar presenciando los partidos nocturnos.

Agradecimientos

Quiero expresar mi agradecimiento a los wiccanos, que respondieron a mi llamada en busca de información con mucha más de la que yo luego podría utilizar: María Lima, Sandilee Lloyd, Holly Nelson, Jean Hontz y M.R. «Murv» Sellars. Y mi agradecimiento también para otros expertos en diferentes campos: Kevin Ryer, que sabe más sobre jabalíes que lo que la mayoría de la gente sobre sus mascotas; para el doctor D.P. Lyle, que tan amablemente respondió a mis preguntas relacionadas con medicina; y también, naturalmente, para Doris Ann Norris, mi bibliotecaria de referencia.

Si he cometido algún error en la utilización del conocimiento que estas amables personas me transmitieron, haré todo lo posible para echarles la culpa a ellas.

Prólogo

Encontré la nota pegada en mi puerta cuando llegué a casa del trabajo. Había tenido en el Merlotte's el turno que va desde la hora de la comida hasta media tarde, pero como estábamos a finales de diciembre, hacía un rato que era de noche. De modo que Bill, mi antiguo novio —es decir, Bill Compton, o Bill el Vampiro, como lo llaman los clientes habituales del Merlotte's—, debió de dejar el mensaje en el transcurso de esta última hora. No se levanta hasta que oscurece.

Llevaba una semana sin ver a Bill, y nuestra separación no había sido precisamente amistosa. Pero tocar aquel sobre con mi nombre escrito me entristeció. Cualquiera pensaría que —aunque tengo veintiséis años— nunca había tenido, y perdido, un novio.

Y no se equivocaría.

Los chicos normales no quieren salir con una chica tan rara como yo. La gente dice que estoy mal de la cabeza desde que empecé en el colegio.

Tienen razón.

No quiero decir con eso que en el bar no me metan mano de vez en cuando. Los chicos se emborrachan. Yo no estoy nada mal. Y ellos olvidan sus recelos por mi reputación de rara y mi omnipresente sonrisa.

Pero Bill es el único que se ha acercado a mí de un modo más íntimo. Separarme de él me había hecho daño.

Esperé a abrir el sobre hasta estar instalada junto a la vieja y rayada mesa de la cocina. No me había ni quitado el abrigo, aunque sí me había deshecho de los guantes.

«*Querida Sookie. Me gustaría ir a hablar contigo cuando te hayas recuperado un poco de los desgraciados sucesos de primeros de mes*».

«Desgraciados sucesos», y una leche. Los moratones habían desaparecido por fin, pero la rodilla seguía doliéndome con el frío y sospechaba que ya no se me iba a pasar. Había sufrido todas aquellas lesiones tratando de rescatar a mi novio infiel del encarcelamiento al que había sido sometido por parte de un grupo de vampiros, entre los que estaba su antiguo amor, Lorena. Aún no alcanzaba a comprender cómo era posible que Bill siguiera tan locamente enamorado de ella hasta el punto de acudir a su cita en Misisipi.

«*Seguramente tendrás muchas preguntas sobre lo sucedido*».

Has dado en el blanco.

«*Si quieres hablar personalmente conmigo, acércate a la puerta principal y déjame entrar*».

¿Cómo? No lo había visto venir. Lo pensé un momento. Aunque había dejado de confiar en Bill, no creía que fuera a hacerme daño físico, de manera que crucé la casa en dirección a la puerta principal. La abrí y grité:

—De acuerdo, pasa.

Salió del bosquecillo que rodea el claro donde se encuentra mi vieja casa. Se me encogió el corazón al verlo. Bill era ancho de hombros y delgado por haber pasado la vida cuidando del terreno vecino al mío. Y sus años como soldado confederado, antes de su muerte en 1867, lo habían hecho fuerte y resistente. La nariz de Bill era recta como la de una figura de un ánfora griega. Tenía el pelo castaño oscuro y corto, y sus ojos eran oscuros también. Estaba exactamente igual que cuando salíamos juntos, y siempre seguiría así.

Dudó antes de cruzar el umbral, pero le di permiso y me hice a un lado para que pasara al salón, amueblado con mobiliario antiguo y confortable, limpio como los chorros del oro.

—Gracias —dijo con su voz fría y suave, una voz que aún despertaba en mí una punzada de lujuria. Las cosas habían ido mal entre nosotros, pero no precisamente en la cama—. Quería hablar contigo antes de irme.

—¿Adónde vas? —Intenté hablar con un tono tan tranquilo como el suyo.

—A Perú. Son órdenes de la reina.

—¿Sigues trabajando en tu… base de datos? —Yo no entendía nada de ordenadores, pero Bill había estudiado mucho hasta llegar a convertirse en un experto informático.

—Sí. Tengo que investigar un poco más. En Lima hay un vampiro muy viejo que tiene grandes conocimientos sobre los de nuestra raza en el continente, y tengo una cita con él. Mientras esté allí, aprovecharé para hacer un poco de turismo.

Luché contra mis deseos de ofrecerle a Bill una botella de sangre sintética, que habría sido lo que le correspondería hacer a toda buena anfitriona.

—Siéntate —le dije de forma bastante seca, haciendo un ademán en dirección al sofá. Tomé asiento en el borde del viejo sillón reclinable colocado en sentido oblicuo respecto al sofá. Se hizo el silencio, un silencio que me hizo aún más consciente de lo infeliz que me sentía.

—¿Cómo está Bubba? —pregunté por fin.

—Está en Nueva Orleans —respondió Bill—. A la reina le gusta tenerlo por allí de vez en cuando, y este último mes se hizo tan visible por aquí que consideramos que era buena idea llevárnoslo a otra parte. Regresará pronto.

Reconocerías a Bubba si lo vieras; todo el mundo conoce su cara. Pero algo fue mal en su «transformación» de humano a no muerto. Probablemente, el ayudante de la morgue, que resultó ser un vampiro, debería haber ignorado aquella minúscula chispa de vida. Pero como era un gran admirador, no pudo resistirse al intento, y ahora Bubba traía de cabeza a toda la comunidad de vampiros del sur, que intentaba mantenerlo alejado de la vista del público.

Un nuevo silencio. Tenía pensado sacarme los zapatos y el uniforme, ponerme una bata mullida y mirar la tele con la única compañía de una pizza Freschetta. Era un plan modesto, pero era mi plan. Y en cambio, allí estaba yo, sufriendo.

—Si tienes algo que decir, mejor que lo digas ya —le solté.

Movió afirmativamente la cabeza y dijo, casi para sus adentros:

—Tengo que explicarme. —Extendió sus blancas manos sobre su regazo—. Lorena y yo…

Me estremecí sin quererlo. No quería volver a oír aquel nombre. Me había dejado por Lorena.

—Tengo que contártelo —dijo, casi enfadado. Me había visto retorcerme—. Dame esta oportunidad. —Transcurrido un segundo, hice un movimiento con la mano para indicarle que continuara.

—La razón por la que fui a Jackson cuando ella me llamó es que no pude evitarlo —dijo.

Levanté las cejas. Eso ya lo había oído en otras ocasiones. Significa: «Soy incapaz de controlarme» o «En aquel momento me pareció adecuado, no era capaz de pensar de cintura para arriba».

—Fuimos amantes hace mucho tiempo. Tal y como Eric me ha dicho que te explicó, las relaciones entre vampiros no suelen prolongarse mucho tiempo, aunque son muy intensas mientras duran. Pero lo que Eric no te contó es que Lorena fue la vampira que me transportó.

—¿Al Lado Oscuro? —le pregunté, y acto seguido me mordí el labio. No era un tema para tratar con frivolidad.

—Sí —dijo Bill muy serio—. Y después de aquello estuvimos juntos, como amantes, lo cual no siempre sucede.

—Pero habíais roto…

—Sí, hará unos ochenta años, llegó un momento en el que ya no nos aguantábamos más. No había vuelto a ver a Lorena desde entonces, aunque había oído hablar de sus actividades, por supuesto.

—Oh, claro —dije, sin cambiar de expresión.

—Tuve que obedecer su llamada. Es imperativo. Cuando tu creador te llama, debes responder. —Su voz tenía un matiz de urgencia.

Asentí, intentando darle a entender que lo comprendía. Pero me imagino que no lo logré.

—Me ordenó que te dejara —dijo Bill. Me taladraba con sus ojos oscuros—. Dijo que te mataría si no lo hacía.

Empezaba a perder los nervios. Me mordí en el interior de la mejilla, con fuerza, para obligarme a concentrarme.

—De modo que, sin más explicaciones y sin hablarlo conmigo, decidiste que era lo mejor para mí y para ti.

—Tenía que hacerlo —dijo—. Tenía que acatar su orden. Y sabía que era capaz de hacerte daño.

—En eso tienes razón. —De hecho, Lorena había intentado todo lo mortalmente posible para mandarme a la tumba. Pero yo había llegado primero…, sí, ya lo sé, por chiripa, pero había funcionado.

—Y ahora ya no me quieres —dijo Bill, con un leve tono de interrogación.

Yo no tenía muy clara la respuesta.

—No lo sé —le dije—. No creía que quisieras volver conmigo. Al fin y al cabo, maté a tu *madre*. —Y aunque mi tono de voz escondía también cierta interrogación, era principalmente de amargura.

—Entonces necesitamos estar separados más tiempo. Cuando regrese, si me lo permites, volveremos a hablar. ¿Un beso de despedida?

Para mi vergüenza, me habría encantado volver a besar a Bill. Pero era una mala idea, incluso desearlo me parecía equivocado. Nos levantamos y le di un fugaz beso en la mejilla. Su piel blanca brilló con ese resplandor que distingue a los vampiros de los humanos. Me había sorprendido enterarme de que no todo el mundo los veía como yo.

—¿Estás viéndote con el hombre lobo? —me preguntó cuando estaba casi en la puerta. Sonó como si las palabras surgiesen de lo más hondo.

—¿Con cuál? —le pregunté, resistiéndome a la tentación de pestañear. No se merecía mi respuesta, y él lo sabía—. ¿Cuánto tiempo estarás fuera? —le pregunté rápidamente, y me miró como haciendo conjeturas.

—No lo sé seguro. Quizá dos semanas —respondió.

—Hablaremos entonces —dije, apartando la cara—. Espera, te devolveré la llave. —Hurgué en el bolso para encontrarla.

—No, por favor, guárdala en tu llavero —dijo—. Tal vez la necesites mientras yo esté fuera. Puedes ir a mi casa siempre que quieras. Las cartas me las guardarán en correos hasta que yo se lo diga, y creo que ya me he encargado del resto de mis cabos sueltos.

De modo que yo era su último cabo suelto. Maldije aquella chispa de rabia que estaba siempre a punto de explotar esos días.

—Que tengas buen viaje —dije fríamente, y cerré la puerta. Me dirigí a mi habitación. Tenía pendiente ponerme el batín y ver la tele. ¡Qué caramba, iba a seguir con mi plan!

Pero mientras ponía la pizza en el horno, tuve que secarme las mejillas unas cuantas veces.

Capítulo

I

Por fin se había acabado la fiesta de Nochevieja en el Merlotte's Bar and Grill. Aunque Sam Merlotte, el propietario del bar, había pedido a todo su personal que trabajase aquella noche, Holly, Arlene y yo éramos las únicas que le habíamos respondido. Charlsie Tooten había dicho que era demasiado mayor para aguantar todo el follón que suponía una fiesta de Nochevieja, Danielle tenía planes desde hacía tiempo para asistir a una fiesta elegante con su novio formal y la nueva no podía empezar de aquí a dos días. Me imagino que Arlene, Holly y yo necesitábamos más el dinero que pasárnoslo bien.

Y a mí tampoco me habían invitado a ninguna otra cosa. Al menos, trabajando en el Merlotte's, es como si formara parte del decorado. Es similar a ser aceptada.

Barriendo los trocitos de papel, me recordé otra vez no comentarle a Sam que lo de las bolsas de confeti no había sido precisamente una de sus mejores ideas. Todas lo habíamos dejado ya bastante claro e incluso el bonachón de Sam empezaba a mostrar signos de agotamiento. Pero no nos parecía justo dejárselo todo a Terry Bellefleur, por mucho que barrer y fregar los suelos fuera su trabajo.

Sam estaba contando las monedas y poniéndolas en bolsitas para poder dejarlas en la caja nocturna del banco. Se le veía cansado pero satisfecho.

Marcó un número en el teléfono móvil.

—¿Kenya? ¿Te viene bien acompañarme ahora al banco? De acuerdo, nos vemos en un minuto por la puerta de atrás. —Kenya, una agente de policía, solía escoltar a Sam hasta la caja nocturna, sobre todo después de una gran noche como la de hoy.

Yo también estaba encantada con mi dinero. Había ganado mucho en propinas. Creía haber reunido trescientos dólares, o más, y necesitaba hasta el último centavo. De estar segura de que aún tendría la cabeza para hacerlo, me habría gustado contar el dinero al llegar a casa. El ruido y el caos de la fiesta, las constantes idas y venidas a la barra y a la ventanilla de la cocina, el tremendo lío que habíamos tenido que limpiar, la constante cacofonía de todos aquellos cerebros… Todo aquello junto me había agotado. Al final estaba demasiado cansada para proteger mi mente y había captado muchos pensamientos.

Ser telépata no es fácil. Y, sobre todo, no es divertido.

Aquella noche había sido peor que muchas. No sólo resultó que los clientes del bar, a quienes conocía desde hacía años, estaban desinhibidos, sino que además había noticias que mucha gente se moría de ganas de contarme.

—He oído decir que tu novio se ha largado a Sudamérica —había dicho Chuck Beecham, un vendedor de coches, con un brillo malicioso en su mirada—. Debes de sentirte muy sola en casa sin él.

—¿Estás tal vez ofreciéndote para ocupar su lugar, Chuck? —le había preguntado el hombre apoyado a su lado en la barra, y ambos se habían reído con las típicas risotadas que utilizan los hombres cuando charlan entre ellos.

—Qué va, Terrell —dijo el vendedor—. Las tías abandonadas por vampiros me traen sin cuidado.

—O sois educados, o ya sabéis dónde está la puerta —les solté sin alterarme. Sentí un calor en la espalda y supe que mi jefe, Sam Merlotte, estaba mirándolos por encima de mi hombro.

—¿Algún problema? —preguntó.

—Estaban a punto de disculparse —dije, mirando a Chuck y Terrell a los ojos. Ellos bajaron la vista hacia sus cervezas.

—Lo siento, Sookie —murmuró Chuck, y Terrell bajó la cabeza dando a entender que se sumaba a la disculpa. Asentí y seguí ocupándome de los pedidos. Pero habían logrado herirme.

Y ése era su objetivo.

Noté una punzada de dolor en el corazón.

Estaba segura de que la mayoría de la población de Bon Temps, Luisiana, no sabía que nos habíamos separado. Bill no tenía la costumbre de chismorrear sobre su vida privada, y tampoco yo. Arlene y Tara estaban mínimamente enteradas, por supuesto, ya que cuando rompes con tu chico tienes que contárselo a tus mejores amigas, aun dejando aparte los detalles interesantes. (Como el hecho de que has matado a la mujer por la que te dejó. Algo que no pude evitar. De verdad). De modo que cualquiera que viniera a contarme que Bill se había marchado del país, imaginando que yo no lo sabía aún, lo hacía simplemente por malicia.

Hasta la reciente visita de Bill a mi casa, la última vez que lo había visto había sido cuando le devolví los discos y el ordenador que tenía escondidos en mi casa. Se lo había llevado al anochecer, para que el aparato no tuviera que quedarse abandonado muchas horas en el porche. Le había colocado todas sus cosas en una caja grande impermeabilizada. Él había salido justo cuando yo arrancaba el coche para irme, y yo no me paré.

Una mujer mala habría entregado los discos al jefe de Bill, Eric. Una mujer peor habría conservado todos esos discos y aquel ordenador después de haber anulado el permiso de Bill (y de Eric) de entrar en su casa. Pero yo me había convencido de que no era ni una mujer mala, ni una peor.

Además, pensando en términos prácticos, Bill podría haber contratado a cualquier humano para que entrara en mi casa y se llevara sus cosas. No creía que fuera a hacerlo, pero era verdad que él las necesitaba urgentemente. De lo contrario, tendría problemas con el jefe de su jefe. Y yo estaba furiosa con él, tal vez muy furiosa. Pero no soy vengativa.

Arlene me dice a menudo que, para mi desgracia, soy demasiado buena para que me vaya bien, aunque yo le aseguro que no es así. (Tara nunca me lo dice. ¿Me conocerá mejor?). Abatida, me di cuenta de que era muy posible que en el transcurso de aquella agitada noche Arlene se enterara de la partida de Bill. Efectivamente, veinte minutos después de la burla de Chuck y Terrell, Arlene se abrió paso entre la multitud para darme unos golpecitos en la espalda.

—De todos modos, a ese frío cabrón no lo necesitabas para nada —dijo—. ¿Hizo acaso algo por ti?

Asentí débilmente para darle a entender lo mucho que valoraba sus palabras de apoyo. Pero entonces, desde una mesa me pidieron dos whisky sour, dos cervezas y un gin-tonic y tuve que servirlos enseguida, lo que, de hecho, me sirvió para distraerme. Una vez servidas las bebidas, me formulé la misma pregunta: «¿Qué había hecho Bill por mí?».

Antes de obtener la respuesta tuve que servir jarras de cerveza a dos mesas más.

Me había enseñado lo que era el sexo, y me encantó. Me había presentado a otros vampiros, pero eso ya no me gustó tanto. Me había salvado la vida, aunque, pensándolo bien, yo no habría corrido peligro de no haber estado saliendo con él. A cambio, yo le había salvado la vida un par de veces, de modo que esa deuda estaba saldada. Me había llamado «cariño», y cuando lo decía lo sentía de verdad.

—Nada —murmuré, fregando el líquido derramado de una piña colada y entregándole a la mujer que la había vertido uno de los pocos trapos limpios que nos quedaban para que se secara la falda—. En realidad, no ha hecho nada. —La mujer me sonrió y movió afirmativamente la cabeza, pensando por supuesto que me compadecía de ella. Había tanto ruido que era imposible entender nada, lo que fue una suerte para mí.

Pero me alegraría cuando Bill regresara. Al fin y al cabo, era mi vecino más próximo. El cementerio más antiguo de la comunidad separaba nuestras casas, que estaban junto a una carretera local al sur de Bon Temps. Sin Bill allí, estaba completamente sola.

—Perú, me han contado —dijo mi hermano Jason. Rodeaba con el brazo a su chica de la noche, una joven bajita, morena y delgada de veintiún años que vivía en el quinto pino. (Lo sabía porque me había tocado a mí pedirle el carné para entrar). La observé con detalle. Jason no lo sabía, pero era una cambiante. Son fáciles de detectar. Era una chica atractiva, pero las noches de luna llena se transformaba en algo con plumas o pelaje. Me di cuenta de que Sam le lanzaba una dura mirada en un momento en que Jason estaba de espaldas a ella, para recordarle que en su territorio se comportase como era debido. Ella le devolvió la mirada, con interés. Tuve la sensación de que no se transformaba precisamente ni en gatito ni en ardilla.

Pensé en conectarme a su cerebro e intentar leerlo, pero las cabezas de los cambiantes no son un asunto sencillo. Sus pensamientos son una especie de maraña de color rojo, aunque de vez en cuando logras hacerte con una buena imagen de sus emociones. Lo mismo sucede con los licántropos.

Cuando la luna brilla redonda en todo su esplendor, Sam se transforma en un collie. A veces, se acerca corriendo hasta mi casa y le doy un recipiente con los restos de la comida y le dejo que se eche a dormir en el porche trasero, si hace buen tiempo, o en la sala de estar, si hace malo. Ya no le dejo entrar en mi habitación, porque se despierta desnudo —un estado en el que resulta realmente atractivo— y no quiero sentirme tentada por mi jefe.

No era noche de luna llena, por lo que Jason estaría a salvo. Decidí no decirle nada sobre la chica. Todo el mundo esconde algún que otro secreto. Sólo que el de ella era un poco más pintoresco.

Además de la chica de mi hermano, y de Sam, claro está, aquella Nochevieja había en el Merlotte's otras dos criaturas sobrenaturales. Una era una mujer estupenda, que medía al menos un metro ochenta y tenía una larga melena oscura y ondulada. Vestida para matar con un traje ceñido de manga larga de color naranja, había venido sola y estaba decidida a conocer a todos los chicos del bar. No sabía lo que era, pero por su modelo cerebral estaba segura de que no era humana. La otra criatura era un vampiro, que había llegado con un grupo de gente joven, veinteañeros en su mayoría. No conocía a ninguno de ellos. Sólo una mirada de reojo de algunos de los juerguistas señalaba la presencia de un vampiro. Era una muestra del cambio de actitud que se había producido en los pocos años transcurridos desde la Gran Revelación.

Hace ya casi tres años, la noche de la Gran Revelación, los vampiros habían aparecido en televisión en todos los países para anunciar su existencia. Fue aquélla una noche en la que muchas de las cosas asumidas como ciertas en el mundo se derrumbaron y se alteraron para siempre.

Aquella fiesta de presentación en sociedad había sido impulsada por el desarrollo japonés de una sangre sintética que satisfacía las necesidades nutricionales de los vampiros. Desde la Gran Revelación, el turbulento proceso de acomodar a los nuevos ciudadanos de los Estados Unidos, que se caracterizaban por el pequeño detalle de estar muertos, había producido numerosas convulsiones políticas y sociales. Los vampiros tienen una cara pública, así como una explicación oficial de su condición —afirman que su alergia al sol y al ajo les produce graves cambios metabólicos—, pero yo he sido testigo de la otra cara del mundo de los vampiros. Mis ojos ven ahora muchas cosas que la mayoría de seres humanos nunca presencia. Y si me preguntan si saber todo esto me hace feliz...

Les responderé que no.

Pero tengo que admitir que ahora el mundo me resulta un lugar más interesante. Paso mucho tiempo sola (pues no soy exactamente lo que podría calificarse como «normal, normal»), de modo que he acogido con agrado el tener algo más en qué pensar. Pero no el miedo ni el peligro. He visto el rostro privado de los vampiros, y he sabido de la existencia de hombres lobo, cambiantes y otras especies. Los hombres lobo y los cambiantes prefieren seguir en la clandestinidad —por ahora—, observando cómo les va a los vampiros eso de pasar a la vida pública.

Y dándole vueltas a todas estas reflexiones estaba mientras recogía bandeja tras bandeja de vasos y tazas, y mientras cargaba y descargaba el lavavajillas para ayudar a Tack, el nuevo cocinero. (En realidad se llama Alphonse Petacki. ¿A que no es de extrañar que prefiera que le llamen «Tack»?). Cuando terminamos la parte de la limpieza que nos correspondía y la interminable velada tocó a su fin, Arlene y yo nos abrazamos deseándonos un Feliz Año Nuevo. El novio de Holly estaba esperándola en la entrada de empleados, en la parte trasera del edificio, y Holly nos dijo adiós con la mano mientras se ponía el abrigo y salía corriendo.

—¿Qué deseos tenéis para el nuevo año, señoritas? —nos preguntó Sam. Kenya estaba apoyada en la barra, esperándole, con el rostro al tiempo relajado y en alerta. Kenya solía comer normalmente aquí con su compañero de trabajo, Kevin, que era tan pálido y delgado como ella oscura y regordeta. Sam estaba poniendo las sillas sobre las mesas para que, cuando a primera hora de la mañana llegara Terry Bellefleur, pudiera fregar el suelo.

—Salud y encontrar al hombre adecuado —dijo con dramatismo Arlene, llevándose las manos al corazón. Todos nos echamos a reír. Arlene había encontrado muchos hombres (y se había casado cuatro veces), pero seguía buscando a su Príncipe Azul. «Oí» a Arlene pensando que Tack podría ser el hombre ideal. Me quedé perpleja; ni siquiera me había dado cuenta de que lo mirase.

La sorpresa debió de quedar reflejada en mi rostro, pues Arlene me dijo, con voz insegura:

—¿Crees que debería dejarlo correr?

—Claro que no —contesté enseguida, reprendiéndome por no saber controlar mejor mis expresiones. Sería porque estaba muy cansada—. Será este año, seguro, Arlene. —Sonreí entonces a la única agente de policía femenina y de color de todo Bon Temps—. Tú también tienes que formular tu deseo para el Año Nuevo, Kenya. O enumerar tus propósitos.

—Yo siempre deseo que haya paz entre hombres y mujeres —dijo Kenya—. Mi trabajo resultaría más fácil. Y en cuanto a lo otro, este año tengo la intención de llegar a levantar pesas de setenta kilos.

—Caray —dijo Arlene. Su cabello rojo teñido contrastó con violencia con el pelirrojo dorado y ondulado natural de Sam cuando le dio un abrazo. Sam no era mucho más alto que Arlene, ya que ella mide al menos un metro setenta, cinco centímetros más que yo—. Pues yo pienso perder cinco kilos, ése es mi propósito para este año. —Todos nos echamos a reír. Arlene llevaba cuatro años sin alterar sus buenas intenciones—. ¿Y tú, Sam? ¿Qué deseos y qué propósitos tienes? —le preguntó.

—Tengo todo lo que necesito —respondió Sam, y noté la oleada azul de sinceridad que desprendía—. He decidido seguir tal y como estoy. El bar funciona de maravilla. Me gusta vivir en mi remolque y la gente de aquí no es mejor ni peor que en cualquier otro lugar.

Me volví para ocultar mi sonrisa. Una declaración un tanto ambigua. La gente de Bon Temps, efectivamente, no era ni mejor ni peor que en cualquier otro lugar.

—¿Y tú, Sookie? —preguntó Sam. Arlene, Kenya y él me miraban. Abracé de nuevo a Arlene, porque me gusta hacerlo. Tengo diez años menos que ella (tal vez menos aun, porque aunque Arlene siempre afirma que tiene treinta y seis, yo tengo mis dudas), pero éramos amigas desde que empezamos a trabajar en el Merlotte's después de que Sam adquiriese el bar, hará ya unos cinco años.

—Vamos —dijo Arlene, persuadiéndome. Sam me rodeó con el brazo. Kenya sonrió, pero se escapó hacia la cocina para charlar un poco con Tack.

Y por un impulso, compartí mi deseo.

—Sólo espero que no me peguen ninguna paliza —dije, en una inoportuna explosión de sinceridad debida a la combinación de mi fatiga y la hora que era—. No quiero ir al hospital. No quiero tener que ver a ningún médico. —Ni quería tener que verme obligada a ingerir sangre de vampiro, que te cura enseguida pero tiene diversos efectos secundarios—. De modo que mi propósito para este año es mantenerme alejada de problemas —resumí, muy decidida.

Arlene se quedó sorprendida y Sam…, no sabría qué decir de la expresión de Sam. Pero como antes había abrazado a Arlene, lo abracé a él también, y sentí la fuerza y el calor de su cuerpo. Cualquiera diría que Sam está delgado hasta que uno lo ve sin camisa descargando cajas en el almacén. Es fuerte de verdad y sus músculos están bien definidos, y tiene una temperatura corporal elevada por naturaleza. Me besó en la cabeza y a continuación nos despedimos todos y nos dirigimos a la puerta trasera. La camioneta de Sam estaba aparcada delante de su tráiler, justo detrás del Merlotte's, aunque formando un ángulo recto con el edificio. Pero Sam subió al coche patrulla para que Kenya lo llevase al banco. Ella lo acompañaría luego a casa y Sam caería rendido. Llevaba horas de pie, como todos.

Cuando Arlene y yo abrimos nuestros respectivos coches, me di cuenta de que Tack estaba esperando en su vieja camioneta; apostaría lo que fuera a que iba a seguir a Arlene hasta su casa.

Con un último «¡Buenas noches!» rompiendo el gélido silencio de la noche de Luisiana, nos separamos para iniciar nuestro nuevo año.

Giré en Hummingbird Road para ir hacia mi casa, que está a unos cinco kilómetros del bar en dirección sudeste. La sensación de alivio al estar por fin sola era inmensa y empecé a relajarme mentalmente. Los faros delanteros del coche iluminaban los troncos de los pinos de los frondosos bosques que formaban la columna vertebral de la industria maderera de la zona.

La noche era extremadamente oscura y fría. En las carreteras locales, naturalmente, no hay farolas. Tampoco había nadie, por supuesto. Aunque me repetía para mis adentros que vigilase por si se le ocurría cruzar la carretera a algún ciervo, conducía como si llevase puesto el piloto automático. Sólo pensaba en lavarme la cara, ponerme el camisón más cálido que encontrara y meterme en la cama.

Los faros de mi viejo coche alumbraron una cosa de color blanco.

Sofoqué un grito y me desperté de repente de mi dulce ensueño de calor y silencio.

Un hombre corriendo: a las tres de la mañana del 1 de enero, corriendo por la carretera local, como si se le fuera la vida en ello.

Aminoré la marcha, intentando pensar qué podía hacer. En realidad, yo no era más que una chica sola y desarmada. Y si a él le perseguía algo malo, era posible que también acabara persiguiéndome a mí. Por otro lado, no podía dejar a nadie sufriendo si podía serle de alguna ayuda. Antes de detenerme delante del hombre, me di cuenta de que era alto, rubio y que iba vestido sólo con unos pantalones vaqueros. Puse el freno de mano y me incliné para bajar la ventanilla del lado del pasajero.

—¿Puedo ayudarle en algo? —le dije. Me lanzó una mirada de pánico y siguió corriendo.

En aquel momento caí en la cuenta de quién era. Salté del coche y eché a correr tras él.

—¡Eric! —grité—. ¡Soy yo!

Se volvió de repente, siseando, con los colmillos completamente al aire. Me paré tan bruscamente que casi me caigo y extendí los brazos en son de paz. Naturalmente, si Eric decidía atacarme, era mujer muerta. Eso me pasaba por jugar a la buena samaritana.

¿Por qué no me reconocía Eric? Lo conocía desde hacía meses. Era el jefe de Bill según la complicada jerarquía de los vampiros que ya empezaba a conocer. Eric era el sheriff de la Zona Cinco, y era un vampiro en auge. Además era atractivo, y capaz de besar como nadie, pero no era precisamente eso lo más relevante de él en aquel momento. Yo sólo veía los colmillos y unas manos fuertes y curvadas como garras. Eric estaba completamente alerta, pero parecía tenerme tanto miedo como yo se lo tenía a él. No se lanzó a atacarme.

—Mantente alejada, mujer —me avisó. Su voz sonaba como si tuviera la garganta herida, abrasada y en carne viva.

—¿Qué haces aquí?

—¿Quién eres tú?

—Sabes perfectamente bien quién soy. ¿Qué te pasa? ¿Qué haces aquí sin tu coche? —Eric tenía un elegante Corvette, que era simplemente la pura imagen de Eric.

—¿Me conoces? ¿Quién soy?

Empecé a comprender. Al parecer no bromeaba, así que le respondí con cautela.

—Claro que te conozco, Eric. A menos que tengas un gemelo idéntico. No lo tienes, ¿verdad?

—No lo sé. —Dejó caer los brazos, los colmillos empezaron a retractarse y se enderezó, lo que me hizo imaginar que el ambiente de nuestro encuentro se había relajado un poco.

—¿No sabes si tienes un hermano? —La verdad es que no sabía qué hacer.

—No. No lo sé. ¿Me llamo Eric? —Bajo el resplandor de los faros del coche daba auténtica lástima.

—Caray. —No se me ocurrió otra cosa qué decir—. Últimamente te llaman Eric Northman. ¿Qué haces aquí?

—Tampoco lo sé.

Intuí que allí pasaba algo.

—¿De verdad? ¿No recuerdas nada? —Intenté ir más allá de estar segura de que en cualquier momento me sonreiría, me lo explicaría todo y se echaría a reír, y se me ocurrió que podía meterme en algún problema que acabara conmigo…, recibiendo una buena paliza.

—De verdad. —Se acercó un paso más, y su pecho desnudo me hizo estremecer y sentir carne de gallina. Me di cuenta también (ahora que ya no estaba tan aterrorizada) de que parecía realmente desesperado. Era una expresión que no había visto nunca en el rostro de Eric y que me provocaba una sensación de tristeza devastadora.

—Sabes que eres un vampiro, ¿no?

—Sí. —Pareció sorprenderse de que se lo preguntara—. Y tú no lo eres.

—No, yo soy humana, y necesito saber que no vas a hacerme daño. Aunque a estas alturas ya podrías habérmelo hecho. Pero créeme, aunque no lo recuerdes, podría decirse que somos amigos.

—No te haré daño.

Me recordé que probablemente cientos o miles de personas habrían oído ya esas palabras antes de que Eric les destrozara el cuello. Pero la verdad es que los vampiros no tienen necesidad de matar cuando ya han superado su primer año. Un sorbito por aquí, un sorbito por allá, y así funcionan. Viéndolo tan perdido, resultaba difícil pensar que podía descuartizarme con sus propias manos.

En una ocasión, yo le había dicho a Bill que si alguna vez venían los extraterrestres a invadir la tierra lo más inteligente que podrían hacer sería disfrazarse de conejitos de orejas gachas.

—Entra en mi coche antes de que te congeles —le dije. Volvía a tener esa sensación de que de un momento a otro iba a succionarme, pero no sabía qué otra cosa hacer.

—¿De verdad te conozco? —preguntó, como si estuviera dudando si entrar en el coche con alguien tan formidable como una mujer veinticinco centímetros más bajita que él, con muchos kilos menos de peso y unos cuantos siglos más joven.

—Sí —respondí, incapaz de reprimir cierta impaciencia. No me sentía demasiado satisfecha conmigo misma porque aún tenía la sensación de que estaba engañándome por algún motivo inescrutable—. Vamos, Eric. Estoy congelándome, y tú también. —No es que los vampiros, como norma, perciban las temperaturas extremas, pero se veía que incluso Eric tenía la piel de gallina. No pasaría nada por congelar a un muerto, claro está. Sobreviviría (sobreviven a casi todo), pero comprendo que sería bastante lastimoso—. Oh, Dios mío, Eric, si vas descalzo. —Acababa de darme cuenta.

Le cogí la mano; me permitió acercarme lo suficiente para poder hacerlo. Me dejó que lo guiara hasta el coche y lo instalara en el asiento del acompañante. Le ofrecí que subiera la ventanilla mientras yo rodeaba el coche para entrar por mi lado, y después de un largo minuto de estudiar el mecanismo, lo consiguió.

Alargué el brazo hasta el asiento trasero para coger una manta vieja que siempre llevaba allí en invierno (para los partidos de fútbol americano, etc.) y lo envolví en ella. No temblaba, naturalmente, porque era un vampiro, pero no podía soportar ver tanta carne desnuda con la temperatura que hacía. Puse la calefacción a tope (lo cual, en un coche viejo como el mío, tampoco es decir mucho).

La piel desnuda de Eric nunca me había hecho sentir frío —siempre que había visto a Eric medio desnudo había sentido de todo, menos eso—. Estaba demasiado aturdida y no pude evitar reír antes de censurar mis pensamientos.

Él se quedó sorprendido y me miró de reojo.

—Eres la última persona que esperaba encontrarme —le dije—. ¿Venías a ver a Bill? Porque no sé si sabes que se ha ido.

—¿Bill?

—El vampiro que vive aquí mismo. Mi antiguo novio.

Negó con la cabeza. Volvía a estar completamente aterrado.

—¿No sabes cómo has llegado hasta aquí?

Volvió a negar con la cabeza.

Me esforcé en pensar; pero no fue más que eso, un esfuerzo. Estaba agotada. Aunque había tenido un subidón de adrenalina al divisar a una figura corriendo por la carretera oscura, su efecto estaba desapareciendo rápidamente. Llegué al desvío que conducía hasta mi casa y giré a la izquierda, serpenteé entre los bosques silenciosos y oscuros avanzando por el pulcro camino de acceso… que, de hecho, Eric había hecho asfaltar de nuevo para mí.

Y era por eso que Eric estaba allí sentado en el coche a mi lado, en lugar de seguir corriendo en plena noche como un conejo blanco gigante. Había tenido la inteligencia de darme lo que yo quería. (Naturalmente, también se había pasado meses queriendo que me acostase con él. Pero lo del camino de acceso me lo había dado porque yo lo necesitaba).

—Ya estamos —dije, aparcando en la parte trasera de mi vieja casa. Apagué el motor. Por suerte no reinaba la oscuridad más absoluta porque por la tarde, al salir de casa para ir a trabajar, me había acordado de dejar encendidas las luces exteriores.

—¿Vives aquí? —Observó el claro donde se alzaba la casa, nervioso por tener que salir del coche para llegar hasta la puerta trasera.

—Sí —contesté exasperada.

Me lanzó una mirada con aquellos ojos azules que tanto contrastaban con el blanco que los rodeaba.

—Venga, sal —dije, un poco cansada. Salí del coche y subí las escaleras del porche trasero, que no cerraba con llave porque ¿qué sentido tiene cerrar con llave la puerta exterior de un porche trasero? Siempre cierro la puerta interior, de modo que después de buscar a tientas la cerradura, conseguí abrirla y la luz de la cocina iluminó el exterior—. Puedes pasar —le ofrecí, para que cruzara el umbral. Correteó detrás de mí, envuelto aún en la vieja manta.

Eric daba verdadera lástima bajo la luz del techo de la cocina. No me había dado cuenta de que tenía los pies ensangrentados.

—Oh, Eric —suspiré, apenada. Cogí una cacerola del armario y dejé correr el agua caliente en el fregadero. Se curaría enseguida, como todos los vampiros, pero quería lavárselos igualmente. Los pantalones vaqueros tenían los bajos sucios—. Quítatelos —le dije, consciente de que si le lavaba los pies con ellos acabarían mojándose.

Sin el menor indicio de lascivia, y sin dar ninguna pista de que se lo estuviese pasando en grande con todo aquello, Eric se quitó los vaqueros. Los dejé en el porche trasero para lavarlos a la mañana siguiente, intentando no quedarme mirando boquiabierta a mi invitado, que se había quedado en unos paños menores soberbios, un minúsculo calzoncillo rojo cuya calidad elástica estaba superando una dura prueba. Otra gran sorpresa. Sólo había visto una vez a Eric en ropa interior —que ya era más de lo que debería— y por lo que recordaba era el típico chico al que le van los calzoncillos bóxer de seda. ¿Serán habituales entre los hombres estos cambios de estilo tan bruscos?

Sin alardes, y sin comentarios, el vampiro envolvió de nuevo su blanco cuerpo en la manta. Hmmm. Estaba convencida de que algo le pasaba, pues ninguna otra prueba podría habérmelo dejado más claro. Eric tenía un cuerpazo de más de un metro noventa de pura magnificencia (si bien una magnificencia blanca como el mármol) y él lo sabía.

Le señalé una de las sillas de respaldo recto que había junto a la mesa de la cocina. Obediente, tiró de ella y tomó asiento. Me agaché para depositar la cacerola en el suelo y guié con cuidado sus pies hasta el agua. Eric gruñó cuando el agua caliente entró en contacto con su piel. Me imagino que incluso un vampiro podía notar el contraste. Cogí un trapo limpio de debajo del fregadero y jabón líquido y le lavé los pies. Me tomé mi tiempo, pues mientras estuve pensando qué hacer a continuación.

—Estabas en la carretera en plena noche —observó él, tanteándome.

—Volvía a casa después de trabajar, como te darás cuenta por cómo voy vestida. —Iba con nuestro uniforme de invierno, una camiseta de cuello marinero de manga larga con el anagrama «Merlotte's Bar» bordado a la altura del pecho izquierdo y pantalón negro.

—Las mujeres no deberían andar solas a estas horas de la noche —dijo en tono de desaprobación.

—Cuéntamelo a mí.

—Bueno, las mujeres son más propensas que los hombres a verse sorprendidas por cualquier tipo de ataque, de modo que deberían andar más protegidas…

—No, no me refería a que me dieses la explicación del porqué. Me refería a que sí, a que estoy de acuerdo. No es necesario que me convenzas de nada. No me apetece en absoluto tener que trabajar hasta las tantas de la noche.

—¿Y entonces por qué lo has hecho?

—Porque necesito el dinero —le respondí, secándome la mano. Saqué del bolsillo los billetes y los dejé en la mesa mientras seguía pensando en el tema—. Tengo que mantener esta casa, un coche viejo, y que pagar los impuestos y el seguro. Como todo el mundo —añadí, por si acaso pensaba que me quejaba por quejarme. Odiaba hacerme la pobre, pero era él quien me había preguntado.

—¿No hay ningún hombre en tu familia?

De vez en cuando se les notan los años.

—Tengo un hermano. Ahora no recuerdo si has coincidido alguna vez con Jason. —Uno de los cortes de su pie izquierdo tenía especialmente mala pinta. Puse más agua caliente en el recipiente para calentar el resto. Después intenté quitar toda la suciedad. Hizo una mueca cuando pasé con delicadeza el trapito por los bordes de la herida. Los cortes más pequeños y los moratones desaparecían delante de mis propios ojos. Oí el calentador a mis espaldas, un sonido familiar que sirvió para tranquilizarme.

—¿Y te permite tu hermano que trabajes?

Intenté imaginar la cara que pondría Jason si le dijera que esperaba que me mantuviese durante el resto de mi vida porque era mujer y no debía trabajar fuera de casa.

—Oh, por el amor de Dios, Eric. —Levanté la vista para mirarlo, frunciendo el entrecejo—. Jason ya tiene bastante con sus problemas. —Como el de ser un egoísta crónico y un auténtico donjuán.

Aparté el recipiente con agua y con un trapo de cocina sequé el pie de Eric con delicadeza. El vampiro ya tenía los pies limpios. Entumecida, me incorporé. Me dolía la espalda. Me dolían los pies.

—Mira, creo que lo mejor que podemos hacer es llamar a Pam. Seguramente ella sabrá qué te pasa.

—¿Pam?

Era como estar con un niño de dos años especialmente pesado.

—Tu segunda de a bordo.

Estaba a punto de formular otra pregunta, lo noté. Levanté la mano antes de que lo hiciera.

—Espera un momento. Deja que la llame y averigüe qué sucede.

—¿Y si se ha vuelto contra mí?

—En ese caso, también deberíamos saberlo. Cuanto antes, mejor.

Posé la mano en el viejo teléfono que hay colgado en la pared de la cocina, justo al final del mostrador. Debajo del teléfono había un taburete alto. Mi abuela se sentaba en aquel taburete para mantener sus interminables conversaciones, con un lápiz y un bloc siempre a mano. La echaba de menos a diario. Pero en aquel momento no había tiempo para emociones, ni siquiera para la nostalgia. Busqué en mi pequeña agenda de teléfonos el número de Fangtasia, el bar de vampiros de Shreveport que era la principal fuente de ingresos de Eric, además de su base de operaciones, que, según tenía entendido, eran muy diversas. No sabía hasta qué punto eran diversas, ni cuáles eran sus demás proyectos financieros, aunque tampoco me apetecía especialmente enterarme.

Había leído en el periódico de Shreveport que también en Fangtasia habían organizado una gran juerga para aquella noche —«Empieza el Año Nuevo con un mordisco»—, de modo que estaba segura de que iba a encontrar a alguien allí. Mientras sonaba el teléfono, abrí la nevera y saqué una botella de sangre para Eric. La abrí, la metí en el microondas y lo puse en marcha. Eric siguió todos mis movimientos con mirada ansiosa.

—¿Fangtasia? —dijo una voz masculina con acento muy marcado.

—¿Chow?

—Sí, ¿en qué puedo ayudarle? —había recordado justo a tiempo su personalidad de vampiro sexy atendiendo el teléfono.

—Soy Sookie.

—Oh —dijo, con un tono de voz mucho más natural—. Feliz Año Nuevo, Sook, aunque la verdad es que estamos muy liados por aquí.

—¿Estáis buscando a alguien?

Hubo un silencio largo y cargado de tensión.

—Espera un momento —dijo, y ya no oí nada más.

—Aquí Pam —dijo Pam. Cogió el auricular de forma tan silenciosa que di un brinco al oír su voz.

—¿Sigues teniendo jefe? —No sabía cuánto podía decir por teléfono. Quería saber si había sido ella quien había puesto a Eric en aquel estado, o si aún seguía siéndole fiel.

—Sí —dijo muy firme, comprendiendo lo que yo quería averiguar—. Estamos bajo…, tenemos problemas.

Reflexioné sobre aquello hasta estar segura de haber leído correctamente entre líneas. Pam estaba diciéndome que seguía siéndole leal a Eric, y que su grupo de seguidores estaba sufriendo algún tipo de ataque o padeciendo algún tipo de crisis.

Le dije:

—Está aquí.

Pam apreció la brevedad.

—¿Está vivo?

—Sí.

—¿Herido?

—Mentalmente.

Una pausa muy larga, esta vez.

—¿Crees que puede ser un peligro para ti?

No es que a Pam le importara mucho si Eric decidía dejarme seca, pero supongo que se preguntaba si yo daría cobijo a Eric.

—De momento creo que no —dije—. Parece ser un tema de memoria.

—Odio a las brujas. Los humanos acertaban cuando las quemaban en la hoguera.

El comentario me resultó gracioso, aunque no mucho teniendo en cuenta la hora que era, puesto que los humanos que quemaban brujas habrían estado encantados de clavar también estacas en el corazón de los vampiros. Enseguida olvidé su respuesta. Bostecé.

—Iremos mañana por la noche —dijo Pam por fin—. ¿Puedes quedártelo hasta entonces en tu casa? Faltan menos de cuatro horas para que amanezca. ¿Tienes algún lugar seguro?

—Sí. Pero estad aquí en cuanto anochezca, ¿entendido? No quiero verme enredada de nuevo en vuestros líos de vampiros. —Normalmente, no hablo de forma tan cortante; pero como he dicho, era el final de una larga noche.

—Allí estaremos.

Colgamos a la vez. Eric me observaba con sus ojos azules y sin pestañear. Su cabello era un alboroto de ondas rubias. Tiene el pelo del mismo color que el mío, y yo también tengo los ojos azules, pero ahí terminan nuestras similitudes.

Pensé en darle un cepillado al pelo, pero estaba demasiado exhausta.

—De acuerdo, éste es el pacto —le dije—. Te quedarás aquí esta noche y mañana, y Pam y los demás vendrán a recogerte mañana por la noche y te contarán lo que ha ocurrido.

—¿No dejarás que entre nadie? —preguntó. Me di cuenta de que se había terminado la botella de sangre y de que no estaba tan retraído como antes, lo cual era un alivio.

—Eric, haré todo lo posible para que estés seguro —dije, muy amablemente. Me froté la cara con las manos. Tenía la sensación de que iba a quedarme dormida de pie—. Ven —le ofrecí, cogiéndole de la mano. Sin soltar la manta, me siguió por el vestíbulo, un gigante blanco como la nieve con una pieza de ropa interior diminuta de color rojo.

Mi vieja casa se había ido ampliando con los años, pero nunca había pasado de ser una humilde casa de campo. Con el cambio de siglo se edificó un piso más, con dos dormitorios y una buhardilla, pero últimamente apenas subo allí. Mantengo la planta cerrada para ahorrar electricidad. Abajo hay dos dormitorios, el más pequeño, que utilicé hasta que falleció mi abuela, y el suyo, más grande, al otro lado del vestíbulo. Después de su muerte me trasladé al dormitorio grande. Pero el escondite que había construido Bill estaba en el dormitorio pequeño. Acompañé a Eric hasta allí, encendí la luz y me aseguré de que las persianas estaban cerradas y las cortinas corridas. Abrí entonces la puerta del vestidor, aparté unos cuantos trastos, retiré la alfombra que cubría el suelo, y apareció la trampilla. Debajo había un espacio minúsculo que Bill había excavado unos meses atrás, para poder instalarse allí durante el día o utilizarlo como escondite si no se sentía a salvo en su casa. A Bill le gustaba tener un refugio y estaba segura de que tenía otros más que yo desconocía. De haber sido vampiro (Dios me libre), yo también los habría tenido.

Tuve que ahuyentar de mi cabeza los pensamientos sobre Bill para explicarle a mi invitado forzoso cómo cerrar la trampilla desde dentro y hacerle entender que la alfombra quedaría automáticamente bien colocada.

—Cuando me despierte, volveré a poner las cosas en su lugar en el vestidor y todo quedará de lo más natural —le garanticé, y le sonreí para animarlo.

—¿Tengo que entrar ahora? —preguntó.

Eric pidiéndome algo: el mundo se había vuelto del revés.

—No —le dije, intentando fingir que me importaba cuando en realidad sólo podía pensar en meterme en la cama—. No tienes por qué. Entra antes de que amanezca. Sobre todo que no se te olvide eso, ¿de acuerdo? Recuerda que no puedes quedarte dormido y despertarte cuando haya salido el sol.

Se lo pensó por un momento y negó con la cabeza.

—No —dijo—. Ya sé que no puede ser. ¿Puedo quedarme contigo en tu habitación?

Oh, Dios, con esa mirada de cachorrito. Y eso que era un vampiro vikingo de metro noventa. Aquello era demasiado. No me quedaban energías para reír, de modo que me limité a una sonrisita triste.

—Ven —le dije, con una voz tan apática como mis piernas. Apagué la luz de la habitación pequeña, crucé el vestíbulo y encendí la luz de mi dormitorio, amarillo y blanco, limpio y calentito. Desplegué la colcha, la manta y la sábana. Mientras Eric se sentaba con aire melancólico en una sillita baja al otro lado de la cama, me quité los zapatos y los calcetines, saqué un camisón de un cajón y pasé al baño. Salí en diez minutos con la cara y los dientes limpios y envuelta en un camisón de franela muy viejo y muy suave de color beis con florecitas azules. Tenía las cintas deshilachadas y los volantes del bajo en un estado un poco penoso, pero me seguía sirviendo. Cuando hube apagado las luces recordé que llevaba el pelo recogido en una cola de caballo, de modo que me quité la goma que lo sujetaba y sacudí la cabeza para dejarlo suelto. Noté que incluso se me relajaba el cuero cabelludo y suspiré de puro placer.

Cuando me encaramé a mi vieja cama, aquella especie de mosca que llevaba pegada a mí hizo lo mismo. ¿Le habría dicho que podía acostarse en la cama a mi lado? Bien, decidí, acurrucándome bajo las suaves sábanas, la manta y el edredón, si a Eric le apetecía… Yo estaba demasiado cansada como para ponerme a discutir.

—¿Mujer?

—¿Hmmm?

—¿Cómo te llamas?

—Sookie. Sookie Stackhouse.

—Gracias, Sookie.

—De nada, Eric.

Viéndolo tan perdido —el Eric que yo conocía nunca habría hecho otra cosa que asumir que todo el mundo estaba a su servicio—, palpé bajo las sábanas en busca de su mano. Cuando la encontré, posé mi mano sobre ella. La palma de su mano recibió la mía y sus dedos se entrelazaron con los míos.

Y aunque nunca habría creído posible quedarme dormida cogida de la mano de un vampiro, eso fue exactamente lo que hice.

Capítulo

2

Me desperté lentamente. Acurrucada bajo las sábanas, estirando un brazo o una pierna de vez en cuando, fui recordando poco a poco los sucesos surrealistas de la noche anterior.

Eric no estaba en la cama a mi lado, por lo que supuse que estaba a salvo y escondido en el refugio. Crucé el vestíbulo. Tal y como le había prometido, arreglé el vestidor para que recuperara su aspecto normal. El reloj me anunció que era mediodía y brillaba el sol, aunque el ambiente era frío. Jason me había regalado por Navidad un termómetro que registraba la temperatura exterior y la mostraba en el interior con un lector digital. Y me lo había instalado. De este modo, sabía dos cosas: era mediodía y la temperatura exterior era de un grado bajo cero.

Entré en la cocina. El recipiente con el que le había lavado los pies a Eric seguía en el suelo. Cuando fui a dejarlo en el fregadero vi que había aclarado la botella de la sangre sintética. Tendría que ir a buscar más para tenerla en casa cuando se despertara, ya que a nadie le apetece tener en casa a un vampiro hambriento y sería de buena educación tener alguna más para ofrecerle a Pam y a quienquiera que viniese con ella desde Shreveport. Me explicarían cómo estaban las cosas… o no. Se llevarían a Eric. Solucionarían los problemas que pudiera tener la comunidad de vampiros de Shreveport y me dejarían en paz. O no.

El día de Año Nuevo, el Merlotte's estaba cerrado hasta las cuatro de la tarde. El día de Año Nuevo y el día siguiente les tocaba trabajar a Charlsie, Danielle y la chica nueva, pues el resto habíamos trabajado en Nochevieja. De modo que tenía dos días enteros libres… y al menos uno de ellos iba a pasármelo encerrada en casa en compañía de un vampiro deficiente mental. La vida no mejoraba.

Me tomé dos tazas de café, puse los pantalones de Eric en la lavadora, estuve un rato leyendo una novela romántica y estudié mi nuevo calendario con «La palabra del día», regalo de Navidad de Arlene. Mi primera palabra para el Año Nuevo era «desangrar». Seguramente no era un buen presagio.

Poco después de las cuatro apareció Jason en el camino de acceso a mi casa, conduciendo a toda velocidad su camioneta negra decorada en los laterales con llamas rosas y turquesas. Yo me había duchado y vestido, pero aún tenía el pelo mojado. Me lo había rociado con un líquido especial para dar brillo y estaba cepillándolo lentamente, sentada frente a la chimenea. Había encendido la tele y estaba viendo un partido de fútbol americano por ver alguna cosa, pero tenía el sonido bajado. Y mientras disfrutaba de la cálida sensación del fuego, reflexioné sobre la apurada situación en que se encontraba Eric.

En el último par de años habíamos utilizado muy poco la chimenea, pues comprar una carga de madera resultaba caro, pero Jason había talado muchos árboles que habían caído el año pasado como consecuencia de una tormenta de nieve. Tenía, pues, una buena reserva y estaba disfrutando de verdad del fuego.

Mi hermano subió corriendo la escalera de la entrada principal y llamó ligeramente a la puerta antes de entrar. Igual que yo, se había criado en esta casa. Habíamos ido a vivir con la abuela cuando murieron nuestros padres, y nuestra antigua casa había estado alquilada a otra gente hasta que Jason, con veinte años de edad, dijo que ya estaba preparado para vivir solo. Ahora Jason tenía veintiocho y era el jefe de una cuadrilla de hombres que trabajaban en la carretera local. Había sido un ascenso rápido para un joven del pueblo sin muchos estudios y yo había creído que con aquello tendría suficiente hasta que, un par de meses atrás, empezó a mostrarse inquieto.

—Estupendo —dijo al ver el fuego. Se plantó delante para calentarse las manos, bloqueándome sin querer el calor—. ¿A qué hora llegaste anoche a casa? —preguntó, hablando por encima del hombro.

—Supongo que me acostaría a eso de las tres.

—¿Qué opinas de la chica que estaba conmigo?

—Opino que es mejor que no vuelvas a quedar con ella.

No era lo que esperaba oír. Se volvió hasta que nuestras miradas se encontraron.

—¿Qué averiguaste de ella? —me preguntó en voz baja. Mi hermano sabe que tengo poderes telepáticos, pero nunca lo comenta conmigo, ni con nadie. Sabe que soy distinta y lo he visto pelearse a veces con algún tipo que me ha acusado de no ser normal. Todo el mundo lo sabe. Simplemente deciden no creerlo, o creer que no puedo leer precisamente sus pensamientos, y sí los de los demás. Bien sabe Dios que siempre intento comportarme y hablar como si no estuviera recibiendo un aluvión no deseado de ideas, emociones, rencores y acusaciones, pero a veces se nota.

—No es como tú —dije, mirando el fuego.

—Bueno, al menos no es un vampiro.

—No, no es un vampiro.

—¿Y entonces? —Me lanzó una mirada beligerante.

—Jason, cuando los vampiros salieron del armario, cuando descubrimos que existían de verdad después de tantas décadas pensando que no eran más que una leyenda de terror, ¿nunca te preguntaste si no sería posible que también otros cuentos fantásticos fueran reales?

Mi hermano reflexionó un momento. Sabía (porque podía «oírle») que Jason quería negar por completo esa idea y decirme que estaba loca, pero no podía.

—Y tú lo sabes —dijo. No era exactamente una pregunta.

Me aseguré de que me miraba a los ojos, y asentí categóricamente.

—Vaya, mierda —comentó, disgustado—. Esa chica me gustaba de verdad y era una verdadera tigresa.

—¿De verdad? —le pregunté, asombrada de que se hubiese transformado delante de él sin ser luna llena—. ¿Y estás bien? —Al instante me reprendí por mi propia estupidez. Claro que no se había transformado.

Se quedó mirándome boquiabierto un segundo antes de explotar en carcajadas.

—¡Sookie, eres una mujer extraña! Ponías cara de creer de verdad que ella podía… —Se quedó paralizado. Noté que la idea perforaba un agujero en la burbuja protectora que la gente suele inflar alrededor de su cerebro, esa burbuja que repele imágenes e ideas que no cuadran con las expectativas cotidianas. Jason se dejó caer en el sillón abatible de la abuela—. Preferiría no saberlo —dijo con un hilo de voz.

—Es posible que no sea exactamente lo que le sucede a ella…, lo de volverse tigresa, pero ten por seguro que algo le pasa.

El rostro de Jason tardó un minuto en recuperar su expresión habitual, pero lo consiguió. Un comportamiento típico de Jason: no podía hacer nada al respecto, de modo que lo aparcaba en un rincón de su cabeza.

—Oye, ¿viste a la chica que iba anoche con Hoyt? Cuando salieron del bar, Hoyt se salió de la carretera cerca de Arcadia y tuvieron que caminar cinco kilómetros hasta encontrar un teléfono, porque el suyo se había quedado sin batería.

—¡Qué me dices! —exclamé, con un tono de lo más chismoso—. Y ella con aquellos tacones. —Jason había recuperado el equilibrio. Estuvo un rato contándome los últimos chismorreos de la ciudad, aceptó el refresco que le ofrecí y me preguntó si necesitaba alguna cosa de la ciudad—. Pues sí. —Mientras él había estado hablando, yo en realidad estaba pensando. Anoche había oído ya, en el cerebro de la gente y en momentos de descuido, la mayoría de cosas que me contaba.

—¿Y eso? —preguntó, haciéndose el asustado—. ¿Qué hay que hacer?

—Necesito diez botellas de sangre sintética y ropa para un hombre de talla grande —dije, y volví a sorprenderlo. Pobre Jason, se merecía una hermana sexy y tonta que le diese sobrinos y sobrinas que le llamasen tío Jase y se subieran a sus piernas. Pero, en cambio, me tenía a mí.

—¿Y cómo de grande es ese hombre, y dónde está?

—Medirá un metro noventa o noventa y cinco, y está durmiendo —dije—. Supongo que una treinta y cuatro de cintura, tiene las piernas largas y es ancho de hombros. —Me recordé verificar la talla en la etiqueta de los vaqueros de Eric, que estaban aún en la secadora del porche trasero.

—¿Qué tipo de ropa?

—Ropa de trabajo.

—¿Es para alguien que yo conozca?

—Para mí —dijo una voz mucho más profunda.

Jason se volvió de repente, como si estuviese esperando un ataque, lo que viene a demostrar que su intuición no es tan mala, a fin de cuentas. Pero Eric parecía tan inofensivo como un vampiro de su tamaño pueda llegar a parecer. Y muy considerado, se había puesto el albornoz de terciopelo marrón que le había dejado en el segundo dormitorio. Lo guardaba allí para Bill y sentí una punzada al vérselo puesto a otro. Pero tenía que ser práctica; Eric no podía andar paseándose por ahí con su calzoncillo ajustado rojo…, al menos, estando Jason en casa.

Jason miró asombrado a Eric y me lanzó una mirada de perplejidad.

—¿Es tu nuevo novio, Sookie? No has perdido el tiempo. —No sabía si hablarme con admiración o indignación. Jason aún no se había percatado de que Eric estaba muerto. Me resulta asombroso que la gente tarde minutos en darse cuenta—. ¿Y tengo que comprarle ropa?

—Sí. Anoche se rasgó la camisa y sus vaqueros todavía están sucios.

—¿No vas a presentarme?

Respiré hondo. Habría sido mucho mejor que Jason no hubiese visto a Eric.

—Mejor que no —dije.

Ambos se lo tomaron mal. Jason se sentía herido y el vampiro ofendido.

—Eric —dijo, y le tendió la mano a Jason.

—Jason Stackhouse, el hermano de esta señorita tan mal educada —dijo Jason.

Se estrecharon la mano y me entraron ganas de apretujarles el cuello a los dos.

—Me imagino que debe de haber un motivo por el que no podéis salir los dos a comprarle más ropa —dijo Jason.

—Existe un buen motivo —dije—. Y debe de haber otras veinte buenas razones por las que deberías olvidar que has visto a este chico.

—¿Corres peligro? —me preguntó Jason de forma directa.

—Todavía no —le respondí.

—Si haces alguna cosa por lo que mi hermana pueda salir malparada, te meterás en problemas —le dijo Jason a Eric el vampiro.

—No esperaría menos —dijo Eric—. Y ya que veo que no tienes pelos en la lengua conmigo, tampoco yo los tendré contigo. Pienso que deberías mantenerla y llevártela a vivir contigo, para que estuviese mejor protegida.

Jason volvió a quedarse boquiabierto y yo tuve que hacer un esfuerzo para no echarme a reír. Aquello era incluso mejor de lo que me había imaginado.

—¿Diez botellas de sangre y una muda? —me preguntó Jason, y por el cambio en el tono de voz comprendí que por fin había captado el estado de Eric.

—Eso es. En la licorería tendrán sangre. La ropa puedes comprarla en Wal-Mart. —Eric solía llevar vaqueros y camisetas; de todos modos, tampoco podía permitirme comprarle otra cosa—. Ah, y también necesita zapatos.

Jason se colocó al lado de Eric y puso el pie en paralelo con el del vampiro. Silbó asombrado, y Eric dio un respingo.

—Unos pies muy grandes —comentó Jason, y me lanzó una mirada—. ¿Es cierto ese viejo dicho?

Le sonreí. Estaba intentando relajar el ambiente.

—No me creerás, pero no lo sé.

—Es difícil tragárselo… y no pretendo seguir con el chiste. Bueno, me marcho —dijo Jason, saludando a Eric con un ademán de cabeza. En pocos segundos, oí su camioneta acelerando por las curvas del camino de acceso, avanzando entre el oscuro bosque. Ya era noche cerrada.

—Siento haber aparecido mientras él estaba aquí —dijo Eric para iniciar la conversación—. Me parece que no querías que me viera. —Se acercó al fuego y pareció disfrutar de su calor tanto como yo.

—No es que me sienta incómoda por tenerte aquí —me disculpé—. Es que tengo la sensación de que estás metido en un gran problema y no quiero involucrar también a mi hermano.

—¿Es tu único hermano?

—Sí, y mis padres fallecieron, también mi abuela. Es todo lo que tengo, exceptuando una prima que lleva años metida en las drogas. Me imagino que está perdida.

—No te pongas triste —dijo, como si no pudiera evitarlo.

—Estoy bien. —Mi voz sonó llena de energía e informal.

—Tú has bebido mi sangre —dijo.

Me quedé absolutamente inmóvil.

—No podría haberte dicho cómo te sientes si no hubieras bebido mi sangre —dijo—. ¿Somos…, hemos sido… amantes?

Era una bonita forma de decirlo. Eric solía ser muy anglosajón en lo que al sexo se refiere.

—No —respondí enseguida, y le decía la verdad, aunque sólo por un margen muy estrecho. A Dios gracias, nos habían interrumpido a tiempo. No estoy casada. Tengo momentos de debilidad. Él es atractivo. ¿Qué puedo decir?

Pero me miraba con intensidad y noté que se me subían los colores.

—Este albornoz no es de tu hermano.

Ya estamos. Me quedé mirando el fuego como si fuera a responder por mí.

—¿De quién es, entonces?

—De Bill —dije. Ésa fue fácil.

—¿Es tu amante?

Moví afirmativamente la cabeza.

—Lo era —respondí con sinceridad.

—¿Es amigo mío?

Me pensé la respuesta.

—Bueno, no exactamente. Vive en el área donde tú ejerces de sheriff. En la Zona Cinco. —Seguí cepillándome el pelo y descubrí que estaba seco. Crepitaba de electricidad y seguía la inercia del cepillo. Sonreí ante el efecto al verme reflejada en el espejo que había sobre la chimenea. Veía también la imagen de Eric. No tengo ni idea de a qué viene ese cuento de que los vampiros no se reflejan en los espejos. La verdad es que a Eric se le veía muy bien…, como era tan alto y no se había abrochado del todo el albornoz… Cerré los ojos.

—¿Necesitas algo? —preguntó con ansiedad Eric.

Más autocontrol.

—Estoy bien —contesté, intentando no apretar los dientes—. Tus amigos llegarán pronto. Tienes los vaqueros en la secadora y espero que Jason regrese en cualquier momento con la ropa.

—¿Mis amigos?

—Bueno, los vampiros que trabajan para ti. Supongo que Pam cuenta como amiga. Y en cuanto a Chow, no sé qué decirte.

—¿Dónde trabajo, Sookie? ¿Quién es Pam?

Aquella conversación se me empezaba a hacer cuesta arriba. Intenté explicarle a Eric cuál era su puesto, que era propietario de Fangtasia, sus otros intereses en el mundo de los negocios, pero la verdad es que no lo conocía lo bastante bien como para informarle completamente de todo.

—No sabes muchos detalles sobre lo que hago —observó con precisión.

—Sólo voy a Fangtasia cuando Bill me lleva, y me lleva cuando tú me pides que haga alguna cosa para ti. —Me di un golpe en la frente con el cepillo. ¡Estúpida, estúpida!

—¿Y por qué iba a obligarte a hacer nada? ¿Me prestas el cepillo? —preguntó Eric. Lo miré de reojo. Se le veía melancólico y pensativo.

—Por supuesto —dije, decidiendo ignorar su primera pregunta. Le pasé el cepillo. Empezó a usarlo sobre su pelo, haciendo que sus pectorales se contrayeran por el movimiento. «Ay, pobre de mí. ¿Y si me vuelvo a la ducha y abro el grifo del agua fría?». Entré en el dormitorio, cogí una goma elástica y me recogí el pelo en la cola de caballo más alta y tensa que pude conseguir. Utilicé mi segundo cepillo favorito para que me quedase bien lisa y volví la cabeza hacia un lado y el otro para comprobar que me había quedado bien centrada.

—Estás tensa —dijo Eric desde el umbral de la puerta, y ahogué un grito—. ¡Lo siento, lo siento! —añadió enseguida.

Lo miré, recelosa, pero se le veía arrepentido de verdad. El Eric de siempre se habría reído. Pero juro que echaba de menos al Eric de verdad. Al menos con él sabías a qué atenerte.

Oí que llamaban a la puerta.

—Quédate aquí —dije. Se le veía preocupado, y se sentó en la silla que tenía en un rincón de la habitación, como un niño bueno. Me alegré de haber recogido la ropa la noche anterior, así mi dormitorio no parecía tan personal. Crucé la sala de estar en dirección a la puerta, esperando no llevarme otra sorpresa.

—¿Quién es? —pregunté, acercando el oído a la puerta.

—Ya estamos aquí —dijo Pam.

Empecé a girar el pomo, me detuve, entonces recordé que de todos modos no podrían pasar, y abrí la puerta.

Pam tiene el pelo claro y liso y es blanca como un pétalo de magnolia. Aparte de eso, parece una joven ama de casa convencional que trabaja a media jornada en una guardería.

Aunque no creo que nadie quisiera de verdad dejar a Pam al cuidado de sus niños, nunca le he visto hacer nada extraordinariamente cruel o malvado. Pero Pam está terminantemente convencida de que los vampiros son mejores que los humanos, es muy directa y no tiene pelos en la lengua. Estoy segura de que si se viera obligada a actuar de alguna forma horrorosa para su propio bienestar, lo haría sin por ello perder el sueño. Parece una número dos excelente, y no se le ve excesivamente ambiciosa. Si aspira a tener su propio territorio, lo disimula muy bien.

Chow es harina de otro costal. No me apetece conocer a Chow más de lo que ya lo conozco. No confío en él, y nunca me he sentido cómoda en su compañía. Chow es asiático, un vampiro menudo pero robusto, con el pelo negro y bastante largo. No medirá más de un metro setenta, pero lleva hasta el último centímetro de su piel a la vista (excepto la cara) cubierto de intrincados tatuajes que son una auténtica obra de arte. Pam dice que son tatuajes yakuza. Chow trabaja algunas noches como camarero en Fangtasia, y las otras simplemente se sienta allí para que los clientes lo miren. (Éste es en realidad el objetivo de los bares de vampiros, que los humanos normales y corrientes tengan la sensación de que están haciendo algo peligroso al compartir la misma estancia con los no muertos en carne y hueso. Es un negocio muy lucrativo, según me ha contado Bill).

Pam iba vestida con un esponjoso jersey beis y unos pantalones de punto de color tostado, y Chow llevaba su habitual chaleco con pantalones holgados. Casi nunca llevaba camisa, para que los clientes de Fangtasia pudieran disfrutar del arte que llevaba tatuado en el cuerpo.

Llamé a Eric y entró lentamente en la sala de estar. Se le veía desconfiado.

—Eric —dijo Pam al verle. Su voz delató una sensación de alivio—. ¿Te encuentras bien? —Miraba ansiosa a Eric. No hizo una reverencia, pero sí inclinó mucho la cabeza.

—Amo —dijo Chow, e hizo una reverencia.

Intenté no interpretar equivocadamente lo que estaba viendo y oyendo, pero supuse que los distintos tipos de saludo representaban la relación existente entre los tres.

Eric estaba desconcertado.

—Os conozco —dijo, intentando que sonara más como una afirmación que como una pregunta.

Los otros dos vampiros intercambiaron una mirada.

—Trabajamos para ti —dijo Pam—. Te debemos lealtad.

Me dispuse a abandonar la estancia, segura de que querían hablar sobre temas secretos de vampiros. Y si algo no quería saber, era precisamente más secretos.

—No te vayas, por favor —me pidió Eric. Habló con voz asustada. Me quedé paralizada y miré detrás de mí. Pam y Chow me miraban por encima del hombro de Eric y tenían expresiones muy dispares. Pam parecía estar casi divirtiéndose. Chow tenía una mirada que expresaba desaprobación.

Intenté no mirar a Eric a los ojos, para irme con la conciencia tranquila, pero no funcionó. No quería quedarse a solas con sus dos compinches. Bien, maldita sea. Volví al lado de Eric, fulminando con la mirada a Pam.

Llamaron otra vez a la puerta y Pam y Chow reaccionaron de forma dramática. En un instante estaban listos para el ataque, y esa reacción en ellos da mucho, mucho miedo. Les aparecen los colmillos, sus manos adoptan forma de garra y su cuerpo se pone en un estado de alerta total. Es como si el aire crepitara a su alrededor.

—¿Quién es? —dije desde detrás de la puerta. Tenía que hacerme instalar una mirilla.

—Tu hermano —dijo bruscamente Jason. No sabía la suerte que había tenido al no haber entrado sin llamar.

Algo había puesto a Jason de un humor de perros y me pregunté si vendría acompañado de alguien. A punto estuve de abrir la puerta. Pero dudé. Al final, sintiéndome como una traidora, me volví hacia Pam. Le indiqué en silencio el camino hacia la puerta trasera, haciendo un inequívoco gesto de abrir y cerrar que de ningún modo podía confundir. Tracé un círculo en el aire con el dedo —«Da la vuelta a la casa, Pam»— y señalé en dirección a la puerta principal.

Pam asintió y atravesó el vestíbulo en dirección a la parte posterior de la casa. Ni siquiera le oí los pies pisando el suelo. Asombroso.

Eric se alejó de la puerta. Chow se puso delante de él. Aprobé su gesto. Era exactamente lo que tenía que hacer un subordinado.

En menos de un minuto, oí a Jason gritar quizá a quince centímetros de distancia de donde yo estaba. Di un salto para apartarme de la puerta, sorprendida.

Dijo Pam:

—¡Abre!

Abrí la puerta y me encontré a Jason acorralado por Pam. Lo levantaba del suelo sin ningún esfuerzo, pese a que él pataleaba con todas sus fuerzas.

—Estás solo —dije, con una sensación de alivio dominando mis demás emociones.

—¡Por supuesto, maldita sea! ¿Por qué la has enviado para que me cogiera? ¡Suéltame ya!

—Es mi hermano, Pam —dije—. Déjalo en el suelo, por favor.

Pam dejó a Jason en el suelo y él se volvió en redondo para encararse a ella.

—¡Escúchame, mujer! ¡No vayas por la vida acercándote tan sigilosamente a la gente! ¡Tienes suerte de que no te diera un buen golpe!

Pam parecía estar pasándoselo en grande de nuevo, e incluso Jason se quedó sin saber qué hacer. Tuvo el detalle elegante de sonreír.

—Aunque me imagino que me habría costado —admitió, recogiendo las bolsas que había soltado. Pam le ayudó—. Es una suerte que me vendieran la sangre en botellas de plástico —dijo—. De lo contrario, esta encantadora dama habría pasado hambre.

Sonrió a Pam cautivadoramente. A Jason le encantan las mujeres. Con Pam, Jason estaba en desventaja, pero tenía la intuición necesaria para saberlo.

—Gracias. Y ahora tienes que irte —le solté de forma seca. Le cogí las bolsas de plástico. Él y Pam seguían mirándose. Ella estaba echándole mal de ojo.

—Pam —dije enseguida—. Pam, es mi hermano.

—Lo sé —dijo muy tranquila—. ¿Tienes alguna cosa que contarnos, Jason?

Había olvidado que cuando Jason había llamado a la puerta parecía muy impaciente.

—Sí —respondió, incapaz de apartar sus ojos de la vampira. Cuando se volvió hacia mí, vio a Chow y se quedó perplejo. Era lo bastante sensato como para tenerle miedo—. ¿Sookie? —dijo—. ¿Estás bien? —Avanzó un paso hacia el interior de la casa y me di cuenta de que la adrenalina que le quedaba después del susto que le había dado Pam empezaba de nuevo a bombear en su organismo.

—Sí. Todo va bien. Son sólo amigos de Eric que han venido a ver cómo está.

—Pues entonces será mejor que vayan a quitar todos esos carteles de «Se busca» que hay por ahí.

La frase llamó la atención de todo el mundo. Jason estaba encantado.

—Hay carteles en Wal-Mart y en Grabbit Kwik, y también en Bottle Barn, y por toda la ciudad —dijo—. Ponen «¿HA VISTO A ESTE VAMPIRO?» y explican que ha sido secuestrado y que sus amigos están ansiosos por tener noticias de él. La recompensa que dan por una pista confirmada es de cincuenta mil dólares.

No lo procesé demasiado bien. Estaba pensando a qué venía aquello cuando Pam lo captó.

—Esperan que alguien lo vea para atraparlo —le dijo a Chow—. Les funcionará.

—Deberíamos ocuparnos de él —añadió él, haciendo un ademán en dirección a Jason.

—No se te ocurra ponerle la mano encima a mi hermano —le avisé. Me interpuse entre Jason y Chow. Ansiaba disponer de una estaca o un martillo, o lo que fuese para impedir que aquel vampiro tocase a Jason.

Pam y Chow me miraron con su inquebrantable atención. A mí no me resultó adulador, como le había resultado a Jason. Para mí era mortífero. Jason abrió la boca dispuesto a hablar —notaba la rabia apoderándose de él, el impulso de enfrentarse a los vampiros—, pero le agarré la muñeca con fuerza, refunfuñó y dije:

—No digas nada. —Y, milagrosamente, me hizo caso. Parecía intuir que los acontecimientos avanzaban a enorme velocidad y hacia una dirección complicada—. Tendrás que matarme también a mí —dije.

Chow se encogió de hombros.

—Menuda amenaza.

Pam no decía nada. Si tenía que elegir entre los intereses de los vampiros y ser mi amiga… Me imaginé que tendríamos que cancelar lo de quedarse a dormir en mi casa para que le hiciese un recogido con trenza francesa.

—¿De qué va todo esto? —preguntó Eric. Su voz sonaba mucho más fuerte—. Explícamelo… Pam.

Pasó un minuto en el que la situación estuvo pendiente de un hilo. Pam se volvió entonces hacia Eric y debió de sentirse bastante aliviada por no tener que matarme allí mismo.

—Sookie y este hombre, su hermano, te han visto —le explicó—. Son humanos. Necesitan el dinero. Te delatarán a las brujas.

—¿Qué brujas? —dijimos al unísono Jason y yo.

—Gracias, Eric, por meternos en toda esta mierda —murmuró Jason inmerecidamente—. Y ¿puedes soltarme ya la muñeca, Sook? Eres más fuerte de lo que pareces.

Era más fuerte de lo que me correspondía porque había bebido sangre de vampiro recientemente…, la de Eric. Los efectos durarían en torno a tres semanas, quizá más. Lo sabía por otras experiencias.

Por desgracia, había necesitado aquella fuerza adicional en un momento bajo de mi vida. El vampiro que estaba envuelto ahora en el albornoz de mi antiguo novio había donado esa sangre cuando yo estaba gravemente herida.

—Jason —dije en voz baja, como si los vampiros no pudieran oírme—, contrólate, por favor. —Era lo más aproximado que podía decirle a Jason para que entendiera que por una vez en su vida tenía que ser inteligente. Se sentía demasiado orgulloso de tontear con el peligro.

Muy despacio y con cautela, como si en la estancia hubiera un león enjaulado, Jason y yo nos sentamos en el viejo sofá que había a un lado de la chimenea. Aquello sirvió para enfriar la situación un par de grados. Después de un momento de duda, Eric se sentó en el suelo y se acomodó entre mis piernas. Pam se instaló en la punta del sillón abatible, en el lugar más próximo a la chimenea, y Chow decidió seguir de pie cerca de Jason (en lo que calculé era la distancia necesaria para poder lanzarse al ataque). La atmósfera se destensó un poco; aunque ni mucho menos fuera relajada, ya suponía una mejora significativa con respecto a lo que se había vivido momentos antes.

—Tu hermano tiene que quedarse a oír esto —dijo Pam—. Da lo mismo que no quieras que se entere. Tiene que saber por qué no debe intentar obtener ese dinero.

Jason y yo movimos afirmativamente la cabeza. No estaba en posición de echarlos de casa. Espera un momento, ¡sí que podía! Podía decirles a todos que la invitación para venir a verme estaba rescindida; abrirían la puerta y se largarían por arte de magia. Sin darme cuenta, estaba sonriendo. Rescindir una invitación resultaba extremadamente satisfactorio. Lo había hecho en una ocasión; había echado de patitas a la calle a Bill y Eric, y me había gustado tanto hacerlo que había prohibido la entrada a cualquier vampiro conocido. Noté, sin embargo, que mi sonrisa se esfumaba a medida que reflexionaba más sobre el tema.

Si cedía a mi impulso, tendría que quedarme encerrada en casa todas las noches del resto de mi vida, porque volverían al anochecer, y a la noche siguiente, y a la otra, hasta que acabaran conmigo porque estaba escondiendo a su jefe. Miré a Chow echando chispas por los ojos. Estaba segura de que toda la culpa era de él.

—Hace unas cuantas noches, estando en Fangtasia —explicó Pam—, nos enteramos de que acababa de llegar a Shreveport un grupo de brujas. Nos lo dijo una humana, a quien le gusta Chow. No sabía por qué nos interesó tanto esa información.

No parecía una amenaza tan grande. Jason se encogió de hombros.

—¿Y qué? —dijo—. Vosotros sois todos vampiros. ¿Qué mal puede haceros un puñado de chicas vestidas de negro?

—Los brujos y las brujas de verdad pueden hacerles muchas cosas a los vampiros —dijo Pam, con notable moderación—. Esas «chicas vestidas de negro» en que estás pensando no son más que fantoches. Los brujos de verdad pueden ser mujeres u hombres de cualquier edad. Son formidables, tremendamente poderosos. Controlan fuerzas mágicas y nuestra existencia está basada en la magia. Al parecer, a este grupo le sobra… —Hizo una pausa, tratando de encontrar la palabra adecuada.

—¿Energía? —sugirió Jason.

—Sí, le sobra energía —admitió Pam—. Aún no hemos descubierto qué es lo que las hace tan fuertes.

—¿Y cuál es su objetivo en Shreveport? —pregunté.

—Buena pregunta —dijo Chow—. Muy buena pregunta.

Le miré con el ceño fruncido. No necesitaba para nada su aprobación.

—Querían…, quieren hacerse con el negocio de Eric —dijo Pam—. Los brujos quieren dinero, como todo el mundo, y pretenden hacerse con el negocio u obligar a Eric a que les pague para que le dejen tranquilo.

—Dinero a cambio de protección. —Un concepto familiar para cualquier espectador televisivo—. ¿Y cómo pueden obligarte a dárselo? Vosotros sois muy poderosos.

—No tienes ni idea de los problemas que puede llegar a dar un negocio cuando los brujos quieren una parte del pastel. Cuando nos reunimos con ellos por vez primera, sus líderes, un equipo formado por un hermano y una hermana, nos lo explicaron con detalle. Hallow nos dijo muy claramente que podía maldecir nuestro trabajo, estropear nuestras bebidas alcohólicas y hacer tropezar a los clientes en la pista de baile para que nos demandaran, eso sin mencionar los problemas de fontanería. —Pam levantó los brazos, asqueada—. Las noches se convertirían en una verdadera pesadilla, a lo mejor hasta el punto de que Fangtasia perdiera todo su valor.

Jason y yo nos miramos con cautela. Naturalmente, los vampiros dominaban el negocio de los bares, pues es el negocio nocturno más lucrativo, y estaban de moda. Estaban metidos en tintorerías abiertas toda la noche, en restaurantes abiertos toda la noche, en cines abiertos toda la noche…, pero el negocio de los bares era el más rentable. Si Fangtasia cerraba, la economía de Eric sufriría un grave golpe.

—Así que quieren dinero a cambio de protección —dijo Jason. Había visto la trilogía de *El Padrino* quizá cincuenta veces. Pensé en preguntarle si quería dormir con los peces[1], pero Chow parecía inquieto y me abstuve de hacer el comentario. Estábamos los dos a un pelo de una muerte desagradable y sabía que no había cabida para el humor, sobre todo para un humor que casi no lo era.

—¿Y cómo fue que Eric acabó corriendo por la carretera en plena noche, sin camisa y descalzo? —pregunté, pensando que había llegado la hora de pasar a cuestiones prácticas.

Mucho intercambio de miradas entre los dos subordinados. Bajé la vista hacia Eric, que seguía sentado apoyado contra mis piernas. Parecía tan interesado en la respuesta como nosotros. Su mano rodeaba con firmeza mi tobillo. Me sentía como su salvavidas.

---

[1] «Dormir con los peces», expresión utilizada en círculos mafiosos equivalente a morir y utilizada por Vito Corleone en *El Padrino*. (*N. de la T.*)

Chow decidió coger el relevo en la narración.

—Les dijimos que teníamos que hablar entre nosotros sobre su amenaza. Pero anoche, cuando fuimos a trabajar, una de las brujas menores nos esperaba en Fangtasia con una propuesta alternativa. —Se le notaba algo incómodo—. Durante la reunión inicial, la jefa del aquelarre, Hallow, dio muestras de desear a Eric. Una pareja de este tipo se ve con muy malos ojos entre brujos, lo que es comprensible, pues nosotros estamos muertos y la brujería es supuestamente una cosa muy…, muy orgánica. —Chow escupió la palabra como si fuera algo pegado a la suela de su zapato—. Naturalmente, la mayoría de los brujos nunca harían lo que aquel grupo de brujos pretendía hacer. Ésta es gente atraída por el poder, más que por la religión que hay detrás de él.

Interesante, pero lo que me apetecía era escuchar el resto de la historia. Y lo mismo pensaba Jason, que hizo un gesto con su mano, como diciéndole «continúa». Estremeciéndose, como si acabara de despertarse de sus ensoñaciones, Chow prosiguió la narración.

—La bruja jefe, esa tal Hallow, le dijo a Eric, a través de un subordinado, que si salía con ella siete noches sólo le exigiría una quinta parte del negocio, no la mitad.

—Debes de tener buena reputación —le dijo mi hermano a Eric, dejando entrever un reconocimiento sincero. Eric no consiguió esconder su expresión de satisfacción. Se alegraba de oír que estaba hecho un Romeo. Cuando al instante siguiente levantó la vista para mirarme, lo hizo de un modo ligeramente distinto, y tuve una sensación de horrible inevitabilidad, como cuando ves que tu coche empieza a rodar cuesta abajo (aunque tú jures que has dejado puesto el freno de mano) y sabes que no hay manera de subirte a él y echar el freno, por mucho que lo intentes. El coche acabará chocando contra algo.

—Aunque algunos pensamos que haría bien aceptando, nuestro amo se negó —dijo Chow, lanzando a «nuestro amo» una mirada poco cariñosa—. Y nuestro amo estimó conveniente rechazar la propuesta de un modo tan insultante que Hallow lo maldijo.

Eric parecía avergonzado.

—¿Por qué demonios rechazaste un trato así? —preguntó Jason, perplejo de verdad.

—No me acuerdo —dijo Eric, acercándose un poquito más a mis piernas. Y ese poquito más era lo máximo que podía acercarse. Se le veía relajado, pero sabía que no lo estaba. Notaba la tensión en su cuerpo—. No sabía mi nombre hasta que esta mujer, Sookie, me lo dijo.

—¿Y qué hacías en el campo?

—Tampoco lo sé.

—Desapareció de donde estaba —dijo Pam—. Estábamos sentados en el despacho con la joven bruja, y Chow y yo discutíamos con Eric sobre su negativa. Y de pronto desapareció.

—¿Te suena de algo, Eric? —le pregunté. Me sorprendí alargando la mano para acariciarle el pelo, como haría con un perrito acurrucado contra mí.

El vampiro estaba confuso. Aunque el inglés de Eric era excelente, de vez en cuando el idioma le desconcertaba.

—¿Recuerdas algo al respecto? —insistí—. ¿Tienes algún recuerdo?

—Nací en el momento en que corría por la carretera, en la oscuridad y con aquel frío —dijo—. Hasta que me encontraste, tengo un vacío.

Explicado así, sonaba aterrador.

—Esto no nos da ninguna pista —dije—. No puede ser que sucediera de repente, sin previo aviso.

Pam no parecía ofendida, pero Chow intentó hacer el esfuerzo.

—Vosotros dos hicisteis algo, ¿verdad? La liasteis. ¿Qué hicisteis? —Eric me había cogido las dos piernas, de manera que yo estaba clavada en mi sitio sin poder moverme. Reprimí un gritito de pánico. Se le veía tan inseguro.

—Chow perdió los nervios con la bruja —dijo Pam, después de una prolongada pausa.

Cerré los ojos. Incluso Jason pareció comprender el alcance de lo que Pam estaba diciendo, pues se le pusieron los ojos como platos. Eric volvió la cara para frotar la mejilla contra mi muslo. Me pregunté qué pensaría de todo aquello.

—¿Y en el momento en que la atacó desapareció Eric? —pregunté.

Pam movió afirmativamente la cabeza.

—De modo que lo saboteó con un hechizo.

—Al parecer sí —dijo Chow—. Aunque jamás había oído hablar de algo parecido, y no debo ser considerado el responsable de todo esto. —Su mirada me impidió hacer cualquier comentario.

Me volví hacia Jason y puse los ojos en blanco. Solucionar la metedura de pata de Chow no era de mi incumbencia. Estaba segura de que si la reina de Luisiana, la superior de Eric, se enterara de lo sucedido, le diría unas cuantas cosas a Chow.

Se produjo un pequeño silencio, durante el cual Jason se levantó para echar más leña al fuego.

—¿Habéis estado en el Merlotte's, verdad? —les preguntó a los vampiros—. Donde trabaja Sookie.

Eric se encogió de hombros; no se acordaba. Pam dijo:

—Yo sí, pero Eric no. —Me miró para confirmarlo, y después de pensarlo un poco, asentí.

—De modo que nadie va a asociar automáticamente a Eric con Sookie. —Jason soltó la observación como sin darle importancia, pero se le veía muy satisfecho consigo mismo y casi engreído.

—No —dijo Pam—. Tal vez no.

Definitivamente, tenía que empezar a preocuparme, aunque no veía exactamente de qué.

—Por lo tanto, por lo que a Bon Temps se refiere, estás limpio —continuó Jason—. Dudo que alguien más le viera anoche, excepto Sookie, y que me zurzan si adivino por qué acabó en esa carretera en particular.

Mi hermano acababa de hacer una segunda observación excelente. La verdad es que esta noche funcionaba con todas las pilas a tope.

—En cambio, hay mucha gente de aquí que va en coche hasta Shreveport para ir a ese bar, Fangtasia. Yo mismo he estado en él —dijo Jason. Aquello era una novedad para mí y lo miré de reojo. Él se encogió de hombros y sólo dio la impresión de sentirse un poco incómodo—. ¿Qué pasará si alguien intenta reclamar la recompensa, si llama al número que aparece en el cartel?

Chow decidió volver a contribuir a la conversación.

—Naturalmente, el «amigo íntimo» irá directamente a hablar con el informante. Si la persona que responde es capaz de convencer al «amigo íntimo» de que vio a Eric después de esa maldita bruja que lo hechizó, los brujos empezarán a buscar en una zona concreta. Y seguro que lo encontrarán. Intentarán entonces contactar con los brujos locales para ponerlos también a trabajar en el tema.

—En Bon Temps no hay brujos —dijo Jason, sorprendido de que Chow lo hubiese sugerido. Ya estaba otra vez mi hermano, dando por sentadas cosas de las que en realidad no sabía nada.

—Oh, seguro que hay —dije—. ¿Por qué no? ¿Recuerdas lo que te hablé? —Aunque cuando le advertí de que en el mundo había cosas que era mejor no ver, estaba pensando en hombres lobo y cambiantes.

Mi hermano empezaba a sobrecargarse de información.

—¿Por qué no? —repitió débilmente—. ¿Y quiénes serían?

—Mujeres, hombres —dijo Pam, frotando una mano contra la otra, como si estuviésemos hablando de algo contagioso—. Son como cualquiera que tenga una vida secreta… En su mayoría, bastante agradables, prácticamente inofensivos. —Aunque no se la veía muy optimista diciendo aquello—. Lo que sucede es que los malos suelen contaminar a los buenos.

—De todos modos —dijo Chow, mirando pensativo a Pam—, éste es un lugar tan apartado que es probable que haya muy pocos brujos por aquí. No todos están asociados en aquelarres, y conseguir que un brujo desvinculado coopere le resultará muy difícil a Hallow y sus seguidores.

—¿Y por qué los brujos de Shreveport no hacen un conjuro para encontrar a Eric? —pregunté.

—No han podido encontrar ningún objeto suyo que les ayude a formular el conjuro —dijo Pam, como si supiera muy bien de qué estaba hablando—. No pueden acceder al lugar donde duerme de día para obtener un pelo o ropa que lleve su aroma. Y no hay nadie que lleve en su cuerpo la sangre de Eric.

Ay, ay. Eric y yo nos miramos brevemente. Estaba yo; y confiaba ciegamente en que sólo Eric lo supiera.

—Además —dijo Chow, cambiando el peso de su cuerpo de un pie a otro—, en mi opinión, creo que estos objetos no funcionarían para formular un conjuro contra nosotros, pues estamos muertos.

La mirada de Pam se cruzó de nuevo con la de Chow. Estaban intercambiando ideas de nuevo y eso no me gustaba. Eric, la causa de todo aquel intercambio de mensajes, miraba a sus dos compañeros vampiros. Incluso a mí me pareció que no tenía ni idea de qué sucedía.

Pam se volvió hacia mí.

—Eric debería quedarse aquí. Trasladarlo sería exponerlo a más peligro. Sin él de por medio y sabiendo que está seguro podremos tomar las medidas pertinentes contra los brujos.

—Nadie va a ir a los colchones[2] —me murmuró Jason al oído, siguiendo con la terminología de *El Padrino*.

Ahora que Pam lo había dicho en voz alta, veía claramente por qué tenía que haberme preocupado cuando Jason empezó a destacar lo improbable que era que alguien llegara a asociar a Eric conmigo. Nadie creería que un vampiro con el poder y la importancia de Eric estuviera instalado en casa de una camarera humana.

Mi amnésico invitado parecía desconcertado. Me incliné hacia delante, cedí brevemente a mi impulso de acariciarle el pelo y luego posé mis manos sobre sus oídos. Él me lo permitió, poniendo incluso sus manos sobre las mías. Iba a simular que no podía oír lo que yo estaba a punto de decir.

—Escuchad, Chow, Pam. Es la peor idea de todos los tiempos. Y os diré por qué. —No conseguía que las palabras me salieran con la rapidez suficiente, con la rotundidad suficiente—. ¿Cómo se supone que puedo protegerlo? ¡Ya sabéis cómo acabará esto! Me darán una paliza. O tal vez incluso me maten.

---

[2] En estado de guerra entre familias mafiosas, los miembros de las mismas «se van a los colchones», refiriéndose a apartamentos en alquiler vacíos en los que los miembros se turnan para dormir y montar guardia. *(N. de la T.)*

Pam y Chow me miraron con la misma expresión de perplejidad, como si quisieran decirme: «¿Y ahora a qué viene eso?».

—Si mi hermana hace esto —dijo Jason, ignorándome por completo—, merece que se le pague por ello.

Se produjo lo que se dice un silencio cargado de tensión. Me quedé mirándolo boquiabierta.

Pam y Chow asintieron simultáneamente.

—Como mínimo lo que recibiría un informante que llamara al número de teléfono que aparece en el cartel —dijo Jason, moviendo sus ojos azules de una cara pálida a la otra—. Cincuenta mil.

—¡Jason! —Por fin me salió la voz, y presioné incluso con más fuerza las manos sobre los oídos de Eric. Me sentía terriblemente incómoda y humillada, sin saber exactamente por qué. Para empezar, mi hermano estaba ocupándose de mis cosas como si fueran suyas.

—Diez —dijo Chow.

—Cuarenta y cinco —contraatacó Jason.

—Veinte.

—Treinta y cinco.

—Trato hecho.

—Sookie, te traeré mi escopeta —dijo Jason.

Capítulo

3

Cómo ha podido suceder? —le pregunté al fuego cuando todos se hubieron marchado.

Todos, excepto el gran vampiro vikingo al que supuestamente tenía que cuidar y proteger.

Estaba sentada en la alfombra frente a la chimenea. Acababa de echar otro tronco de leña y las llamas brillaban con todo su esplendor. Necesitaba pensar en algo agradable y reconfortante.

Por el rabillo del ojo vi un pie grande y descalzo. Eric se había sentado a mi lado en la alfombra.

—Creo que ha sucedido porque tienes un hermano ambicioso y porque tú eres de ese tipo de mujeres que se pararía a preguntarme qué me pasa aunque tuviera miedo —dijo Eric, acertando.

—¿Cómo te sientes con todo esto? —Jamás habría formulado esta pregunta al Eric de toda la vida, pero seguía comportándose de forma muy diferente; tal vez ya no estaba tan aturdido y aterrorizado como la noche anterior, pero continuaba con rasgos muy distintos a los habituales de Eric—. Me refiero a que me da la impresión de que te ven como un paquete que han guardado en un trastero, y que ese trastero soy yo.

—Me alegro de que me teman hasta el punto de tener que preocuparse por mí.

—Ya —dije inteligentemente. No era la respuesta que me esperaba.

—En condiciones normales debo de ser una persona aterradora. ¿O será más bien que inspiro lealtad a través de mis buenas obras y mis modales amables?

Reí por lo bajo.

—Ya me parecía a mí que no.

—Eres una persona normal —dije para reconfortarlo, aunque pensándolo bien, Eric no tenía aspecto de necesitar que lo reconfortasen mucho. Ahora, de todos modos, estaba bajo mi responsabilidad—. ¿No tienes frío en los pies?

—No —dijo.

Pero mi responsabilidad ahora era ocuparme de Eric, que tan poco necesitaba que se ocupasen de él. Y me pagaban una cantidad astronómica de dinero para hacer precisamente eso, me recordé seriamente. Cogí la vieja manta con cuadros verdes, azules y amarillos, que había quedado en el respaldo del sofá, y le tapé piernas y pies. Me dejé caer de nuevo en la alfombra a su lado.

—Es realmente horrenda —observó Eric.

—Eso es lo que decía Bill. —Me coloqué tendida boca abajo y me sorprendí sonriendo.

—¿Dónde está ese tal Bill?

—En Perú.

—¿Te dijo que se iba?

—Sí.

—¿Tengo que asumir que tu relación con él ha decaído? Era una forma agradable de decirlo.

—Ya no nos vemos. Y empieza a ser una situación permanente —dije, sin alterar mi tono de voz.

Se tumbó también boca abajo y se apoyó sobre los codos para seguir hablando. Estaba un poco más cerca de mí de la distancia con la que yo me sentía cómoda, pero no quise decirle nada para que se apartara. Se volvió para cubrirnos con la manta a los dos.

—Cuéntame cosas sobre él —me propuso inesperadamente Eric. Pam, Chow y él se habían tomado un vaso de True-Blood antes de que los demás vampiros se marcharan y tenía un color algo más rosado.

—Conoces a Bill —le dije—. Lleva bastante tiempo trabajando para ti. Imagino que no puedes recordarlo, pero Bill… Bueno, Bill es agradable y tranquilo, y muy protector, y hay ciertas cosas que no le entran en la cabeza. —Jamás en mi vida me habría imaginado haciendo un refrito de mi relación con Bill precisamente a Eric.

—¿Te quiere?

Suspiré, y mis ojos se llenaron de lágrimas, como solía suceder cuando pensaba en Bill; una llorona, eso es lo que era.

—Decía que sí —murmuré deprimida—. Pero luego entró en contacto con él esa vampira lagartona y se largó. —Por lo que sabía, le había enviado un mensaje de correo electrónico—. Había tenido un lío con ella, y era la que lo había…, no sé cómo les llamáis, la que lo había convertido en vampiro. La que lo había transportado, decía él. De modo que Bill se fue con ella. Dijo que tenía que hacerlo. Y después descubrió —miré de reojo a Eric, levantando las cejas para dar énfasis a mis palabras, y vi que estaba fascinado— que simplemente estaba intentando atraerlo hacia un lado incluso más oscuro.

—¿Perdón?

—Que lo que quería en realidad era incorporarlo a otro grupo de vampiros de Misisipi para que les aportara la valiosa base de datos que había estado compilando para tu gente, los vampiros de Luisiana —dije, simplificando un poco en aras de la brevedad.

—¿Y qué pasó?

Aquello era casi tan divertido como charlar con Arlene. A lo mejor incluso más, pues a ella nunca había podido contarle toda la historia.

—Pues que Lorena, que así se llamaba, lo torturó —dije, y Eric abrió los ojos como platos—. ¿Te imaginas? ¿Torturar a alguien con quien has hecho el amor? ¿A alguien con quien has vivido durante años? —Eric movió la cabeza de un lado a otro con incredulidad—. Bueno, da lo mismo, la cuestión es que tú me pediste que fuera a Jackson y lo localizara. Encontré pistas en un club nocturno exclusivo para «sobs». —Eric asintió. Evidentemente, no tuve que explicarle que «sobs» significaba seres sobrenaturales—. El club se llama Josephine's, pero los hombres lobo lo llaman el Club de los Muertos. Me dijiste que fuera allí con aquel hombre lobo tan agradable que te debía un gran favor, y me alojé en su casa. —Alcide Herveaux seguía siendo protagonista de mis fantasías—. Pero acabé saliendo muy malparada —dije para terminar. Muy malparada, como siempre.

—¿Qué pasó?

—Me clavaron una estaca, te lo creas o no.

Eric estaba impresionado.

—¿Te ha quedado cicatriz?

—Sí, aunque… —Y me callé.

Hizo un ademán indicándome que continuara.

—¿Qué?

—Le pediste a uno de los vampiros de Jackson que me curase la herida, para que sobreviviera… y me diste tu sangre para que sanara rápidamente y pudiera seguir buscando a Bill durante el día. —Me puse colorada sólo de pensar en cómo me había dado Eric su sangre y confié en que él atribuyera mis colores al calor del fuego.

—¿Y salvaste a Bill? —preguntó, pasando por alto esa parte tan delicada.

—Sí —dije con orgullo—. Le salvé el culo. —Me puse boca arriba y lo miré. Era una suerte tener a alguien con quien hablar. Me subí la camiseta y me puse ligeramente de costado para mostrarle la cicatriz a Eric. Se quedó impresionado. Tocó la zona más brillante con la punta del dedo y movió la cabeza. Volví a dejar la camiseta en su sitio.

—¿Y qué le pasó a la vampira lagartona? —preguntó.

Lo miré recelosa, pero vi que no pretendía burlarse de mí.

—Bien —dije—, hmmm…, de hecho, creo que… Ella llegó en el momento en que estaba desatando a Bill y me atacó, y yo…, y yo… la maté.

Eric me miró fijamente. Me resultaba imposible interpretar su expresión.

—¿Habías matado antes a alguien? —preguntó.

—¡Por supuesto que no! —respondí indignada—. Bueno, le hice daño a un tipo que pretendía matarme, pero no murió. No, yo soy humana. No necesito matar a nadie para vivir.

—Pero los humanos se pasan la vida matándose entre ellos. Y ni siquiera los necesitan para comérselos o para beber su sangre.

—No todos los humanos.

—Es verdad —dijo—. Todos los vampiros somos unos asesinos.

—Pero, en cierto sentido, sois como los leones.

Eric se quedó perplejo.

—¿Como los leones? —preguntó débilmente.

—Todos los leones matan. —Y al instante, aquel concepto fue como una inspiración—. Sois depredadores, como los leones y las aves de rapiña. Pero utilizáis lo que matáis. Tenéis que matar para comer.

—La pega de esta reconfortante teoría es que nuestro aspecto es casi exacto al vuestro. Y además, en su día fuimos como vosotros. Y podemos amaros, además de alimentarnos de vosotros. No irás a decir que a un león le apetecería acariciar a un antílope.

De pronto noté en el ambiente algo que no había existido hasta entonces. Me sentí un poco como un antílope a punto de ser atacado… por un león que era un pervertido.

Me sentía más a gusto cuidando a una víctima aterrorizada.

—Eric —dije con mucha cautela—. Ya sabes que aquí eres mi invitado. Y sabes que si te pido que te marches, cosa que haré si no eres sincero conmigo, te encontrarás en medio del campo vestido únicamente con un albornoz, que además te queda corto.

—¿He dicho algo que te haya incomodado? —Estaba (o aparentaba estar) totalmente arrepentido, sus ojos azules transmitían sinceridad—. Lo siento. Simplemente trataba de continuar tu línea de pensamiento. ¿Tienes más TrueBlood? ¿Qué ropa me ha traído Jason? Tu hermano es un hombre muy inteligente. —Cuando me dijo eso, no lo hizo en sentido de admiración. Y no lo culpaba por ello. La inteligencia de Jason iba a costarle treinta y cinco mil dólares. Me levanté para ir a buscar la bolsa de Wal-Mart, esperando que a Eric le gustara su nueva sudadera de los Luisiana Tech Bulldogs y unos vaqueros baratos.

Me acosté hacia medianoche, dejando a Eric absorto con mis cintas de la primera temporada de *Buffy, la cazavampiros*.

(Aunque me gustó recibirlas, no fueron más que un regalo de Tara para tomarme el pelo). Eric se moría de la risa con la serie, sobre todo cuando vio cómo a los vampiros les sobresalía la frente después de darse un atracón de sangre. De vez en cuando, oía las carcajadas de Eric desde mi habitación. Pero no me molestaba. Me resultaba un consuelo saber que había alguien más en casa.

Tardé un poco más de lo habitual en conciliar el sueño, porque no podía dejar de pensar en todo lo que había sucedido a lo largo del día. Eric estaba, en cierto sentido, acogido al programa de protección de testigos y yo le proporcionaba el piso franco. Nadie en el mundo —excepto Jason, Pam y Chow— sabía dónde estaba en este momento el sheriff de la Zona Cinco.

Estaba metiéndose en mi cama.

No me apetecía abrir los ojos y ponerme a pelear con él. Estaba justo en aquel momento especial que hay entre la vigilia y el sueño. Cuando la noche anterior se había metido en la cama, Eric tenía tanto miedo que había despertado mi instinto maternal y por eso lo había consolado dándole la mano. Pero esta noche, eso de tenerlo acostado a mi lado ya no me parecía tan neutral.

—¿Tienes frío? —murmuré, viendo que se acurrucaba contra mí.

—Hmmm —susurró. Yo estaba tendida boca arriba, tan a gusto que ni se me pasó por la cabeza moverme. Él se había puesto de lado, de cara a mí y me había pasado el brazo por la cintura. Pero no se movió ni un centímetro más y se relajó por completo. Después de un momento de tensión, también conseguí relajarme y me quedé dormida como un tronco.

Lo siguiente que recuerdo es que era de día y sonaba el teléfono. Estaba sola en la cama, claro está, y por la puerta entreabierta veía la habitación pequeña, al otro lado del vestíbulo. La puerta del vestidor estaba abierta, pues debía de haberse ido de mi lado al amanecer para refugiarse en el agujero oscuro.

Hacía un día despejado y la temperatura había subido un poco, tendríamos entre uno y cuatro grados centígrados. Me sentía mucho más animada que cuando me desperté el día anterior. Ahora sabía qué sucedía; o al menos sabía más o menos lo que tenía que hacer, cómo transcurrirían los próximos días. O creía saberlo. Porque cuando respondí al teléfono, descubrí lo equivocada que estaba.

—¿Dónde está tu hermano? —vociferó el jefe de Jason, Shirley Hennessey. Todo el mundo pensaba que un hombre llamado Shirley sería divertido hasta que se topaba con él frente a frente, momento en el cual decidías que sería mejor guardarte la gracia sólo para ti.

—¿Y cómo quieres que yo lo sepa? —dije—. Seguramente estará durmiendo en casa de alguna mujer. —Shirley, conocido universalmente como Catfish, jamás me había llamado para saber dónde estaba Jason. De hecho, me sorprendía incluso el simple hecho de que hubiera cogido el teléfono para llamar. Si Jason era bueno en algo era en presentarse puntual al trabajo y en cumplir hasta la hora de la salida. De hecho, Jason hacía bien su trabajo, una tarea que yo nunca había logrado comprender del todo. Al parecer se trataba de aparcar su bonita camioneta en las oficinas de la carretera local, subirse a otro furgón con el logo de la autoridad comarcal y conducir arriba y abajo las carreteras diciéndoles a las cuadrillas de obreros lo que tenían que hacer. Parecía exigir, además, salir de vez en cuando del furgón y contemplar, junto con otros hombres, los grandes socavones que había en o junto a la carretera.

Catfish se quedó sin saber qué decir ante mi franqueza.

—No deberías decir estas cosas, Sookie —dijo, sorprendido de que una mujer soltera admitiese que sabía que su hermano no era virgen.

—¿Me estás diciendo que Jason no se ha presentado a trabajar? ¿Lo has llamado a su casa?

—Sí a una cosa y sí a la otra —respondió Catfish, que en la mayoría de aspectos no tenía un pelo de tonto—. Incluso he enviado a Dago a su casa. —Dago (los miembros de las cuadrillas de la carretera tenían que tener apodos) era Antonio Guglielmi, un tipo que lo máximo que se había alejado de Luisiana era para ir a Misisipi. Estaba segura de que lo mismo podía decirse de sus padres, y seguramente de sus abuelos, aunque corría el rumor de que en una ocasión habían estado en Branson para ir al teatro.

—¿Estaba su camioneta? —Empezaba a tener esa rara sensación de frío.

—Sí —respondió Catfish—. Estaba aparcada delante de su casa, con las llaves dentro. La puerta abierta.

—¿La puerta de la camioneta o la puerta de la casa?

—¿Qué?

—La que estaba abierta. ¿Qué puerta era?

—Oh, la de la camioneta.

—Esto no me gusta, Catfish —dije. La sensación de alarma me provocaba un hormigueo en todo el cuerpo.

—¿Cuándo lo viste por última vez?

—Anoche. Estuvo aquí de visita, y se marchó hacia las…, oh, veamos… Debían de ser las nueve y media o las diez.

—¿Iba con alguien?

—No. —No había venido con nadie, era verdad.

—¿Piensas que debería llamar al sheriff? —preguntó Catfish.

Me pasé la mano por la cara. Aún no estaba preparada para eso, por muy urgente que pareciera la situación.

—Démosle una hora más —sugerí—. Si en una hora no se ha presentado en el trabajo, me lo dices. Y si aparece, dile que me llame. Supongo que debería ser yo quien se lo dijera al sheriff, si es que al final resulta que tenemos que hacerlo.

Colgué después de que Catfish me lo hubiera repetido todo otra vez, pues se veía que no le apetecía nada colgar y empezar de nuevo a preocuparse. No, no puedo leer la mente por teléfono, pero lo noté en su voz. Conocía a Catfish Hennessey desde hacía muchos años. Había sido amigo de mi padre.

Me fui con el teléfono inalámbrico al baño y me duché para espabilarme. No me lavé el pelo, por si acaso tenía que salir enseguida. Me vestí, me preparé un café y me peiné con una trenza. Mientras realizaba esas tareas, no paré de pensar ni un instante, algo que me cuesta hacer cuando estoy sentada sin hacer nada.

Decidí que existían varias posibilidades.

Una. (Ésta era mi favorita). En algún lugar entre mi casa y su casa, mi hermano había encontrado una mujer y se había enamorado de forma tan instantánea e intensa que había abandonado su costumbre desde hacía años y se había olvidado por completo del trabajo. En este momento estaba metido en una cama en algún lado y disfrutando del sexo.

Dos. Los brujos, o quienesquiera que fuesen, habían averiguado que Jason conocía el paradero de Eric y lo habían abducido para sonsacarle la información. (Tomé mentalmente nota de enterarme de más cosas acerca de los brujos). ¿Cuánto tiempo sería Jason capaz de guardar el secreto sobre el escondite de Eric? Mi hermano no sólo alardea en plan pose, en realidad es un tipo valiente… o tal vez sería más adecuado decir que es un testarudo. No hablaría fácilmente. ¿Y si un brujo le hacía un conjuro para que hablase? Y en el caso de que los brujos lo hubiesen secuestrado, era posible que estuviera ya muerto, pues habían pasado muchas horas. Y si había hablado, yo estaba en peligro y Eric tenía los días contados. Podían llegar en cualquier momento, pues los brujos no están obligados a moverse sólo en la oscuridad. Eric moriría antes de que finalizara el día, indefenso. Era la peor de todas las posibilidades.

Tres. Jason había vuelto a Shreveport con Pam y con Chow. A lo mejor habían decidido pagarle algún dinero por adelantado, o a lo mejor Jason había querido visitar Fangtasia, pues era un local nocturno popular. Una vez allí, podía haber sido seducido por alguna vampira y haberse quedado toda la noche con ella, pues Jason era como Eric en el sentido de que todas las mujeres se prendaban de él. Si ella le había quitado demasiada sangre, era probable que Jason estuviera durmiendo la mona. Me imagino que la posibilidad número tres era en realidad una variación de la número uno.

Si Pam y Chow sabían dónde estaba Jason y no me habían llamado antes de haberse ido a dormir, me iba a enfadar mucho. Mi instinto visceral me decía que fuera a buscar el hacha y empezara a preparar unas cuantas estacas.

Entonces recordé lo que había estado intentando olvidar con todas mis fuerzas: lo que sentí al introducir la estaca en el cuerpo de Lorena, la expresión de su rostro al darse cuenta de que su interminable vida había acabado. Alejé de mí ese pensamiento. Cuando matas a alguien (aunque sea a un vampiro malvado) acaba afectándote tarde o temprano, a menos que seas un psicópata rematado, lo cual no era mi caso.

Lorena me habría matado sin pensárselo dos veces. De hecho, habría disfrutado con ello. Pero era una vampira, y Bill nunca se cansaba de decirme que los vampiros eran distintos; que aunque conservaran su aspecto humano (más o menos), sus funciones internas y su personalidad experimentaban un cam-

bio radical. Yo lo creí y me tomé muy en serio todas sus adver-
tencias. Su aspecto tan humano, sin embargo, hace que sea fácil
atribuirles reacciones y sentimientos humanos.

Lo frustrante era que Chow y Pam no se despertarían
hasta el anochecer, y que yo no sabía a quién —o a qué— despertaría si llamaba a Fangtasia durante el día. No creía que
aquellos dos vivieran en el club. Tenía la impresión de que Pam
y Chow compartían una casa… o un mausoleo… en algún lugar de Shreveport.

Estaba prácticamente segura de que durante el día tenían
que ir empleados humanos a realizar la limpieza del club aunque,
naturalmente, un humano no me diría (ni podría aunque quisiera) nada sobre los asuntos de los vampiros. Los humanos que
trabajaban para vampiros aprendían rápidamente a mantener la
boca cerrada, como muy bien podía atestiguar yo.

Por otro lado, si me desplazaba hasta el club tendría la
posibilidad de hablar con alguien cara a cara. Tendría la posibilidad de leer una mente humana. No podía leer la mente de
los vampiros, y eso era lo que me había llevado inicialmente a
sentir atracción hacia Bill: un sosiego de silencio después de
toda una vida de hilo musical. (¿Por qué no podía oír los pensamientos de los vampiros? Tengo una gran teoría al respecto.
Tengo tanto de científica como una galleta salada, pero he leído acerca de las neuronas, que son las células que hacen funcionar el cerebro mediante pequeños destellos, ¿no es eso?
Como los vampiros funcionan gracias a la magia, no gracias a
la energía vital normal, sus cerebros no emiten esos impulsos.
Y por eso yo no soy capaz de pillar nada… excepto más o menos una vez cada tres meses, ocasión en la que soy capaz de
recibir el pensamiento de algún vampiro. Pero siempre intento
esconderlo, porque es una forma segura de buscarse una muerte instantánea).

Curiosamente, el único vampiro al que había «oído» dos veces era —efectivamente, lo habéis adivinado— Eric.

Si estaba disfrutando tanto de la reciente compañía de Eric era por el mismo motivo por el que me gustaba la de Bill, dejando aparte el componente romántico que había tenido con éste. Incluso Arlene tenía la tendencia de dejar de escucharme cuando yo le hablaba y se ponía a pensar en otras cosas que consideraba más interesantes, como las notas de sus hijos o las monadas que decían. Pero con Eric no me enteraba, aunque estuviera pensando en que tenía que cambiarle las escobillas al parabrisas de su coche mientras yo le abría mi corazón.

La hora que le había pedido a Catfish que me concediera estaba casi agotada y mis pensamientos constructivos se habían reducido a sandeces sin sentido, como siempre. Bla, bla, bla. Eso es lo que sucede cuando te pasas el día hablando contigo misma.

Muy bien, pasemos a la acción.

El teléfono sonó justo pasada una hora y Catfish admitió no haber tenido noticias. Nadie había oído nada sobre Jason ni lo había visto aunque, por otro lado, Dago tampoco había visto nada sospechoso en casa de Jason, excepto la puerta abierta de la camioneta.

Me sentía aún reacia a llamar al sheriff, pero me daba cuenta de que no tenía otra elección. A aquellas alturas, llamaría la atención si no lo llamaba.

Esperaba ser recibida con conmoción y alarma, pero la respuesta fue incluso peor: indiferencia benévola. De hecho, el sheriff Bud Dearborn soltó una carcajada.

—¿Me llamas porque el semental de tu hermano no ha ido a trabajar? Sookie Stackhouse, me dejas sorprendido. —Dearborn tenía la voz ronca y la cara aplastada de un pequinés, y era fácil imaginárselo resoplando junto al teléfono.

—Nunca falta al trabajo, y su camioneta estaba en casa. Con la puerta abierta —le dije.

Captó la importancia del detalle, pues Bud Dearborn es un hombre que sabe apreciar una buena pista.

—Tal vez lo que vaya a decir suene gracioso, pero Jason hace ya tiempo que superó los veintiuno y tiene cierta reputación de... —(«Tirarse a cualquier cosa que encuentra», pensé)—... ser muy popular con las damas —concluyó Bud con delicadeza—. Seguro que está liado con alguna nueva y luego se arrepentirá de haberte causado tantas preocupaciones. Llámame de nuevo mañana por la tarde si aún no has tenido noticias de él, ¿te parece bien?

—De acuerdo —contesté con el tono de voz más neutral que fui capaz de emitir.

—Sookie, no te enfades conmigo, simplemente te digo lo que cualquier representante de la ley te diría —dijo.

Y yo pensé: «Cualquiera al que le pesara el trasero tanto como a ti». Pero no lo dije en voz alta. Bud era la máxima autoridad que teníamos, y debía mantenerme de su lado siempre que me fuera posible.

Murmuré algo que sonó vagamente educado y colgué el teléfono. Después de informar a Catfish, decidí que lo único que podía hacer era desplazarme hasta Shreveport. Iba a llamar a Arlene, pero recordé que debía de tener a los niños en casa porque aún estaban de vacaciones escolares. Pensé en llamar a Sam, pero me imaginé que se ofrecería a hacer cualquier cosa por mí cuando en realidad no había nada de lo que él pudiera encargarse. Simplemente deseaba compartir mi preocupación con alguien. Sabía que eso no estaba bien. Que nadie podía ayudarme, excepto yo misma. Una vez tomada la decisión de ser valiente e independiente, a punto estuve de llamar por teléfono a Alcide Herveaux, un chico pudiente y trabajador que vive en Shreveport. El padre de Alcide dirige una empresa de peritajes que trabaja para tres estados y Alcide se pasa el día viajando de una oficina a otra. La noche anterior se lo había mencionado a Eric; él había enviado a Alcide a Jackson conmigo. Pero Alcide y yo teníamos aún ciertos temas pendientes entre hombre y mujer y sería engañoso llamarle cuando lo que yo necesitaba era un tipo de ayuda que no podía darme. O, al menos, eso era lo que pensaba en aquel momento.

Me daba miedo salir de casa por si acaso había noticias de Jason, pero ya que el sheriff no se había puesto aún a buscarlo, pensé que seguiríamos un tiempo sin saber nada de él.

Antes de irme, arreglé el vestidor del dormitorio pequeño para que todo pareciera natural. A Eric le costaría un poco más salir cuando bajara el sol, pero no le resultaría extremadamente complicado. Dejarle una nota sería algo que podía suponerle la muerte si alguien entraba en la casa, y él era suficientemente inteligente como para responder al teléfono si yo le llamaba una vez hubiera anochecido. Pero estaba tan confundido con su amnesia, que tal vez tuviera miedo cuando se despertase solo y no encontrara una explicación a mi ausencia.

Tuve una idea luminosa. Arranqué una hoja del calendario de «La palabra del día» del año pasado («encantamiento») y escribí: «Jason, si por casualidad pasas por aquí, ¡llámame! Estoy muy preocupada por ti. Nadie sabe dónde estás. Volveré por la tarde o por la noche. Voy a pasar por tu casa y después iré a Shreveport para ver si andas por allí. Luego regresaré a casa. Te quiero, Sookie». Pegué la nota con celo en la nevera, justo donde una hermana esperaría que su hermano fuera directamente si se pasaba por allí.

Eric era lo bastante listo como para leer entre líneas. Y la explicación de la nota era de lo más normal, de modo que si a alguien se le ocurría entrar en la casa para inspeccionar, pensaría que la nota era la precaución normal de una hermana.

De todos modos, seguía dándome reparo dejar a Eric durmiendo y tan vulnerable. ¿Y si se presentaban los brujos en casa?

¿Y por qué deberían hacerlo?

De haberle seguido la pista a Eric, ya habrían venido, ¿no? Al menos, mi lógica era ésa. Pensé en llamar a alguien, como Terry Bellefleur, un tipo bastante duro, para que viniese a quedarse en casa —podía utilizar como pretexto que estaba esperando una llamada de Jason—, pero no me pareció adecuado implicar a nadie más en la defensa de Eric.

Llamé a todos los hospitales de la zona, con la sensación constante de que debería ser el sheriff quien realizara esa pequeña tarea por mí. Los hospitales tenían la lista con los nombres de todos los ingresados y ninguno de ellos era Jason. Llamé a la patrulla que vigilaba la autopista para averiguar si se había producido algún accidente la noche anterior y la respuesta fue negativa. Llamé a unas cuantas mujeres que habían salido con Jason y recibí muchas respuestas negativas, algunas de ellas obscenas.

Había cubierto todas las posibilidades. Estaba lista para ir a casa de Jason, conduciendo en dirección norte por Hummingbird Road y desviándome a la izquierda para tomar la autopista, incluso recuerdo haberme sentido orgullosa de mí misma. Cuando seguí en dirección oeste para llegar a la casa donde había pasado los primeros siete años de mi vida, dejé el Merlotte's a mi derecha y luego llegué al cruce principal por el que se entraba a Bon Temps. Giré a la izquierda y divisé nuestra antigua casa, con la camioneta de Jason aparcada enfrente. Había otro vehículo, tan reluciente como el primero, aparcado a unos cinco metros de la de Jason.

Cuando salí del coche, vi que había un hombre de color examinando el terreno alrededor del vehículo. Y me sorprendió descubrir que la segunda camioneta pertenecía a Alcee Beck, el único detective afroamericano de la policía local. La presencia de Alcee me resultó tanto tranquilizadora como inquietante.

—Señorita Stackhouse —dijo muy serio. Alcee Beck iba vestido con chaqueta, pantalón y unas botas gastadas. Las botas no conjuntaban con el resto de su atuendo y estaba segura de que las guardaba en el coche para aquellos casos en que tenía que inspeccionar terrenos en mal estado. Alcee (cuyo nombre se pronunciaba Al-SEI) era también un emisor potente y me resultaba fácil recibir sus pensamientos cuando bajaba mis escudos defensivos para escuchar.

Enseguida me enteré de que Alcee Beck no se alegraba de verme, que yo no le caía bien y que pensaba que a Jason le había ocurrido algo sospechoso. Jason le importaba un comino al detective Beck, pero me tenía miedo. Me consideraba una persona tremendamente rara y me evitaba siempre que podía.

Lo cual a mí no me importaba.

Sabía más sobre Alcee Beck que lo que me sentía cómoda sabiendo, y lo que sabía de Alcee no era muy agradable. Era brutal con los prisioneros que no colaboraban, aunque adoraba a su esposa y a su hija. Aprovechaba cualquier oportunidad que se le presentase para forrarse y se aseguraba de que dichas oportunidades se le presentaran con frecuencia. Alcee Beck limitaba esas prácticas a la comunidad afroamericana, operando sobre la teoría de que nunca le delatarían a otros policías blancos, y hasta el momento no se había equivocado.

¿Veis a qué me refiero cuando digo que a veces preferiría no saber nada sobre ciertas cosas que escucho? Enterarse de esto era muy distinto a descubrir que Arlene opinaba que el marido de Charlsie no era lo bastante bueno para Charlsie, o que Hoyt Fortenberry había abollado un coche en el aparcamiento y no se lo había comunicado al propietario del coche afectado.

Y antes de que me preguntéis qué hago cuando me entero de cosas así, os lo diré. No me meto. A las malas he aprendido que cuando intentas intervenir casi nunca sale bien. Nadie es más feliz por ello, todo el mundo se fija en mi tara y paso un mes entero sin que nadie se sienta cómodo en mi compañía. Guardo más secretos que dinero Fort Knox. Y los guardo tan encerrados a cal y canto como ellos sus lingotes.

Debo admitir que si bien la mayoría de los pequeños secretos que vengo acumulando no cambiarían el mundo, la mala conducta de Alcee sí provoca un daño. Hasta el momento, sin embargo, no había encontrado aún la manera de impedir que Alcee siguiera actuando como lo hacía. Era un tipo muy inteligente, que controlaba sus actividades y las mantenía escondidas a cualquiera con poder para intervenir. Pero no estaba del todo segura de que Bud Dearborn no estuviera al corriente.

—Detective Beck —dije—. ¿Está buscando a Jason?

—El sheriff me ha pedido que venga a ver si veo algo raro.

—¿Y ha encontrado algo?

—No, señorita. No he encontrado nada.

—¿Le comentó el jefe de Jason que la puerta de la camioneta estaba abierta?

—La he cerrado para que no se agote la batería. He ido con cuidado de no tocar nada, naturalmente. Pero estoy seguro de que su hermano aparecerá de un momento a otro y que no le gustará nada que le hayamos revuelto sus cosas sin motivo.

—Tengo una llave de su casa y me gustaría pedirle si puede entrar conmigo.

—¿Sospecha que pueda haberle pasado alguna cosa dentro de la casa? —Alcee Beck se andaba con tanto cuidado con sus palabras que empecé a preguntarme si tendría una grabadora en marcha escondida en el bolsillo.

—Podría ser. No suele faltar nunca al trabajo. De hecho, no ha faltado nunca. Y siempre sé dónde está. Siempre me tiene al corriente.

—¿Se lo diría si está con una mujer? Los hermanos no suelen contar esas cosas, señorita Stackhouse.

—Me lo diría, o se lo diría a Catfish.

Alcee Beck hizo lo posible para ocultar una expresión de escepticismo en su oscura cara, pero el intento no le salió muy logrado.

La casa seguía cerrada con llave. Elegí la llave correcta entre todas las que llevaba en el llavero y entramos. Cuando entré, no tuve esa sensación de estar en casa que tenía cuando era pequeña. Llevaba mucho más tiempo viviendo en casa de mi abuela que en aquélla. Jason se trasladó a vivir aquí tan pronto como cumplió los veinte y, aunque me acercaba de vez en cuando, seguramente no habría pasado en ella ni un total de veinticuatro horas en los últimos ocho años.

Miré a mi alrededor y me di cuenta de que mi hermano no había hecho grandes cambios durante todo aquel tiempo. Era una casita estilo rancho, con habitaciones pequeñas, pero mucho más nueva que la casa de la abuela —mi hogar— y mucho mejor acondicionada para soportar el frío y el calor. Mi padre se había ocupado personalmente de ella, y la había construido bien.

La pequeña sala de estar seguía amueblada con el mobiliario de madera de arce que mi madre había adquirido en una tienda de saldos y la tapicería (beis con flores azules y verdes, jamás vistas en la naturaleza) seguía estando en buen estado, lo cual era una pena. Había necesitado unos cuantos años para darme cuenta de que mi madre, aun siendo una mujer inteligente en muchos sentidos, no tenía buen gusto. Jason no había llegado a darse cuenta de ello. Había sustituido las cortinas cuando se habían gastado y descolorido, y había comprado una alfombra nueva para tapar los lugares donde la vieja moqueta azul estaba más maltrecha. Los electrodomésticos eran nuevos y se había esmerado en actualizar el baño. Pero mis padres, de haber podido entrar ahora en la que fue su casa, se habrían sentido a gusto en ella.

Me sentí conmocionada al pensar que llevaban ya muertos casi veinte años.

Mientras permanecía cerca de la puerta de entrada, rezando para no ver manchas de sangre, Alcee Beck inspeccionó la casa, que parecía estar en orden. Después de un segundo de indecisión, decidí seguirlo. No había mucho que ver; como ya he dicho, es pequeña. Tres dormitorios (dos de ellos bastante estrechos), el salón, la cocina, un baño, una sala de estar bastante grande y un pequeño comedor: una casa que podría encontrarse duplicada innumerables veces en cualquier ciudad de los Estados Unidos.

La casa estaba cuidada. Aunque a veces Jason se comportaba como un cerdo, nunca había vivido como tal. Incluso la cama de matrimonio que llenaba casi por completo el dormitorio de mayor tamaño estaba más o menos bien hecha, aunque vi que tenía sábanas de color negro y de un tejido brillante. Supuestamente tenían que parecer de seda, pero estaba segura de que eran de algún tejido artificial. Demasiado resbaladizas para mi gusto; prefería las de percal.

—No hay signos de pelea —observó el detective.

—Ya que estoy aquí, voy a coger una cosa —le dije, acercándome al armario de armas que había sido de mi padre. Estaba cerrado, de modo que busqué de nuevo mi llavero. Sí, también guardaba la llave de ese armario y recordé una larga historia que Jason me había explicado sobre la necesidad de tener yo también un arma; por si acaso él salía a cazar y necesitaba otro rifle, o algo por el estilo. ¡Como si yo fuera a dejarlo todo cuando él me lo pidiera para ir a llevarle un rifle!

Aunque, si no estaba trabajando, tal vez sí lo haría.

En el armario de las armas estaban los rifles de Jason, y los de mi padre, junto con toda la munición necesaria.

—¿Están todas? —El detective se volvió con impaciencia desde la puerta que daba acceso al comedor.

—Sí. Simplemente voy a llevarme una a casa.

—¿Acaso espera tener problemas? —Por primera vez, Beck parecía interesado en algo.

—Si Jason ha desaparecido, ¿quién sabe qué puede haber pasado? —dije, esperando que mi respuesta fuese lo bastante ambigua. A pesar de que me tuviera miedo, Beck tenía mi inteligencia en muy baja estima. Jason había dicho que me llevaría una escopeta a casa, y yo sabía que me sentiría mejor con ella. De modo que cogí la Benelli y busqué las correspondientes balas. Jason me había enseñado con todo detalle cómo cargar y disparar aquella escopeta, que era todo su orgullo. Había dos cajas distintas de balas.

—¿Cuáles cojo? —le pregunté al detective Beck.

—Caramba, una Benelli. —Decidió darse un respiro para dejarse impresionar con el arma—. De calibre doce, ¿no? Yo cogería las que se utilizan para cazar aves —me aconsejó—. Las que se utilizan para el tiro al blanco no tienen fuerza suficiente para detener a nadie.

Metí en el bolsillo la caja aconsejada.

Salí de la casa para guardar la escopeta en el coche, con Beck pisándome los talones.

—Tiene que llevar la escopeta en el maletero y las balas dentro del coche —me informó el detective. Hice exactamente lo que me dijo, guardé incluso las balas en la guantera, y me volví hacia él. Tenía ganas de perderme de vista y me dio la impresión de que no estaba en absoluto entusiasmado con la misión de encontrar a Jason.

—¿Ha mirado ya en la parte de atrás? —le pregunté.

—Acababa de llegar cuando apareció usted.

Incliné la cabeza en dirección al estanque que había detrás de la casa y nos dirigimos hacia allí. Un par de años atrás, mi hermano, ayudado por Hoyt Fortenberry, había montado una agradable terraza en la parte trasera de la casa. Había colocado en ella un mobiliario de exterior muy acertado que había comprado de rebajas en Wal-Mart. En la mesa de hierro forjado había colocado incluso un cenicero por si sus amigos salían fuera a fumar. Alguien lo había utilizado. Hoyt fumaba, recordé. En la terraza no había ningún otro detalle interesante.

Desde la terraza hasta el estanque, el terreno descendía cuesta abajo. Mientras Alcee Beck verificaba la puerta trasera, contemplé el embarcadero que había construido mi padre y creí ver una mancha en la madera. Me estremecí, no sé por qué, y debí de emitir algún ruido. Alcee se acercó a mi lado y le dije:

—Mire el embarcadero.

Enseguida captó la pista, como un perro de caza.

—Quédese aquí —me ordenó con un tono de voz inequívocamente oficial. Avanzó con cuidado, observando el terreno que pisaba antes de dar cada paso. Cuando Alcee llegó por fin al embarcadero, parecía como si hubiese transcurrido una hora. Se agachó sobre los tablones bañados por la luz del sol para observar con más detalle. Se concentró en la zona que quedaba a la derecha de la mancha, para evaluar algo que a mí me resultaba imposible ver, algo que ni siquiera podía leer en su mente.

Entonces se preguntó qué tipo de botas de trabajo utilizaba mi hermano; eso lo «oí» con claridad.

—De la marca Caterpillar —grité. Empecé a sentir miedo, era una sensación tan intensa que me provocaba incluso temblores. Jason era todo lo que yo tenía.

Y me di cuenta entonces de que había cometido un error que hacía años que no cometía: había respondido a una pregunta antes de que me la formularan. Me llevé la mano a la boca y vi la cara de sorpresa de Beck. Quería alejarse de mí. Y estaba pensando que tal vez Jason estaba en el estanque, muerto. Estaba especulando con la idea de que Jason hubiera tropezado y se hubiera golpeado la cabeza contra el embarcadero, resbalado y caído al agua. Pero había una huella sorprendente...

—¿Cuándo podrá inspeccionar el estanque? —grité.

Se volvió hacia mí, con una expresión de puro terror. Nadie me había mirado de aquella manera desde hacía años. Lo tenía asustado, nada más lejos de lo que yo pretendía.

—En el embarcadero hay sangre —señalé, intentando mejorar la situación. Proporcionar una explicación a mis palabras era lo más natural—. Temo que Jason pueda haber caído al agua.

Beck pareció tranquilizarse un poco después de aquello. Miró el agua. Mi padre había elegido construir la casa precisamente allí por el estanque. De pequeña me había contado que el estanque era muy profundo y que estaba alimentado por una minúscula corriente de agua. La zona que rodeaba dos tercios del estanque estaba cuidada como un jardín, pero el extremo más alejado de la casa era una zona boscosa. A Jason le encantaba sentarse en el embarcadero al caer la noche, armado con sus prismáticos, para ver cómo se acercaban a beber al estanque bichos de todo tipo.

En el estanque había peces. Jason les daba de comer. Se me encogió el estomago.

El detective ascendió la cuesta desde el embarcadero.

—Tengo que llamar para preguntar quién puede bucear para inspeccionar el estanque —dijo Alcee Beck—. Tal vez tardemos un poco en localizar a alguien que pueda hacerlo. Y además el jefe tiene que dar su autorización.

Eso costaría dinero, claro está, y era posible que no hubiera presupuesto para ello. Respiré hondo.

—¿Se refiere a horas, o a días?

—Tal vez un par de días —respondió por fin—. Quien lo haga tiene que estar entrenado. Hace mucho frío y recuerdo que Jason me mencionó en una ocasión que el estanque era profundo.

—De acuerdo —dije, intentando reprimir mi impaciencia y mi enfado. La ansiedad me carcomía como el hambre.

—Carla Rodríguez estaba anoche en la ciudad —dijo Alcee Beck, y después de un buen rato comprendí la relevancia del comentario.

Carla Rodríguez, menuda, morena y llena de energía, había sido lo más cercano a una novia que Jason había tenido nunca. De hecho, la pequeña cambiante con la que había salido Jason en Nochevieja era muy del estilo de Carla que, para mi alivio, se había trasladado a vivir a Houston hacía tres años. Me había hartado de los fuegos artificiales que rodearon su romance con mi hermano, su relación salpicada constantemente por largas y escandalosas peleas en público, llamadas telefónicas en las que ella colgaba cuando le venía en gana y portazos de todo tipo.

—¿Sí? ¿Y en casa de quién se aloja?

—De su prima en Shreveport —dijo Beck—. Una tal Dovie.

Dovie Rodríguez visitaba Bon Temps con frecuencia cuando Carla vivía aquí. Dovie era la prima de ciudad, más sofisticada, que venía al campo para corregir nuestros modales pueblerinos. Naturalmente, todos envidiábamos a Dovie.

Pensé que lo que más me apetecía hacer era tener una conversación cara a cara con Dovie.

Resultó que al final tendría que acabar desplazándome a Shreveport.

Capítulo

4

El detective se despidió de mí después de aquello, diciéndome que le pediría a la policía especialista en escenas de crimen que fuera a la casa a inspeccionarla y que estaríamos en contacto. De su cerebro me vino la idea de que había alguna cosa que no quería que yo viese y que lo de Carla Rodríguez me lo había dicho simplemente para distraerme.

Pensé que querría llevarse la escopeta, ya que ahora parecía estar mucho más seguro de que se enfrentaba a un crimen y que el arma podía formar parte de las pruebas. Pero Alcee Beck no dijo nada, y yo tampoco se lo recordé.

Estaba más conmocionada de lo que quería admitir. Hasta ahora había estado convencida de que, aunque tenía que localizar a mi hermano, Jason estaba bien; simplemente desaparecido. O perdido entre algunas sábanas, quizá. Tal vez estaría metido en algún problema de poca gravedad, me había dicho a mí misma. Pero ahora las cosas empezaban a tener peor pinta.

Nunca había logrado exprimir mi presupuesto lo suficiente como para permitirme un teléfono móvil, de modo que cogí el coche con la idea de volver a casa. Empecé a pensar a quién podía llamar y obtuve la misma respuesta que antes. A nadie.

No tenía ninguna noticia que dar. Me sentía tan sola como siempre. Pero no quería ser la típica mujer de las crisis que se presenta siempre en casa de las amistades cargada de problemas.

Se me llenaron los ojos de lágrimas. Me hubiese gustado volver a tener a mi abuela a mi lado. Aparqué en la cuneta y me di un bofetón en la mejilla. Y me dirigí a mí misma unas cuantas palabras malsonantes.

Shreveport. Tenía que ir a Shreveport y hablar cara a cara con Dovie y Carla Rodríguez. De paso, cuando estuviera allí, averiguaría si Pam y Chow sabían alguna cosa sobre la desaparición de Jason. Pero faltaban todavía horas para que ellos se levantasen y perdería el tiempo en un club vacío, eso suponiendo que hubiera alguien allí y me dejara entrar. Pero no podía quedarme en casa esperando sin hacer nada. Podía dedicarme a leer la mente de los empleados humanos y averiguar si sabían qué sucedía.

Por un lado, si me desplazaba hasta Shreveport no podría estar al corriente de lo que sucedía aquí. Por otro, al menos estaría haciendo algo.

Pero mientras intentaba decidir si había otras posibilidades, sucedió algo.

Algo aún más extraño que todo lo que había sucedido a lo largo del día. Allí estaba yo, estacionada en medio de la nada en la cuneta de una carretera local, cuando de pronto aparcó detrás de mí un Chevrolet Camaro nuevo y reluciente de color negro. Del asiento del pasajero salió una atractiva mujer, de un metro ochenta de altura como mínimo. La recordaba, naturalmente; había estado en el Merlotte's por Nochevieja. Y mi amiga Tara Thornton ocupaba el asiento del conductor.

«Vaya —pensé, mirando por el espejo retrovisor— esto sí que es raro». Llevaba semanas sin ver a Tara, desde que nos encontramos por casualidad en un club de vampiros de Jackson,

Misisipi. Iba entonces acompañada por un vampiro llamado Franklin Mott, un maduro muy atractivo, educado, peligroso y sofisticado.

Tara siempre está estupenda. Mi amiga del instituto tiene el pelo negro, ojos oscuros y piel morena olivácea, y disfruta de una enorme inteligencia que aprovecha para dirigir Prendas Tara, una tienda de ropa femenina de lujo con un local en un centro comercial propiedad de Bill. (De lujo, claro está, para los estándares de Bon Temps). Tara y yo nos habíamos hecho amigas hacía ya muchos años porque ella tenía un historial más triste si cabe que el mío.

Pero la mujer alta que acompañaba a Tara le hacía sombra incluso a ella. Tenía el pelo oscuro como Tara, aunque con unos reflejos rojos que sorprendían a la vista. Tenía también los ojos oscuros, pero los suyos eran enormes y almendrados, casi anormalmente grandes. Tenía la piel clara como la leche, y las piernas largas como una escalera de mano. Estaba excelentemente dotada en lo que al pecho se refiere e iba vestida de rojo bombero de la cabeza a los pies. Con el lápiz de labios también a juego.

—¡Sookie! —dijo Tara—. ¿Qué sucede? —Se acercó con cautela hasta mi viejo coche, vigilando dónde pisaba porque llevaba unas relucientes botas de tacón alto de piel marrón que no quería estropear. En mis pies habrían durado cinco minutos. Paso demasiado rato de pie como para poder llevar un calzado que sólo sea bonito, y no cómodo.

Tara, con su jersey verde salvia y sus pantalones gris marengo, daba la imagen de una mujer de éxito, atractiva y segura.

—Estaba maquillándome cuando oí en la radio de la policía que pasaba algo en casa de Jason —dijo. Entró en el coche, se acomodó en el asiento del pasajero y se inclinó hacia mí para abrazarme—. Cuando llegué aquí, vi que te ibas. ¿Qué sucede? —La mujer de rojo estaba de pie de espaldas al coche, contemplando discretamente el bosque.

Yo adoraba a mi padre, y de mi madre siempre supe (como también lo creía ella) que por mucho que a veces me lo hiciera pasar mal, actuaba por amor. Sin embargo, los padres de Tara habían sido malas personas, ambos alcohólicos y maltratadores. Los hermanos y hermanas mayores de Tara se habían ido de casa en cuanto habían podido, dejando a Tara, la menor, pagando la factura de su libertad.

Y ahora que yo tenía problemas, aquí estaba ella, dispuesta a ayudarme.

—Jason ha desaparecido —dije con voz tranquila, aunque acto seguido eché a perder aquel efecto emitiendo uno de mis terribles sollozos. Volví la cara como si fuera a mirar a través de la ventanilla. Me sentía incómoda mostrando mis emociones ante una desconocida.

Ignorando muy juiciosamente mis lágrimas, Tara empezó a formularme las preguntas más lógicas: ¿Había ido a trabajar Jason? ¿Me había llamado anoche? ¿Con quién salía últimamente?

Aquello me hizo pensar en la cambiante que iba con Jason en Nochevieja. Pensé que incluso podía mencionar la singularidad de la chica, pues Tara había estado en el Club de los Muertos aquella noche. En aquella ocasión, el acompañante de Tara era un sob de algún tipo. Tara lo sabía todo del mundo secreto.

Pero resultó que no.

Era como si le hubiesen borrado la memoria. O, al menos, fingió que se la habían borrado.

—¿Qué? —preguntó Tara, con una confusión casi exagerada—. ¿Licántropos? ¿En ese club? Yo lo que recuerdo es haberte visto a ti. ¿No sería que bebiste un poco de más y se te fue la cabeza, o algo por el estilo?

Teniendo en cuenta que bebo sólo muy de vez en cuando, la pregunta de Tara me molestó, pero, conociendo a Franklin Mott, también es verdad que era el comentario más inocuo que podía haberle hecho a Tara sobre mí. Me quedé tan decepcionada por no poder confiar en ella que cerré los ojos para no tener que ver su expresión de asombro. Noté las lágrimas resbalando despacio por mis mejillas. Tendría que haberlo dejado correr, pero dije en voz baja y ronca:

—No, no bebí más de la cuenta.

—Dios mío, ¿será que el chico con quien ibas te puso algo en la bebida? —Sinceramente horrorizada, Tara me apretó la mano—. ¿Ese hipnótico que dicen? ¡Con lo buen chico que parecía Alcide!

—Olvídalo —dije, intentando sonar más amable—. Al fin y al cabo, eso no tiene nada que ver con Jason.

Sin que la expresión de preocupación la abandonara, Tara volvió a apretarme la mano.

De repente, dejé de creerla. Tara sabía que los vampiros podían borrar los recuerdos y fingía que Franklin Mott le había borrado los suyos. Me dio la impresión de que Tara sabía perfectamente bien qué había sucedido en el Club de los Muertos y fingía no recordarlo para protegerse. Si lo hacía para sobrevivir, me parecía bien. Respiré hondo.

—¿Sigues saliendo con Franklin? —le pregunté para iniciar otra conversación.

—Me ha regalado este coche.

Me quedé un poco sorprendida, y más que un poco consternada, pero yo no era nadie para hablar.

—Es un coche precioso. ¿No conocerás por casualidad a ninguna bruja? —pregunté, tratando de nuevo de cambiar de tema antes de que Tara lograra leer mis recelos. Estaba segura de que se reiría de mí por formularle aquella pregunta, pero divertirse no tenía nada de malo. No le haría ningún daño.

Encontrar una bruja sería de gran ayuda. Apostaría cualquier cosa a que el secuestro de Jason —y me juré para mis adentros que aquello era un secuestro, no un asesinato— estaba relacionado con la maldición que las brujas le habían echado a Eric. Era demasiada coincidencia. Aunque, la verdad era que en los últimos meses había experimentado todo tipo de penurias como consecuencia de un puñado de coincidencias.

—Claro que sí —dijo Tara, sonriendo con orgullo—. En esto sí que puedo ayudarte. Es decir, si una wiccana te sirve.

No sabía qué cara poner. La sorpresa, el miedo, el dolor y la preocupación daban vueltas en mi cerebro. Y cuando pararan de hacerlo, ya veríamos qué emoción era la que quedaba por encima de las demás.

—¿Eres bruja? —le pregunté con un hilo de voz.

—Qué va, no, yo no. Yo soy católica. Pero tengo amigos wiccanos. Y algunos de ellos, brujos.

—Oh, ¿de verdad? —Tenía la impresión de no haber oído en mi vida la palabra «wiccano», aunque tal vez la hubiera leído en alguna novela romántica o de misterio—. Lo siento, no sé qué quiere decir —dije con toda mi humildad.

—Holly te lo explicará mejor que yo —dijo Tara.

—¿Holly? ¿La Holly que trabaja conmigo?

—Por supuesto. O también podrías acudir a Danielle, aunque no creo que esté tan dispuesta a hablar. Holly y Danielle están en el mismo aquelarre.

Estaba tan perpleja que ya no podía estarlo más.

—Aquelarre —repetí.

—Sí, ya sabes, un grupo de paganos que practican rituales religiosos.

—Creía que un aquelarre tenía que ser de brujas.

—Creo que no… Lo que sí sé es que sus miembros no pueden ser cristianos. La wicca es una religión.

—Entendido —dije—. Entendido. ¿Crees que Holly querrá hablar del tema conmigo?

—No veo por qué no. —Tara salió a buscar el teléfono móvil que había dejado en su coche. Mientras hablaba con Holly empezó a deambular de su coche al mío. Aquel breve respiro me sirvió para recuperar mi equilibrio mental. Por pura educación, salí del coche y me dirigí a la mujer de rojo, que había sido muy paciente.

—Siento haberte conocido en un día tan malo como hoy —dije—. Soy Sookie Stackhouse.

—Y yo soy Claudine —dijo, con una preciosa sonrisa. Tenía los dientes tan blancos como una actriz de Hollywood. Su piel era extraña; brillante y fina como la piel de una ciruela, daba la impresión de que si la mordías saldría de ella un jugo dulce—. He venido para ver toda la actividad.

—¿Qué? —dije, sorprendida.

—Sí. Aquí en Bon Temps tenéis vampiros, hombres lobo y muchas cosas más… Y eso por no mencionar varios cruces de carreteras importantes. Me sentí atraída por tantas posibilidades.

—Ya —dije con cierta inseguridad—. ¿Y piensas limitarte a observar o hacer algo más?

—Limitarme a observar no es mi estilo. —Rió—. Tú eres un poco como el comodín, ¿verdad?

—Holly está en casa —dijo Tara, cerrando el teléfono y sonriendo, pues era difícil no sonreír en presencia de Claudine. Me di cuenta de que yo misma lucía una sonrisa de oreja a oreja, no mi sonrisa tensa habitual, sino una expresión de radiante felicidad—. Dice que vayas.

—¿Vendrás conmigo? —No sabía qué pensar de la acompañante de Tara.

—Lo siento, pero Claudine viene a ayudarme hoy en la tienda —dijo Tara—. Vamos a rebajar todo el inventario con motivo de Año Nuevo y esperamos mucha clientela. ¿Quieres que te aparte alguna cosa? Me quedan unos cuantos vestidos de fiesta realmente fantásticos. ¿Verdad que el que llevaste a Jackson te quedó hecho un asco?

Sí, porque a un fanático le había dado por liarla con una estaca. El vestido había sufrido las consecuencias, definitivamente.

—Se manchó —dije empleando mucha moderación—. Muchas gracias por la oferta, pero no creo que tenga tiempo para ir a probármelos. Con Jason y todo este lío, tengo muchas cosas en qué pensar. —Y me sobra muy poco dinero, pensé para mis adentros.

—Lo entiendo —dijo Tara. Volvió a abrazarme—. Llámame si me necesitas, Sookie. Resulta gracioso que no recuerde mejor aquella velada en Jackson. A lo mejor es que yo también bebí demasiado. ¿Estuvimos bailando?

—Oh, sí, me convenciste para que practicáramos aquel numerito que bailamos en el concurso del instituto.

—¡No puede ser! —Me suplicaba que se lo negase, con una media sonrisa dibujada en su cara.

—Pues me temo que sí. —Sabía perfectamente bien que lo recordaba.

—Me gustaría haber estado presente —dijo Claudine—. Me encanta bailar.

—Pues créeme, a mí me habría encantado perderme aquella noche en el Club de los Muertos.

—Si es verdad que bailé aquello en público, creo que nunca jamás volveré a pisar Jackson —dijo Tara.

—Creo que lo mejor es que ninguna de las dos vuelva jamás a Jackson. —En Jackson dejé a más de un vampiro enfadado, pero creo que los hombres lobo se pusieron aún más furiosos que ellos. Tampoco es que hubiera muchos, pero aun así sería mejor no volver.

Tara se quedó dudando un momento, evidentemente tratando de pensar la mejor manera de decirme alguna otra cosa.

—Ya sabes que Bill es el propietario del edificio donde está mi tienda, Prendas Tara —empezó a decir con cautela—. Me dejó un número de teléfono y me dijo que verificaría de vez en cuando el contestador mientras estuviera fuera del país. De modo que si quieres decirle algo...

—Gracias —dije, aun sin estar segura de sentirme agradecida por ello—. También me dijo que dejaría un número apuntado en su casa, en una libreta junto al teléfono. —El hecho de que Bill se hubiera marchado al extranjero y estuviera inaccesible tenía una finalidad. Ni siquiera se me había pasado por la cabeza contactar con él para explicarle el aprieto en el que me encontraba. Se me había ocurrido llamar a mucha gente, pero nunca a Bill.

—Me pareció que estaba un poco, no sé, como un poco bajo de moral. —Tara se quedó examinando las puntas de sus botas—. Melancólico —dijo, como si disfrutara pronunciando una palabra que pocas veces le venía a la boca. Claudine la miró con aprobación. Era una chica extraña. Sus enormes ojos brillaban de alegría cuando me dio unos golpecitos en la espalda.

Tragué saliva.

—La verdad es que no puede decirse que sea precisamente el Señor Sonrisas —dije—. Le echo de menos. Pero... —Negué con la cabeza para subrayar mis palabras—. Era demasiado complicado. Me daba... demasiadas preocupaciones. Te agradezco que me hayas dicho que puedo llamarlo si lo necesito y, de verdad, no sabes qué favor me haces al contarme lo de Holly.

Tara, sonrojada por la sensación de satisfacción de haber hecho la buena obra del día, entró de nuevo en su flamante Camaro. Después de acomodar su esbelta figura en el asiento del acompañante, Claudine se despidió de mí saludándome con la mano y Tara arrancó el coche. Entré en mi coche y me concentré un momento para tratar de recordar dónde vivía Holly Cleary. Recordé que había mencionado que su apartamento era minúsculo, y eso sólo podía significar que vivía en Kingfisher Arms.

Cuando llegué al edificio en forma de «U» en el extrarradio sur de Bon Temps, bajé del coche y examiné los buzones en busca del número de apartamento de Holly. Vivía en la planta baja del número cuatro. Holly tenía un hijo de cinco años de edad, Cody. Tanto Holly como su mejor amiga, Danielle Gray, se habían casado justo después de terminar sus estudios de secundaria y ambas se habían divorciado cinco años después. La madre de Danielle siempre solía echarle una mano, pero Holly no tenía esa suerte. Los padres de Holly estaban divorciados desde hacía mucho tiempo y vivían en otra ciudad, y su abuela había fallecido de Alzheimer en el asilo municipal. Holly había estado saliendo unos meses con el detective Andy Bellefleur, pero la cosa no había llegado a nada. Corría el rumor de que la anciana Caroline Bellefleur, la abuela de Andy, no consideraba a Holly lo bastante «buena» para él. Yo no opinaba al respecto. Ni Holly ni Andy estaban en mi lista de personas favoritas, aunque, definitivamente, sentía más frialdad hacia Andy que hacia Holly.

Cuando Holly me abrió la puerta, me di cuenta de repente de lo mucho que había cambiado en el transcurso de las últimas semanas. Desde hacía años llevaba el pelo teñido de un color amarillo diente de león. Ahora lo tenía negro, sin brillo y con las puntas abiertas. Tenía cuatro agujeros con pendientes en cada oreja. Y también advertí que los huesos de sus caderas presionaban contra el fino tejido de algodón de sus viejos vaqueros.

—Hola, Sookie —dijo, muy amable—. Tara me contó que querías hablar conmigo, pero no estaba segura de que fueras a venir. Siento lo de Jason. Pasa, por favor.

Era un apartamento pequeño, naturalmente, y aunque había sido pintado recientemente, se notaba que hacía años que estaba habitado. Había una única estancia que combinaba salón, comedor y cocina, con una barra para el desayuno que separaba la zona de la cocina del resto. En una esquina había una cesta con juguetes y en la maltrecha mesita de centro había un bote de abrillantador para muebles Pledge y un trapo. Holly estaba de limpieza.

—Siento interrumpir —dije.

—No importa. ¿Te apetece un refresco? ¿Un zumo?

—No, gracias. ¿Dónde está Cody?

—Está con su padre —respondió Holly, bajando la vista—. Lo llevé con él el día después de Navidad.

—¿Dónde vive su padre?

—David vive en Springhill. Acaba de casarse con una chica, Allie. Ella ya tenía dos hijos. La pequeña es de la edad de Cody y les encanta jugar juntos. Siempre está con «Shelley esto», «Shelley lo otro». —Holly parecía un poco triste.

David Cleary era miembro de un gran clan. Su primo Pharr había ido conmigo a clase. Por el bien genético de Cody, esperaba que David fuese más inteligente que Pharr, algo que era muy fácil.

—Tengo que hablar contigo de un tema muy personal, Holly.

Holly se quedó sorprendida.

—Bien, la verdad es que nuestra relación nunca había llegado a este extremo, ¿no? —dijo—. Tú pregunta, y yo decidiré qué responder.

Intenté pensar bien lo que iba a decir; tenía que mantener en secreto lo que quería que siguiese siendo secreto y preguntarle lo necesario sin ofenderla.

—¿Eres bruja? —dije, incómoda por tener que utilizar una palabra tan dramática.

—Soy más bien wiccana.

—¿Te importaría explicarme la diferencia? —La miré brevemente a los ojos, pero decidí enseguida centrarme en las flores secas que había en una cesta encima del televisor. Holly pensaba que sólo podría leer su mente si la miraba a los ojos. (Es verdad, al igual que sucede con el contacto físico, el contacto visual facilita la lectura, pero no es necesario en absoluto).

—Supongo que no. —Habló lentamente, como si estuviera pensando mientras hablaba—. No eres de esas a las que les gusta chismorrear.

—Sea lo que sea lo que me digas, no pienso compartirlo con nadie. —Volví a mirarla a los ojos por un instante.

—De acuerdo —dijo—. Veamos, las brujas practican rituales mágicos.

Hablaba en sentido general, pensé, pues hablar en primera persona sería quizá una confesión demasiado atrevida.

—Se basan en unos poderes que la mayoría de la gente nunca llega a explotar. Ser bruja no equivale a ser malvada o, al menos, no tendría por qué ser así. Los wiccanos seguimos una religión, una religión pagana. Seguimos los designios de la Madre, y tenemos nuestro propio calendario de días sagrados. Se puede ser simultáneamente wiccano y brujo; o tener más de lo uno o de lo otro. Cada caso es distinto. Yo practico un poco la brujería, pero me interesa más la vida wiccana. Consideramos que actuamos bien cuando no hacemos daño a los demás.

Curiosamente, cuando Holly me explicó que no era cristiana, mi primer sentimiento fue de turbación. Nunca había conocido a nadie que no fingiera ser cristiano, o que no alabara, aunque fuera de boquilla, los preceptos cristianos básicos. Estaba segura de que en Shreveport había una sinagoga, pero nunca había conocido a un judío. Aquello era una buena curva de aprendizaje.

—Comprendo. ¿Conoces a muchas brujas?

—Conozco a unas cuantas. —Holly movió afirmativamente la cabeza repetidas veces, evitando aún mi mirada.

Vi un ordenador viejo en la desvencijada mesa del rincón.

—¿Tenéis algo así como un chat, o un tablón de anuncios, o algo por el estilo?

—Oh, claro.

—¿Has oído hablar de un grupo de brujos que ha llegado últimamente a Shreveport?

El semblante de Holly se puso muy serio. Frunció el entrecejo.

—Dime que no tienes nada que ver con ellos —dijo.

—Directamente, no. Pero conozco a alguien a quien han hecho daño y temo que hayan podido apoderarse de Jason.

—Entonces se ha metido en un buen lío —dijo sin rodeos—. La mujer que lidera este grupo es redomadamente cruel. Su hermano es igual de malvado. La gente de ese grupo no se parece en nada a nosotros. No tratan de vivir una vida mejor, ni buscan un camino para entrar en contacto con el mundo natural, ni practican hechizos que les sirvan para mejorar su paz interior. Son wiccanos. Pero son malos.

—¿Podrías darme alguna pista sobre dónde poder encontrarlos? —Estaba esforzándome para no mostrarme alterada. Mi sexto sentido me decía que Holly estaba pensando que si el recién llegado aquelarre se había hecho con Jason era muy posible que mi hermano estuviese malherido, si no muerto.

Holly, aparentemente sumida en pensamientos profundos, miró al exterior a través de la ventana de su apartamento. Tenía miedo de que pudieran descubrir que era ella quien había proporcionado la información y de que la castigaran, a ella o incluso a Cody. No eran brujos que se abstuvieran de hacer el mal. Eran brujos cuya vida giraba en torno a acumular poder de todo tipo.

—¿Son sólo mujeres? —pregunté, intuyendo que estaba a punto de decidir no decirme nada más.

—Si piensas que Jason podría encandilarlas por ser tan bien parecido, mejor que te olvides de ello —me dijo Holly, con una expresión seria y franca. No intentaba impresionarme, sino que quería que comprendiese lo peligrosa que era esa gente—. Hay también algunos hombres. No son…, no son brujos normales. Me refiero a que ni siquiera eran gente normal.

Estaba dispuesta a creerla. Me había acostumbrado a creer cosas raras desde la noche en que Bill Compton entró en el Merlotte's.

Holly hablaba como si supiera muchas más cosas sobre aquel grupo de brujos de lo que yo me había imaginado… Sabía mucho más que la información general que esperaba obtener de ella. La animé a seguir.

—¿Y qué es lo que los hace distintos?

—Han bebido sangre de vampiro. —Holly miró hacia un lado, como si intuyera que alguien estaba escuchándola. El movimiento me llevó a ser cautelosa—. Los brujos…, los brujos que utilizan sus poderes con fines malignos son ya malos de por sí. Pero los brujos con ese poder que además han tomado sangre de vampiro son…, no tienes ni idea de lo peligrosos que son, Sookie. Algunos son licántropos, además. Mantente alejada de ellos, por favor.

¿Licántropos? ¿Que no eran sólo brujos, sino que además eran licántropos? ¿Y que bebían sangre de vampiro? Empecé a asustarme de verdad. Aquello era lo peor que podía imaginarme.

—¿Dónde están?

—Pero ¿no has entendido lo que te he dicho?

—¡Sí, pero tengo que saber dónde están!

—Se han instalado en una vieja fábrica, no muy lejos del centro comercial Pierre Bossier —dijo Holly, y vi la imagen en su cabeza. Había estado allí. Los había visto. Lo tenía todo en su cabeza y yo estaba captándolo.

—¿Por qué estuviste allí? —le pregunté, y se estremeció.

—Tenía miedo de hablar contigo —dijo Holly, enfadada—. Ni siquiera debería haberte dejado entrar. Pero he salido con Jason… Me van a matar por tu culpa, Sookie Stackhouse. A mí y a mi hijo.

—No, no te matarán.

—Estuve allí porque su líder hizo un llamamiento a todos los brujos de la zona para que acudiésemos a una reunión de alto nivel. Resultó que lo único que ella quería era imponer su voluntad sobre todos nosotros. Hubo quien se quedó muy impresionado ante su poder y su empeño, pero la mayoría no somos más que wiccanos de una pequeña ciudad y no nos gusta que consuma drogas —al fin y al cabo, beber sangre de vampiro equivale a eso—, ni su afición por el lado oscuro de la brujería. Y no quiero seguir hablando más sobre el tema.

—Gracias, Holly. —Intenté pensar en algo que decir que aplacara su miedo. Pero lo que más deseaba ella en aquel momento era perderme de vista y yo ya la había importunado demasiado. El simple hecho de que Holly, que creía en mis facultades telepáticas, me dejara cruzar el umbral de su puerta había sido ya una enorme concesión. Por muchos rumores que hubiesen oído, y por mucho que tuvieran pruebas de lo contrario, la gente quería creer que el contenido de su mente era privado.

También yo.

Le di una palmadita en la espalda al marcharme, pero Holly ni siquiera se levantó de su viejo sofá. Se quedó mirándome con sus desesperados ojos castaños, como si en cualquier momento fuera a entrar alguien dispuesto a cortarle la cabeza.

Aquella mirada me asustó más que sus palabras, más que sus ideas, y abandoné Kingfisher Arms lo más rápidamente posible, intentando fijarme en la cara de las pocas personas que me vieron dirigirme hacia el aparcamiento. No reconocí a nadie.

Me pregunté por qué podían querer a Jason los brujos de Shreveport, cómo habrían establecido la conexión entre la desaparición de Eric y mi hermano. ¿Cómo acceder a ellos y descubrirlo? ¿Me ayudarían Pam y Chow, o habrían seguido ellos sus propios pasos?

¿Y de quién sería la sangre que habían bebido esos brujos?

Desde que los vampiros nos dieron a conocer su existencia, hace ya de eso casi tres años, habían empezado a ser perseguidos en un nuevo sentido. En lugar de temer que los aspirantes a Van Helsing les clavaran una estaca en el corazón, los vampiros tenían pavor a unos empresarios modernos conocidos como «drenadores». Los drenadores viajaban en equipo, seleccionaban a los vampiros utilizando distintos métodos, los ataban con cadenas de plata (siguiendo normalmente emboscadas cuidadosamente planificadas), les extraían la sangre y la almacenaban en viales. Dependiendo de la edad del vampiro, un vial de sangre podía cotizarse entre los doscientos y los cuatrocientos dólares en el mercado negro. ¿Cuál era el efecto de beber esta sangre? Impredecible, en cuanto la sangre abandonaba el cuerpo del vampiro. Supongo que en parte ahí estaba la gracia. Lo más normal era que quien bebiera la sangre ganara fuerza durante unas cuantas semanas, tuviera mayor agudeza visual, disfrutara de la sensación de gozar de buena salud y mejorara su atractivo. Todo dependía de la edad del vampiro del cual se había extraído la sangre y de la frescura de la misma.

Naturalmente, los efectos acababan esfumándose, a menos que bebieras más sangre.

Un porcentaje de la gente que probaba la sangre de vampiro sacaba dinero de donde fuera para obtener más. Los yonquis de sangre de vampiro eran extremadamente peligrosos, claro está. La policía de las ciudades contrataba vampiros para gestionar este asunto, pues a los policías normales y corrientes los hacían papilla.

De vez en cuando, había algún aficionado a la sangre de vampiro que se volvía loco, a veces de forma tranquila y limitándose a farfullar incoherencias, otras de forma espectacular y asesina. Resultaba imposible predecir quién acabaría así, y la transformación podía producirse incluso la primera vez que se consumía esta sangre.

Y como resultado de todo ello, había hombres encerrados en celdas de aislamiento de instituciones mentales y vibrantes estrellas de cine que debían su éxito a los drenadores. Extraer sangre de los vampiros era una trabajo arriesgado, claro está. A veces, el vampiro se escapaba, con resultados predecibles. Un tribunal de Florida, en un famoso caso, teniendo en cuenta que los drenadores solían abandonar a sus víctimas, había sentenciado la venganza del vampiro como homicidio justificado. Los drenadores solían abandonar al vampiro vacío de sangre, debilitado y sin poder moverse, en el mismo lugar donde lo habían atacado. Allí, debilitado, moría con la salida del sol, a menos que tuviera la buena suerte de ser descubierto y salvado durante las horas de oscuridad. En este caso, tardaba años en recuperarse de la extracción, años durante los cuales tenía que ser ayudado por otros vampiros. Bill me había contado que existían refugios para vampiros que habían sufrido drenajes, cuya localización era extremadamente secreta.

Brujas con el poder físico de los vampiros... Parecía una combinación muy peligrosa. Cuando pensaba en el aquelarre que se había instalado en Shreveport seguía imaginándomelo integrado sólo por mujeres, y debía corregirme. Holly había mencionado que en el grupo también había hombres.

Pasé por delante de un banco y miré el reloj que había en el edificio. Vi que era poco más del mediodía. Unos minutos antes de las seis sería completamente de noche; Eric se despertaría un poco antes de esa hora. Tenía tiempo de ir hasta Shreveport y estar de regreso para entonces. No se me ocurría otro plan, y lo que no podía hacer era volver a casa y esperar sentada sin hacer nada. Incluso gastar gasolina era mejor que eso, ya que mi preocupación por Jason iba en aumento. Podía aprovechar el tiempo para devolver la escopeta a su sitio, aunque mientras estuviera descargada y la munición guardada en un lugar aparte, era legal llevar el arma en el coche.

Por primera vez en mi vida, miré por el retrovisor para ver si me seguían. No domino las técnicas de espionaje y si alguien me seguía, la verdad es que no lo vi. Me paré a echar gasolina y comprar un refresco sólo para comprobar si alguien se detenía en la gasolinera detrás de mí, pero no se paró nadie. Perfecto, pensé, confiando en que Holly siguiera sana y salva.

Mientras conducía, repasé la conversación que había mantenido con ella. Me di cuenta de que había sido la primera charla que había tenido con Holly en la que no se había mencionado ni una sola vez el nombre de Danielle. Ambas habían sido uña y carne desde la escuela primaria. Es probable que incluso tuvieran la regla a la vez. Los padres de Danielle, miembros acérrimos de la iglesia baptista, habrían sufrido un ataque de enterarse del tema, de modo que no era de extrañar que Holly hubiese sido tan discreta.

Nuestra pequeña ciudad de Bon Temps había abierto las puertas lo suficiente como para tolerar la presencia de vampiros, y tampoco los gays lo pasaban muy mal (dependiendo básicamente de cómo expresaran sus preferencias sexuales). Pero estaba segura de que habría cerrado las puertas a cal y canto para los wiccanos.

La peculiar y bella Claudine me había dicho que la ciudad de Bon Temps le resultaba atractiva por su peculiaridad. Me pregunté qué más estaría aguardando para revelarse.

Capítulo

5

Fui primero a ver a Carla Rodríguez, mi pista más prometedora. Había mirado antes la vieja dirección que tenía de Dovie, con quien había intercambiado felicitaciones de Navidad. Me costó un poco dar con la casa. Estaba alejada de las zonas de compras, que eran mis únicas paradas habituales en Shreveport. En el barrio donde vivía Dovie, las casas eran pequeñas, estaban pegadas las unas a las otras y había algunas que estaban en un estado de conservación deplorable.

Cuando Carla en persona me abrió la puerta, experimenté una sensación de triunfo. Tenía un ojo morado y estaba resacosa, señales ambas de que la noche anterior había sido movidita.

—Hola, Sookie —dijo, identificándome un momento después—. ¿Qué haces aquí? Anoche estuve en el Merlotte's, pero no te vi. ¿Sigues trabajando allí?

—Sí. Pero era mi noche libre. —Ahora que me encontraba frente a frente con Carla, no sabía muy bien cómo explicarle lo que necesitaba. Decidí ser directa—. Mira, Jason no ha ido a trabajar esta mañana y me preguntaba si podría estar contigo.

—No tengo nada contra ti, cariño, pero Jason es el último hombre del mundo con quien me acostaría —dijo Carla sin alterarse. Me quedé mirándola, y leí que estaba diciéndome la verdad—. No pienso poner la mano en el fuego por segunda vez, ya que la primera me quemé. Eché un vistazo por el bar, pensando que quizá lo vería por ahí, pero, de haberlo visto, ten por seguro que habría dado media vuelta.

Asentí. Comprendí que no tenía nada más que decir sobre el tema. Intercambiamos los comentarios habituales por mera educación, charlé un poco con Dovie, que apareció con un bebé en brazos, y decidí que había llegado el momento de irme. Mi pista más prometedora se había evaporado en sólo dos frases.

Intentando contener mi desesperación, cogí el coche, me dirigí a una estación de servicio cercana que estaba muy concurrida y aparqué para consultar el mapa de Shreveport. Tardé muy poco en descubrir cómo ir desde el barrio donde vivía Dovie al bar de los vampiros.

Fangtasia estaba en un centro comercial que había junto a un Toys 'R' Us. Estaba abierto todos los días desde las seis de la tarde, pero los vampiros no hacían acto de presencia hasta que era completamente de noche, lo que dependía de la época del año. La fachada de Fangtasia estaba pintada de color gris y el neón con el nombre del local era rojo. «El bar de los vampiros de Shreveport», rezaba la leyenda añadida recientemente en letra más pequeña bajo la exótica caligrafía del nombre del bar. Hice una mueca de desagrado al ver el conjunto y aparté la vista.

Hacía un par de veranos, un pequeño grupo de vampiros de Oklahoma había intentado montar otro bar en Bossier City para hacerle la competencia. Después de una noche de agosto especialmente calurosa y corta, desaparecieron para siempre y el edificio que estaban renovando se incendió y quedó destrozado.

A los turistas les encantaban las historias entretenidas y pintorescas como aquéllas. Servían para sumar emoción a la aventura de pedir bebidas carísimas (a camareras humanas vestidas con impresionantes ropajes negros de «vampiresa») y ver a genuinos chupadores de sangre, técnicamente muertos pero vivos. Eric obligaba a los vampiros de la Zona Cinco a aparecer por Fangtasia unas cuantas horas a la semana para cumplir con tan poco atractivo deber. La mayoría de sus subordinados no estaba muy por la labor de exhibirse, pero, en contrapartida, aquello les proporcionaba una buena oportunidad de ligar con «colmilleros», aficionados a los colmillos que, de hecho, se morían por recibir un mordisco. Los encuentros nunca tenían lugar en el local, pues Eric tenía sus normas establecidas sobre el tema. Igual que la policía local. El único mordisco legal que podía tener lugar entre humanos y vampiros era el que se produjera entre adultos que actuaran libremente y que, además, se realizara en privado.

Detuve el coche automáticamente en la parte posterior del centro comercial. Bill y yo solíamos utilizar la entrada de empleados. Allí, el acceso era una simple puerta gris en una pared gris, con el nombre del bar escrito con letras adhesivas compradas en Wal-Mart. Justo debajo de ellas, un gran letrero negro escrito a mano rezaba: SÓLO PARA EMPLEADOS. Levanté la mano dispuesta a llamar, pero me di cuenta enseguida de que el pestillo interior no estaba corrido.

La puerta estaba abierta.

Y aquello era mala, pero que muy mala señal.

Aun estando a plena luz de día, se me erizó el vello de la espalda. De pronto, deseé tener a Bill a mi lado. No es que echara de menos su tierno amor. Muy probablemente, el hecho de que añorara a mi antiguo novio porque es un tipo absolutamente letal era un claro indicio del nocivo estilo de vida que yo llevaba.

Aunque la zona pública del centro comercial estaba concurrida, la zona de servicios estaba desierta. El silencio estaba lleno de posibilidades, y ninguna de ellas era agradable. Apoyé la frente contra la fría puerta gris. Decidí regresar al coche e irme volando de allí, una decisión que habría sido asombrosamente inteligente.

Y me habría largado, de no haber oído aquel gemido.

E incluso entonces, si hubiera visto cerca una cabina, habría llamado al teléfono de emergencias y me habría quedado fuera del local hasta que hubiera llegado el coche patrulla. Pero no había cabina a la vista y no podía soportar la idea de que alguien necesitara de verdad mi ayuda y yo se la negara por estar muerta de miedo.

Junto a la puerta trasera había un gran cubo de basura. Abrí un poco la puerta —haciéndome a un lado un momento para evitar cualquier posible cosa que pudiera salir de allí— y coloqué el cubo de basura de tal modo que sujetase la puerta abierta. Cuando entré, tenía piel de gallina por todo el cuerpo.

Fangtasia es un local sin ventanas que precisa de luz eléctrica las veinticuatro horas de los siete días de la semana. No había ninguna luz encendida y el interior estaba oscuro como la boca del lobo. La luz invernal que entraba débilmente por la puerta abierta se extendía por un vestíbulo trasero que desembocaba en el bar propiamente dicho. A la derecha estaba la puerta que daba acceso al despacho de Eric y al despacho del contable. A la izquierda estaba la puerta del almacén, donde se ubicaba también el lavabo de los empleados. El vestíbulo terminaba en una puerta inmensa que servía para quitarle de la cabeza a cualquier juerguista la idea de entrar en la trastienda del club. Y por vez primera, encontré aquella puerta abierta. Más allá estaba la oscura y silenciosa cueva del bar. Me pregunté si habría alguien sentado debajo de las mesas o acurrucado en los reservados.

Contuve la respiración con la intención de poder detectar el más mínimo sonido. Pasados unos segundos, oí algo que rascaba y un nuevo gemido de dolor, procedente del almacén. La puerta estaba entreabierta. Di cuatro silenciosos pasos en dirección a ella. El corazón me latía con fuerza y, con un nudo en el estómago, palpé la pared en busca del interruptor de la luz.

El resplandor me hizo pestañear.

Belinda, la única colmillera medianamente inteligente que había conocido en mi vida, estaba tendida en el suelo del almacén con una extraña y contorsionada postura. Tenía las piernas dobladas, los talones prácticamente pegados a las caderas. No había rastro de sangre y, de hecho, no tenía en su cuerpo ninguna señal de herida visible. Era como si estuviese sufriendo un terrible e interminable calambre en las piernas.

Me arrodillé junto a Belinda, sin dejar de mirar en todas direcciones. No percibí más movimientos en el almacén, aunque sus rincones estaban abarrotados con montañas de cajas de distintos licores y había incluso un ataúd, que se utilizaba para un espectáculo que realizaban de vez en cuando los vampiros en fiestas especiales. La puerta del lavabo de los empleados estaba cerrada.

—Belinda —susurré—. Belinda, mírame.

Detrás de las gafas, Belinda tenía los ojos rojos e hinchados, las mejillas llenas de lágrimas. Pestañeó y centró la mirada en mi cara.

—¿Siguen aquí? —le pregunté, segura de que comprendería a qué me refería—. Los que te han hecho esto.

—Sookie —dijo con una voz ronca y débil que me llevó a preguntarme cuánto tiempo llevaría allí en aquel estado y esperando ayuda—. Gracias a Dios. Dile al amo Eric que intentamos detenerlos. —Incluso agonizando, seguía representando su papel: «Dile a nuestro caudillo que luchamos hasta la muerte».

—¿A quiénes intentasteis detener? —le pregunté.

—A los brujos. Entraron anoche después de que cerráramos, después de que Pam y Chow se hubieran ido. Sólo quedábamos Ginger y yo…

—¿Y qué querían? —Tuve tiempo de percatarme de que Belinda seguía llevando puesto su uniforme de camarera, un cuerpo negro transparente y una falda larga de corte atrevido, y que en el cuello se le notaba aún el maquillaje con las marcas del mordisco.

—Querían saber dónde habíamos escondido al amo Eric. Al parecer le han hecho alguna cosa y creían que lo teníamos escondido. —Durante la prolongada pausa que siguió, su rostro se contorsionó en una terrible mueca de dolor. Yo no lograba adivinar qué le dolía—. Las piernas —gimoteó—. Oh…

—Pero tú no lo sabías, de modo que no pudiste decirles nada.

—Jamás traicionaría a nuestro amo.

Y Belinda hablaba en serio.

—¿Había alguien más aquí, además de Ginger, Belinda? —Sufría un espasmo tan enorme que ni siquiera pudo responder. Tenía el cuerpo rígido de dolor, y los gemidos le destrozaban la garganta.

Llamé al teléfono de emergencias desde el despacho de Eric, pues, aun a oscuras, sabía dónde tenía el teléfono. La sala estaba completamente revuelta y alguna bruja con ganas de jaleo se había entretenido embadurnando con spray rojo una de las paredes con un dibujo que parecía un pentagrama. A Eric le encantaría cuando lo viese.

Regresé al lado de Belinda para explicarle que la ambulancia estaba a punto de llegar.

—¿Qué les sucede a tus piernas? —le pregunté, temiéndome la respuesta.

—Tiraron del musculo de mi pantorrilla, es como si me lo hubieran reducido a la mitad… —Y empezó a gemir de nuevo—. Me recuerda a uno de esos calambres tan terribles que sufres cuando estás embarazada.

No sabía que Belinda hubiese estado embarazada.

—¿Dónde está Ginger? —le pregunté, cuando el espasmo de dolor pareció menguar un poco.

—Estaba en el baño.

Ginger, una preciosa rubia pelirroja, seguía allí, inmóvil. No creo que pretendieran matarla. Al parecer, la habían sometido al mismo hechizo que Belinda, pues tenía también las piernas dobladas en aquella postura tan extraña y dolorosa, pero el caso es que estaba muerta. Ginger debía de estar de pie delante del lavabo cuando cayó y se había dado un golpe. Tenía los ojos en blanco y el cabello manchado con sangre coagulada derramada de la herida que tenía en la sien.

No se podía hacer nada. Era tan evidente que estaba muerta, que ni siquiera la toqué. No le mencioné nada a Belinda, demasiado inmersa en su agonía como para poder comprenderlo. Tuvo un par de momentos más de lucidez antes de que me marchara. Le pregunté dónde encontrar a Pam y a Chow para alertarles, y Belinda me dijo que no lo sabía, que simplemente aparecían por el bar cuando oscurecía.

Dijo también que la mujer que había practicado el hechizo era una bruja llamada Hallow, que medía casi un metro ochenta de altura, tenía el pelo castaño y corto y un dibujo negro pintado en la cara.

Sería fácil identificarla.

—Me dijo además que era tan fuerte como una vampira —jadeó Belinda—. Mira… —Belinda señaló detrás de mí y me volví enseguida esperando un ataque. No pasó nada alarmante, pero lo que vi fue casi tan desagradable como lo que me había imaginado. Era el asa de la carretilla que los empleados utilizaban para llevar las cajas de las bebidas de un lado a otro. Larga y metálica, el asa estaba doblada en forma de U.

—Sé que el amo Eric la matará en cuanto regrese —dijo Belinda de forma vacilante después de un rato, con las palabras entrecortadas por el dolor.

—Claro que sí —afirmé muy decidida, sintiéndome miserable al decir aquello—. Tengo que irme, Belinda, porque no quiero que la policía me encuentre aquí haciendo preguntas. No les menciones mi nombre, por favor. Di simplemente que alguien que pasaba por aquí te oyó por casualidad, ¿de acuerdo?

—¿Dónde está el amo Eric? ¿Es verdad que ha desaparecido?

—No tengo ni idea —dije, obligada a mentir—. Tengo que irme de aquí.

—Vete —dijo Belinda, con la voz rota—. Hemos tenido suerte con que vinieses.

Tenía que largarme de allí. No sabía nada de lo que había sucedido en el bar y ser interrogada durante horas era un lujo que no podía permitirme con mi hermano desaparecido.

Volví al coche y cuando salía del centro comercial me crucé con la policía y la ambulancia. Había limpiado las huellas dactilares del pomo de la puerta. Aparte de eso, y por mucho que quisiera repasar todas mis acciones en el interior del local, no podía recordar qué había tocado y qué no. De todos modos, habría millones de huellas; era un bar.

Pasado un momento me di cuenta de que conducía sin rumbo. Iba acelerada. Me detuve en el aparcamiento de otra estación de servicio y miré con anhelo la cabina telefónica. Podía llamar a Alcide, preguntarle si sabía dónde se metían Pam y Chow durante el día. Y entonces podía ir allí y dejarles un mensaje, alertarles sobre lo sucedido.

Me obligué a respirar hondo varias veces y a pensar en lo que iba a hacer a continuación. Era extremadamente improbable que los vampiros dieran a un hombre lobo la dirección del lugar donde descansaban durante el día. No era precisamente una información que los vampiros dieran a cualquiera que se lo preguntase. Alcide no sentía ningún amor especial por los vampiros de Shreveport, que habían mantenido las deudas de juego de su padre hasta que Alcide había acabado acatando sus deseos. Sabía que si le llamaba vendría, porque era un buen tipo. Pero su implicación podía tener graves consecuencias para su familia y su negocio. Sin embargo, si resultaba que esa tal Hallow era realmente la triple amenaza que parecía —bruja, licántropa y consumidora de sangre de vampiro—, era tremendamente peligrosa y los hombres lobo de Shreveport deberían estar al corriente de su existencia. Aliviada por haber tomado finalmente una decisión, busqué una cabina telefónica que funcionase y saqué de mi cartera la tarjeta con el número de Alcide.

Alcide estaba en su despacho, lo cual era un verdadero milagro. Le expliqué dónde me encontraba yo y me dio indicaciones para llegar a su oficina. Se ofreció para venir a recogerme, pero no quería que me tuviese por una tonta de remate.

Llamé después a la oficina de Bud Deadborn, y me informaron de que seguían sin noticias de Jason.

Seguí las indicaciones de Alcide y en veinte minutos me planté en Herveaux e hijo. No quedaba muy lejos de la autopista I-30, al este de Shreveport, en dirección, de hecho, hacia Bon Temps.

Los Herveaux eran los propietarios del edificio, ocupado exclusivamente por su empresa de peritaje. Aparqué delante del edificio bajo de ladrillo. En la parte trasera, en el espacioso aparcamiento para empleados, vi estacionada la camioneta Dodge Ram de Alcide. El aparcamiento para las visitas, junto a la entrada principal, era mucho más pequeño. Era evidente que los Herveaux solían visitar más a sus clientes, que sus clientes a ellos.

Cohibida y muy nerviosa, empujé la puerta de entrada y miré a mi alrededor. Al lado de la puerta había una pequeña mesa y una zona de espera justo enfrente de ella. Más allá de una pared baja de partición, vi cuatro o cinco puestos de trabajo, tres de ellos ocupados. La mujer que estaba sentada detrás de la mesa de recepción se ocupaba también de atender las llamadas que se recibían. Tenía el pelo castaño, corto y peinado con mucho estilo, llevaba un jersey precioso y estaba maravillosamente maquillada. Probablemente había superado ya los cuarenta, pero la edad no le restaba ni un ápice de atractivo.

—Vengo a ver a Alcide —dije, sintiéndome incómoda y muy cortada.

—¿Me indica su nombre? —Me sonrió, pero se le notaba un poco crispada, como si no aprobase que una mujer joven y decididamente poco elegante se presentase en el lugar de trabajo de Alcide preguntando por él. Yo iba vestida con un jersey hecho a mano de color azul y amarillo, pantalones vaqueros gastados y mi viejo abrigo de paño azul marino. Y para rematar el conjunto, calzada con zapatillas Reebok. Lo que más me preocupaba por la mañana, cuando me había vestido, era localizar a mi hermano, no superar la inspección de la Policía de la Moda.

—Stackhouse —respondí.

—Está aquí la señorita Stackhouse —anunció por el interfono la señorita Crispada.

—¡Estupendo! —La alegría de Alcide fue un verdadero consuelo.

La señorita Crispada continuaba hablando por el interfono, «¿Le digo que vuelva en otro momento?», cuando Alcide apareció por la puerta de atrás y a la izquierda de la mesita de recepción.

—¡Sookie! —dijo, y me lanzó una luminosa sonrisa. Se detuvo un instante, como decidiendo qué hacer, y me abrazó acto seguido.

Noté que tampoco yo podía dejar de sonreír. Le devolví el abrazo. ¡Me sentía muy feliz de verlo de nuevo! Estaba espléndido. Alcide es un hombre alto, con una mata de pelo negro imposible de doblegarse a la acción de un peine o un cepillo, rostro ancho y grandes ojos verdes.

Nos habíamos deshecho juntos de un cadáver, y eso genera un vínculo.

Tiró con delicadeza de mi trenza.

—Pasa —me dijo al oído, pues la señorita Crispada no dejaba de mirarnos con una sonrisa indulgente. Lo de la indulgencia iba por Alcide, seguro. De hecho, lo sabía con certeza, pues la mujer estaba pensando que yo no era ni lo bastante chic ni lo bastante refinada como para salir con un Herveaux, y no creía que al padre de Alcide (con quien había estado acostándose durante dos años) le gustara que Alcide se relacionara con una chica tan poca cosa como yo. Vaya, ya estaba otra vez enterándome de asuntos que no quería saber. Era evidente que no estaba protegiéndome lo suficiente. Bill me ayudaba a practicar, pero ahora que había dejado de verlo empezaba a ser negligente. No era del todo culpa mía; la señorita Crispada era muy buena emisora.

Alcide no, puesto que es un hombre lobo.

Alcide me acompañó por un pasillo exquisitamente enmoquetado y con las paredes decoradas con imágenes neutras —paisajes insípidos y escenas de jardín— que supuse habría seleccionado algún decorador (o tal vez la señorita Crispada). Cuando llegamos a la puerta que tenía un membrete con su nombre, me hizo pasar a su despacho. Era una estancia amplia, aunque no grandiosa ni elegante, pues estaba abarrotada de material de trabajo: planos y papeles, cascos de obra y material de oficina. Todo muy práctico. El fax canturreaba y junto a una montaña de formularios, había una calculadora llena de números.

—Estás ocupado. No debería haberte llamado —dije, intimidada.

—¿Bromeas? ¡Tu llamada ha sido lo mejor que me ha sucedido en todo el día! —Lo dijo con tanta sinceridad que me vi obligada a sonreír de nuevo—. Tengo que decirte una cosa, una cosa que no te dije cuando dejé todas tus cosas después de que te hirieran. —Después de que unos matones a sueldo me pegaran una paliza—. Me siento tan mal al respecto que he ido posponiendo mi viaje a Bon Temps para hablar contigo en persona.

Oh, Dios, había vuelto con su asquerosa prometida, Debbie Pelt. Estaba captando el nombre de Debbie en sus ondas cerebrales.

—¿Sí? —pregunté, intentando mantener la calma. Extendió el brazo y cogió mi mano entre las suyas.

—Te debo una enorme disculpa.

Eso no me lo esperaba.

—Y ¿por qué? —pregunté, mirándole con los ojos entrecerrados. Había ido hasta allí para confesárselo todo y, en cambio, era él quien empezaba con confesiones.

—Aquella última noche, en el Club de los Muertos —empezó—, cuando más necesitabas mi ayuda y mi protección, yo…

Sabía adónde iba. Alcide se había transformado en lobo en lugar de continuar como humano y ayudarme a salir del bar después de que me clavaran la estaca. Le tapé la boca con la mano que me quedaba libre. Su piel estaba caliente al tacto. Cuando te acostumbras a tocar vampiros, te das cuenta de lo ardientes que pueden resultar los humanos, y mucho más los hombres lobo, que tienen una temperatura corporal bastante más elevada.

Sentí cómo se me aceleraba el pulso y me di cuenta de que él lo notaba también. Los animales intuyen enseguida la excitación.

—Alcide —dije—, no saques nunca más este asunto a relucir. No pudiste evitarlo y, de todas formas, todo acabó bien. —Bueno, más o menos…, teniendo en cuenta que a mí se me partió el corazón por la perfidia de Bill.

—Gracias por ser tan comprensiva —dijo, después de una pausa durante la cual me miró fijamente—. Me parece que me habría sentido mejor si te hubieras enfadado. —Creo que estaba preguntándose si estaba haciéndome la valiente o si era realmente sincera. Diría que sintió un impulso de besarme, pero que no estaba seguro de cómo lo recibiría o de si incluso se lo permitiría.

Tampoco sé qué habría hecho de haberse dado la circunstancia, y tampoco me concedí la oportunidad de descubrirlo.

—De acuerdo, estoy enfadada contigo, pero lo disimulo muy bien —dije. Se relajó por completo cuando me vio sonreír, aunque ésa sería la última sonrisa que compartiríamos aquel día—. Mira, tu despacho en pleno día no es precisamente ni el lugar ni el momento adecuado para lo que tengo que contarte —dije. Hablé sin alterarme, para que se diera cuenta de que no estaba allí para ligar con él. No sólo me gustaba Alcide, sino que me parecía que estaba buenísimo; pero hasta que no estuviese segura de cómo estaba su situación con Debbie Pelt, estaba excluido de la lista de chicos que quería frecuentar. Las últimas noticias que tenía de Debbie eran que estaba saliendo con otro cambiante, pero que ni siquiera esto había terminado su implicación emocional con Alcide.

No pensaba entrometerme en ese asunto, y mucho menos mientras el dolor provocado por la infidelidad de Bill siguiera pesando con tanta fuerza en mi corazón.

—Vayamos a tomar un café a Applebee, en esta misma calle —sugirió él. Le dijo por el interfono a la señorita Crispada que iba a marcharse. Y salimos por la puerta trasera.

Eran ya casi las dos y el restaurante estaba prácticamente vacío. Alcide le dijo al joven que nos recibió que queríamos sentarnos en el lugar más apartado posible. Me instalé en el banco que había a un lado, esperando que Alcide ocupara el otro, pero se sentó a mi lado.

—Si quieres contarme secretos, mejor que estemos lo más cerca posible el uno del otro —dijo.

Los dos pedimos café y Alcide le dijo al camarero que nos trajera una jarrita pequeña para compartirlo. Mientras el camarero revoloteaba por allí, le pregunté a Alcide por su padre, y Alcide me preguntó por Jason. No le respondí, porque sólo mencionar el nombre de mi hermano bastaba para que los ojos se me llenaran de lágrimas. Después de que llegara el café y el camarero se hubiera marchado, me preguntó:

—¿Qué sucede?

Respiré hondo, tratando de decidir por dónde empezar.

—En Shreveport hay un aquelarre de brujos malvados —dije de entrada—. Beben sangre de vampiro y hay algunos de ellos que son cambiantes.

El que respiró hondo entonces fue Alcide.

Levanté una mano, indicándole que no había acabado aún.

—Se han trasladado a Shreveport para hacerse con el imperio financiero de los vampiros. Le han echado un maleficio o un embrujo a Eric, y le han borrado la memoria. Anoche entraron en Fangtasia con la intención de descubrir el lugar donde descansan los vampiros durante el día. Hechizaron también a dos de las camareras. Una de ellas está en el hospital y la otra ha muerto.

Alcide ya había sacado el teléfono móvil de su bolsillo.

—Pam y Chow han escondido a Eric en mi casa, y tengo que estar de vuelta antes de que anochezca para ocuparme de él. Y Jason ha desaparecido. No sé quién lo ha secuestrado, ni dónde está, o si está… —Vivo. Pero no podía pronunciar la palabra.

La respiración de Alcide se convirtió en un silbido. Se quedó mirándome, sin soltar el teléfono. No sabía a quién llamar primero. Y no lo culpaba por ello.

—No me gusta que Eric esté en tu casa —dijo—. Te pone en peligro.

Me conmovió que por encima de todo pensase en mi seguridad.

—Jason pidió mucho dinero por ello y Pam y Chow accedieron —dije, incómoda.

—Pero Jason no está allí para ser objeto de todas las críticas, y tú sí.

Incuestionablemente cierto. Pero había que reconocer que Jason no había planificado las cosas para que salieran de aquella manera. Le conté a Alcide lo de la sangre que había visto en el embarcadero.

—Podría ser una pista falsa, una mancha de cualquier animal —dijo—. Pero si el grupo sanguíneo coincide con el de

Jason, entonces sí que puedes empezar a preocuparte. —Bebió un sorbo de café—. Tengo que hacer algunas llamadas —dijo.

—¿Eres el jefe de la manada de Shreveport, Alcide?

—No, qué va, no tengo esa importancia, ni mucho menos. Me parecía imposible, y se lo dije. Me cogió la mano.

—Los jefes de la manada suelen ser más viejos que yo —dijo—. Y hay que ser muy duro para eso. Duro de verdad.

—¿Tienes que luchar para convertirte en el jefe de la manada?

—No, es a través de elecciones, pero los candidatos tienen que ser muy fuertes e inteligentes. Hay una especie de…, bueno, podría decirse que tienes que superar un examen.

—¿Escrito? ¿Oral? —Alcide se sintió aliviado cuando vio que sonreía—. ¿O más bien una prueba de resistencia? —dije.

Movió afirmativamente la cabeza.

—Más bien eso.

—¿No crees que el jefe de tu manada debería estar al corriente?

—Sí. ¿Y qué más hay?

—¿Por qué lo hacen? ¿Por qué habrán elegido Shreveport? Si tan malos son, si utilizan sangre de vampiro y no se cortan cometiendo fechorías, ¿por qué no establecerse en una ciudad más próspera?

—Muy buena pregunta. —Alcide se puso a pensar, entrecerrando sus ojos verdes—. Jamás oí hablar de un brujo que tuviese ese poder. Tampoco he oído hablar nunca de que un brujo pueda ser también cambiante. Me inclinaría por pensar que es la primera vez que esto sucede.

—¿La primera vez?

—Sí, la primera vez que un brujo intenta hacerse con el control de una ciudad, que intenta hacerse con los bienes de la comunidad sobrenatural de una ciudad —dijo.

—¿Qué lugar ocupan los brujos en la jerarquía sobrenatural?

—La verdad es que son humanos que siguen siendo humanos. —Se encogió de hombros—. Normalmente, los sobs consideran a los brujos como simples aficionados. Hay que vigilarlos, ya que practican la magia y nosotros somos criaturas mágicas, pero...

—No los consideráis una gran amenaza.

—Eso es. Pero parece que tendremos que replanteárnoslo. Dices que su bruja líder bebe sangre de vampiro. ¿Sabes si los drena ella misma? —Marcó un número y se acercó el teléfono al oído.

—No lo sé.

—¿Y en qué se transforma? —Los cambiantes podían elegir, pero siempre había un animal con el que tenían mayor afinidad, su animal habitual. Un cambiante podía calificarse a sí mismo de «hombre lince» u «hombre murciélago» siempre que no corriera por allí un hombre lobo que pudiera oírle. Los hombres lobo se mostraban muy críticos con cualquier criatura de dos naturalezas que pretendiese considerarse como tal.

—Bueno, es como... tú —dije. Los hombres lobo se consideraban los reyes de la comunidad de criaturas de dos naturalezas. Sólo se transformaban en un animal, y en el mejor, además. El resto de la comunidad de criaturas de dos naturalezas respondían a las críticas de los hombres lobo llamándolos «lobos matones».

—Oh, no. —Alcide se quedó horrorizado. Justo en aquel momento, el jefe de su manada respondió al teléfono.

—Hola, soy Alcide. —Silencio—. Siento molestarle cuando sé que está ocupado en el jardín. Pero ha sucedido algo importante. Necesito verle lo antes posible. —Un nuevo silencio—. Sí, señor. Con su permiso, iré acompañado por otra persona. —Transcurridos un par de segundos, Alcide pulsó una tecla para dar por finalizada la conversación—. ¿No crees que Bill tendría que saber dónde viven Pam y Chow? —me preguntó.

—Estoy segura de que lo sabe, pero no está aquí para decírmelo. —Eso en el caso de que quisiera hacerlo.

—¿Y dónde está? —El tono de voz de Alcide sonó engañosamente tranquilo.

—Está en Perú.

Estaba mirando mi servilleta, que había doblado en forma de abanico. Cuando levanté la vista hacia el hombre que tenía a mi lado, vi que estaba mirándome con una expresión de incredulidad.

—¿Se ha ido? ¿Te ha dejado sola?

—Él no sabía que iba a pasar todo esto —dije, intentando no sonar como si me pusiese a la defensiva. Pero entonces pensé: «¿Qué estoy diciendo?»—. Alcide, no he visto a Bill desde que regresé de Jackson, excepto el día que vino a verme para decirme que se iba al extranjero.

—Pero si me dijo que habías vuelto con Bill —dijo Alcide, con un tono de voz muy extraño.

—¿Quién te dijo eso?

—Debbie. ¿Quién si no?

Me temo que mi reacción no fue muy elogiosa.

—¿Y tú crees a Debbie?

—Me dijo que se había pasado por el Merlotte's de camino para mi casa y que os había visto a Bill y a ti muy acaramelados.

—¿Y la creíste? —A lo mejor, si seguía insistiendo así, acababa diciéndome que sólo estaba bromeando.

Alcide parecía un corderito; bueno, todo lo corderito que un hombre lobo pueda llegar a parecer.

—De acuerdo, fue una tontería por mi parte —admitió—. Trataré el asunto con ella.

—Eso es. —Hay que disculparme si no lo dije en un tono muy convincente. Era una frase que ya había oído muchas veces.

—¿De verdad que Bill está en Perú?

—Por lo que yo sé, sí.

—¿Y tú estás sola en tu casa con Eric?

—Eric no sabe que es Eric.

—¿No recuerda su identidad?

—No. Y, por lo que parece, tampoco recuerda su carácter.

—Eso está bien —dijo Alcide, misteriosamente. Nunca se había tomado a Eric con humor, como yo. Yo siempre había recelado de Eric, pero valoraba su astucia, su determinación y su talento natural. Si podía decirse de un vampiro que tenía «alegría de vivir», Eric la tenía en cantidades industriales.

—Vayamos a ver al jefe de la manada —dijo Alcide, con un humor mucho más sombrío. Salimos del reservado después de que él pagara los cafés y sin que llamara al trabajo para justificar su ausencia («No tiene sentido ser el jefe si no puedo desaparecer de vez en cuando»). Me abrió la puerta de su camioneta y emprendimos el camino de vuelta a Shreveport. Estaba segura de que la señorita Crispada pensaría que nos habíamos largado a un motel o que estábamos en el apartamento de Alcide, lo que siempre era mejor que llegase a descubrir que su jefe era un hombre lobo.

Por el camino, Alcide me contó que el jefe de la manada era un coronel retirado del Ejército del Aire que había estado destinado en la base aérea de Barksdale, en Bossier City, y que había acabado instalándose en Shreveport. La única hija del coronel Flood se había casado con un hombre de la ciudad y el coronel Flood se había instalado aquí para estar cerca de sus nietos.

—¿Sabes si su esposa también es mujer lobo? —pregunté. Si resultaba que la señora Flood era también mujer lobo, parecía evidente que su hija lo fuera también. Los licántropos que logran sobrevivir los primeros meses de vida viven durante mucho tiempo, exceptuando que mueran por accidente.

—Lo era. Falleció hace unos meses.

El jefe de la manada de Alcide vivía en un barrio modesto con casitas tipo rancho construidas en parcelas minúsculas. El coronel Flood estaba recogiendo piñas en su jardín, una actividad muy doméstica y pacífica para un hombre lobo tan destacado. Aunque iba vestido con ropa de civil, me lo imaginé con el uniforme del Ejército del Aire. Tenía abundante pelo blanco, cortado muy corto, y un bigote que parecía estar recortado con regla, de lo exacto que era por los dos lados.

El coronel debía de sentir curiosidad después de recibir la llamada de Alcide, pero nos invitó a entrar en su casa sin perder la compostura. Le dio unas cuantas palmaditas en la espalda a Alcide y se mostró muy educado conmigo.

La casa estaba tan pulida como su bigote. Habría superado la inspección.

—¿Queréis tomar algo? ¿Un café? ¿Chocolate caliente? ¿Un refresco? —El coronel gesticuló en dirección a la cocina, como si hubiera allí un criado a la espera de recibir órdenes.

—No, gracias —dije, pues el café que había tomado en Applebee me había dejado llena. El coronel Flood insistió en que nos sentáramos en el salón, que era un estrecho rectángulo con una zona de comedor en un extremo. A la señora Flood debían de gustarle las aves de porcelana. Debían de gustarle mucho. Me pregunté cómo se comportarían los nietos en aquel salón y permanecí sentada con las manos unidas en mi regazo por temor a romper algo.

—Y bien, ¿en qué puedo ayudarte? —le preguntó el coronel Flood a Alcide—. ¿Queréis permiso para casaros?

—Hoy no —dijo Alcide con una sonrisa. Bajé la vista para que nadie viera mi expresión—. Mi amiga Sookie tiene una información que ha compartido ya conmigo. Se trata de un tema muy importante. —Su sonrisa se quedó en nada—. Quiere explicarle todo lo que sabe.

—¿Y por qué tendría que escucharla?

Comprendí enseguida que estaba preguntándole a Alcide quién era yo, que si estaba obligado a escucharme, necesitaba conocer mis intenciones. Pero Alcide se sintió ofendido por mí.

—No la habría traído si no fuese importante. No se la habría presentado si no diera mi sangre por ella.

No sabía muy bien a qué se refería con aquello, pero lo interpreté como que Alcide refrendaba mi honestidad y se ofrecía a pagar en algún sentido en el caso de que mi palabra demostrara ser falsa. En el mundo sobrenatural, nada es sencillo.

—Oigamos tu historia, joven mujer —dijo con energía el coronel.

Le expliqué todo lo que le había contado ya a Alcide, intentando excluir los datos más personales.

—¿Dónde se reúne este aquelarre? —me preguntó cuando hube acabado. Le conté lo que había leído en la mente de Holly.

—Esta información no es suficiente —dijo Flood sucintamente—. Necesitamos a los rastreadores, Alcide.

—Sí, señor. —A Alcide le brillaron los ojos al pensar que iba a entrar en acción.

—Los convocaré. Todo lo que acabo de oír me hace replantearme de nuevo algo extraño que sucedió anoche. Adabelle no se presentó a la reunión del comité de planificación que estaba programada.

Alcide se quedó sorprendido.

—No es buena señal.

Intentaban mostrarse crípticos en mi presencia, pero no tuve que hacer un gran esfuerzo para leer las mentes de los dos hombres lobo. Flood y Alcide estaban preguntándose si Adabelle —¿podría decirse que era su vicepresidenta?— habría faltado a la reunión por algún motivo inocente o si el aquelarre la habría engatusado para actuar en contra de su propia manada.

—Adabelle ha estado un tiempo teniendo roces con el liderazgo de la manada —le explicó el coronel Flood a Alcide, con el fantasma de una sonrisa en sus finos labios—. Confiaba en que encontraría suficiente la concesión de haber salido elegida como la segunda de a bordo.

Por los retazos de información que pude extraer de la mente del jefe de la manada, el grupo de Shreveport era básicamente patriarcal. El liderazgo del coronel Flood resultaba asfixiante para Adabelle, una mujer moderna.

—Es posible que un cambio de régimen le resultara atractivo —dijo el coronel Flood, después de una perceptible pausa—. Si los invasores conocen un poco cómo funciona nuestra manada, es muy probable que hayan decidido realizar intentos de aproximación con Adabelle.

—No creo que Adabelle traicionara nunca a la manada, por descontenta que se sienta con la situación actual —dijo Alcide. Parecía estar bastante seguro—. Pero me preocupa que anoche no acudiera a la reunión y que esta mañana no haya podido localizarla por teléfono.

—Me gustaría que te desplazaras a casa de Adabelle mientras yo aviso a la manada para que entre en acción —sugirió el coronel Flood—. Si a tu amiga no le importa.

Tal vez a su amiga le gustaría regresar cuanto antes a Bon Temps y ver a su inquilino. Tal vez a su amiga le gustaría continuar buscando a su hermano. Aunque, sinceramente, no se me ocurría nada más que hacer para seguir buscando a Jason y faltaban aún más de dos horas para que Eric se levantara.

Dijo entonces Alcide:

—Coronel, Sookie no es miembro de la manada y no tendría por qué cargar con estas responsabilidades. Tiene sus propios problemas y se ha desviado de su camino para darnos a conocer el gran problema que ni siquiera nosotros sabíamos que se nos echaba encima. Tendríamos que habernos enterado. Hay alguien en la manada que no está siendo honesto con nosotros.

La cara del coronel Flood se quedó seria, como si acabase de tragarse una anguila viva.

—Tienes toda la razón —dijo—. Gracias, señorita Stackhouse, por haber perdido el tiempo viniendo hasta Shreveport para contarle a Alcide un problema… que deberíamos haber conocido antes nosotros.

Asentí a modo de reconocimiento.

—Y pienso que tienes razón, Alcide. Alguno de nosotros tendría que haber estado ya al corriente de la presencia de otra manada en la ciudad.

—Le llamaré para informarle de lo que averiguo en casa de Adabelle —dijo Alcide.

El coronel cogió el teléfono y consultó una libreta con tapas de piel de color rojo antes de marcar el número. Miró de reojo a Alcide.

—Tampoco responde en la tienda. —Irradiaba más calor que un radiador. Y teniendo en cuenta que en la casa del coronel Flood hacía tanto frío como fuera, el calor fue bienvenido.

—Deberíamos nombrar a Sookie amiga de la manada.

Adiviné que aquello era algo más que una simple recomendación. Lo que estaba diciendo Alcide era importante, pero no tenía ninguna intención de dar explicaciones al respecto. Empezaba a cansarme de tantas conversaciones elípticas a mi alrededor.

—Discúlpenme, Alcide, coronel —dije lo más educadamente que me fue posible—. Teniendo en cuenta que los dos tienen planes en los que ponerse a trabajar, tal vez Alcide podría llevarme otra vez hasta donde dejé aparcado el coche.

—Naturalmente —aceptó el coronel, y leí en su mente que se alegraba de que por fin me largara—. Alcide, nos vemos aquí de nuevo en…, ¿cuánto? ¿Unos cuarenta minutos? Seguiremos hablando entonces sobre el tema.

Alcide miró el reloj y accedió a regañadientes.

—Me pasaré por casa de Adabelle de camino hacia el coche de Sookie —dijo, y el coronel asintió, como si fuera algo meramente formal.

—No sé por qué Adabelle no responde al teléfono en el trabajo, y tampoco creo que esté con los de ese aquelarre —me explicó Alcide cuando subimos en su camioneta—. Adabelle vive con su madre y no se llevan muy bien. Pero pasaremos primero por su casa. Adabelle es la segunda de a bordo de Flood, y es además nuestra mejor rastreadora.

—¿Qué es lo que pueden hacer los rastreadores?

—Irán a Fangtasia y tratarán de seguir el rastro de olor que dejaron allí los brujos. Eso los conducirá a su guarida. Si pierden el rastro, tal vez podamos pedir la ayuda de los aquelarres de Shreveport. Tienen que estar tan preocupados como nosotros.

—Me temo que el personal de urgencias que haya ido a Fangtasia haya podido borrar todo rastro de olor —dije con pesar. Ver a un hombre lobo seguir un rastro por la ciudad tenía que ser un verdadero espectáculo—. Y sólo porque lo sepas, Hallow ha contactado ya con todos los brujos de la zona. En Bon Temps hablé con una wiccana que había sido convocada a una reunión con el grupo de Hallow en Shreveport.

—Esto es más importante de lo que me imaginaba, pero estoy seguro de que la manada sabrá cómo gestionarlo —dijo con confianza Alcide.

Alcide recorrió marcha atrás el camino de acceso a casa del coronel e iniciamos nuestro recorrido por Shreveport. Aquel día me paseé por la ciudad más de lo que lo había hecho en toda mi vida.

—¿De quién fue la idea de que Bill se marchase a Perú? —me preguntó de repente Alcide.

—No lo sé. —Me pilló por sorpresa—. Creo que fue de su reina.

—¿Pero no te lo explicó él directamente?

—No.

—Debió de recibir la orden de ir allí.

—Me imagino.

—¿Y quién tiene el poder de darle una orden así? —preguntó Alcide, como si la respuesta fuera a servirle para aclarar las cosas.

—Eric, naturalmente. —Puesto que Eric era el sheriff de la Zona Cinco—. Y la reina. —Me refería a la jefa de Eric, la reina de Luisiana. Sí, lo sé. Es una tontería. Pero los vampiros se consideraban una organización maravillosa y moderna.

—Y ahora resulta que Bill se ha ido y Eric está en tu casa. —La voz de Alcide estaba forzándome a llegar a una conclusión evidente.

—¿Piensas que Eric lo organizó todo? ¿Piensas que le ordenó a Bill ausentarse del país, que fue él quien ordenó a los brujos invadir Shreveport, que le echasen el maleficio, que le obligasen a correr medio desnudo en plena noche por donde se suponía que debía yo pasar, y que Pam, Chow y mi hermano hablaron previamente entre ellos para que Eric se quedase en mi casa?

Alcide se quedó planchado.

—Veo que ya le habías dado bastantes vueltas a todo esto.

—Alcide, no tengo estudios, pero tampoco soy tonta. —Intenta estudiar algo cuando puedes leerles la mente a todos tus compañeros de clase, y eso sin mencionar al profesor. Pero leo mucho, y he leído cosas muy buenas. Naturalmente, la mayoría de lo que leo son novelas románticas y de misterio. De modo que he leído un poco de todo y poseo un extenso vocabulario—. No creo que Eric montase tanto lío para conseguir que me acostase con él. ¿Es eso lo que estás pensando? —Efectivamente, sabía que era aquello. Por mucho que fuera un hombre lobo, podía leerle la mente.

—Hombre, dicho así… —Alcide seguía sin sentirse satisfecho. Pero, en fin, este tipo era el que se había creído a pies juntillas a Debbie Pelt cuando ella le dijo que yo había vuelto con Bill.

Me pregunté si conseguiría encontrar a alguna bruja que pudiera echarle un maleficio de la verdad a Debbie Pelt, a quien odiaba porque había sido cruel con Alcide, me había insultado gravemente, me había quemado mi chal favorito e intentado matarme por poderes. Además, llevaba un peinado estúpido.

Alcide creería en la honestidad de Debbie aunque hablara mal de él a sus espaldas, y hablar mal a espaldas de los demás era la especialidad de la auténtica Debbie.

De haber sabido Alcide que Bill y yo nos habíamos separado, ¿habría intentado algo? ¿Habría una cosa llevado a la otra?

Seguro que sí. Y allí estaría yo, unida a un chico que creía en la palabra de Debbie Pelt.

Miré de reojo a Alcide y suspiré. Era un hombre casi perfecto en muchos sentidos. Me gustaba su aspecto, comprendía su forma de pensar y me trataba con gran consideración y respeto. Es verdad que era un hombre lobo, pero podía perdonarle ese par de noches al mes. Y también que, según Alcide, sería difícil que un embarazo de un hijo suyo llegara a buen término, pero era posible, al menos. El embarazo era una posibilidad que ni siquiera se contemplaba con un vampiro.

¡Para ya! Alcide no se había ofrecido para ser el padre de mis hijos y seguía aún viéndose con Debbie. ¿Qué habría sucedido con el compromiso de Debbie con ese tal Clausen?

Con el lado menos noble de mi carácter —suponiendo que mi carácter tuviera un lado noble—, confié en que llegara pronto el día en que Alcide se diera por fin cuenta de lo bruja que era en realidad Debbie y se tomara en serio aquel descubrimiento. Independientemente de si Alcide se liaba después conmigo, se merecía algo mejor que Debbie Pelt.

Adabelle Yancy y su madre vivían en una calle cortada de un barrio de clase media-alta, no muy lejos de Fangtasia. La casa estaba emplazada en lo alto de un jardín en pendiente que se elevaba por encima de la calle, por lo que el camino de acceso subía y accedía a la casa por la parte trasera. Pensé que Alcide aparcaría en la calle y subiríamos caminando por el sendero enladrillado que daba acceso a la puerta principal, pero al parecer decidió que quería dejar su vehículo fuera de la vista. Examiné la calle y no vi a nadie, y mucho menos a nadie que vigilara la casa por si llegaban visitantes.

En la parte posterior de la casa, formando ángulo recto con ella, el garaje para tres coches de la casa estaba limpio como una patena. Cualquiera pensaría que allí nunca se aparcaban coches, que el reluciente Subaru acababa de extraviarse por la zona. Bajamos de la camioneta.

—Es el coche de la madre de Adabelle. —Alcide puso mala cara—. Tiene una tienda de vestidos de novia. Seguro que has oído hablar de ella: Verena Rose. Verena se ha medio jubilado y ya no trabaja a tiempo completo. Se pasa por la tienda el tiempo justo para volver loca a Adabelle.

Nunca había estado en la tienda, pero las novias de toda la zona iban a comprar allí. Tenía que ser un establecimiento muy rentable. La casa era de ladrillo visto, estaba en un estado de conservación excelente y no tendría más de veinte años. El jardín estaba cuidado, rastrillado y pulidamente ornamentado.

Alcide llamó a la puerta trasera y abrieron enseguida. La mujer que apareció en la puerta estaba tan bien conjuntada y acicalada como el resto de la casa. Su cabello de color gris acero estaba recogido en un pulido moño e iba vestida con un traje chaqueta de color verde oliva y zapatos bajos de charol marrón. Nos miró a Alcide y a mí y no encontró lo que estaba buscando. Abrió la segunda puerta de cristal.

—Alcide, qué alegría verte —mintió desesperadamente. La mujer estaba tremendamente confusa.

Alcide la miró.

—Tenemos problemas, Verena.

Si su hija era miembro de la manada, significa que también Verena era una mujer lobo. Observé a la mujer con curiosidad y me recordó a una de las amigas más afortunadas de mi abuela. Verena Rose Yancy era una mujer atractiva que estaría rondando los setenta, bendecida con la suerte de disfrutar de unos ingresos seguros y de su propia casa. No lograba imaginármela corriendo a cuatro patas por el campo.

Era evidente que a Verena le importaba un pimiento el problema que pudiera tener Alcide.

—¿Has visto a mi hija? —preguntó, y esperó la respuesta con ojos aterrados—. No puede haber traicionado a la manada.

—No —dijo Alcide—. Pero el jefe de la manada nos ha enviado a buscarla. Anoche no se presentó a una reunión de jefes.

—Anoche me llamó desde la tienda. Dijo que tenía una reunión imprevista con una desconocida que la había llamado justo cuando iba a cerrar. —La mujer se frotó las manos, literalmente—. He pensado que quizá se reunió con esa bruja.

—¿Ha tenido noticias de Adabelle desde entonces? —pregunté con mi tono de voz más amable.

—Anoche me acosté enfadada con ella —dijo Verena, mirándome directamente por vez primera—. Pensé que habría decidido pasar la noche en casa de alguna de sus amistades. Una de sus amigas —explicó, mirándome con las cejas arqueadas para que comprendiera el sentido de sus palabras—. Nunca me avisa con tiempo. Se limita a decirme: «Ya me verás cuando venga» o «Ya nos veremos mañana por la mañana en la tienda» o cualquier otra cosa. —Un estremecimiento recorrió el delgado cuerpo de Verena—. Pero ni ha pasado por casa, ni me responde en la tienda.

—¿Tenía que abrir hoy? —preguntó Alcide.

—No. El miércoles es el día que cerramos, pero siempre acude allí para trabajar con los libros de contabilidad y sacarse todo el papeleo de encima. Es lo que hace siempre —repitió Verena.

—¿Por qué no nos acercamos Alcide y yo a la tienda para inspeccionar? —le ofrecí con educación—. A lo mejor ha dejado una nota. —No era de esas mujeres a las que les darías unos golpecitos de aliento en el brazo, de modo que me reprimí y no hice aquel gesto que me habría parecido natural, sino que empujé la puerta de cristal para cerrarla dejándole claro que ella se quedaba allí y no tenía que acompañarnos. Lo comprendió a la primera.

La tienda de vestidos de novia y de ceremonia de Verena Rose estaba en una vieja vivienda de una manzana de casas de dos pisos. El edificio había sido renovado y estaba en un estado de conservación tan magnífico como la residencia de los Yancy, y no me sorprendió que tuviera aquella categoría. El ladrillo visto pintado de blanco, las persianas de color verde oscuro, el reluciente hierro forjado de la barandilla de las escaleras y los detalles de latón de la puerta eran muestras de elegancia y de atención al detalle. Comprendí enseguida que quien aspiraba a demostrar su clase tenía que acudir allí para adquirir su vestido de novia.

Situado a cierta distancia de la calle, con una zona de aparcamiento detrás de la tienda, el edificio tenía una tribuna de dimensiones considerables en la parte delantera. En el interior del ventanal de la tribuna se veía un maniquí sin rostro luciendo una brillante peluca castaña. Tenía los brazos colocados de tal manera que cogía con elegancia un precioso ramo de flores. Incluso desde la camioneta, me di cuenta de que el vestido de novia, con su larga cola bordada, era absolutamente espectacular.

Aparcamos en el camino de acceso, olvidándonos del aparcamiento trasero, y bajamos del vehículo. Caminamos hacia la puerta de entrada y, cuando estábamos ya cerca, Alcide maldijo casi para sus adentros. Por un momento me pareció que una plaga de insectos había traspasado el ventanal y aterrizado sobre el níveo vestido. Pero al instante me di cuenta de que las manchas oscuras eran con toda seguridad gotas de sangre.

La sangre se había esparcido sobre el bordado blanco y se había secado. Era como si el maniquí hubiese resultado herido, e incluso me cuestioné esa posibilidad durante un segundo de locura. En el transcurso de los últimos meses había visto muchas cosas que de entrada también parecían imposibles.

—Adabelle —dijo Alcide, como si estuviera rezando.

Nos quedamos inmóviles en los primeros peldaños que ascendían hacia el porche, con la mirada clavada en la tribuna. El cartel de «Cerrado» colgaba en el encarte oval de cristal de la puerta y las persianas venecianas estaban cerradas. No detecté ondas cerebrales que salieran de la casa. Me tomé mi tiempo para comprobarlo. Las malas experiencias me habían demostrado que este tipo de comprobaciones siempre eran buena idea.

—Cosas muertas —dijo Alcide, levantando la cara para respirar la fría brisa, cerrando los ojos para concentrarse mejor—. Cosas muertas, dentro y fuera.

Apoyé la mano izquierda en la barandilla de hierro forjado y ascendí un peldaño. Miré a mi alrededor. Mi vista se posó en algo que había en el parterre de debajo de la tribuna, algo de color claro que destacaba sobre el mantillo de corteza de pino. Le di un codazo a Alcide y señalé en silencio con la mano derecha.

Junto a una azalea podada, había una mano…, una mano suelta. Noté el escalofrío que recorría el cuerpo de Alcide al comprender qué era aquello. Fue ese momento en el que intentas reconocer algo como cualquier cosa excepto como lo que en realidad es.

—Espera aquí —dijo Alcide, con su voz grave y ronca.

Encantada de esperar.

Pero cuando abrió la puerta de acceso a la tienda, que no estaba cerrada con llave, vi lo que había en el suelo. Tuve que reprimir un grito.

Fue una suerte que Alcide llevara consigo su teléfono móvil. Llamó al coronel Flood, le explicó lo que había ocurrido y le pidió que fuera a casa de la señora Yancy. A continuación llamó a la policía. No quedaba otro remedio. Era una zona transitada y era muy probable que alguien nos hubiera visto acercándonos a la puerta de la tienda.

Era el día de encontrar cadáveres…, tanto para mí como para la policía local de Shreveport. Sabía que en el cuerpo había algunos policías que eran vampiros. Esos vampiros, naturalmente, tenían que trabajar en el turno de noche, por lo que los policías con los que hablamos eran seres humanos normales y corrientes. Entre ellos no había ningún hombre lobo ni ningún cambiante, ni siquiera un humano con poderes telepáticos. Los agentes de la policía eran gente normal y corriente que prácticamente nos tomaron como sospechosos.

—¿Por qué se han pasado por aquí? —preguntó el detective Coughlin, que tenía el pelo castaño, la cara arrugada de estar a la intemperie y una barriga cervecera de la que se habría sentido orgulloso un caballo trotón.

La pregunta pilló por sorpresa a Alcide. No había pensando en aquello hasta el momento, lo cual no era de extrañar. Yo no había conocido a Adabelle con vida, ni había estado en la tienda de vestidos de novia como él. Alcide estaba más conmocionado que yo. Era yo quien debía tomar las riendas.

—Fue idea mía, detective —dije al instante—. Mi abuela, que falleció el año pasado, siempre me decía: «Si algún día necesitas un vestido de novia, Sookie, tienes que ir a Verena Rose». No se me pasó por la cabeza llamar con antelación para ver si hoy estaba abierta.

—¿De modo que usted y el señor Herveaux piensan casarse?

—Sí —respondió Alcide, atrayéndome hacia él y abrazándome—. Vamos camino del altar.

Sonreí, pero con la modestia necesaria.

—Bien, pues felicidades. —El detective Coughlin nos miró pensativo—. De modo, señorita Stackhouse, que usted no conocía a Adabelle Yancy.

—Tal vez coincidiera con la señora Yancy, la madre, cuando era pequeña —dije con cautela—. Pero no la recuerdo. La familia de Alcide conoce a los Yancy, naturalmente. Lleva toda la vida viviendo aquí. —Naturalmente, todos son licántropos.

Coughlin seguía mirándome.

—¿Y tampoco entró en la tienda? ¿Me dicen que sólo entró el señor Herveaux?

—Alcide entró y yo me quedé esperando aquí. —Intenté parecer delicada, lo que no me resultó fácil. Soy una chica sana y musculosa, y aunque no soy una modelo de tallas grandes, tampoco puede decirse que sea precisamente Kate Moss—. Había visto… la mano, por lo que preferí quedarme fuera esperando.

—Una buena idea —dijo el detective Coughlin—. Lo que hay aquí dentro es mejor que no lo vea nadie. —Cuando dijo eso pareció veinte años mayor. Me dio lástima que su trabajo fuera tan duro. Estaba pensando que los cuerpos masacrados que había en el interior de la tienda eran dos vidas desperdiciadas y obra de alguien a quien le encantaría arrestar—. ¿Tiene alguno de ustedes idea de por qué alguien podría querer hacer pedazos a dos mujeres de esta manera?

—¿Dos? —dijo Alcide, pasmado.

—¿Dos? —dije yo, con menos cautela.

—Sí, dos —dijo el detective. Esperaba obtener nuestras respectivas reacciones y ya las tenía; pronto descubriría qué pensaba de ellas.

—Pobrecitas —dije, y no fingía las lágrimas que inundaban mis ojos. Resultaba muy agradable poder apoyarme en el pecho de Alcide y, como si me hubiera leído los pensamientos, él bajó la cremallera de su cazadora de cuero para que pudiera estar más en contacto con él y me protegió con los laterales abiertos para mantener el calor—. Y si una de ellas es Adabelle Yancy, ¿quién es la otra?

—De la otra no queda mucho —dijo Coughlin, antes de que él mismo se aconsejara mantener la boca cerrada.

—Estaban como mezcladas —dijo en voz baja Alcide, cerca de mi oído. Sentía nauseas—. No me di cuenta. Supongo que si hubiera analizado lo que vi...

Aun sin poder leer con claridad los pensamientos de Alcide, comprendí que estaba pensando que Adabelle había conseguido acabar con una de sus atacantes. Y cuando el resto del grupo se marchó, no se llevó todos los pedazos pertinentes.

—Y dice que es usted de Bon Temps, señorita Stackhouse —dijo el detective, casi por decir algo.

—Sí, señor —contesté, sofocando un grito. Intentaba no imaginarme los últimos momentos de Adabelle Yancy.

—¿Trabaja también allí?

—Sí, en el Merlotte's Bar and Grill —respondí—. Soy camarera.

Mientras el agente se percataba de la diferencia de clase social que existía entre Alcide y yo, cerré los ojos y dejé descansar la cabeza sobre el cálido pecho de Alcide. El detective Coughlin se estaba preguntando si estaría embarazada; si el padre de Alcide, una figura conocida y adinerada de Shreveport, aprobaría este matrimonio. Entendía que hubiera decidido comprarme un vestido de boda caro, si iba a casarme con un Herveaux.

—¿No tiene usted anillo de prometida, señorita Stackhouse?

—No tenemos pensado un noviazgo largo —dijo Alcide. Escuché su voz retumbando en el interior de su pecho—. Tendrá su diamante el día que nos casemos.

—Eres muy malo —dije cariñosamente, pellizcándole en las costillas con toda la fuerza que pude sin que fuese demasiado evidente.

—Ay —protestó Alcide.

Aquel pequeño juego convenció al detective Coughlin de que estábamos realmente prometidos. Anotó nuestros números de teléfono y nuestras direcciones y dijo que podíamos marcharnos. Alcide se quedó tan aliviado como yo.

Subimos al vehículo y condujimos hasta encontrar un lugar seguro donde poder estar tranquilos —un parquecillo prácticamente desierto debido al frío reinante— y Alcide llamó de nuevo al coronel Flood. Yo me quedé esperando en la camioneta mientras Alcide caminaba de un lado a otro sobre la hierba seca del parque, gesticulando y levantando la voz, desahogando en cierto modo su dolor y su rabia. Había notado cómo se acumulaba en su interior. A Alcide, como a la mayoría de los chicos, le costaba expresar sus emociones. Y aquello lo convertía en una persona mucho más familiar y cariñosa.

¿Cariñosa? Mejor que empezara a dejar de pensar de aquella manera. El compromiso había sido inventado única y exclusivamente para salvar la situación con el detective Coughlin. Si Alcide era el «cariño» de alguien, era de la pérfida Debbie.

Alcide volvió a subir a la camioneta. Tenía muy mala cara.

—Supongo que lo mejor es que regresemos a la oficina y recojas tu coche —dijo—. Siento mucho lo sucedido.

—Creo que soy yo quien debería decir eso.

—Es una situación que no ha buscado ninguno de los dos —dijo Alcide con voz firme—. Ninguno de los dos estaría involucrado en ella de haberlo podido evitar.

—Una verdad como un templo. —Después de reflexionar un momento sobre lo complicado que era el mundo sobrenatural, le pregunté a Alcide por el plan del coronel Flood.

—Nos ocuparemos del tema —respondió Alcide—. Lo siento, Sook, pero no puedo contarte lo que vamos a hacer.

—¿Correrás peligro? —le pregunté, sin poder evitarlo.

Habíamos llegado ya al edificio de los Herveaux y Alcide aparcó al lado de mi viejo coche. Se volvió ligeramente hacia mí y me cogió la mano.

—No me pasará nada. No te preocupes —dijo cariñosamente—. Te llamaré.

—No te olvides de hacerlo —dije—. Y yo tengo que contarte lo que hagan los brujos tratando de dar con Eric. —No le había contado a Alcide lo de los carteles con la imagen de Eric, lo de la recompensa. Habría puesto todavía peor cara si se hubiera enterado de la inteligencia con que estaba planteada la trama.

—Debbie tenía pensado venir a verme esta tarde, llegará aquí alrededor de las seis —dijo. Miró el reloj—. Ya es demasiado tarde para evitar que venga.

—Si pensáis llevar a cabo un ataque a lo grande, ella podría ayudaros —dije.

Me lanzó una mirada penetrante, como si quisiera taladrarme con ella.

—Es una cambiante, no una mujer lobo —me recordó, poniéndose a la defensiva.

A lo mejor se transformaba en comadreja, o en ratón.

—Por supuesto —dije muy seria. Me mordí literalmente la lengua para no soltar todos los comentarios que guardaba en mi boca y ansiaban salir de ella—. Alcide, ¿crees que el otro cuerpo sería el de la amiga de Adabelle? ¿De alguien que estaba por casualidad en la tienda con Adabelle cuando llegaron los brujos?

—Teniendo en cuenta que gran parte del segundo cuerpo había desaparecido, pienso que es probable que fuera de una de las brujas. Supongo que Adabelle murió luchando.

—Yo también lo supongo. —Moví afirmativamente la cabeza, poniendo fin a ese aluvión de ideas—. Mejor que regrese ya a Bon Temps. Eric estará a punto de despertarse. No te olvides de decirle a tu padre que estamos prometidos.

Su expresión fue lo único divertido que viví aquel día.

Capítulo
6

Durante el camino de vuelta a casa pensé en los acontecimientos que había vivido aquel día en Shreveport. Le había pedido a Alcide que llamara a la policía de Bon Temps por su teléfono móvil y había obtenido otra vez una respuesta negativa. No, seguían sin tener noticias de Jason y no había llamado nadie diciendo que lo hubiera visto. De modo que, de camino a casa, no me detuve en la comisaría, pero tenía que pasar por el supermercado para comprar pan y margarina, y por la licorería para comprar sangre sintética.

Lo primero que vi cuando abrí la puerta de Super Save-A-Bunch fue un pequeño expositor con sangre embotellada, lo que me ahorró la parada en la licorería. Lo segundo que vi fue el cartel con la fotografía de carné de Eric. Me imaginé que era la fotografía que le habían obligado a presentar cuando abrió Fangtasia, pues era una imagen muy poco amenazadora. En ella parecía una persona perfectamente normal, incluso agradable; nadie en el mundo se imaginaría que había dado algún que otro mordisco. La fotografía llevaba el siguiente encabezamiento: «¿Has visto a este vampiro?».

Leí el texto con atención. Todo lo que había dicho Jason era cierto. Cincuenta mil dólares es mucho dinero. Esa Hallow tenía que estar como una regadera para pagar esa cantidad por Eric si lo único que quería era que le echara un polvo. Resultaba difícil creer que le mereciera la pena pagar una recompensa tan elevada por controlar Fangtasia (y acostarse con Eric). Cada vez dudaba más de que ésa fuera la historia completa y cada vez estaba más segura de que si seguía sacando el cuello por los demás, acabarían mordiéndomelo.

Hoyt Fortenberry, el gran amigo de Jason, estaba cargando pizzas en su carrito en el pasillo de los alimentos congelados.

—Hola, Sookie, ¿dónde crees que se ha metido el viejo Jason? —me preguntó en cuanto me vio. Hoyt, un chico grande, robusto y que no era una gran lumbrera, parecía sinceramente preocupado.

—Ojalá lo supiera —dije, acercándome para poder hablar con él sin que todos los presentes en el establecimiento se enteraran de nuestra conversación—. Estoy muy preocupada.

—¿No crees que simplemente estará con alguna chica que haya conocido? Esa que salió con él en Nochevieja era muy mona.

—¿Cómo se llamaba?

—Crystal. Crystal Norris.

—¿De dónde es?

—De Hotshot, o de por esa zona. —Movió la cabeza en dirección al sur.

Hotshot era más pequeño incluso que Bon Temps. Estaba a unos quince kilómetros de nuestro pueblo y tenía reputación de ser una comunidad un tanto extraña. Los niños de Hotshot que iban al colegio en Bon Temps formaban un grupillo cerrado y eran un poco… distintos. No me sorprendía en absoluto que Crystal viviese allí.

—Seguro —añadió Hoyt, insistiendo en su idea—. Crystal debió de pedirle que se quedara en su casa. —Pero su cerebro dejaba claro que no creía en lo que estaba diciendo, que simplemente trataba de tranquilizarme, a mí y también a sí mismo. Ambos sabíamos que Jason tendría que haber telefoneado ya, por muy bien que lo pudiera estar pasando con una mujer.

Decidí llamar a Crystal cuando tuviera diez minutos libres, lo que no sería en ningún momento de aquella noche. Le pedí a Hoyt que llamara a la oficina del sheriff para dar el nombre de Crystal, y me confirmó que lo haría, aun cuando la idea no le entusiasmaba demasiado. Estoy segura de que de haberse tratado de cualquier otro, Hoyt se habría negado. Pero Jason siempre había sido su fuente de entretenimiento y diversión, pues Jason era mucho más listo e imaginativo que el lento y pesado Hoyt: si Jason no reaparecía, la vida de Hoyt pasaría a ser monótona y aburrida.

Nos despedimos en el aparcamiento de Super Save-A-Bunch, y me sentí aliviada al ver que Hoyt no me preguntaba por las botellas de TrueBlood que había comprado. Tampoco lo hizo la cajera, aunque cogió las botellas con cara de asco. Mientras pagaba, me pregunté cuánto llevaría ya gastado siendo la anfitriona de Eric. La sangre y la ropa constituían un buen pico.

Acababa de oscurecer cuando llegué a casa. Aparqué el coche y descargué las bolsas de la compra. Abrí la puerta trasera de la casa y entré, llamando a Eric mientras encendía la luz de la cocina. Al no obtener respuesta, guardé la compra y dejé una botella de TrueBlood fuera de la nevera, para que la tuviese a mano cuando le entrara el hambre. Saqué la escopeta del maletero, la cargué y la dejé junto al calentador. Pasado un momento volví a llamar a la oficina del sheriff. Sin noticias de Jason, me dijo la telefonista.

Abatida, me dejé caer un buen rato junto a la pared de la cocina. Pero quedarme allí sentada y deprimida, sin hacer nada, no era un buen plan. Pensé en instalarme en la sala de estar y poner una película en el vídeo, para que Eric estuviera entretenido. Había visto ya todas mis cintas de *Buffy* y no tenía en casa ninguna de *Angel*. Me pregunté si le gustaría *Lo que el viento se llevó*. (Por lo que me habían contado, Eric había estado por allí cuando la filmaron. Aunque, por otro lado, tenía amnesia. No se acordaría de nada).

Pero cuando llegué al pasillo, oí un pequeño movimiento. Abrí con cuidado la puerta de mi antigua habitación, pues no quería hacer ruido por si acaso mi huésped seguía durmiendo. Pero allí estaba. Eric estaba poniéndose los pantalones, de espaldas a mí. No se había preocupado de ponerse ropa interior, ni siquiera aquel diminuto calzoncillo rojo. Me quedé sin respiración. Se me escapó un sonido de sorpresa y me obligué a cerrar los ojos. Apreté con fuerza los puños.

Si hubiera un concurso internacional de traseros, Eric lo ganaría de calle. Conseguiría el mayor de los trofeos. Jamás había pensado que a una mujer pudiera costarle tanto mantener las manos apartadas de un hombre, pero allí estaba yo, clavándome las uñas en la palma de la mano, mirando el interior de mis párpados como si pudiera ver a través de ellos si me esforzaba lo suficiente.

Resultaba en cierto sentido degradante, eso de desear a alguien tan…, tan vorazmente —otra buena palabra del calendario— por el simple hecho de que fuera físicamente bello. Tampoco se me había ocurrido que fuera algo que pudieran sentir las mujeres.

—¿Te encuentras bien, Sookie? —preguntó Eric. Regresé con vacilación a la cordura después de aquella oleada de lujuria. Estaba delante de mí, con las manos posadas en mis hombros. Levanté la vista hasta toparme con sus ojos azules, que me observaban fijamente con una mirada que tan sólo mostraba preocupación. Yo estaba justo al nivel de sus duros pezones. Eran del tamaño de la goma de borrar que va en los lápices. Me mordí el interior del labio. En ningún caso acortaría aquellos escasos centímetros que nos separaban.

—Discúlpame —murmuré suavemente. Me daba miedo hablar fuerte, incluso moverme. De hacerlo, estaba segura de que acabaría lanzándome sobre él—. No esperaba tropezarme contigo. Debería haber llamado.

—Ya me habías visto antes.

Pero no tu trasero… y desnudo.

—Sí, pero entrar sin llamar no es de buena educación.

—No me importa. Se te ve preocupada.

«¿Tú crees?».

—La verdad es que he tenido un día muy malo —dije, apretando los dientes—. Mi hermano ha desaparecido y los brujos cambiantes de Shreveport han asesinado a…, a la vicepresidenta de la manada de hombres lobo de esa ciudad. Su mano estaba tirada en un parterre. Bueno, más bien la mano de no sé exactamente quién. Belinda está en el hospital. Ginger ha muerto. Creo que voy a darme una ducha. —Di media vuelta y me dirigí a mi habitación. Entré en el baño, me desnudé y dejé mis prendas en la cesta de la ropa sucia. Me mordí el labio hasta lograr sonreír por mi arrebato de locura y me metí bajo el chorro de agua caliente.

Ya sé que las duchas frías son más tradicionales, pero la calidez y la relajación que proporciona el agua caliente me vinieron muy bien. Me mojé bien el pelo y palpé en busca del jabón.

—Ya lo cojo yo —dijo Eric, retirando la cortina para entrar en la ducha conmigo.

Reprimí lo que a punto estuvo de ser un grito. Se había quitado el pantalón. Y estaba además en el mismo estado de ánimo que yo. Era fácil de adivinar, con Eric. Tenía además los colmillos un poco salidos. Me sentía incómoda, horrorizada y absolutamente lista para saltar sobre él. Me quedé inmóvil, paralizada por ráfagas contrarias de emociones. Eric cogió el jabón y lo frotó entre sus manos hasta obtener espuma, lo dejó en la jabonera y empezó a lavarme los brazos, levantando primero el uno y luego el otro para frotar las axilas, deslizarse por los costados, sin rozar en ningún momento mis pechos, que temblaban como cachorritos que ansían unas caricias.

—¿Hemos hecho alguna vez el amor? —preguntó.

Negué con la cabeza, incapaz de hablar.

—Entonces, he sido un idiota —dijo, moviendo la mano en círculos sobre mi barriga—. Vuélvete, amante.

Me volví para darle la espalda, y empezó a enjabonármela. Sus dedos eran muy fuertes y muy hábiles, y cuando Eric hubo acabado creo que yo debía de tener el par de omóplatos más relajados y limpios de toda Luisiana.

Pero eran lo único relajado de mi cuerpo. Mi libido daba saltos sin parar. ¿De verdad iba a hacerlo? Me parecía cada vez más probable que sí, pensé con nerviosismo. Si el hombre que tenía en mi ducha hubiera sido el Eric de verdad, habría tenido la fuerza suficiente para rechazarlo. Le habría ordenado salir de allí al instante. El verdadero Eric venía acompañado por un paquete completo de poder y política, algo que yo apenas comprendía y que no despertaba en absoluto mi interés. Pero este Eric era distinto —sin la personalidad que me gustaba, en un sentido perverso—, era un Eric hermoso que me deseaba, que estaba hambriento de mí, en un mundo que muy a menudo me hacía saber que podría seguir perfectamente bien adelante sin mi persona. Mi cabeza estaba a punto de desconectar y mi cuerpo a punto de asumir el mando. Notaba una parte de Eric presionando mi espalda, y eso que no lo tenía tan cerca. ¡Ay de mí! ¡Aaahhh! Mmmm.

A continuación me enjabonó el pelo.

—¿Tiemblas porque me tienes miedo? —preguntó.

Reflexioné la respuesta. Sí y no. Pero no pensaba mantener una larga discusión acerca de los pros y los contras. El debate interno ya había sido bastante duro. Oh, sí, lo sé, no habría un momento mejor para mantener una larga charla con Eric sobre los aspectos morales de liarse con alguien a quien no quieres. Y tal vez nunca se presentaría otro momento mejor para sentar las normas básicas sobre tratar de ser físicamente amable conmigo. No es que pensara que Eric pudiera hacerme daño, pero su virilidad (así es como lo llaman en mis novelas románticas; y en este caso además podrían aplicársele adjetivos populares como «desarrollada» o «palpitante») resultaba una perspectiva intimidante para una mujer relativamente inexperta como yo. Me sentía como un coche que hasta ahora había sido usado por un único conductor…, un coche cuyo potencial comprador estaba decidido a participar en las 500 Millas de Daytona.

Oh, al infierno con tanto darle vueltas.

Cogí el jabón de la jabonera y lo froté entre mis dedos hasta sacar espuma. Al acercarme mucho a él, doblé al Sr. Feliz contra el estómago de Eric, al que abracé poniendo la mano en aquel culo tan absolutamente maravilloso. No podía mirarlo a la cara, pero me hizo saber que estaba encantado de que yo respondiera. Separó las piernas gustosamente y lo lavé concienzudamente, meticulosamente. Empezó a emitir sonidos, a balancearse hacia delante. Pasé a su pecho. Cerré los labios entorno a su pezón derecho y lo chupé. Le gustó mucho. Con las manos, me presionó la nuca.

—Muerde un poco —susurró, y utilicé los dientes.

Sus manos empezaron a moverse sin cesar sobre cualquier espacio libre de mi piel que pudieran encontrar, acariciándome y excitándome. Cuando se retiró, lo hizo porque había decidido corresponderme y se inclinó. Mientras su boca se movía sobre mi pecho, su mano se deslizó entre mis piernas. Suspiré con fuerza y lo acompañé con mis propios movimientos. Tenía los dedos largos.

Lo siguiente que recuerdo es que la ducha estaba apagada, él me secaba con una esponjosa toalla blanca y yo le frotaba con otra. Entonces nos besamos durante un rato, un rato largo e interminable.

—La cama —dijo, con voz casi entrecortada, y moví afirmativamente la cabeza. Me cogió en brazos y nos hicimos un lío, yo intentando bajar la colcha y él con la idea fija de echarme sobre la cama y continuar. Al final me salí con la mía porque hacía demasiado frío para quedarnos en la cama sin taparnos. Una vez instalados, me volví hacia él y continuamos dónde lo habíamos dejado, pero con un ritmo más frenético. Sus dedos y su boca estaban tremendamente ocupados aprendiéndose mi topografía y su cuerpo se presionó con fuerza contra mi muslo.

Estaba tan encendida que me sorprendió que mis dedos no desprendieran de verdad fuego. Lo abracé y lo acaricié.

De pronto, Eric se colocó encima de mí, dispuesto a penetrarme. Yo estaba muy excitada y lista. Pasé la mano entre los dos para guiarlo hacia el lugar adecuado, con su dureza rozando mi punto de máximo placer.

—Amante mía —dijo con voz ronca, y empujó.

Aun estando segura de estar preparada y deseándolo con todas mis fuerzas, grité al recibir el impacto.

Pasado un momento, me dijo:

—No cierres los ojos. Mírame, amante. —Pronunció la palabra «amante» como una caricia, como si estuviera llamándome de una manera que ningún hombre me había llamado antes ni volvería a llamarme después. Tenía los colmillos completamente extendidos y me estiré para poder pasar la lengua por ellos. Esperaba que me mordiera el cuello, como Bill casi siempre hacía.

—Mírame —me dijo al oído, y se retiró. Intenté que volviera a mí, pero entonces empezó a descender por mi cuerpo besándome, realizando paradas estratégicas y cuando llegó abajo, yo ya estaba al borde del éxtasis. Su boca era muy hábil y sus dedos pasaron a ocupar el lugar de su pene. De repente, levantó la vista para contemplar mi cuerpo y asegurarse de que estaba mirándolo —lo estaba—. Volvió la cara hacia el interior de mi muslo, lo acarició con la nariz, moviendo los dedos a un ritmo regular, cada vez más rápido, y entonces me mordió.

Debí de emitir algún sonido. Estoy segura de ello, y al segundo siguiente me encontré flotando en la oleada de placer más grande que había sentido en mi vida. Y en el momento en que la luminosa oleada menguó, Eric me besó de nuevo en la boca, percibí mis propios fluidos y volvió a penetrarme. Volvió a suceder y él se corrió justo después que yo, mientras yo aún disfrutaba de las últimas secuelas. Gritó algo en un idioma que no había oído jamás, cerró los ojos y se derrumbó encima de mí. Transcurridos un par de minutos, levantó la cabeza para mirarme. Me habría gustado que hubiera fingido que respiraba, como Bill siempre hacía cuando nos acostábamos. (Nunca se lo había pedido, simplemente lo hacía, y resultaba reconfortante). Alejé de mí aquel pensamiento. Sólo había mantenido relaciones sexuales con Bill, y supongo que era natural pensar eso, pero la verdad es que dolía pensar en mi anterior estatus de mujer que sólo había estado con un hombre, con uno que encima se había ido ya para siempre.

Recordé de nuevo el momento cumbre, que había estado muy bien. Le acaricié la cabeza a Eric, retirándole el pelo detrás de la oreja. Me miraba fijamente a los ojos y me di cuenta de que estaba esperando que yo dijera alguna cosa.

—Me gustaría —dije— poder guardar los orgasmos en un tarro para cuando los necesitara, porque pienso que he tenido unos cuantos de sobra.

Eric abrió los ojos de par en par y de pronto explotó en una carcajada. Eso estaba bien, reía como el Eric de verdad. Después de oír aquella risa, me sentí a gusto con aquel hombre atractivo pero desconocido. Se colocó boca arriba y con increíble facilidad me colocó montada a horcajadas sobre él.

—De haber sabido que eras tan bella sin ropa, habría intentado hacer esto antes —dijo.

—Intentaste hacerlo antes, unas veinte veces como mínimo —dije, sonriéndole.

—Entonces es que tengo buen gusto. —Estuvo dudando un buen rato, mientras la expresión de satisfacción abandonaba poco a poco sus facciones—. Cuéntame cosas sobre nosotros. ¿Cuánto tiempo hace que te conozco?

La luz del baño le iluminaba el lado derecho de la cara. Su cabello se extendía sobre mi almohada, brillante y dorado.

—Tengo frío —dije, y me dejó acostarme a su lado, tapándonos con el edredón. Me apoyé sobre un codo y él se puso de costado, quedando así frente a frente—. Déjame que piense. Te conocí el año pasado en Fangtasia, el bar de vampiros que tienes en Shreveport. Y por cierto, el bar ha sido atacado hoy. Anoche. Lo siento, debería haberte contado esto primero, pero he estado muy preocupada por mi hermano.

—Cuéntame primero cosas sobre nosotros y después explícame lo de hoy. Estoy tremendamente interesado.

Otra pequeña sorpresa: para el verdadero Eric, él ocupaba siempre el primer lugar, sus relaciones…, no sé, quizá ocuparían la décima posición. Decididamente, aquello era muy extraño. Empecé a decirle:

—Eres el sheriff de la Zona Cinco y Bill, mi antiguo novio, es tu subordinado. Se ha ido, está fuera del país. Creo que ya te conté cosas sobre Bill.

—¿Tu antiguo novio infiel? ¿Cuya creadora fue la vampira Lorena?

—Ése —dije brevemente—. Cuando te conocí en Fangtasia…

El relato me llevó más tiempo de lo que imaginaba y cuando hube terminado, las manos de Eric volvían a estar ocupadas. Se cernió sobre uno de mis pechos con los colmillos extendidos, extrayendo de mí un poco de sangre y un grito sofocado, y chupó con fuerza. Era una sensación extraña, pues chupaba tanto mi sangre como el pezón. Dolorosa y muy excitante: tenía la sensación de que estaba extrayendo mis fluidos de mucho más abajo. Grité y me retorcí de excitación, y de pronto me levantó la pierna para poder penetrarme.

Esta vez no me tomó por sorpresa y fue más lento. Eric quería que le mirase a los ojos, era evidente que eso le ponía a tono.

Cuando terminó, estaba agotada, aun habiendo disfrutado intensamente. Había oído hablar mucho de hombres que no se preocupaban por el placer de la mujer, o de hombres que tal vez suponían que si ellos se quedaban satisfechos, su pareja también. Pero ninguno de los hombres con quienes había estado era así. No sabía si era porque eran vampiros, porque había tenido suerte, o por ambas cosas.

Eric me había hecho muchos cumplidos y me di cuenta de que yo no le había dicho nada que apuntara mi admiración hacia él. No me parecía justo. Estaba abrazándome y yo tenía la cabeza apoyada en su hombro. Le murmuré, junto al cuello:

—Eres bellísimo.

—¿Qué? —Era evidente que le había pillado por sorpresa.

—Me has dicho que mi cuerpo te parecía bonito. —No era el adjetivo que había utilizado, naturalmente, pero me incomodaba repetir sus palabras—. Sólo quería que supieses que pienso lo mismo de ti.

Noté su pecho moverse al reír, sólo un poco.

—¿Qué parte te gusta más? —preguntó, en un tono de voz jocoso.

—Oh, tu culo —respondí al instante.

—¿Mi... culo?

—Eso es.

—Pensaba que sería otra parte.

—Bueno, la verdad es que esa otra parte es... adecuada —le dije, enterrando mi cara en su pecho. Al momento me di cuenta de que había elegido la palabra errónea.

—¿«Adecuada»? —Me cogió la mano y la colocó sobre la parte en cuestión. Inmediatamente empezó a excitarse. Movió mi mano, y yo de forma obediente la rodeé con mis dedos—. ¿Consideras esto simplemente «adecuado»?

—¿Tal vez debería haber dicho que es de un tamaño generoso pero elegante?

—Generoso pero elegante. Me gusta —dijo.

Se había puesto de nuevo a tono pero, sinceramente, yo no sabía si podría aguantar otra vez. Estaba agotada hasta el punto de preguntarme si al día siguiente no caminaría como un pato.

Recostándome en la cama, le indiqué que una alternativa me dejaría satisfecha, y él pareció encantado de imitarme. Después de otra liberación sublime, tenía la sensación de que todos los músculos de mi cuerpo se habían convertido en gelatina. Ya no hablé más de la preocupación que sentía por mi hermano, de las cosas terribles que habían sucedido en Shreveport, de nada desagradable. Nos susurramos mutuamente sinceros cumplidos y ya no recuerdo nada más. No sé qué hizo Eric el resto de la noche, porque me quedé dormida.

Al día siguiente me esperaban muchas preocupaciones; pero, gracias a Eric, pasé unas horas preciosas sin que nada me importase.

Capítulo

7

Cuando me desperté a la mañana siguiente, hacía un día precioso. Me quedé tendida en la cama sumergida en una inconsciente laguna de satisfacción. Me dolía todo, pero por buenos motivos. Tenía un par de pequeños moratones…, nada que se viera. Y las marcas de colmillos, que siempre resultaban terriblemente delatadoras, no estaban en el cuello, como solía ser en el pasado. Ningún observador casual podría adivinar que anoche había disfrutado de la compañía de un vampiro y, además, no tenía cita con el ginecólogo, la única persona que podría tener un motivo para observar la zona en cuestión.

Era imprescindible darse una nueva ducha, de modo que salí de la cama y caminé vacilante hasta el baño. Lo habíamos dejado hecho un lío, con toallas tiradas por todas partes y la cortina de la ducha medio arrancada (¿cuándo había sucedido eso?), pero no me importó recogerlo. Volví a colgar la cortina con una sonrisa en la cara y una canción en el corazón.

Mientras el agua me aporreaba la espalda, reflexioné y pensé que yo debía de ser una persona muy simple. Necesitaba muy poco para ser feliz. Una larga noche con un chico muerto había bastado. Pero no era sólo aquel sexo tan dinámico lo que me había proporcionado tanto placer (aunque había habido momentos que recordaría hasta el día de mi muerte), sino también la compañía. La intimidad, de hecho.

Ya sé que soy estereotípica. Había pasado la noche con un hombre que me había dicho que era bonita, un hombre que había disfrutado de mí y que me había proporcionado un placer muy intenso. Me había acariciado, me había abrazado y había reído conmigo. No corríamos el peligro de que nuestro placer acabara con un bebé, pues los vampiros no pueden tener hijos. Yo no le había sido infiel a nadie (aunque tengo que admitir que había sentido cierto remordimiento al pensar en Bill) y Eric tampoco. No habíamos hecho nada malo.

Mientras me cepillaba los dientes y me maquillaba un poco, me vi obligada a reconocer que seguramente el reverendo Fullenwilder no estaría de acuerdo con mi punto de vista.

De todos modos, no pensaba contárselo. Sería un asunto que quedaría entre Dios y yo. Me imaginaba que era Dios quien me había creado con la tara de la telepatía, y que por ello podría hacer un poco la vista gorda con lo del sexo.

También lamentaba cosas, claro está. Me encantaría casarme y tener hijos. Sería la esposa más fiel del mundo. Sería una buena madre. Pero no podía casarme con un chico normal y corriente porque siempre sabría cuándo me mentiría, cuándo estaría enfadado conmigo y sabría exactamente todo lo que pensaba de mí. Incluso el simple hecho de salir con un chico normal era más de lo que era capaz de gestionar. Los vampiros no pueden casarse, todavía no, al menos legalmente; tampoco es que algún vampiro me lo hubiera pedido, me recordé, empujando con fuerza una toalla para que cupiese en la cesta de la ropa sucia. Tal vez pudiera soportar una relación larga con un hombre lobo o con un cambiante, pues sus pensamientos nunca estaban del todo claros para mí. Pero ¿dónde encontrar al hombre lobo dispuesto a ello?

Mejor disfrutar del momento, y la verdad es que me había acostumbrado a hacerlo. Tenía conmigo a un atractivo vampiro que había perdido temporalmente su memoria y, junto con ella, gran parte de su personalidad: un vampiro que necesitaba tanto consuelo como yo.

De hecho, mientras me ponía los pendientes pensé que Eric tenía más de un motivo para estar encantado conmigo. Notaba que tras varios días sin recuerdos de sus posesiones o sus subordinados, días carentes de personalidad, desde anoche disponía de algo suyo: yo. Su amante.

Aunque estaba situada delante de un espejo, no veía en realidad mi reflejo. Lo que veía, y muy claramente, es que —en aquel momento— yo era lo único que Eric podía considerar como suyo.

Mejor no fallarle.

Estaba pasando rápidamente de la «felicidad relajada» a la «resolución culpable y pesimista», así que fue un alivio que sonara el teléfono. El mío tenía identificador de llamadas, por lo que me di cuenta de que era Sam y desde el bar, no desde su tráiler.

—¿Sookie?

—Hola, Sam.

—Siento lo de Jason. ¿Tienes noticias?

—No. Cuando me he despertado he llamado a la oficina del sheriff y he hablado con la telefonista. Me ha dicho que Alcee Beck me llamará en cuanto sepan algo. Lo mismo que las veinte últimas veces que he llamado.

—¿Quieres que busque a alguien para que te cubra el turno?

—No. Prefiero estar ocupada que quedarme en casa esperando. Si tienen algo que decirme, ya saben dónde encontrarme.

—¿Estás segura?

—Sí. Gracias por ofrecérmelo, de todos modos.

—Ya sabes, si puedo hacer algo por ayudarte, no tienes más que pedírmelo.

—Pues hay algo que sí puedes hacer, ahora que lo dices.

—Cuéntame.

—¿Recuerdas a la cambiante que acompañaba a Jason en Nochevieja?

Sam se quedó pensando.

—Sí —dijo algo dudoso—. ¿Una de las chicas Norris? Viven en Hotshot.

—Eso es lo que me dijo Hoyt.

—Ten cuidado con la gente de allí, Sookie. Es un viejo poblado. Un poblado endogámico.

No estaba muy segura de lo que Sam estaba intentando decirme.

—¿Podrías hablar un poco más claro? La verdad es que hoy no estoy para desvelar indirectas sutiles.

—En este momento no puedo.

—¿No estás solo?

—No. Está por aquí el chico que trae los aperitivos. Simplemente te advierto que vayas con cuidado. Son distintos, muy distintos, de verdad.

—Entendido —dije en voz baja, sin comprender todavía qué trataba de decirme—. Iré con cuidado. Nos vemos a las cuatro y media —me despedí, y colgué, algo insatisfecha y bastante perpleja.

Disponía de mucho tiempo para ir a Hotshot y estar de vuelta a la hora de entrar a trabajar. Me puse unos vaqueros, unas zapatillas deportivas, una camiseta de manga larga de color rojo y mi viejo abrigo azul. Busqué la dirección de Crystal Norris en el listín telefónico y saqué mi mapa de la cámara de comercio para encontrar cómo llegar hasta allí. Había vivido toda la vida en el condado de Renard y lo conocía bien, salvo la zona de Hotshot; era una especie de agujero negro para mí.

Cogí la carretera en dirección norte y cuando llegué al cruce, giré a la derecha. Pasé por delante de la fábrica maderera, que era la principal industria de Bon Temps, por delante de un tapicero y por delante de la compañía del agua. Dejé atrás un par de licorerías y en un cruce de carreteras vi un supermercado en el que aún colgaba, del verano pasado, un cartel que anunciaba «Cerveza fría y cebos». Giré de nuevo a la derecha, para seguir entonces dirección sur.

Cuanto más me adentraba en la zona rural, peor era el estado de la carretera. Las máquinas segadoras y de mantenimiento no habían pasado por allí desde finales de verano. Aquello significaba que o bien los habitantes de la comunidad de Hotshot no tenían ninguna influencia en el gobierno del condado, o bien no querían recibir visitantes. De vez en cuando, la carretera parecía sumergirse entre los brazos del río. En época de lluvias, aquellas zonas debían de quedar inundadas. No me sorprendería que de vez en cuando la gente se tropezara con algún que otro caimán.

Llegué finalmente a otro cruce. El cruce de la tienda de cebos parecía un centro comercial en comparación. Había unas cuantas casas dispersas por la zona, tal vez ocho o nueve. Eran casas pequeñas, ninguna de ellas de ladrillo. La mayoría tenía varios coches aparcados en la parte delantera. Algunas de ellas tenían un columpio oxidado o un aro de baloncesto, y en un par de jardines vi una antena parabólica. Curiosamente, todas las casas parecían apartadas del cruce; la zona en torno a la intersección de carreteras estaba despoblada. Era como si alguien hubiera atado una cuerda a una estaca clavada en medio del cruce y hubiera trazado una circunferencia a partir de allí. En su interior no había nada. Fuera de ella, se situaban las casas.

Según mi experiencia, en una población así encuentras el mismo tipo de gente que encuentras en cualquier parte. Los había pobres, orgullosos y buenos. Los había pobres, malos e inútiles. Pero todos se conocían muy bien entre ellos y no había acto de uno o de otro que pasase desapercibido.

Era un día gélido, y no había nadie en el exterior que me indicara si se trataba de una comunidad negra o una comunidad blanca. Era poco probable que fuese mixta. Me pregunté si estaba en el cruce correcto de carreteras, pero mis dudas quedaron disipadas en cuanto vi, delante de una de las casas y clavada en un poste, una falsa señal de tráfico de color verde, de las que pueden comprarse en las tiendas de decoración. Ponía «Hotshot».

Estaba en el lugar correcto. Ahora se trataba de localizar la casa de Crystal Norris.

No sin cierta dificultad, vi un número en un buzón oxidado, y luego vi otro. Siguiendo un proceso de eliminación, me imaginé que la siguiente casa sería la de Crystal Norris. La casa de los Norris era algo distinta a las demás; tenía un pequeño porche con un viejo sillón y un par de sillas de jardín, y dos coches aparcados delante, un Ford Fiesta y un Buick antiguo.

Cuando aparqué y salí, me di cuenta de una extraña característica de Hotshot.

No había perros.

Cualquier otro pueblecito como aquél habría tenido al menos una docena de chuchos dando vueltas por allí y me pregunté si podía salir del coche sin correr peligro. No se oía ni un solo ladrido que rompiera el silencio invernal.

Crucé el jardín de tierra con la sensación de que a cada paso que daba me observaban mil ojos. Abrí la maltrecha puerta mosquitera para poder llamar a la robusta puerta de madera.

En la puerta había tres paneles de cristal. Por el más bajo vi que me miraban unos ojos oscuros.

Se abrió la puerta justo cuando tanto rato de espera empezaba a ponerme nerviosa.

La chica que acompañaba a Jason en Nochevieja tenía ese día un aspecto menos festivo. Iba vestida con unos vaqueros negros y una camiseta de color beis, unas botas compradas en Payless y su pelo corto, negro y rizado parecía un poco sucio. Era delgada, seria y no aparentaba los veintiún años que yo recordaba haber leído en su carné de identidad.

—¿Crystal Norris?

—¿Sí? —Su voz no es que sonara especialmente antipática, pero sí preocupada.

—Soy la hermana de Jason Stackhouse, Sookie.

—¿Ah, sí? Pasa. —Se retiró y entré en un diminuto salón. Estaba lleno de muebles pensados para un espacio mucho mayor: dos sillones con asiento reclinable y un sofá de tres plazas de piel sintética de color marrón con grandes botones separando el vinilo, de modo que formaba pequeños montículos. Era el típico sofá en el que en verano te quedabas pegado y en invierno te resbalabas y caías de él. Seguro que los huecos de los botones estaban llenos de migas.

El suelo estaba cubierto con una moqueta moteada en tonos granates, amarillos y marrones y había juguetes por todas partes. Encima del televisor había un cuadro de la Santa Cena y toda la casa olía de un modo agradable a judías pintas con arroz y maíz.

En el umbral de la puerta de la cocina había un niño que daba sus primeros pasos y estaba experimentando con construcciones Duplo. Me imaginé que era un niño, pero era difícil adivinarlo con toda seguridad. Iba vestido con un peto y un jersey de cuello alto de color verde que daba pocas pistas y el fino y despeinado cabello del pequeño no estaba ni cortado corto, ni adornado con ningún lazo.

—¿Es tu hijo? —pregunté, intentando que mi voz sonara amable y dispuesta a entrar en conversación.

—No, es de mi hermana —respondió Crystal. Me indicó uno de los sillones con asiento reclinable.

—Crystal, el motivo por el que estoy aquí… ¿Sabes que Jason ha desaparecido?

Estaba sentada en el borde del sillón y tenía la mirada clavada en sus finas manos. Cuando le formulé la pregunta, me miró fijamente a los ojos. Era evidente que ya lo sabía.

—¿Desde cuándo? —preguntó. Su voz tenía un agradable sonido ronco; era una chica que se hacía escuchar, sobre todo por los hombres.

—Desde la noche del 1 de enero. Se fue de mi casa y a la mañana siguiente no se presentó en el trabajo. En el pequeño embarcadero que hay detrás de su casa había una mancha de sangre. Su camioneta estaba aparcada delante, en el jardín. La puerta del coche estaba abierta.

—No sé nada al respecto —dijo al instante.

Mentía.

—¿Quién te dijo que yo tenía algo que ver con todo esto? —preguntó, empezando a mostrarse arrogante—. Tengo mis derechos. No tengo por qué hablar contigo.

Por supuesto, la enmienda 29 de la Constitución: los cambiantes no tienen que hablar con Sookie Stackhouse.

—Sí que tienes que hacerlo. —De pronto, abandoné mi tono amable. Me había tocado la tecla que no debía—. Yo no soy como tú. No tengo ni una hermana ni un sobrino. —E hice un gesto en dirección al pequeño, imaginando que tenía un cincuenta por ciento de probabilidades de acertar—. No tengo madre, ni padre, ni nada; nada, excepto a mi hermano. —Res-

piré hondo—. Quiero saber dónde está Jason. Y si sabes alguna cosa, mejor que me lo digas.

—Y si no, ¿qué me vas a hacer? —Su fino rostro se torció
en una mueca. Sin embargo, quería conocer en serio lo que yo
podía llegar a hacerle; conseguí leer eso.

—Sí, ¿qué? —preguntó una voz más tranquila.

Miré hacia la puerta y vi a un hombre que probablemente había pasado los cuarenta. Llevaba una barba bien recortada
salpicada de gris y el pelo muy corto. Era un hombre menudo,
de un metro setenta, no más, de complexión ligera y brazos
musculosos.

—Todo lo que esté en mi mano —dije. Lo miré directamente a los ojos. Eran de un verde dorado extraño. No parecía
hostil, la verdad. Parecía más bien sentir curiosidad.

—¿Qué has venido a hacer aquí? —preguntó, siguiendo
con su tono de voz neutral.

—¿Quién es usted? —Tenía que saber quién era aquel tipo. No pensaba perder el tiempo repitiendo mi historia a alguien por mero divertimento. Pero dado su aire de autoridad,
y el hecho de que no optase por la beligerancia directa, pensé
que era un hombre con quien merecía la pena hablar.

—Soy Calvin Norris, el tío de Crystal. —Su modelo cerebral revelaba que también era algún tipo de cambiante. Dada la
ausencia de perros en el poblado, imaginé que eran licántropos.

—Soy Sookie Stackhouse, señor Norris. —La expresión
de interés creciente que mostraba su rostro no era ninguna ima-
ginación mía—. Su sobrina asistió a la fiesta de Nochevieja del
Merlotte's en compañía de mi hermano Jason. Mi hermano desapareció la noche siguiente. Quería saber si Crystal sabía alguna cosa que me ayudara a localizarlo.

Calvin Norris se inclinó para acariciar la cabecita del niño
y, a continuación, se acercó al sofá donde estaba Crystal senta-

da y mirándolo con el ceño fruncido. Se sentó a su lado, apoyó los codos sobre sus rodillas y dejó las manos colgando entre ellas, relajadas. Inclinó la cabeza y miró a la enfadada Crystal.

—Es razonable, Crystal. La chica quiere saber dónde está su hermano. Si sabes algo al respecto, díselo.

A lo que Crystal le espetó:

—¿Y por qué tendría que contárselo? Ha llegado y ha empezado a amenazarme.

—Porque ayudar a la gente que tiene problemas es una mera cuestión de educación. Hasta ahora, no habías ido a ofrecerle tu ayuda voluntariamente, ¿verdad?

—No creí que hubiera desaparecido. Pensaba que... —Y se interrumpió cuando notó que había hablado más de la cuenta.

El cuerpo de Calvin se tensó. No esperaba que Crystal supiese algo sobre la desaparición de Jason. Sólo había querido ser educado conmigo. Leía eso, pero poco más. No lograba descifrar su relación. Él tenía poder sobre la chica. Eso se adivinaba enseguida, pero ¿de qué tipo? Era algo más que la autoridad de un tío; era más bien como si él gobernara sobre ella. Tal vez fuera vestido con ropa vieja de trabajo y botas de seguridad, tal vez tuviera el aspecto de cualquier obrero de la zona, pero Calvin Norris era mucho más.

«El jefe la manada», pensé. ¿Y quién integraría una manada en un lugar tan remoto como aquél? ¿Sólo Crystal? Entonces recordé la velada advertencia de Sam sobre la naturaleza excepcional de Hotshot y tuve una revelación. Todos los habitantes de Hotshot tenían dos naturalezas.

¿Sería posible? No estaba del todo segura de que Calvin Norris fuera un hombre lobo..., pero estaba segura de que no se transformaba precisamente en un conejito. Tuve que combatir un impulso casi irresistible de inclinarme y posarle la mano en el antebrazo, tocar piel contra piel para leerle la mente con la mayor claridad posible.

De una cosa estaba totalmente segura: no me gustaría estar por las cercanías de Hotshot durante las tres noches de luna llena.

—Eres la camarera del Merlotte's —dijo, mirándome a los ojos con la misma intensidad que había mirado a los de Crystal.

—Soy una de las camareras del Merlotte's.

—Eres amiga de Sam.

—Sí —dije con cautela—. Lo soy. Y también soy amiga de Alcide Herveaux. Y conozco al coronel Flood.

Eran nombres que significaban alguna cosa para Calvin Norris. No me sorprendió que Norris conociera los nombres de algunos de los hombres lobo más destacados de Shreveport y que conociera a Sam, naturalmente. Mi jefe había tardado un tiempo en conectar con la comunidad local de gente con dos naturalezas, pero, desde entonces, intentaba mantener cierto contacto con ellos.

Crystal había seguido escuchando con sus ojos oscuros abiertos de par en par, y su humor no había mejorado en absoluto. Por la puerta trasera de la casa apareció entonces una chica vestida con un peto que levantó en brazos al pequeño y lo separó de sus construcciones. Aunque su cara era más redonda y menos llamativa, y su figura más robusta, era evidente que se trataba de la hermana menor de Crystal. Y, al parecer, estaba embarazada de nuevo.

—¿Necesitas alguna cosa, tío Calvin? —preguntó, mirándome por encima de la cabeza de su hijo.

—No, Dawn. Encárgate de Matthew. —Desapareció con el niño por la puerta trasera de la casa. Había acertado con el sexo del pequeño.

—Crystal —dijo Calvin Norris, con una voz a la vez tranquila y aterradora—. Cuéntanos ahora lo que hiciste.

Crystal creía haber salido ilesa del asunto y la orden de confesar su fechoría la sorprendió.

Pero tenía que obedecer. Inquieta, acabó haciéndolo.

—En Nochevieja salí con Jason —dijo—. Lo conocí en el Wal-Mart de Bon Temps, cuando fui a comprarme un bolso.

Suspiré. Jason encontraba compañeras de cama en cualquier sitio. Al final acabaría contrayendo alguna enfermedad desagradable (si es que no la había contraído ya) o viéndose inmerso en una demanda de paternidad, y yo no podía hacer nada al respecto excepto observar lo que ocurría.

—Me preguntó si quería pasar la Nochevieja con él. Me dio la impresión de que la chica con quien había quedado le había dado plantón, porque no es precisamente el tipo de chico que se queda sin nadie con quien salir en una fecha tan destacada como ésa.

Me encogí de hombros. Por lo que yo sabía, Jason era capaz de haber quedado y dado plantón a cinco mujeres distintas para la fiesta de Nochevieja. Y tampoco era infrecuente que las mujeres se exasperaran hasta tal punto debido a su constante persecución de cualquier cosa que tuviera vagina que acabaran rompiendo sus planes con él.

—Es un chico muy guapo y me gusta poder salir de vez en cuando de Hotshot, de modo que le dije que sí. Me preguntó si podía venir a recogerme, pero sabía que a mis vecinos no les gustaría y por eso le pedí que quedáramos en la gasolinera Fina y, desde allí, fuéramos en su camioneta. Y eso fue lo que hicimos. Me lo pasé muy bien con él, fuimos a su casa, pasamos una buena noche. —Me lanzó una mirada—. ¿Quieres saber cómo es en la cama?

Hubo un movimiento indefinido y vi sangre en la comisura de su boca. La mano de Calvin volvió a colgar entre sus piernas antes incluso de que me diera cuenta de que se había movido.

—Sé educada. No le muestres tu peor cara a esta chica —dijo, y lo hizo en un tono tan serio que decidí también yo ser de lo más educada, por si acaso.

—De acuerdo. Supongo que esto no ha estado bien —admitió en un tono de voz más suave y disciplinado—. Quería verlo la noche siguiente, y él también quería volver a verme. De modo que salí de aquí furtivamente y me fui a su casa. Él tenía que salir para ir a ver a su hermana… ¿A ti? ¿Eres la única hermana que tiene?

Asentí.

—Y me dijo que lo esperara allí, que regresaría enseguida. Yo quería acompañarlo, y me dijo que podría haberlo hecho si su hermana no tuviera compañía, que estaba con vampiros y que no quería verme mezclada con ellos.

Creo que Jason sabía cuál sería mi opinión sobre Crystal y que no le apetecía oírla. Por eso la dejó esperando en su casa.

—¿Regresó a casa? —preguntó Calvin, despertándola de su ensueño.

—Sí —respondió, y me puse tensa.

—¿Qué sucedió entonces? —preguntó Calvin, cuando ella dejó de hablar.

—No estoy del todo segura —dijo—. Yo estaba en su casa, esperándolo, y oí llegar su camioneta. Y pensé: «Estupendo, ya está aquí, podemos empezar de nuevo la fiesta». Pero no lo oí subir por los peldaños que dan acceso a la puerta, por lo que me pregunté qué sucedería. Naturalmente, todas las luces de fuera estaban encendidas, pero no me acerqué a la ventana porque sabía que era él. —Naturalmente, una mujer lobo conocería de sobra sus pasos, tal vez identificaría su olor—. Tengo muy buen oído, y lo escuché rodeando la casa, de modo que pensé que entraría por la puerta trasera por alguna razón, tal vez porque llevaba las botas sucias o algo por el estilo.

Respiré hondo. Llegaría al momento crucial enseguida. Lo sabía.

—Y entonces, en la parte trasera de la casa, y también más lejos, a varios metros del porche, oí mucho ruido, y alguien gritando, y después nada.

No habría notado tantas cosas de no haber sido una cambiante. Sabía que le encontraría un lado bueno si insistía en buscarlo.

—¿Saliste a mirar? —le preguntó Calvin a Crystal. Le acarició con la mano sus rizos negros, como si lo estuviera haciendo con su perro favorito.

—No, señor, no salí a mirar.

—¿Oliste alguna cosa?

—No me acerqué lo suficiente —admitió resentida—. Soplaba viento en contra. Capté un poco de Jason, y sangre. Tal vez un par de cosas más.

—¿Como qué?

Crystal bajó la vista.

—Un cambiante, quizá. Hay algunos de nosotros que pueden transformarse sin que sea necesariamente luna llena, pero yo no. De haber podido, habría captado mejor el olor —me dijo, casi disculpándose.

—¿Un vampiro? —preguntó Calvin.

—Nunca he olido a vampiro —respondió simplemente—. No lo sé.

—¿Una bruja? —pregunté yo.

—¿Huelen distinto a la gente normal y corriente? —preguntó dubitativa.

Me encogí de hombros. No lo sabía.

—¿Qué hiciste después? —le preguntó Calvin.

—Sabía que algo se había llevado a Jason al bosque. Y... lo perdí. No soy valiente. —Se encogió de hombros—. Después regresé a casa. No podía hacer otra cosa.

Intenté no llorar, pero no pude evitar que las lágrimas empezaran a rodar por mis mejillas. Por vez primera me veía obligada a admitir que no estaba segura de volver a ver a mi hermano con vida. Pero, de todos modos, si la intención del atacante era matar a Jason, ¿por qué no había abandonado su cuerpo en el jardín trasero? Tal y como Crystal había dicho, la noche de Año Nuevo no había habido luna llena. Había cosas que no podían esperar a la luna llena...

Lo malo de conocer todas las criaturas que existen en el mundo además de nosotros es que me imaginaba que había cosas capaces de acabar con Jason de un solo bocado. O con unos cuantos mordiscos.

No podía permitirme pensar aquello. Aun sin parar de llorar, hice un esfuerzo e intenté sonreír.

—Muchas gracias —dije educadamente—. Les agradezco mucho que me hayan dedicado este tiempo. Sé que tienen cosas que hacer.

Crystal me miró recelosa, pero su tío Calvin alargó el brazo y me dio unos golpecitos de consuelo en la mano, una acción que dejó sorprendido a todo el mundo, incluso a sí mismo.

Me acompañó hasta el coche. El cielo volvía a encapotarse, hacía más frío y el viento empezaba a agitar las ramas desnudas de los arbustos plantados en el jardín. Reconocí la retama y la espirea, incluso un magnolio. A su alrededor había plantados narcisos e iris: las mismas flores que había en el jardín de mi abuela, los mismos arbustos que crecían en los jardines del sur desde hacía muchas generaciones. En aquel momento todo parecía triste y sórdido. En primavera, en cambio, el entorno cobraría un aspecto encantador y pintoresco; la decadencia de la pobreza enriquecida por la Madre Naturaleza.

Dos o tres casas más abajo, un hombre salió de un cobertizo, nos vio pasar y se quedó mirándonos casi sin creerse lo que veía. Después de un buen rato, entró en su casa. Estaba demasiado alejado como para poder discernir bien sus facciones, excepto su cabello claro y grueso, pero demostró mucha elegancia. A la gente de aquel lugar no les gustaban en absoluto los desconocidos, incluso parecían tenerles alergia.

—Mi casa es aquella de allá arriba —dijo Calvin, señalando una casa mucho más distinguida, pequeña pero cuadrada, recién pintada de blanco. En la casa de Calvin Norris todo se veía en buen estado. El camino de acceso y la zona de aparcamiento estaban claramente definidos; el cobertizo de las herramientas, pintado de blanco también y sin rastro de óxido, se erigía limpiamente sobre una parcela de suelo de hormigón.

Moví afirmativamente la cabeza.

—Se ve muy bonita —dije, sin que me temblara la voz.

—Quiero hacerte una propuesta —dijo Calvin Norris.

Intenté parecer interesada. Me volví hacia él.

—Ahora eres una mujer sin protección —dijo—. Tu hermano se ha ido. Espero que regrese, pero no tienes a nadie en quien apoyarte mientras no está.

Su discurso se equivocaba en muchos sentidos, pero en aquel momento no me encontraba con ánimos de llevarle la contraria a un cambiante. Me había hecho un gran favor consiguiendo que Crystal hablara. Así que me quedé quieta, soportando el frío viento e intentando mostrarme educadamente receptiva.

—Si necesitas un lugar donde esconderte, si necesitas que alguien te cubra la espalda o te defienda, yo soy tu hombre —dijo. Me clavó en los ojos su mirada verde y dorada.

Os diré por qué no lo rechacé con una sonrisa burlona: porque no me lo decía con aires de superioridad. Según sus costumbres, estaba mostrándose de lo más cortés ofreciéndome un lugar donde protegerme. Naturalmente, esperaba «ser mi hombre» en todos los sentidos, además del de la protección. Pero no se mostraba lascivo, ni ofensivamente explícito. Calvin Norris estaba ofreciéndose a correr peligro por mí. Hablaba en serio. No podía enojarme por ello.

—Gracias —dije—. Recordaré sus palabras.

—He oído hablar de ti —dijo—. Los cambiantes y los hombres lobo hablamos entre nosotros. He oído decir que eres distinta.

—Lo soy. —Tal vez los hombres normales y corrientes encontraran atractivo mi aspecto exterior, pero mi interior les repelía. Si algún día, debido a la atención que me habían prestado Eric, Bill, o incluso Alcide, empezaba a volverme vanidosa, me bastaría con escuchar los pensamientos de algunos clientes del bar para que se me deshinchase el ego. Abracé con fuerza mi viejo abrigo azul. Como prácticamente todos los seres con dos naturalezas, Calvin tenía un organismo que no sentía el frío con la misma intensidad que un metabolismo completamente humano—. Pero mi diferencia no estriba en tener dos naturalezas, aunque aprecio su…, su amabilidad. —Aquello era lo más cerca que podía estar de preguntarle a qué venía tanto interés.

—Lo sé. —Asintió reconociendo mi delicadeza—. De hecho, esto te hace más… La cuestión es que aquí en Hotshot somos una comunidad muy endogámica. Ya has oído a Crystal. Sólo puede transformarse cuando es luna llena y, francamente, ni siquiera entonces tiene plenos poderes. —Señaló su rostro—. Mis ojos no son humanos. Necesitamos sangre nueva, nuevos genes. Tú no tienes dos naturalezas, pero tampoco eres una mujer normal y corriente. Las mujeres normales y corrientes no duran mucho tiempo aquí.

Era una forma siniestra y ambigua de decirlo. Pero intenté mostrarme comprensiva. En realidad lo comprendía, y entendía su preocupación. Calvin Norris era evidentemente el líder de aquel poblado excepcional y su futuro era responsabilidad suya.

Miró con el ceño fruncido en dirección a la casa donde habíamos visto antes a aquel hombre. Pero se volvió hacia mí para acabar de contarme lo que quería.

—Creo que la gente de aquí te gustaría y que serías una buena criadora. Lo adivino por tu aspecto.

Era un cumplido de lo más insólito. No se me ocurría como agradecerlo de la manera adecuada.

—Me siento adulada de que piense así y aprecio su ofrecimiento. Recordaré lo que me ha dicho. —Hice una pausa para pensar qué decir—. La policía acabará descubriendo que Crystal estuvo con Jason, si no lo ha descubierto ya. También vendrán por aquí.

—No encontrarán nada —dijo Calvin Norris. Sus ojos verde dorado se cruzaron con los míos—. Ya han estado por aquí otras veces, y volverán a irse. Nunca descubren nada. Espero que encuentres a tu hermano. Si necesitas ayuda, házmelo saber. Trabajo en Norcross. Soy un hombre serio.

—Gracias —dije, y subí al coche con una sensación de alivio. Me despedí de Calvin con un movimiento de cabeza mientras retrocedía con el coche por el camino de acceso a la casa de Crystal. De modo que trabajaba en Norcross, la fábrica maderera. Norcross era una empresa que generaba beneficios y donde había muchas promociones internas. Estaba claro que me habían hecho ofertas peores.

Mientras me dirigía al trabajo, me pregunté si Crystal habría intentado quedarse embarazada durante sus noches con Jason. A Calvin no parecía importarle en absoluto enterarse de que su sobrina se había acostado con un desconocido. Alcide me había explicado que los licántropos tenían que cruzarse con licántropos para tener hijos con sus mismas características, de modo que, al parecer, los habitantes de aquella comunidad estaban tratando de diversificarse. A lo mejor los licántropos inferiores intentaban perder su especialidad, es decir, tener hijos con humanos normales y corrientes. Siempre sería mejor eso que tener una generación de licántropos cuyos poderes fueran tan débiles que apenas pudieran actuar eficazmente en su segunda naturaleza, y tampoco se sintieran satisfechos como humanos normales.

Llegar al Merlotte's fue como pasar de un siglo a otro. Me pregunté cuánto tiempo llevaría la gente de Hotshot encerrada en aquel cruce de carreteras, qué importancia debió de tener originalmente aquel lugar para ellos. Aun sin poder evitar sentir cierta curiosidad, fue un verdadero alivio olvidarme de tantos interrogantes y regresar al mundo que conocía.

Aquella tarde, el pequeño mundo del Merlotte's estaba muy tranquilo. Me cambié, me puse mi delantal negro, me arreglé el pelo y me lavé las manos. Sam estaba detrás de la barra con los brazos cruzados sobre el pecho, con la mirada perdida. Holly estaba sirviendo una jarra de cerveza en una mesa donde estaba sentado un desconocido.

—¿Qué tal por Hotshot? —me preguntó Sam, ya que estábamos solos en el bar.

—Qué lugar tan extraño.

Me dio unos golpecitos en el hombro.

—¿Descubriste algo útil?

—Sí, la verdad. Pero no estoy muy segura de qué puede significar. —Vi que Sam necesitaba un corte de pelo; su cabello rojizo y dorado formaba una especie de arco alrededor de su cara que le daba el aspecto de un ángel renacentista.

—¿Conociste a Calvin Norris?

—Sí. Consiguió que Crystal hablara conmigo y me hizo una oferta de lo más estrambótico.

—¿En qué consistía?

—Te lo contaré en otro momento. —Por nada del mundo se me ocurría cómo explicárselo. Me miré las manos, que tenía ocupadas aclarando una jarra de cerveza, y noté que me subían los colores.

—Por lo que sé, Calvin es un buen tipo —dijo Sam—. Trabaja en Norcross y es jefe de línea. Un buen seguro médico, pensión de jubilación, todo. Hay otros tipos en Hotshot que son propietarios de una herrería. Tengo entendido que trabajan bien. Lo que no sé es qué sucede en Hotshot cuando cae la noche, y me parece que nadie lo sabe. ¿Conociste al sheriff Dowdy, John Dowdy? Era el sheriff antes de que yo me trasladara a vivir aquí.

—Sí, lo recuerdo. Encarceló a Jason en una ocasión por vandalismo. La abuela tuvo que ir a sacarlo de la cárcel. El sheriff Dowdy le leyó la cartilla a Jason y lo asustó por una buena temporada.

—Una noche, Sid Matt me contó una historia. Al parecer, una primavera, John Dowdy fue a Hotshot para arrestar al hermano mayor de Calvin, Carlton.

—¿Por qué motivo? —Sid Matt Lancaster era un viejo y conocido abogado.

—Violación de menores. La chica quería, incluso tenía experiencia, pero era menor de edad. Tenía un padrastro que decidió que Carlton le había faltado al respeto.

No había postura políticamente correcta capaz de cubrir todas las circunstancias.

—¿Y qué pasó?

—Nadie lo sabe. Aquella misma noche, el coche patrulla de John Dowdy fue encontrado a medio camino entre la ciudad y Hotshot. Estaba vacío. Ni sangre, ni huellas. No se le ha vuelto a ver desde entonces. Nadie en Hotshot recordaba haberlo visto aquel día, dijeron.

—Como a Jason —dije débilmente—. Se lo ha tragado la tierra.

—Pero Jason estaba en su casa y, según lo que dices, Crystal no está implicada.

Seguí el hilo de aquella extraña historia.

—Tienes razón. ¿Acabó alguien descubriendo qué sucedió con el sheriff Dowdy?

—No. Y nadie volvió a ver tampoco a Carlton Norris.

Y ahora venía la parte interesante.

—¿Y cuál es la moraleja de esta historia?

—Que la gente de Hotshot se toma la justicia por su mano.

—Por lo que es mejor tenerlos de tu lado. —Extraje mis propias conclusiones.

—Sí —dijo Sam—. Es evidente que necesitas tenerlos de tu lado. ¿No recuerdas el caso? Fue hace unos quince años.

—Por aquel entonces tenía mis propios problemas —le expliqué. Me había quedado huérfana con nueve años de edad y estaba descubriendo mis poderes telepáticos.

La gente empezó a entrar en el bar al salir del trabajo, de camino a casa. Sam y yo no tuvimos oportunidad de volver a hablar durante el resto de la tarde, lo cual a mí me vino bien. Sentía mucho cariño por Sam, que a menudo había protagonizado algunas de mis fantasías más privadas, pero en aquel momento tenía tantas cosas por las que preocuparme que ya no me cabía ninguna más.

Aquella noche descubrí que había quien pensaba que la desaparición de Jason mejoraba la sociedad de Bon Temps. Entre ellos estaban Andy Bellefleur y su hermana, Portia, que vinieron a cenar al Merlotte's porque su abuela Caroline ofrecía una cena en casa y no les apetecía asistir a la misma. Andy era detective de la policía y Portia era abogada, y ni el uno ni la otra se contaban en mi lista de personajes favoritos. Para empezar (y quizá en eso hubiera algo de envidia por lo que yo no podría tener nunca), cuando Bill descubrió que eran sus descendientes, tramó un sofisticado plan para donar anónimamente dinero a los Bellefleur, y ellos estuvieron encantadísimos de recibir aquel misterioso legado. Pero no soportaban a Bill, y yo sentía una rabia constante al verlos pasear con sus nuevos coches y su ropa cara, al ver que renovaban el tejado de la mansión, y no dejaban de hablar mal de Bill..., y también de mí, por ser su novia.

Andy siempre se había mostrado amable conmigo antes de que empezara a salir con Bill. Al menos siempre había sido educado y me dejaba propinas decentes. Siempre había sido invisible para Portia, que tenía su propia ración de penas personales. Le había salido un pretendiente, y me preguntaba maliciosamente si no sería consecuencia del repentino y vertiginoso aumento de la fortuna de la familia Bellefleur. A veces, me preguntaba también si Andy y Portia serían felices en proporción directa a mis miserias. Aquella tarde de invierno estaban de muy buen humor y atacaron sus hamburguesas con muchas ganas.

—Siento lo de tu hermano, Sookie —dijo Andy, cuando volví a llenarle la taza de té.

Le miré con un rostro inexpresivo. «Mentiroso», pensé. Pasado un segundo, los ojos de Andy se trasladaron de mi persona al salero, que al parecer se había vuelto tremendamente fascinante.

—¿Has visto a Bill últimamente? —preguntó Portia, secándose a golpecitos la boca con una servilleta. Estaba intentando romper el incómodo silencio que se había producido con una pregunta de cortesía, pero lo único que consiguió fue ponerme más rabiosa si cabe.

—No —respondí—. ¿Queréis alguna cosa más?

—No, gracias, esto es todo —contestó ella rápidamente. Di media vuelta y me alejé de su mesa. Y entonces, una sonrisa se formó en mi boca. En el mismo momento en que yo me dije «Bruja», Portia pensó «Vaya bruja».

«Tiene un buen culo», se interpuso Andy. Caramba con la telepatía. ¡Maldita sea! No se la desearía ni a mi peor enemigo. Envidiaba a la gente que sólo escuchaba a través de los oídos.

Llegaron entonces Kevin y Kenya, que siempre se cuidaban de no beber alcohol. La suya era una pareja que había dado a la gente de Bon Temps muchos motivos de regocijo. Kevin, de raza blanca, era alto y delgado, un corredor de maratón; incluso el equipamiento que llevaba colgado del cinturón de su uniforme parecía demasiado peso para él. Su pareja, Kenya, era cinco centímetros más alta qué él, pesaba varios kilos más y era unos quince tonos más oscura. Los hombres que frecuentaban el bar llevaban un par de años apostando si acabarían siendo amantes…, aunque, naturalmente, los tipos del bar no lo expresaban de una forma tan correcta.

Sin quererlo, sabía que Kenya (con sus esposas y su porra) representaba el sueño de muchos clientes. Sabía también que los hombres que más despiadadamente se burlaban y ridiculizaban a Kevin eran precisamente los que tenían fantasías más lujuriosas. Mientras llevaba las hamburguesas a la mesa de Kevin y Kenya, adiviné que Kenya estaba preguntándose si debería sugerirle a Bud Dearborn que pidiera los perros rastreadores a un condado vecino para colaborar en la búsqueda de Jason, mientras que Kevin estaba preocupado por el corazón de su madre, que últimamente había estado dando más guerra de la habitual.

—Sookie —dijo Kevin, cuando les llevé la botella de kétchup—, quería comentarte que hoy se han pasado por la comisaría de policía unas personas que querían colgar unos carteles sobre un vampiro.

—Sí, he visto uno de esos carteles en el supermercado —dije.

—Soy consciente de que el hecho de que hayas salido con un vampiro no te convierte en una experta —dijo con cautela Kevin, que siempre se esforzaba en mostrarse amable conmigo—, pero me preguntaba si habías visto a ese vampiro. Antes de que desapareciese, claro está.

Kenya me miraba también, sus ojos oscuros me examinaban con gran interés. Kenya estaba pensando que yo siempre parecía estar metida en todos los barullos que sucedían en Bon Temps, aunque yo no fuera mala (gracias, Kenya). Confiaba, por mi bien, en que Jason siguiera con vida. Kevin estaba pensando que yo siempre había sido amable con él y con Kenya; y estaba pensando que no me pondría jamás un dedo encima. Suspiré, y confié en que no se dieran cuenta de ello. Esperaban una respuesta. Dudé, preguntándome cuál sería la mejor. La verdad siempre es más fácil de recordar.

—Claro que lo he visto. Eric es el propietario del bar de vampiros de Shreveport —dije—. Me lo encontraba siempre que iba allí con Bill.

—¿Lo has visto recientemente?

—Puedo jurarte que no fui yo quien lo secuestró de Fangtasia —le solté, con bastante sarcasmo en mi tono de voz.

Kenya me lanzó una mirada avinagrada, y no la culpé por ello.

—Nadie te ha dicho que lo hicieras —me dijo, en un tono que en realidad significaba «No me des más problemas de los que ya tengo». Yo me encogí de hombros y me marché.

Tenía mucho que hacer, pues había aún gente cenando (y otros bebiendo en lugar de cenar) y también empezaban a entrar muchos clientes habituales después de haber cenado en casa. Holly también estaba ocupada, y cuando uno de los hombres que trabajaban para la compañía telefónica derramó su cerveza en el suelo, tuvo que ir a buscar la fregona y el cubo. Así que, cuando se abrió la puerta, empezaba a acumulársele el trabajo. La vi sirviéndole su pedido a Sid Matt Lancaster, dando la espalda a la puerta. Por eso no vio quién entraba, pero yo sí. El joven que Sam había contratado para despejar las mesas en horas punta estaba ocupado limpiando dos mesas juntas donde había estado sentado un grupo grande de trabajadores locales y yo estaba limpiando la mesa de los Bellefleur. Andy estaba charlando con Sam mientras esperaba a Portia, que había ido al servicio. Yo acababa de guardar en el bolsillo la propina que me habían dejado, que era el quince por ciento de su cuenta. Las propinas de los Bellefleur habían mejorado —ligeramente— con su fortuna. Levanté la vista cuando la puerta se mantuvo abierta el tiempo suficiente como para que entrara una gélida ráfaga de aire.

La mujer que entró era tan alta, tan delgada y tan ancha de hombros que tuve que mirarle el pecho para asegurarme de que no me había confundido de sexo. Llevaba su grueso pelo castaño muy corto e iba sin maquillaje. La acompañaba un hombre, pero no lo vi hasta que ella se hizo a un lado. Tampoco él se quedaba manco en lo que a la altura se refiere y su ceñida camiseta revelaba los brazos más musculosos que había visto en mi vida. Horas de gimnasio; no, años de gimnasio. Tenía el cabello ondulado, de color avellana, que le llegaba hasta los hombros y su barba y su bigote eran bastante más rojizos. Ninguno de los dos llevaba abrigo, a pesar del clima invernal. Los recién llegados se dirigieron hacia mí.

—¿Dónde está el propietario? —preguntó la mujer.

—Es Sam. Está detrás de la barra —dije, bajando la vista lo más pronto que pude y poniéndome de nuevo a limpiar la mesa. El hombre me había mirado con curiosidad; eso era normal. Cuando pasaron por mi lado, me di cuenta de que llevaba unos carteles bajo el brazo y una grapadora. Llevaba también un rollo de cinta adhesiva, que colgaba de su muñeca izquierda.

Miré a Holly. Se había quedado paralizada, sujetando inmóvil, a medio camino del mantelito de Sid Matt Lancaster, la taza de café que le iba a servir. El viejo abogado levantó la vista y siguió su mirada hasta la pareja que se abría camino entre las mesas del bar. El Merlotte's, un lugar tranquilo y pacífico hasta el momento, se llenó de repente de tensión. Holly sirvió la taza sin quemar al señor Lancaster, dio media vuelta y desapareció a toda velocidad por las puertas basculantes que daban a la cocina.

No necesité nada más para confirmar la identidad de la mujer.

La pareja se acercó a Sam e inició una conversación en voz baja con él, que escuchó Andy simplemente porque estaba allí mismo. Pasé por su lado de camino hacia la ventanilla donde dejaba los platos sucios y oí que la mujer decía (con una voz profunda de contralto) «… hemos colgado estos carteles por la ciudad, por si acaso alguien lo ve».

Era Hallow, la bruja cuya búsqueda de Eric tanto malestar había causado. Ella, o un miembro de su aquelarre, era probablemente quien había asesinado a Adabelle Yancy. Y tal vez la mujer que se había llevado a mi hermano Jason. La cabeza empezó a palpitarme con fuerza, como si en su interior tuviera un pequeño demonio intentando romperla a martillazos.

No me extrañaba que Holly se hubiera puesto en aquel estado y no quisiera que Hallow la viera. Había estado presente en la reunión que Hallow había celebrado en Shreveport y su aquelarre había rechazado su invitación.

—Naturalmente —dijo Sam—. Cuelga uno en esta pared. —Le indicó un espacio en blanco junto a la puerta que conducía a los baños y a su despacho.

Holly asomó la cabeza por la puerta de la cocina, vio a Hallow y volvió a esconderse. La mirada de ésta se dirigió hacia la puerta, pero no a tiempo de ver a Holly.

Pensé en saltar sobre Hallow, machacarla hasta que me dijera todo lo que quería saber sobre mi hermano. Era lo que mi cabeza me empujaba a hacer: iniciar la acción, cualquier acción. Pero tuve un destello de sentido común que, por suerte para mí, tomó el control de la situación. Hallow era grande e iba acompañada por un compinche que me aplastaría a la primera. Además, Kevin y Kenya me obligarían a parar antes de que consiguiera hacerla hablar.

Resultaba terriblemente frustrante tenerla justo delante de mí y no poder averiguar lo que esa mujer sabía. Bajé todos mis escudos de protección e intenté escuchar con todas mis fuerzas.

Pero cuando entré en su cabeza, Hallow sospechó algo de inmediato.

Se quedó un poco perpleja y miró a su alrededor. Aquel gesto fue suficiente advertencia para mí. Retrocedí a mis propios pensamientos con toda la rapidez que me fue posible. Continué mi camino hacia detrás de la barra, pasando a medio metro de la bruja mientras ella intentaba averiguar quién había entrado en su cerebro.

Era algo que no me había sucedido nunca. Nadie, nadie, había sospechado jamás que estuviera escuchándole. Me agaché detrás de la barra para coger el paquete de sal, me enderecé y con cuidado rellené el salero que había cogido de la mesa de Kevin y Kenya. Me concentré con todas mis fuerzas en llevar a cabo esa tarea tan mínima y, cuando hube terminado, el cartel ya estaba colgado. Hallow estaba entreteniéndose, prolongando su conversación con Sam para descubrir quién había entrado en su cabeza, y el señor Musculitos me miró de reojo —aunque sólo como los hombres miran a las mujeres— cuando regresé con el salero a la mesa. Holly seguía sin reaparecer.

—Sookie —me llamó Sam.

Oh, por el amor de Dios, tenía que responder. Era mi jefe.

Me acerqué al grupo de tres, muerta de miedo en mi corazón y con una sonrisa en la cara.

—Hola —dije a modo de saludo, lanzando una sonrisa neutral a la alta bruja y a su fornido compinche. Levanté la ceja como para preguntarle a Sam qué quería.

—Te presento a Marnie y Mark Stonebrook —dijo.

Moví la cabeza para saludarlos. «Hallow, en realidad», pensé. «Hallow» era mucho más espiritual que «Marnie».

—Están buscando a este tipo —dijo Sam, señalando el cartel—. ¿Lo conoces?

Naturalmente, Sam sabía que conocía a Eric. Me alegré de tener años de experiencia en esconder mis sentimientos y pensamientos a los demás. Miré con atención el cartel de forma deliberada.

—Claro que lo he visto —dije—. Cuando fui a aquel bar de Shreveport. Cómo olvidarlo, ¿verdad? —Le regalé a Hallow (Marnie) una sonrisa. Como si Marnie y Sookie fueran dos adolescentes compartiendo el típico momento íntimo de chicas.

—Un chico guapo —concedió con voz ronca—. Ha desaparecido y ofrecemos una recompensa a quienquiera que pueda proporcionarnos información.

—Ya lo veo por lo que dice el cartel —dije, permitiendo que mi voz dejara entrever un poco de rabia—. ¿Existe algún motivo en concreto por el que pensáis que puede estar por aquí? No me imagino lo que podría estar haciendo un vampiro de Shreveport en Bon Temps. —Le lancé una mirada inquisitiva. ¿Verdad que no estaba fuera de tono mi pregunta?

—Buena pregunta, Sookie —dijo Sam—. No es que me importe colgar el cartel, ¿pero cómo es que estáis buscando a este tipo por aquí? ¿Por qué iba a venir? En Bon Temps nunca pasa nada.

—En esta ciudad reside un vampiro, ¿verdad? —dijo de repente Mark Stonebrook. Su voz era casi pareja a la de su hermana. Estaba tan fuerte que casi esperabas oír la voz de un bajo, e incluso una voz de contralto tan profunda como la de Marnie sonaba extraña saliendo de su garganta. De hecho, por el aspecto de Mark Stonebrook, cabría esperar que saliera un gruñido para comunicar.

—Sí, Bill Compton vive aquí —dijo Sam—. Pero está fuera de la ciudad.

—He oído decir que se ha ido a Perú —dije.

—Oh, sí, he oído hablar de Bill Compton. ¿Dónde vive? —preguntó Hallow, tratando de disimular su excitación.

—Vive al otro lado del cementerio, muy cerca de mi casa —dije, pues no me quedaba otra alternativa. Si hubiesen preguntado a cualquier otro y obtenido una respuesta distinta a la que yo les diera, adivinarían que yo escondía algo (o en este caso, alguien)—. Por Hummingbird Road. —Les indiqué el camino, con escasa claridad, y confié en que se perdieran y llegaran a Hotshot.

—Tal vez nos pasemos por casa de Compton, por si acaso Eric fue a visitarlo —dijo Hallow. Lanzó una mirada a su hermano Mark, ambos asintieron y salieron del bar. Les daba lo mismo que aquello tuviera o no sentido.

—Están enviando brujos a visitar a todos los vampiros —dijo Sam en voz baja. Naturalmente. Los Stonebrook estaban visitando la residencia de todos los vampiros que tuvieran algo que ver con Eric, los vampiros de la Zona Cinco. Sospechaban que uno de esos vampiros podía estar escondiendo a Eric. Hallow estaba segura de que su hechizo había funcionado, pero lo que tal vez no sabía era cómo había funcionado exactamente.

Dejé que la sonrisa se borrara de mi cara y me apoyé con los codos en la barra, esforzándome en pensar.

—Me parece que esto es un gran problema, ¿verdad? —dijo Sam muy serio.

—Sí, es un gran problema.

—¿Necesitas irte? No hay mucho trabajo. Ahora que ya se han marchado, Holly saldrá de la cocina y si necesitas irte a casa, ya me ocuparé yo de atender las mesas… —Sam no estaba seguro de dónde estaba Eric, pero lo sospechaba, y también se había dado cuenta de la repentina desaparición de Holly en la cocina.

Sam se había ganado mi lealtad y mi respeto al menos cien veces.

—Les daré cinco minutos para que salgan del aparcamiento.

—¿Crees que podrían tener alguna cosa que ver con la desaparición de Jason?

—No lo sé, Sam. —Marqué automáticamente el número de la oficina del sheriff y obtuve la misma respuesta que me habían dado a lo largo de todo el día: «No tenemos noticias. Te llamaremos en cuanto sepamos algo». Pero después de decir esto, la telefonista me explicó que al día siguiente iban a inspeccionar el estanque, que la policía había conseguido la ayuda de dos buzos especializados en tareas de rescate. No sabía cómo sentirme después de recibir aquella información. Básicamente, creo que me sentí aliviada porque veía que se habían tomado en serio la desaparición de Jason.

Cuando colgué el teléfono, le comenté la noticia a Sam. Pasado un momento, dije:

—Me parece demasiado creer que hayan desaparecido dos hombres en Bon Temps en tan poco tiempo. Los Stonebrook piensan que Eric anda por aquí. Creo que tiene que haber alguna conexión.

—Esos Stonebrook eran licántropos —murmuró Sam.

—Y brujos. Ándate con cuidado, Sam. Ella es una asesina. Los hombres lobo de Shreveport andan tras ella, y también los vampiros. No te metas en problemas.

—¿Por qué andan todos tan aterrorizados? ¿Por qué la manada de Shreveport tendría que tener problemas con ella?

—Porque bebe sangre de vampiro —dije, lo más cerca de su oído que pude sin verme obligada a besarlo. Miré a mi alrededor y me di cuenta de que Kevin estaba siguiendo con mucho interés nuestra conversación.

—¿Qué quiere de Eric?

—Su negocio. Todos sus negocios. Y a él.

Sam abrió los ojos de par en par.

—De modo que es un asunto de negocios, y también personal.

—Eso es.

—¿Sabes dónde está Eric? —Hasta aquel momento había evitado preguntármelo directamente.

Le sonreí.

—¿Por qué tendría que saberlo? Pero tengo que confesártelo, me preocupa tener a esos dos merodeando cerca de mi casa. Tengo la sensación de que entrarán en casa de Bill. Tal vez se imaginan que Eric se esconde con Bill, o en su casa. Estoy segura de que tiene un buen refugio para que Eric pueda dormir y una cantidad importante de sangre almacenada. —Eso era, básicamente, todo lo que necesitaba un vampiro, sangre y un lugar oscuro.

—¿Vas a ir, pues, a vigilar la propiedad de Bill? Me parece que no es muy buena idea, Sookie. Deja que los del seguro de la casa se encarguen de solventar los daños que puedan provocar con su inspección. Creo que me comentó que tenía la casa asegurada con State Farm. Bill no querría que sufrieras ningún daño defendiendo sus plantas y sus ladrillos.

—No pienso hacer nada que pueda resultar tan peligroso —dije, y lo decía en serio. No pensaba hacerlo—. Pero creo que iré a mi casa. Por si acaso. Cuando vea que se marchan de casa de Bill, me acercaré a inspeccionar.

—¿Necesitas que vaya contigo?

—No, me limitaré a realizar una evaluación de los daños, eso es todo. ¿Tendrás suficiente si se queda Holly sola? —Había salido de la cocina en el instante en que se fueron los Stonebrook.

—Por supuesto.

—Muy bien, pues me voy. Y muchas gracias. —No tuve tantos remordimientos de conciencia cuando me di cuenta de que el bar no estaba ni la mitad de lleno que hacía una hora. Hay noches así, en las que la gente desaparece de repente.

Había notado una sensación de escozor en la espalda, y a lo mejor la habían sentido también todos los clientes. Era la sensación de que por allí rondaba algo que no debería estar:

esa sensación de Halloween, como yo la llamo, cuando te da la impresión de que algo malo te espera al doblar la esquina, de que algo te vigila a través de las ventanas.

Para cuando hube cogido el bolso, abierto el coche y emprendido el camino hacia mi casa, me moría de inquietud. Tenía la impresión de que todo se iría al infierno en un abrir y cerrar de ojos. Jason había desaparecido, la bruja estaba aquí en lugar de en Shreveport y además, ahora, a menos de un kilómetro de donde se encontraba Eric.

Cuando me desvié de la carretera local para coger el largo y sinuoso camino de acceso a mi casa, y pisé el freno para evitar el ciervo que cruzaba procedente de los bosques del lado sur para dirigirse hacia los del lado norte —alejándose de casa de Bill, por cierto—, estaba agobiada. Aparqué junto a la puerta trasera, bajé del coche y subí corriendo los peldaños.

A mitad de camino me vi sorprendida por un par de brazos que parecían vigas de acero. Levantada por los aires, me encontré montada sobre la cintura de Eric sin apenas darme cuenta.

—Eric —dije—, no deberías estar fuera…

Mis palabras se vieron interrumpidas por una boca que se cernió sobre la mía.

Durante un minuto, seguir con aquel programa me pareció una alternativa viable. De repente había olvidado todo lo malo y no me importaba hacerlo allí mismo en mi porche trasero, por frío que estuviera. Pero la cordura pudo finalmente con mi sobrecargado estado emocional y me aparté ligeramente. Eric iba vestido con los pantalones vaqueros y la sudadera de los Luisiana Tech Bulldogs que Jason le había comprado en Wal-Mart. Sujetaba mi trasero con sus enormes manos y yo rodeaba su cuerpo con mis piernas, como si ambos estuviéramos acostumbradísimos a hacer eso.

—Escucha, Eric —dije, cuando su boca empezó a descender por mi cuello.

—Calla —susurró.

—No, tienes que dejarme hablar. Tenemos que escondernos.

Eso le llamó la atención.

—¿De quién? —me dijo al oído, y me estremecí. El estremecimiento no tenía nada que ver con la temperatura ambiente.

—De la bruja mala, de la que anda buscándote —intenté explicarle—. Ha venido al bar con su hermano y han colgado ese cartel.

—¿Y? —No parecía muy preocupado.

—Han preguntado dónde vivían otros vampiros del lugar y, naturalmente, hemos tenido que decirles dónde vivía Bill. Nos pidieron instrucciones sobre cómo llegar a casa de Bill, y supongo que están allí buscándote.

—¿Y?

—¡Qué la casa de Bill está justo al otro lado del cementerio! ¿Y si vienen por aquí?

—¿Me aconsejas que me esconda? ¿Que me meta de nuevo en ese agujero oscuro de debajo de la casa? —No parecía estar muy seguro, pero me di cuenta de que le había picado el orgullo.

—Eso es. ¡Sólo un ratito! Eres mi responsabilidad; tengo que mantenerte a salvo. —Pero tuve la terrible sensación de que no había expresado correctamente mis sentimientos. Aquel desconocido provisional, por poco que parecieran importarle las cosas de los vampiros, por poco que pareciera recordar su poder y sus posesiones, tenía todavía esa vena de orgullo y curiosidad que Eric siempre había demostrado en los momentos más extraños. Había dado en el clavo. Me pregunté si tal vez podría convencerlo para que al menos entrara en mi casa, en lugar de quedarse en el porche, a la vista de todo el mundo.

Pero era demasiado tarde. A Eric nunca se le podía decir nada.

Capítulo
8

Vamos, amante, echemos un vistazo —dijo Eric, dándome un beso rápido. Saltó del porche trasero sin soltarme (estaba amarrada a él como un percebe gigante) y aterrizó en silencio, lo que me pareció asombroso. La que hacía ruido era yo, tanto con mi respiración como con mis gritos de sorpresa. Con una destreza resultado de mucha práctica, Eric me volteó y quedé cabalgando sobre su espalda. Era algo que no había hecho desde niña, cuando mi padre me llevaba a caballito, por lo que me quedé de lo más sorprendida.

Oh, estaba cumpliendo estupendamente bien mi propósito de esconder a Eric. Allí estábamos los dos, trotando por el cementerio, encaminándonos hacia la Malvada Bruja del Oeste, en lugar de escondernos en un agujero oscuro donde no pudiera encontrarnos. Una actitud de lo más inteligente.

Por otro lado, tenía que admitir que me lo estaba pasando en grande, a pesar de lo difícil que me resultaba sujetarme a Eric debido a lo accidentado del terreno. El cementerio estaba en una zona más baja que mi casa. Y la de Bill, la casa de los Compton, también quedaba algo elevada respecto al Cementerio Sweet Home. El viaje cuesta abajo, por suave que fuera la pendiente, fue emocionante. Vi de pasada dos o tres coches aparcados en la estrecha carretera asfaltada que ascendía entre las tumbas. Me sorprendió. De vez en cuando, los adolescentes se decantaban por la intimidad del cementerio, pero nunca se desplazaban en grupo. Pero antes de que pudiera darle más vueltas a qué podían estar haciendo allí, me di cuenta de que habíamos pasado ya por su lado, a toda velocidad y en silencio. Eric avanzó más lentamente cuesta arriba, pero sin mostrar signos de cansancio.

Eric se detuvo cerca de un árbol. Se trataba de un roble gigantesco, que me ayudó a orientarme. A unos veinte metros al norte de la casa de Bill había un roble de aquellas dimensiones.

Eric me soltó las manos para que pudiera deslizarme por su espalda para bajar y me colocó entre él y el tronco del árbol. No tenía muy claro si pretendía atraparme allí o protegerme. Me agarré a sus muñecas en un inútil intento de colocarlo a mi lado. Y cuando oí una voz procedente de casa de Bill, me quedé helada.

—Este coche lleva tiempo sin moverse —dijo una mujer. Hallow. Estaba en el cobertizo donde Bill guardaba el coche, a un lado de la casa. Estaba cerca. Noté que el cuerpo de Eric adquiría rigidez. ¿Le evocaría algún recuerdo el sonido de su voz?

—La casa está cerrada con llave —gritó desde más lejos Mark Stonebrook.

—Nos ocuparemos de eso. —Por el sonido de su voz, estaba caminando hacia la puerta principal. Parecía estar divirtiéndose con la situación.

¡Pensaban entrar en casa de Bill! ¿Tenía que impedirlo? Debí de hacer algún movimiento brusco, pues el cuerpo de Eric presionó el mío contra el tronco del árbol. Tenía el abrigo subido hasta la altura de la cintura y la corteza del árbol se clavó en mi trasero a través del fino tejido de mis pantalones negros.

Oía a Hallow. Estaba cantando, en voz baja y amenazadora. En realidad, estaba echando un conjuro. Podía ser emocionante y, en otras circunstancias, habría incitado mi curiosidad: un conjuro mágico y una bruja de verdad. Pero lo que tenía era miedo, y ganas de largarme de allí. La oscuridad parecía estar aumentando.

—Huelo a alguien —dijo Mark Stonebrook.

«Fee, fie, foe, fum».

—¿Qué? ¿Aquí y ahora? —Hallow interrumpió su canto, estaba casi sin aliento.

Me puse a temblar.

—Sí. —Su voz sonó más profunda, casi un gruñido.

—Transfórmate —le ordenó ella. Escuché un sonido que ya había oído con anterioridad, aunque no lograba ubicarlo en mi memoria. Era una especie de sonido flatulento. Pegajoso. Como remover con una cuchara un líquido espeso con objetos duros en su interior, tal vez cacahuetes o caramelos. O trocitos de hueso.

Entonces escuché un aullido real. No era humano. Mark se había transformado y no era luna llena. Aquello sí que era poder. La noche parecía haberse llenado de vida. Parecía estar resoplando, ladrando. Había movimientos diminutos en torno a nosotros.

Vaya guardiana estaba yo hecha. Había permitido que Eric me llevara hasta allí. Estábamos a punto de ser descubiertos por una bruja, mujer lobo, consumidora de sangre de vampiro y vete a saber qué más, y ni siquiera llevaba conmigo el rifle de Jason. Abracé a Eric como queriendo disculparme por el aprieto en que lo había metido.

—Lo siento —musité. Pero entonces noté algo rozándonos, algo grande y peludo. Los aullidos lobunos de Mark, sin embargo, sonaban a varios metros del árbol. Me mordí el labio con fuerza para no gritar también.

Escuché con atención hasta asegurarme de que allí había más de dos animales. Habría dado lo que fuese por una linterna. Oí un ladrido breve y agudo a unos diez metros de distancia de nosotros. ¿Otro lobo? ¿Un perro normal y corriente, en el lugar inadecuado y en el momento inoportuno?

De pronto, Eric me soltó. Hacía tan sólo un momento estaba presionándome contra el árbol, y ahora sentía el aire frío de la cabeza a los pies (y eso que me sujetaba a sus muñecas). Extendí los brazos, tratando de descubrir dónde se había metido, y no palpé nada de nada. ¿Se habría ido para investigar qué sucedía? ¿Habría decidido sumarse a la fiesta?

Aunque mis manos no encontraron ningún vampiro, sí noté algo grande y caliente presionando mis piernas. Utilicé los dedos para explorar al animal. Toqué mucho pelo, un par de orejas erectas, un morro largo, una lengua caliente. Intenté moverme, alejarme del árbol, pero el perro (¿el lobo?) no me dejaba. Aun siendo más pequeño que yo y pesando menos, ejercía tanta presión contra mí que me resultaba imposible moverme. Cuando presté atención a los sonidos que se oían en la oscuridad —gruñidos y ladridos en abundancia—, decidí que me alegraba de estar como estaba. Me arrodillé y pasé un brazo por la espalda del can. Me lamió la cara.

Escuché entonces un coro de aullidos, un sonido misterioso rompiendo el frío de la noche. Se me puso la carne de gallina, hundí la cara en el cuello peludo de mi compañero y me puse a rezar. De pronto, sobresaliendo por encima de todos los sonidos, oí un grito de dolor y una serie de ladridos.

Oí el motor de un coche poniéndose en marcha y vi las luces de los faros dibujando unos conos en la oscuridad. Mi lado del árbol quedaba fuera del alcance de la luz, pero vi que estaba acurrucada junto a un perro, no un lobo. Las luces se movieron entonces y el coche echó marcha atrás, levantando la gravilla del camino de acceso a casa de Bill. Hubo un momento de pausa, imaginé que provocado por el cambio de marcha, y a continuación el coche salió haciendo rechinar los neumáticos y lo oí bajando la colina a toda velocidad hasta el cruce con Hummingbird Road. Entonces se escuchó un fuerte ruido sordo y un chillido que llevó a mi corazón a latir aún con más fuerza. Era el sonido del dolor de un perro atropellado por un coche.

—¡Oh, Dios mío! —dije, y me agarré con fuerza a mi peludo amigo. Pensé en qué podía hacer para ayudar ahora que al parecer los brujos se habían marchado.

Me incorporé y eché a correr hacia la puerta de la casa de Bill antes de que el perro pudiera detenerme. Mientras corría, busqué las llaves en mi bolsillo. Cuando Eric me había cogido en brazos en el porche, las llevaba en la mano y las había guardado en el bolsillo de mi abrigo, donde un pañuelo había amortiguado su sonido. Palpé la cerradura, conté las llaves hasta que llegué a la de Bill —era la tercera del llavero— y abrí la puerta de la casa. Busqué el interruptor de la luz exterior, la encendí y de repente, todo se iluminó.

Aquello estaba lleno de lobos.

Estaba muy asustada. Había imaginado que los dos brujos se habían largado en el coche. Pero ¿y si resultaba que uno de ellos estaba entre aquellos lobos? Y ¿dónde estaba mi vampiro?

La pregunta quedó respondida casi de inmediato. Eric aterrizó en el jardín con un ruido sordo.

—Los he seguido hasta la carretera, pero allí ya empezaron a ir a demasiada velocidad para mí —dijo, sonriéndome como si hubiera estado jugando.

Un perro —un collie— se acercó a Eric, lo miró a la cara y gruñó.

—Tranquilo —dijo Eric, haciendo un gesto imperioso con la mano.

Mi jefe llegó corriendo hasta mí y volvió a colocarse contra mis piernas. Incluso en la oscuridad, sospeché que mi guardián era Sam. La primera vez que lo vi transformado, pensé que era un perro callejero y le puse por nombre *Dean,* porque conocía un hombre que se llamaba así y tenía su mismo color de ojos. Había cogido la costumbre de llamarle *Dean* cuando caminaba a cuatro patas. Me senté en los peldaños de acceso a la casa de Bill y el collie se acurrucó contra mí.

—Eres un perro estupendo —le dije. Meneó la cola. Los lobos estaban olisqueando a Eric, que permanecía de pie, inmóvil.

Un lobo grande vino corriendo hacia mí, el lobo más grande que había visto en mi vida. Supongo que los hombres lobo se transforman en lobos grandes, pero tampoco es que haya visto muchos. Viviendo en Luisiana, la verdad es que ni siquiera he visto nunca un lobo normal. Aquél era completamente negro y pensé que era excepcional. Los demás lobos eran más plateados, excepto uno, que era más pequeño y de color rojizo.

El lobo agarró la manga de mi abrigo con sus blancos y largos dientes y tiró de mí. Me levanté enseguida y me dirigí al lugar donde estaba concentrada la mayoría de los lobos. Estábamos en los límites de la zona iluminada y por ello no me había percatado antes de aquel grupo. En el suelo había sangre y en medio de aquel charco había una mujer de pelo oscuro. Estaba desnuda.

Era evidente que estaba muy malherida.

Tenía las piernas fracturadas, y quizá también un brazo.

—Ve a buscar mi coche —le dije a Eric, con el tono de voz de quien espera ser obedecido.

Le lancé mis llaves y las cazó en el aire. En un rincón de mi cerebro confié en que se acordara de conducir. Me había dado cuenta de que a pesar de que había olvidado su historia personal, sus habilidades modernas seguían aparentemente intactas.

Intenté no pensar en la pobre chica herida que tenía delante de mí. Los lobos caminaban dando círculos, gimoteando. Entonces, el lobo negro levantó la cabeza hacia el oscuro cielo y volvió a aullar. Era una señal para todos los demás, que le imitaron a continuación. Miré hacia atrás para asegurarme de que *Dean* se mantenía al margen, pues era el extraño allí. No tenía muy claro cuánta personalidad humana conservaban los seres de dos naturalezas cuando se transformaban, y no quería que le sucediese nada malo a Sam. Estaba sentado en el porche pequeño, aparte de los demás, sin quitarme los ojos de encima.

Yo era la única criatura en la escena con pulgares prensiles y de pronto me percaté de que aquello me otorgaba mucha responsabilidad.

¿Qué era lo primero que tenía que comprobar? Que respirara. ¡Sí, respiraba! Tenía pulso. No era enfermera, pero no me parecía un pulso normal…, lo que no era de extrañar. Tenía la piel caliente, quizá por la reciente transformación a forma humana. No vi una cantidad aterradora de sangre fresca, por lo que confiaba en que no se hubiera roto ninguna arteria principal.

Deslicé la mano por debajo de la cabeza de la chica, con mucho cuidado, y palpé entre el cabello para ver si tenía alguna herida en la cabeza. No.

Durante el proceso de observación, empezó a temblar. Las heridas eran muy graves. Todo lo que se veía de ella estaba golpeado, magullado, fracturado. Abrió los ojos. Se estremeció.

Mantas... Necesitaba mantener el calor de su cuerpo. Miré a mi alrededor. Los lobos seguían siendo lobos.

—Estaría muy bien si un par de vosotros pudiera transformarse —les dije—. Tengo que llevarla al hospital en mi coche y necesito mantas del interior de la casa.

Uno de los lobos, de color gris plateado, se puso boca arriba —vi que era un lobo macho— y volví a escuchar aquel sonido raro. Se levantó una neblina en torno a la figura y, cuando se dispersó, apareció el coronel Flood acurrucado en lugar del lobo. Estaba desnudo, por supuesto, pero decidí situarme por encima de mi incomodidad natural. Tenía que permanecer inmóvil un par de minutos más y, evidentemente, le costó un gran esfuerzo sentarse.

Se arrastró hasta la chica herida.

—María Estrella —dijo con voz ronca. Se inclinó para olisquearla, una actitud muy extraña estando en forma humana. Gimió de pena.

Volvió su cabeza hacia mí y me dijo:

—¿Dónde?

Comprendí que se refería a las mantas.

—Entre en la casa, suba al piso de arriba. Junto a las escaleras hay un dormitorio. A los pies de la cama encontrará un cajón con mantas. Traiga un par de ellas.

Se puso en pie, tambaleándose, al parecer algo desorientado debido a la rapidez de la transformación, y se dirigió a la casa.

La chica, María Estrella, le siguió con la mirada.

—¿Puedes hablar? —le pregunté.

—Sí —respondió, en un susurro apenas audible.

—¿Dónde te duele más?

—Creo que me he fracturado la cadera y las piernas —dijo—. Me golpeó el coche.

—¿Te lanzó por los aires?

—Sí.

—¿Te pasaron las ruedas por encima?

Se estremeció.

—No, lo que me hirió fue el impacto.

—¿Cómo te llamas? ¿María Estrella, qué? —Necesitaba saberlo para el hospital. Tal vez cuando llegáramos ya no estaría consciente.

—Cooper —susurró.

Oí que se acercaba un coche por el camino de acceso a la casa de Bill.

El coronel, caminando ya mejor, salió corriendo de la casa con las mantas, y los lobos y aquel único humano se cerraron en círculo a mi alrededor para observar al miembro herido de la manada. Evidentemente, el coche era una amenaza para ellos hasta que se demostrara lo contrario. Admiré al coronel. Se necesitaba bastante valor para acercarse completamente desnudo a un enemigo.

Quien llegaba era Eric, conduciendo mi viejo coche. Haciendo rechinar los frenos, y con bastante estilo, se detuvo al lado de María Estrella y de mí. Los lobos daban vueltas en círculo, inquietos, clavando sus ojos amarillos en la puerta del conductor. Los ojos de Calvin Norris eran distintos, tenían una mirada fugaz. Me pregunté por qué.

—Es mi coche, no pasa nada —dije, cuando uno de los hombres lobo empezó a ladrar. Varios pares de ojos se volvieron para mirarme. ¿Les parecería sospechosa, o más bien sabrosa?

Mientras envolvía con las mantas a María Estrella, me pregunté cuál de todos aquellos lobos sería Alcide. Sospechaba que era el más grande y oscuro, el que justo en aquel momento se volvió para mirarme a los ojos. Sí, era Alcide. Era el lobo que había visto en el Club de los Muertos hacía unas semanas, cuando Alcide quedó conmigo aquella noche que acabó resultando catastrófica; para mí y para unos cuantos más.

Intenté sonreírle, pero tenía la cara rígida, tanto por el frío como por la conmoción.

Eric saltó del asiento del conductor, dejando el coche en marcha. Abrió la puerta trasera.

—La meteré yo —gritó, y los lobos se pusieron a ladrar. No querían a un miembro de su manada en manos de un vampiro y no querían que Eric se acercara a María Estrella.

Intervino entonces el coronel Flood:

—La cogeré yo.

Eric observó el físico delgado del hombre de más edad y levantó una ceja mostrando escepticismo, pero tuvo el sentido común necesario para dejarlo hacer. Yo había envuelto a la chica lo mejor que había podido sin moverla mucho, pero el coronel sabía que si la levantaba le iba a doler bastante más. En el último momento, empezó a dudar.

—Tal vez deberíamos llamar a una ambulancia —murmuró.

—¿Cómo explicaríamos esto? —pregunté—. Un puñado de lobos y un tipo desnudo junto a una casa de la que está ausente su propietario. ¡No tiene sentido!

—Claro. —Movió afirmativamente la cabeza, aceptando lo inevitable. Sin problema alguno, la levantó en brazos y se acercó al coche. Eric corrió hacia el otro lado, abrió aquella puerta y estiró el brazo para tirar de ella por el otro lado. El coronel se lo permitió. La chica gritó una vez y yo me puse detrás del volante lo más rápidamente que pude. Eric se sentó en el asiento del acompañante.

—Tú no puedes venir.

—¿Por qué no? —me dijo, sorprendido y humillado.

—¡Si voy acompañada por un vampiro tendré que dar el doble de explicaciones! —La mayoría de la gente tardaba un rato en darse cuenta de que Eric estaba muerto, pero acababa adivinándolo. Eric se mantenía tozudamente en sus trece—. Además, todo el mundo ha visto tu cara en esos malditos carteles —dije, intentando parecer razonable pero insinuándole que tenía prisa—. Mis vecinos son buena gente, pero nadie en esta localidad ignoraría una cantidad de dinero tan grande como la que ofrecen por ti.

Salió del coche, descontento, y le grité:

—Apaga las luces y cierra la casa con llave, ¿de acuerdo?

—¡Cuando tengas noticias del estado de María Estrella, nos vemos en el bar! —me gritó también el coronel Flood—. Tenemos que sacar la ropa y los vehículos del cementerio.

—Claro, eso explicaba los coches que había visto viniendo hacia aquí.

Salí despacio por el camino de acceso observada por los lobos, especialmente por Alcide, que se mantuvo aparte del resto de la manada y volvió su cara negra y peluda para seguir el coche con la mirada. Me pregunté qué pensamientos lobunos tendría en aquel momento.

El hospital más cercano no estaba en Bon Temps, que es demasiado pequeño como para tener uno propio (ya tenemos bastante suerte con tener un Wal-Mart), sino en Clarice, la capital del condado. Afortunadamente está en las afueras de la ciudad, entrando desde Bon Temps. El viaje hasta allí pareció durar años cuando, en realidad, lo realicé en apenas veinte minutos. Mi pasajera estuvo quejándose durante los primeros diez minutos y luego se quedó en un silencio que no presagiaba nada bueno. Le estuve hablando, le supliqué que siguiera hablándome, le pedí que me dijera cuántos años tenía y puse la radio en un intento de obtener alguna respuesta de María Estrella.

No quería perder tiempo parándome para ver cómo estaba, y tampoco habría sabido qué hacer en caso de detenerme, de modo que conduje a la mayor velocidad posible. Cuando llegué a la entrada de urgencias y llamé a las dos enfermeras que estaban fuera fumando, estaba segura de que la pobre había muerto.

Pero no estaba muerta, a juzgar por la actividad que la rodeó durante el siguiente par de minutos. El hospital del condado es pequeño, claro está, y no dispone de las instalaciones que uno de ciudad puede permitirse. Podemos considerarnos afortunados por el simple hecho de tenerlo. Aquella noche, le salvaron la vida a la mujer lobo.

La doctora, una mujer menuda de pelo canoso y con unas gafas enormes de montura negra, me formuló algunas preguntas incisivas que no logré responder, aunque de camino hacia el hospital había estado reflexionando sobre la historia que iba a contar. Al ver que no podía decirle nada, la doctora me apartó de su camino y dejó trabajar al equipo. Me senté en una silla en la sala y esperé, y aproveché para elaborar un poco más mi historia.

Allí no podía ser útil de ninguna manera y el destello de los fluorescentes y el brillo del linóleo del suelo creaban un entorno muy poco acogedor. Intenté leer una revista, pero la dejé en la mesa transcurridos un par de minutos. Por séptima u octava vez, pensé en largarme de allí. Pero en el mostrador de recepción había una mujer que no me quitaba los ojos de encima. Pasados unos minutos más, decidí ir al baño para lavarme la sangre que aún tenía en las manos. Mientras estaba allí, froté un poco mi abrigo con papel de secar las manos, un esfuerzo inútil.

Cuando salí del baño, había dos policías esperándome. Los dos eran hombres grandes. Al moverse, sus chaquetas acolchadas de piel sintética crujieron y la piel de sus cinturones y su equipamiento chirrió. No me los imaginaba acercándose sigilosamente a alguien.

El más alto era el de más edad. Tenía el pelo canoso y lo llevaba muy corto. Su rostro estaba surcado por profundas arrugas y la barriga le sobresalía por encima del cinturón. Su pareja era un hombre más joven, de unos treinta años de edad, con el pelo castaño claro, ojos castaño claro y piel de color castaño claro —un tipo curiosamente monocromático—. Los examiné con todos mis sentidos rápidamente, aunque con detalle.

Adiviné que ambos venían dispuestos a averiguar si yo había tenido algo que ver con las heridas de la chica que había traído, o si al menos sabía algo más de lo que había declarado.

Naturalmente, tenían una parte de razón.

—¿Señorita Stackhouse? ¿Ha traído usted a la joven que está visitando la doctora Skinner? —preguntó con amabilidad el más joven de los dos.

—Sí. María Estrella —dije—. Cooper.

—Cuéntenos qué ha ocurrido —dijo el policía de más edad.

Definitivamente, aquello era una orden, aun expresada en tono moderado. Ni me conocían ni sabían nada de mí, «oí». Mejor.

Respiré hondo y me sumergí en las aguas de la falsedad.

—Yo volvía a casa del trabajo —dije—. Trabajo en el Merlotte's. ¿Saben dónde está?

Ambos movieron afirmativamente la cabeza. La policía, por supuesto, tenía que conocer dónde estaban todos los bares del condado.

—Vi un cuerpo a un lado de la carretera, sobre la gravilla de la cuneta —dije con cautela, pensando en no decir nada que luego me delatara—. Así que me paré. No se veía a nadie más. Cuando descubrí que seguía con vida, supe que tenía que ayudarla. Tardé mucho tiempo en subirla al coche yo sola. —Estaba intentando dar una explicación tanto al tiempo que había transcurrido desde que salí supuestamente del trabajo, como a la gravilla del camino de acceso a casa de Bill que sabía estaría adherida a su piel. No sabía hasta qué punto tenía que ir con cuidado al relatar esa historia, pero mejor pecar de exceso que por defecto.

—¿Vio algunas marcas de un frenazo brusco en la carretera? —El policía de color castaño claro no podía pasar mucho rato sin formular una pregunta.

—No, no me di cuenta. Tal vez las hubiera. La verdad… es que desde el momento en que la vi, no pensé en nada más.

—¿Y? —inquirió el mayor.

—Vi que estaba muy malherida, de modo que vine hasta aquí lo más rápido que me fue posible. —Me encogí de hombros. Fin de la historia.

—¿No pensó en llamar una ambulancia?

—No tengo teléfono móvil.

—Una mujer que sale de trabajar tan tarde y vuelve sola a casa debería llevar encima un teléfono móvil, señora.

Abrí la boca para decirle que estaría encantada de tenerlo si él me pagaba la factura, pero me contuve. Sí, sería útil tener un teléfono móvil, pero apenas podía permitirme el fijo. Mi única extravagancia era la televisión por cable, y la justificaba diciéndome que era mi único gasto en entretenimiento.

—Tomaré nota —dije brevemente.

—¿Su nombre completo es? —Esto lo dijo el más joven. Levanté la cabeza, lo miré a los ojos.

—Sookie Stackhouse —dije. Estaba pensando que era una chica tímida y dulce.

—¿Es hermana del hombre que ha desaparecido? —El hombre canoso se inclinó para mirarme a la cara.

—Sí, señor. —Volví a mirar el suelo.

—Veo que está usted sufriendo una racha de mala suerte, señorita Stackhouse.

—Y que lo diga —dije, temblándome la voz.

—¿Había visto antes a la mujer que ha traído esta noche al hospital? —El oficial de más edad estaba anotando algo en un cuaderno que había sacado de un bolsillo. Se llamaba Curlew, según indicaba la pequeña insignia del bolsillo.

Negué con la cabeza.

—¿Piensa que su hermano podría conocerla?

Levanté la cabeza, sorprendida. Miré de nuevo a los ojos del hombre castaño claro. Se llamaba Stans.

—¿Cómo demonios quiere que lo sepa? —le pregunté. Al momento supe que lo único que pretendía era que levantase de nuevo la cabeza. No sabía qué hacer conmigo. El monocromático Stans me encontraba bonita y quería jugar al buen samaritano. Por otro lado, mi trabajo de camarera no era el empleo típico que elegiría una chica con estudios, y mi hermano era famoso por ser un alborotador, aunque caía simpático a muchos policías.

—¿Cómo está la chica? —pregunté.

Ambos miraron hacia la puerta donde continuaba la lucha por salvarle la vida a la joven.

—Sigue viva —dijo Stans.

—Pobrecita —dije. Las lágrimas caían por mis mejillas y busqué un pañuelo de papel en mis bolsillos.

—¿Le dijo alguna cosa, señorita Stackhouse?

Tenía que reflexionar la respuesta.

—Sí —dije—, sí que lo hizo. —En este caso, lo más seguro era decir la verdad.

Los rostros de ambos se iluminaron ante las noticias.

—Me dijo su nombre. Cuando se lo pregunté, me dijo que lo que más le dolía eran las piernas —dije—. Y me contó que el coche la había golpeado, pero no atropellado.

Los dos hombres se miraron.

—¿Le describió el coche? —preguntó Stans.

Resultaba increíblemente tentador describir el coche de los brujos. Pero desconfié de la alegría que sentía en mi interior ante aquella idea. Y estuve contenta de hacerlo, cuando me di cuenta de que lo primero que encontrarían en el coche sería pelo de lobo. Bien pensado, Sook.

—No, no lo hizo —dije, intentando parecer que había estado hurgando en mi memoria—. Después de eso, la verdad, es que ya no habló mucho más. Sólo gemía, ha sido terrible. —Y la tapicería de mi asiento trasero estaría también hecha polvo. De inmediato deseé no haber pensado en algo tan egoísta.

—¿Y no vio otros coches, camiones, vehículos de cualquier tipo de camino a casa desde el bar, o incluso de camino a la ciudad?

Aquélla era una pregunta ligeramente distinta.

—En la carretera de mi casa, no —contesté dudando—. Seguramente vería algunos coches más cerca de Bon Temps y en la ciudad. Y, por supuesto, vi otros coches entre Bon Temps y Clarice. Pero no recuerdo ninguno en particular.

—¿Podría llevarnos al lugar donde la recogió? ¿Al lugar exacto?

—Lo dudo. No había nada que lo señalara especialmente, además de ella —dije. Mi nivel de coherencia fallaba a cada minuto que pasaba—. Ningún árbol grande, o carretera, o mojón kilométrico. ¿Tal vez mañana? ¿A la luz del día?

Stans me dio unos golpecitos en el hombro.

—Sé que está usted conmocionada, señorita —dijo consolándome—. Ha hecho todo lo que ha podido por esta chica. Ahora déjelo en manos de los médicos y del Señor.

Moví afirmativamente y con fuerza la cabeza, porque estaba completamente de acuerdo con él. Curlew seguía mirándome con cierto escepticismo, pero me dio las gracias educadamente y salieron del hospital para adentrarse en la oscuridad de la noche. Me quedé observando el aparcamiento. En un momento llegaron a mi coche y enfocaron sus linternas hacia el interior para inspeccionarlo. El interior de mi coche no estaba limpio y reluciente, de modo que no verían nada excepto las manchas de sangre en el asiento trasero. Vi que verificaban también el guardabarros delantero, y no los culpé en absoluto por hacerlo.

Examinaron mi coche una y otra vez, y finalmente se situaron debajo de una de las farolas para realizar anotaciones en sus libretas.

Poco después apareció la doctora. Se bajó la mascarilla y se rascó la nuca con su fina mano.

—La señorita Cooper está mejor. Se encuentra estable —dijo.

Asentí y cerré los ojos aliviada.

—Gracias —le dije.

—Vamos a trasladarla en helicóptero hasta el hospital Schumpert de Shreveport. El aparato llegará de un momento a otro.

Pestañeé, tratando de decidir si aquello era bueno o malo. Independientemente de lo que yo opinara, la mujer lobo tenía que ir al hospital mejor y más cercano. Algo tendría que explicarles en cuanto pudiera hablar. ¿Cómo asegurarme de que su historia coincidiría con la mía?

—¿Está consciente? —pregunté.

—Apenas —dijo la doctora, casi enfadada, como si le resultara insultante—. Si quiere puede hablar un momento con ella, pero no le garantizo que recuerde lo que pueda decirle ni que la comprenda. Ahora tengo que ir a hablar con la policía. —Desde la ventana, vi que los dos oficiales regresaban al hospital.

—Gracias —dije, y me dirigí hacia la izquierda siguiendo su gesto. Abrí la puerta y accedí a la habitación en penumbra donde habían estado curando a la chica.

Estaba hecha un lío. Aún había dos enfermeras, charlando de sus cosas y guardando los paquetes de vendas y los tubos que no habían sido utilizados. En un rincón, un hombre con un cubo y una fregona estaba esperando a que terminaran. Limpiaría la habitación cuando la mujer lobo —la chica— hubiera sido trasladada al helicóptero. Me acerqué a la estrecha cama y le cogí la mano.

Me incliné hacia ella.

—María Estrella, ¿reconoces mi voz? —le pregunté en voz baja. Tenía la cara hinchada del impacto que había sufrido contra el suelo, llena de arañazos y rasguños. Aquéllas eran las heridas más leves, pero parecían muy dolorosas.

—Sí —respondió de forma casi inaudible.

—Yo fui quien te encontró a un lado de la carretera —le dije—. Cuando iba hacia mi casa, al sur de Bon Temps. Estabas tendida junto a la carretera local.

—Comprendo —murmuró.

—Supongo —continué con cuidado— que alguien te hizo salir de su coche, y que ese alguien te golpeó luego con el vehículo. Ya sabes lo que pasa a veces después de una cosa así, a veces la gente no recuerda nada. —Una de las enfermeras se volvió hacia mí y me miró con curiosidad. Había captado la última parte de mi frase—. De modo que no te preocupes si no recuerdas nada.

—Lo intentaré —dijo con ambigüedad, aún con esa voz apagada y lejana.

Allí no podía hacer nada más y aún había muchas otras cosas que podían salir mal, de modo que le susurré «Adiós», di las gracias a las enfermeras por su ayuda y me fui hacia mi coche. Gracias a las mantas (que se suponía tendría que reponérselas a Bill), el asiento trasero no había salido muy mal parado.

Me alegré de encontrar algo que hubiera salido bien.

Me pregunté por las mantas. ¿Las tendría la policía? ¿Me llamarían del hospital para devolvérmelas? ¿O las habrían tirado directamente a la basura? Me encogí de hombros. No tenía sentido seguir preocupándome por dos rectángulos de tejido cuando en mi lista de preocupaciones se amontonaban tantas cosas. Para empezar, no me gustaba que los hombres lobo se reunieran en el Merlotte's. Era implicar demasiado a Sam en los asuntos de los licántropos. Él era un cambiante, y éstos estaban implicados de un modo mucho más leve en el mundo sobrenatural. Ellos eran más independientes que los hombres lobo, siempre tan organizados. Y ahora pensaban utilizar el Merlotte's como lugar de reunión, y después de la hora del cierre.

Y luego estaba Eric. Oh, Dios mío, Eric estaría esperándome en casa.

Me encontré preguntándome qué hora sería en Perú. Bill debía de estar pasándoselo mejor que yo. Me daba la impresión de que había acabado la velada de Nochevieja agotada y que aún no había conseguido recuperarme; jamás me había sentido tan cansada.

Acababa de pasar el cruce donde había girado a la izquierda, tomando la calle que iba a parar al Merlotte's. Los faros delanteros del coche iluminaban árboles y arbustos. Al menos, no se veían vampiros corriendo por el lateral.

—Despierta —dijo la mujer sentada a mi lado, en el asiento del pasajero.

—¿Qué? —Abrí los ojos de par en par. El coche hizo un movimiento brusco.

—Estabas quedándote dormida.

A aquellas alturas, no me extrañaría nada encontrarme una ballena encallada en medio de la carretera.

—¿Quién eres tú? —pregunté, cuando noté que podía volver a controlar la voz.

—Claudine.

Resultaba difícil reconocerla únicamente con la tenue luz del salpicadero, pero parecía aquella bella y alta mujer que había estado en el Merlotte's en Nochevieja, y que acompañaba a Tara el otro día.

—¿Cómo has entrado en mi coche? ¿Por qué estás aquí?

—Porque en este último par de semanas ha habido mucha actividad sobrenatural por esta zona. Y yo soy la intermediaria.

—¿La intermediaria de qué?

—La intermediaria entre los dos mundos. O, para ser más exactos, la intermediaria entre los tres mundos.

A veces, la vida te da más de lo que puedes recibir. Y no te queda otro remedio que aceptarlo.

—¿De modo que eres como un ángel? ¿Por eso me despertaste cuando estaba a punto de quedarme dormida al volante?

—No, aún no he llegado tan lejos. Estás demasiado cansada para comprenderlo. Tienes que ignorar la mitología y simplemente aceptarme por lo que soy.

Sentí una oleada de alegría.

—Mira —dijo Claudine—. Aquel hombre está saludándote.

En el aparcamiento del Merlotte's había un vampiro guiando el tráfico. Era Chow.

—Oh, estupendo —dije, con la voz más malhumorada que me salió—. Espero que no te importe que nos detengamos aquí, Claudine. Tengo que entrar.

—No me lo perdería por nada del mundo.

Chow me indicó que me dirigiera hacia la parte posterior del bar y me sorprendió encontrar el aparcamiento de empleados lleno de coches que no se veían desde la carretera.

—¡Caray! —exclamó Claudine—. ¡Una fiesta! —Salió de mi coche incapaz de reprimir su júbilo, y tuve la satisfacción de ver a Chow quedarse absolutamente estupefacto al ver a aquella mujer de metro ochenta. Y eso que resulta difícil sorprender a un vampiro.

—Entremos —dijo alegremente Claudine, y me cogió de la mano.

Capítulo
9

En el interior del Merlotte's se habían reunido todos los seres sobrenaturales que yo conocía. O tal vez simplemente me lo pareciera, pues estaba muerta de cansancio y lo único que quería era estar sola. La manada de lobos estaba allí, todos en su forma humana y todos, para mi consuelo, más o menos vestidos.

Alcide llevaba unos pantalones de algodón de color claro y una camisa de cuadros verdes y azules desabrochada. Viéndolo así, resultaba difícil creer que pudiera correr a cuatro patas. Los hombres lobo estaban bebiendo café y refrescos y Eric, sano y feliz, bebía TrueBlood. Pam estaba sentada en un taburete, vestida con un chándal de color verde apagado, recatado pero sexy. Llevaba una cinta en el pelo y calzaba zapatillas deportivas. Había llegado acompañada de Gerald, un vampiro con quien había coincidido un par de veces en Fangtasia. Gerald tenía el aspecto de un hombre de treinta años, pero en una ocasión le había oído hablar de la Ley Seca como si hubiera vivido en esa época. Lo poco que sabía de Gerald no me predisponía a acercarme más a él.

Incluso en esa compañía, mi entrada con Claudine fue de lo más sensacional. Bajo la luz del bar, pude observar que el cuerpo estratégicamente curvilíneo de Claudine estaba envuelto por un vestido de punto de color naranja, y que sus largas piernas terminaban en los tacones más altos imaginables. Parecía una prostituta de lujo, de tamaño grande.

No, no podía ser un ángel... Al menos, tal y como yo entendía los ángeles.

Mirando a Claudine y a Pam, decidí que era tremendamente injusto que se las viera tan arregladas y atractivas. ¡Como si yo, además de estar agotada, asustada y confusa, necesitara, encima, sentirme poco atractiva! ¿No es acaso la mayor ilusión de toda chica entrar en una sala de la mano de una mujer impresionante que prácticamente lleva la frase «Quiero follar» tatuada en la frente? De no haber visto a Sam por allí, a quien yo había arrastrado a todo aquello, habría dado media vuelta y me habría largado en aquel mismo momento.

—Claudine —dijo el coronel Flood—. ¿Qué te trae por aquí?

Pam y Gerald miraban fijamente a la mujer de naranja, como si esperaran que en cualquier momento fuera a desnudarse por completo.

—Mi chica... —y Claudine ladeó la cabeza hacia mí—, que casi se queda dormida al volante. ¿Cómo es que no la has vigilado mejor?

El coronel, tan digno vestido de paisano como desnudo, se quedó un poco perplejo, como si acabara de enterarse de que se suponía que tenía que protegerme.

—Ah —dijo—. Uh...

—Tendrías que haber enviado a alguien para que la acompañase al hospital —dijo Claudine, moviendo su cascada de cabello negro.

—Me ofrecí a acompañarla —dijo Eric, indignado—. Pero me dijo que si acudía al hospital con un vampiro levantaríamos sospechas.

—Vaya, hola, alto, rubio y muerto —dijo Claudine. Miró a Eric de arriba abajo, admirando lo que tenía ante sus ojos—. ¿Tienes como costumbre hacer lo que las mujeres humanas te piden?

«Muchas gracias, Claudine», le dije en silencio. Se suponía que tenía que estar custodiando a Eric, y ahora ni siquiera cerraría la puerta con llave si se lo pidiera. Me pregunté si alguien se daría cuenta si me estiraba sobre una de las mesas y me ponía a dormir. De pronto, igual que habían hecho Pam y Gerald, la mirada de Eric se intensificó y se quedó clavada en Claudine. Me dio tiempo a pensar que era como tener delante a unos gatos que de pronto divisan algo escurridizo junto al zócalo de una habitación; justo entonces unas manos grandes me agarraron y Alcide me atrajo hacia él. Se había abierto paso entre la multitud congregada en el bar hasta llegar a mi lado. Como llevaba la camisa desabrochada, me encontré con la cara pegada a su pecho caliente, y me alegré de ello. Su vello oscuro rizado olía débilmente a perro, es verdad, pero por lo demás era un consuelo sentirse abrazada y querida. Era delicioso.

—¿Quién eres? —le preguntó Alcide a Claudine. Tenía la oreja pegada a su pecho y oí su voz retumbando en el interior y también en el exterior, una sensación curiosa.

—Soy Claudine, el hada —dijo la enorme mujer—. ¿Lo ves?

Tuve que volverme para ver qué estaba haciendo. Se había levantado la melena para enseñar sus orejas, que eran delicadamente puntiagudas.

—Un hada —repitió Alcide. Parecía tan asombrado como yo.

—Qué pasada… —dijo uno de los hombres lobo más jóvenes, un chico con el pelo de punta que debía de tener unos diecinueve años de edad. Estaba intrigado por los acontecimientos y miraba a los demás hombres lobo sentados en su mesa como invitándoles a compartir su satisfacción—. ¿De verdad?

—Por una temporada —contestó Claudine—. Tarde o temprano, me decantaré hacia uno u otro lado. —Nadie lo entendió, con la posible excepción del coronel.

—Eres una mujer deliciosa —dijo el joven hombre lobo. Para respaldar la declaración del chico, iba vestido con pantalones vaqueros y una camiseta gastada del Ángel Caído; iba descalzo, aunque en el Merlotte's hacía frío, pues el termostato estaba bajado cuando el local teóricamente permanecía cerrado. Llevaba anillos en los dedos de los pies.

—¡Gracias! —Claudine le sonrió. Chasqueó los dedos y se vio envuelta en una neblina similar a la que rodea a los cambiantes cuando sufren su proceso de transformación. Era la neblina de la magia. Cuando la neblina desapareció, Claudine apareció vestida con un traje de noche blanco con lentejuelas.

—Deliciosa —repitió el chico, maravillado, y Claudine recibió con agrado el piropo. Me di cuenta de que con los vampiros mantenía cierta distancia.

—Claudine, ahora que ya te has lucido, ¿podríamos, por favor, hablar de algo más aparte de ti? —El coronel Flood parecía tan cansado como yo.

—Por supuesto —dijo Claudine, sintiéndose regañada—. Pregunta.

—Lo primero es lo primero. ¿Cómo está María Estrella, señorita Stackhouse?

—Sobrevivió al viaje hasta el hospital de Clarice. Han decidido transportarla a Shreveport en helicóptero, al hospital Schumpert. Tal vez esté ya de camino. La doctora se mostró optimista respecto a sus posibilidades.

Los hombres lobo se miraron entre ellos y respiraron aliviados. Una mujer, de unos treinta años de edad, incluso bailó un poquito. Los vampiros, con la atención totalmente concentrada en el hada, no mostraron ninguna reacción.

—¿Qué le explicó a la doctora de urgencias? —preguntó el coronel Flood—. Tengo que informar a los padres de la versión oficial. —María Estrella debía de ser su primogénita y la única hija que era mujer lobo.

—Le dije a la policía que la había encontrado tirada en la cuneta, que no vi señales de ninguna frenada ni nada por el estilo. Les dije que estaba tendida sobre la gravilla, así no tenemos que preocuparnos de que no hubiera rastros de hierba donde debería haberlos... Espero que lo captara. Cuando hablé con ella estaba amodorrada por los calmantes.

—Muy buena idea —dijo el coronel Flood—. Gracias, señorita Stackhouse. Nuestra manada está en deuda con usted.

Moví la mano indicándole que no tenían que sentirse en deuda conmigo.

—¿Cómo lograron llegar a casa de Bill en el momento adecuado?

—Emilio y Sid siguieron la pista a los brujos. —Emilio debía de ser el hombre bajito y moreno de grandes ojos castaños. En nuestra área, la población mexicana iba en aumento y Emilio formaba parte de esa comunidad. El chico del pelo de punta movió la mano, por lo que imaginé que se trataba de Sid—. Cuando anocheció, nos pusimos a vigilar el edificio donde se esconde Hallow y su aquelarre. Es una tarea complicada: se trata de una zona residencial con mayoría de población negra. —Unas gemelas afroamericanas se miraron sonriendo. Eran jóvenes e, igual que Sid, todo aquello les parecía una aventura emocionante—. Cuando Hallow y su hermano salieron hacia Bon Temps, les seguimos en coche. Llamamos también a Sam, para alertarle.

Lancé a Sam una mirada de reproche. No me había puesto sobre aviso, no me había mencionado que también los hombres lobo seguían nuestro mismo camino.

El coronel Flood continuó.

—Sam me llamó al teléfono móvil para decirme hacia dónde creía que se dirigían al salir de su bar. Decidí que un lugar aislado como la casa de los Compton sería un buen espacio para sorprenderlos. Aparcamos los coches en el cementerio y nos transformamos. Llegamos justo a tiempo. Pero ellos captaron nuestro olor. —El coronel miró de reojo a Sid. Al parecer, el joven hombre lobo se había adelantado a los acontecimientos.

—Y se marcharon —dije, tratando de sonar neutral—. Y ahora saben que ustedes les persiguen.

—Sí, se marcharon. Los asesinos de Adabelle Yancy. Los líderes de un grupo que trata de hacerse no sólo con el territorio de los vampiros, sino también con el nuestro. —El coronel Flood miró fríamente a los hombres lobo allí reunidos, que parecieron debilitarse bajo su mirada, incluso Alcide—. Y ahora los brujos se pondrán en guardia, pues saben que vamos tras ellos.

Apartando momentáneamente la atención de la radiante hada Claudine, Pam y Gerald se mostraron discretamente entretenidos ante el discurso del coronel. Eric, como siempre últimamente, parecía tan confuso como si el coronel estuviese hablando en sánscrito.

—¿Sabe si los Stonebrook regresaron a Shreveport cuando se fueron de casa de Bill? —pregunté.

—Es lo que suponemos. Tuvimos que transformarnos de nuevo a toda velocidad, algo que no es fácil, y llegar hasta donde habíamos dejado aparcados los coches. Nos dividimos, unos fuimos en una dirección y otros en otra, pero nadie volvió a verlos.

—Y ahora estamos todos aquí. ¿Por qué? —preguntó Alcide con voz ronca.

—Estamos aquí por varios motivos —dijo el jefe de la manada—. En primer lugar, queríamos tener noticias de María Estrella. Además, queríamos recuperarnos un poco antes de volver a Shreveport.

Los licántropos, que parecían haberse vestido a toda prisa, tenían un aspecto bastante deplorable. La transformación en luna nueva y el rápido cambio a naturaleza humana los había afectado gravemente.

—¿Y por qué estáis aquí vosotros? —le pregunté a Pam.

—También tenemos algo de lo que informar —dijo—. Evidentemente, tenemos los mismos objetivos que los hombres lobo… En este asunto, me refiero. —Con cierto esfuerzo, apartó la vista de Claudine. Intercambió miradas con Gerald y se volvieron a la vez hacia Eric, que los miraba sin entender nada. Pam suspiró y Gerald bajó la vista—. Clancy, nuestro compañero de guarida, no regresó a casa anoche —continuó Pam. A pesar de este asombroso anuncio, volvió a fijar la mirada en el hada. Claudine parecía tener un atractivo abrumador para los vampiros.

La mayoría de los hombres lobo estaba pensando que un vampiro menos era un paso más hacia la dirección correcta. Pero Alcide dijo:

—¿Qué crees que ha podido suceder?

—Recibimos una nota —dijo Gerald, una de las pocas veces que le he oído hablar en voz alta. Tenía un débil acento inglés—. La nota anunciaba que los brujos piensan hacerse con uno de nuestros vampiros para beber su sangre por cada día que pasen buscando a Eric.

Todas las miradas se centraron en Eric, que parecía perplejo.

—Pero ¿por qué? —preguntó—. No entiendo por qué tengo tanto valor.

Una de las mujeres lobo, una rubia bronceada que rondaría los treinta, puso los ojos en blanco, mirándome, y no me quedó otro remedio que sonreírle. Pero por bueno que estuviera Eric, y por mucho que las partes interesadas se imaginaran lo estupendo que debía de ser tenerlo en la cama (además de que controlara diversos negocios de vampiros en Shreveport), aquella búsqueda obsesiva de Eric empezaba a parecer excesiva. Aunque Hallow pretendiera acostarse con él y después consumirle toda su sangre... ¡Eh! Se me acababa de ocurrir una idea.

—¿Cuánta sangre puede extraerse de uno de vosotros? —le pregunté a Pam.

Se quedó mirándome, parecía más sorprendida que nunca en su vida.

—Veamos —dijo. Se quedó con la mirada perdida y moviendo los dedos. Me daba la sensación de que Pam estaba convirtiendo de una unidad de medida a otra—. Unos cinco litros y medio —concluyó por fin.

—Y ¿cuánta sangre contienen esos pequeños viales que venden?

—Tienen... —dijo, haciendo más cálculos—. Tienen menos de un cuarto de taza. —Y se anticipó, adivinando adónde quería ir yo a parar—. De modo que Eric contiene unas noventa y seis unidades de sangre vendible.

—¿Cuánto calculas que podrían obtener por ello?

—Bueno, en la calle, el precio de sangre de vampiro normal ha alcanzado los doscientos veinticinco dólares el vial —dijo Pam, mostrando unos ojos tan fríos como la escarcha invernal—. La sangre de Eric..., teniendo en cuenta que es tan viejo...

—¿Tal vez a cuatrocientos veinticinco dólares el vial?

—Tirando a lo bajo.

—Así, sin darle muchas vueltas, el valor de Eric…

—Por encima de los cuarenta mil dólares.

La multitud se quedó mirando a Eric con realzado interés —excepto Pam y Gerald, que junto con Eric habían reanudado su contemplación de Claudine. Se habían aproximado un poco más al hada.

—¿No crees que son suficientes motivos? —pregunté—. Eric la despechó. Ella lo desea, quiere sus negocios y tiene intención de vender su sangre.

—Son unos cuantos motivos —coincidió una mujer lobo, una castaña menuda que rondaría los cincuenta.

—Además, Hallow está chiflada —dijo alegremente Claudine.

No creo que el hada hubiese dejado de sonreír desde que apareció en mi coche.

—Y eso ¿cómo lo sabes, Claudine? —pregunté.

—He estado en sus cuarteles generales —respondió.

Todos nos quedamos mirándola un buen rato sin decir nada, aunque no tan extasiados como los tres vampiros.

—Claudine, ¿has estado allí? —preguntó el coronel Flood. Parecía más cansado que otra cosa.

—James —dijo Claudine—. ¡Qué vergüenza! Me tomó por una bruja de la zona.

A lo mejor no era yo la única que estaba pensando que tanta alegría era un poco extraña. La mayoría de los aproximadamente quince licántropos reunidos en el bar no parecían sentirse muy cómodos en compañía del hada.

—Nos habríamos ahorrado muchos problemas si nos lo hubieses dicho antes, Claudine —dijo el coronel con tono gélido.

—Un hada de verdad —dijo Gerald—. Hasta ahora sólo había visto una.

—Son difíciles de ver —dijo Pam, con voz soñolienta. Se acercó a ella un poco más.

Incluso Eric, que había perdido su expresión de perplejidad y frustración, dio un paso más hacia Claudine. Los tres vampiros parecían niños en una fábrica de chocolate.

—Vamos, vamos —dijo Claudine, algo ansiosa—. Todos los que tenéis colmillos, un paso atrás.

Pam estaba algo inquieta e intentó relajarse. Gerald se fue calmando a regañadientes, pero Eric siguió adelante.

Ni los vampiros ni los hombres lobo parecían dispuestos a encargarse de Eric. Mentalmente me preparé para emprender una difícil tarea. Al fin y al cabo, Claudine me había despertado antes de que tuviera un accidente con el coche.

—Eric —dije, dando tres rápidos pasos para interponerme entre Eric y el hada—. ¡Despierta ya de una vez!

—¿Qué? —Eric me prestó tanta atención como a una mosca que volara alrededor de su cabeza.

—Está prohibida, Eric —dije, y los ojos de Eric se posaron por fin en mi rostro—. Hola, ¿te acuerdas de mí? —Le puse la mano en el pecho para tranquilizarlo—. No sé por qué estás tan agobiado, colega, pero para el carro.

—La deseo —dijo Eric, fijando sus ojos azules en los míos.

—Sí, es atractiva —admití, tratando de ser razonable, aunque en realidad me sintiera un poco herida—. Pero no está disponible, ¿verdad, Claudine? —dije, mirando hacia atrás por encima de mi hombro.

—No estoy disponible para vampiros —matizó el hada—. Mi sangre es venenosa para los vampiros. No quieras saber cómo podrían ponerse si la tomaran. —Lo dijo sin abandonar su constante tono alegre.

De modo que no me había equivocado mucho con mi metáfora de la fábrica de chocolate. Probablemente ésa era la razón por la cual hasta entonces nunca me había tropezado con un hada; yo frecuentaba en exceso la compañía de los no muertos.

Cuando se tienen pensamientos de este tipo, es que estás metido en algún problema.

—Claudine, me imagino que necesitamos que te vayas —dije un poco a la desesperada. Eric estaba pegándose a mí, nada serio aún, pero ya me había visto obligada a retroceder un paso. Quería escuchar lo que Claudine tuviera que explicar a los hombres lobo, pero me di cuenta de que mi principal prioridad era separar a los vampiros del hada.

—Apetitosa como un pastelito. —Suspiró Pam al ver a Claudine dar media vuelta en dirección a la puerta con el coronel Flood pisándole los talones. Eric pareció despertarse en cuanto Claudine se perdió de vista y suspiré aliviada.

—Según parece, a los vampiros os gustan las hadas, ¿no? —dije nerviosa.

—Oh, sí —dijeron los tres a la vez.

—Tenéis que saber que me salvó la vida y que está ayudándonos con lo de los brujos —les recordé.

Me miraron resentidos.

—Claudine ha sido de gran ayuda —dijo sorprendido el coronel Flood cuando volvió a entrar. La puerta se cerró a sus espaldas.

Eric me rodeó con su brazo y noté que un determinado hambre se convertía en hambre de otro tipo.

—¿Por qué estuvo en los cuarteles generales de ese aquelarre? —preguntó Alcide, con un tono de voz más enojado del que cabía esperar.

—Ya conoces a las hadas. Les encanta flirtear con el desastre, les encanta interpretar papeles. —El jefe de la manada suspiró—. Incluso a Claudine, y eso que es de las buenas. Lo que me ha contado es lo siguiente: la tal Hallow dispone de un aquelarre integrado por una veintena de brujos. Todos son, además, cambiantes de algún tipo. Y todos consumen sangre de vampiro, incluso es posible que sean adictos a ella.

—¿Nos ayudarán los wiccanos a combatirlos? —preguntó una mujer de mediana edad con el cabello rojo teñido y doble mentón.

—Aún no se han comprometido a hacerlo. —Un joven con el pelo cortado al estilo militar (me pregunté si estaría destinado en la base aérea de Barksdale) parecía estar al corriente de la historia de los wiccanos—. Siguiendo órdenes de nuestro jefe de manada, he estado llamando o poniéndome en contacto con todos los grupos de wiccanos de la zona, y me han informado de que están haciendo lo posible para esconderse de estas criaturas. De todos modos, he visto indicios de que esta noche iban a celebrar una reunión, aunque no sé dónde. Creo que su objetivo era discutir la actual situación. Si también deciden atacar, nos serían de utilidad.

—Buen trabajo, Portugal —dijo el coronel Flood, y el joven se mostró agradecido.

Como estábamos con la espalda apoyada en la pared, Eric se dedicó a pasearme la mano por el trasero. La sensación me resultaba placentera, pero no el lugar, que era muy público.

—¿No mencionó nada Claudine sobre los prisioneros que podían tener allí? —pregunté, alejándome un poco de Eric.

—No, lo siento, señorita Stackhouse. No vio a nadie que respondiera a la descripción de su hermano, y tampoco al vampiro Clancy.

No es que me sorprendiera la respuesta, pero sí me dejó decepcionada.

—Lo siento, Sookie —dijo Sam—. Si Hallow no lo ha hecho prisionero, ¿dónde puede estar?

—Que no lo viera no significa que no estuviera allí —dijo el coronel—. De lo que estamos seguros es de que se llevó a Clancy, y Claudine tampoco lo vio.

—Volviendo a los wiccanos —sugirió la mujer lobo de cabello rojo—. ¿Qué deberíamos hacer con ellos?

—Portugal, mañana dedícate a llamar de nuevo a todos tus contactos —dijo el coronel Flood—. Culpepper te ayudará.

Culpepper era una joven de rostro atractivo que lucía un corte de pelo muy serio. Pareció encantada de tener que trabajar con Portugal. Él también se veía satisfecho, pero intentó disimularlo respondiendo con brusquedad.

—Sí, señor —dijo. Culpepper lo encontraba encantador, lo detecté directamente de su cerebro. Por mucho que fuera una mujer lobo, no lograba disimular la admiración que sentía por él—. ¿Por qué tengo que volver a llamarlos? —preguntó Portugal, pasado un buen rato.

—Necesitamos conocer sus planes, si es que quieren compartirlos con nosotros —dijo el coronel Flood—. Si no están con nosotros, como mínimo deberán mantenerse al margen de nuestro camino.

—¿Vamos a la guerra, entonces? —El que lo preguntó fue un hombre mayor, que al parecer era la pareja de la mujer de pelo rojo.

—Fueron los vampiros los que lo empezaron todo —dijo la mujer de pelo rojo.

—Eso no es verdad —negué indignada.

—Cállate, folladora de vampiros —replicó ella.

Habían dicho cosas peores sobre mí, pero nunca a la cara, y nunca con la intención de que yo lo oyera.

Eric se había elevado del suelo antes de que me diera tiempo a decidir si me sentía más herida que rabiosa. Él había decidido al instante que yo estaba rabiosa y aquello le había hecho ser tremendamente contundente. Antes incluso de que hubiera tiempo para que cundiera la alarma, ella estaba en el suelo boca arriba y él encima de ella, con los colmillos extendidos. Fue una suerte para la mujer que Pam y Gerald fueran igual de rápidos, aunque tuvieron que unir sus fuerzas para separar a Eric de la mujer lobo de pelo rojo. Sangraba sólo un poco, pero no podía parar de ladrar.

Durante un largo segundo, creí que aquello iba a acabar en una batalla campal, pero el coronel Flood rugió «¡Silencio!» y nadie se atrevió a desobedecerle.

—Amanda —le dijo a la mujer de pelo rojo, que sollozaba como si Eric le hubiese arrancado un miembro y cuyo acompañante estaba atareado comprobando sus heridas en un ataque de pánico completamente innecesario—, compórtate educadamente con nuestros aliados y guárdate para ti tus opiniones. Tu ofensa contrarresta cualquier cantidad de sangre que se haya podido derramar. ¡Nada de venganzas, Parnell! —El hombre lobo gruñó al coronel, pero acabó asintiendo a regañadientes.

—Señorita Stackhouse, le pido disculpas por los modales de la manada —me dijo el coronel Flood. Aunque seguía enfadada, me obligué a asentir. No pude evitar percatarme de que Alcide nos miraba a Eric y a mí y que parecía…, parecía horrorizado. Sam tuvo el sentido común de mantenerse inexpresivo. Noté que la espalda se me ponía tensa y me pasé rápidamente la mano por los ojos para secar mis lágrimas.

Eric empezaba a calmarse, pero le costaba. Pam le murmuraba alguna cosa al oído y Gerald lo sujetaba por el brazo.

Para acabar de rematar la noche, en aquel momento se abrió la puerta del Merlotte's y apareció Debbie Pelt.

—¿Estáis celebrando una fiesta sin mí? —Observó al estrambótico grupo y levantó las cejas—. Hola, pequeño —le dijo directamente a Alcide. Le acarició el brazo de forma posesiva y entrelazó sus dedos con los de él. Alcide tenía una expresión rara, como si a la vez se sintiera feliz y desgraciado.

Debbie era una mujer despampanante, alta y delgada, con el rostro alargado. Tenía el pelo negro, pero no rizado y despeinado como el de Alcide. Lo llevaba cortado en pequeñas capas asimétricas, era liso y seguía el ritmo de sus movimientos. Era el corte de pelo más estúpido que había visto en mi vida, y sin duda alguna le había costado un ojo de la cara. Pero, por algún motivo que se me escapaba, los hombres no parecían sentir interés precisamente por su corte de pelo.

Habría sido una hipocresía por mi parte saludarla. Debbie y yo pasábamos de eso. Ella había intentado matarme, y Alcide lo sabía; pero aun así, y aun habiéndola abandonado cuando se enteró de ello, seguía ejerciendo una extraña fascinación sobre él. A pesar de ser un hombre inteligente, práctico y trabajador, tenía un punto flaco, que en esos momentos se encontraba delante de mí: vestida con unos pantalones vaqueros muy ceñidos y un fino jersey de color naranja que se pegaba a cada centímetro de su piel. ¿Qué hacía aquí, tan lejos de su territorio habitual?

Sentí un repentino impulso, sólo para ver que pasaría, de volverme hacia Eric y decirle que Debbie había intentado atentar muy en serio contra mi vida. Pero me reprimí una vez más. Una represión que me resultó dolorosa de verdad, pues mis dedos se erizaron y mis manos se transformaron en puños.

—Te llamaremos si en la reunión sucede alguna cosa más —dijo Gerald. Tardé un momento en comprender que estaban despidiéndose de mí, y ello se debía a que tenía que llevarme a Eric a casa para que no volviese a explotar. Por su expresión, no tardaría mucho en hacerlo. Sus ojos azules brillaban y tenía los colmillos medio extendidos, como mínimo. Sentí más que nunca la tentación de… No, no podía hacerlo. Tenía que irme.

—Adiós, bruja —me soltó Debbie cuando crucé la puerta. Vi de reojo a Alcide volviéndose hacia ella, con una expresión horrorizada, pero Pam me cogió por el brazo y me acompañó hasta el aparcamiento. Gerald, por su parte, llevaba a Eric cogido del brazo.

Cuando los dos vampiros nos entregaron a Chow, yo estaba furiosa.

Chow obligó a Eric a sentarse en el asiento del acompañante por lo que quedó claro que yo iba a ser la conductora. El vampiro asiático dijo:

—Os llamaremos después, ahora id a casa.

A punto estuve de replicarle. Pero miré de reojo a mi pasajero y decidí ser inteligente y salir de allí lo más rápido posible. La beligerancia de Eric estaba disolviéndose para dar paso a la confusión. Se le veía desconcertado y perdido, nada que ver con el vengador impulsivo que había sido unos minutos antes.

Eric no dijo nada hasta que ya estábamos a más de medio camino de casa.

—¿Por qué los hombres lobo odian tanto a los vampiros? —preguntó.

—No lo sé —respondí, disminuyendo la velocidad porque dos ciervos acababan de cruzarse en la carretera. Siempre se ve el primero, y sólo hace falta esperar un poco para, con toda probabilidad, ver el segundo—. Los vampiros sienten lo mismo con respecto a los hombres lobo y los cambiantes. La comunidad sobrenatural suele unirse contra los humanos pero, aparte de eso, siempre estáis peleándoos entre vosotros, o al menos eso es lo que me parece. —Respiré hondo para pensar cómo decírselo—. Eric, te agradezco que te pusieras de mi parte cuando Amanda me dijo eso. Pero estoy bastante acostumbrada a defenderme sola cuando es necesario. Si yo fuera un vampiro, no verías necesario tener que pegar a nadie por mí, ¿verdad?

—Pero no eres tan fuerte como un vampiro, ni siquiera como un hombre lobo —objetó Eric.

—Ahí tengo que darte la razón, cariño. Pero ni siquiera se me habría pasado por la cabeza pegarle, porque con ello le habría dado motivos para pegarme a mí.

—¿Estás diciéndome con esto que casi llegamos a las manos sin necesidad?

—Eso es exactamente lo que te quiero decir.

—Te he incomodado.

—No —dije al instante. Entonces me pregunté si no era precisamente eso—. No —dije con más convicción—, no me has incomodado. De hecho, me ha gustado que me tengas tanto cariño como para enfadarte así cuando Amanda me ha tratado como si yo fuera una mierda pegada a su zapato. Pero estoy acostumbrada a que me traten de esta manera y me las apaño sola. Aunque Debbie lleva la situación a un nivel completamente distinto.

Eric, pensativo, seguía dándole vueltas.

—¿Por qué estás acostumbrada a eso?

No era la reacción que me esperaba. En aquel momento llegamos a casa. Verifiqué primero los alrededores antes de salir del coche para abrir la puerta de atrás. Una vez dentro y con la puerta cerrada con llave, le dije:

—Porque estoy acostumbrada a que la gente considere que las camareras somos muy poca cosa. Y menos aún si nos ven como a camareras incultas. Y peor todavía si nos ven como a camareras telepáticas incultas. Estoy acostumbrada a que la gente piense que estoy loca, o al menos, que no estoy mentalmente sana. No pretendo dar lástima, pero la verdad es que no tengo muchos admiradores, y estoy acostumbrada a eso.

—Esto confirma mi mala opinión respecto a los humanos en general —dijo Eric. Me quitó el abrigo que llevaba colgado a los hombros, lo miró con desagrado, lo colgó en el respaldo de una silla y empujó ésta hacia la mesa de la cocina—. Eres bonita.

Nadie nunca me había mirado a los ojos y me había dicho aquello. Me sentí obligada a bajar la cabeza.

—Eres inteligente y eres fiel —dijo implacablemente. Moví una mano indicándole que lo dejara correr—. Tienes sentido del humor y de la aventura.

—Déjalo ya —protesté.

—Créeme —dijo—. Tienes los pechos más bonitos que he visto en mi vida. Eres valiente. —Le tapé la boca con los dedos y me dio un lametón. Me relajé dejándome casi caer contra él—. Eres responsable y trabajadora —continuó. Y antes de que me dijera que era estupenda sacando la bolsa de la basura, sustituí mis dedos con mis labios.

—Eso es —dijo en voz baja, después de una prolongada pausa—. También eres creativa.

Y durante la hora siguiente, me demostró que también él era creativo.

Fue la única hora de un día extremadamente largo que no pasé consumida por el miedo: por el destino de mi hermano, por la malevolencia de Hallow, por la terrible muerte de Adabelle Yancy. Probablemente, había aún algunas cosas más que me hacían sentir miedo, pero en un día tan largo era imposible elegir una sola que fuera más terrible que las demás.

Acostada entre los brazos de Eric, tarareando una melodía mientras recorría la línea de su hombro con el dedo, me sentía inmensamente agradecida por el placer que me había proporcionado. La felicidad no debería darse por sentada.

—Gracias —dije, con la cara hundida en su silencioso pecho.

Me obligó a levantar la barbilla con un dedo para poder mirarlo.

—No —dijo en voz baja—. Me recogiste en la carretera y me has acogido. Estás dispuesta a luchar por mí. Es todo lo que puedo decir de ti. No puedo creer la suerte que he tenido. Cuando derrotemos a esa bruja, te llevaré conmigo. Compartiré contigo todo lo que tengo. Todo vampiro que me deba lealtad, te honrará también a ti.

¿Era o no era medieval? Que Dios bendijera su gran corazón, pero nada de aquello iba a pasar. Al menos yo era lo bastante realista, y lo bastante inteligente, como para no dejarme engañar ni por un instante, aunque fuera una fantasía maravillosa. Estaba pensando como un amo con esclavos a su servicio, no como un implacable vampiro, dueño de un bar turístico en Shreveport.

—Me has hecho muy feliz —le dije, y era la pura verdad.

Capítulo

10

Cuando me levanté a la mañana siguiente ya habían inspeccionado el estanque de casa de Jason. Alcee Beck llamó a mi puerta a las diez y, como su forma de hacerlo dejó claro que se trataba de un representante de la ley, me puse mis vaqueros y una sudadera antes de ir a abrir.

—No está en el estanque —dijo Beck sin más preámbulos.

Me apoyé en el umbral de la puerta.

—Oh, gracias a Dios. —Cerré los ojos un momento—. Pase, por favor. —Alcee Beck cruzó el umbral como un vampiro, mirando a su alrededor sin decir nada y con cierta cautela.

—¿Le apetece un poco de café? —le pregunté cortésmente cuando se instaló en el viejo sofá.

—No, gracias —dijo secamente, tan incómodo conmigo como yo con él. Vi que la camisa de Eric estaba colgada del pomo de la puerta de mi habitación, aunque no era visible desde el lugar donde el detective Beck estaba sentado. Hay muchas mujeres que utilizan camisas de hombre, me dije, para no mostrarme paranoica por su presencia. Aunque intenté no leerle la mente al detective, adiviné que se sentía inquieto por encontrarse a solas en casa de una mujer blanca y que estaba deseando que Andy Bellefleur llegara.

—Discúlpeme un momento —dije, antes de caer en la tentación y preguntarle por qué Andy tenía que venir. Aquello lo dejaría conmocionado. Cogí la camisa cuando entré en mi habitación, la doblé y la guardé en un cajón antes de cepillarme los dientes y lavarme la cara. Cuando regresé a la sala de estar, Andy había llegado ya. Le acompañaba el jefe de Jason, Catfish Hennessey. Noté que la sangre abandonaba mi cabeza y me dejé caer en el sillón que había junto al sofá.

—¿Qué sucede? —pregunté. No podía decir nada más.

—La sangre del embarcadero es probablemente de un felino, y hay otra huella, además de la marca de la bota de Jason —dijo Andy—. Lo mantenemos en secreto porque no queremos que esos bosques se llenen de idiotas. —Me sentía balanceada por un viento invisible. Me habría echado a reír de no haber tenido el «don» de la telepatía. Cuando dijo «felino» no estaba pensando precisamente en un gatito doméstico, sino en una pantera.

Aquí, cuando hablamos de panteras nos referimos a los pumas, a los leones de montaña. Ya sé que por aquí no hay montañas, pero los pumas viven también en tierras bajas. Sin embargo, por lo que tengo entendido, el único lugar de este país donde pueden encontrarse pumas en estado salvaje es Florida, y hay tan pocos que están casi en peligro de extinción. No tenemos pruebas consistentes que demuestren la existencia de pumas en Luisiana en los últimos cincuenta años, década más o menos.

Pero, naturalmente, lo que sí hay siempre son habladurías. Y nuestros bosques y ríos podían generar un sinfín de caimanes, nutrias, comadrejas, mapaches e incluso algún que otro oso pardo o gato montés. También coyotes. Pero no había fotografías, excrementos o huellas que demostraran la presencia de pumas… hasta ahora.

La mirada de Andy Bellefleur ardía de deseo, aunque no por mí. Cualquier hombre viril aficionado a la caza, o incluso cualquier chico amante de la fotografía en plena naturaleza, daría cualquier cosa por ver un puma salvaje de verdad. A pesar de que estos grandes depredadores evitaban a los humanos por encima de todo, los humanos nunca les devolverían ese favor.

—¿En qué están pensando? —pregunté, aunque sabía perfectamente bien qué estaban especulando. Pero para mantenerlos a raya, tenía que fingir que no lo sabía; de este modo se sentirían mejor e incluso se les escaparía alguna cosa. Catfish estaba simplemente reflexionando que lo más probable era que Jason estuviera muerto. Los dos representantes de la ley me miraban fijamente, pero Catfish, que me conocía mejor que ellos, estaba sentado en el borde del viejo asiento reclinable de la abuela, apretando tanto sus manazas rojas que los nudillos se le estaban volviendo blancos.

—A lo mejor Jason vio la pantera al llegar aquella noche a casa —dijo con cautela Andy—. Y corrió a buscar su rifle para perseguirla.

—Están en peligro de extinción —dije—. ¿Crees que Jason no sabe que las panteras están en peligro de extinción? —Naturalmente, consideraban a Jason tan impulsivo y descerebrado que pensaban que le habría dado lo mismo.

—¿Está segura de que eso estaría en los primeros lugares de su lista de prioridades? —preguntó Alcee Beck, intentando mostrarse amable.

—De modo que creen que Jason disparó a la pantera —dije, aun costándome que aquellas palabras salieran de mi boca.

—Es una posibilidad.

—¿Y entonces qué? —Me crucé de brazos.

Los tres hombres intercambiaron una mirada.

—Tal vez Jason siguió a la pantera y se adentró en el bosque —dijo Andy—. Tal vez la pantera no estaba tan malherida y le atacó.

—¿Creen que mi hermano seguiría a un animal peligroso y herido por el bosque, solo y de noche? —Por supuesto que lo creían. Lo leía en sus cabezas, alto y claro. Lo consideraban un comportamiento absolutamente típico de Jason Stackhouse. Lo que no sabían era que, por temerario y salvaje que fuera mi hermano, la persona favorita de Jason en este mundo no era otra que Jason Stackhouse, y que jamás pondría en peligro a esa persona de un modo tan evidente.

Andy Bellefleur tenía ciertos recelos respecto a esta teoría, pero Alcee Beck no. Creía haber descrito a la perfección el comportamiento de Jason aquella noche. Lo que no sabían los agentes de la ley, y lo que yo no podía contarles, era que si Jason hubiera visto a una pantera en su casa aquella noche, era muy probable que la pantera fuera en realidad un ser humano transformado. ¿Acaso no había dicho Claudine que en el grupo de los brujos había cambiantes muy poderosos? Una pantera sería un animal valioso para tener de tu lado en el momento de plantear un ataque.

—Jay Stans, de Clarice, me llamó esta mañana —dijo Andy. Volvió su cara redonda hacia mí y se quedó mirándome con sus ojos castaños—. Me ha contado lo de esa chica que encontraste anoche tirada en la cuneta.

Asentí, sin comprender la conexión y demasiado preocupada por las especulaciones sobre la pantera como para imaginar lo que estaba por venir.

—¿Tiene la chica alguna relación con Jason?

—¿Qué? —Me quedé perpleja—. ¿Qué quieres decir?

—Encontraste a esta chica, María Estrella Cooper, tirada en la cuneta. Han investigado y no han encontrado ningún rastro de un accidente.

Me encogí de hombros.

—Les señalé que no estaba segura de si podría localizar el lugar y no me dijeron que les acompañara a ver nada, después de que me ofreciera a hacerlo. No me sorprende que no encontraran rastros sin conocer el lugar exacto. Intenté ubicarlo, pero era de noche y estaba bastante asustada. También es posible que alguien abandonara el cuerpo de la chica donde yo la encontré. —Si veo Discovery Channel es para sacarle provecho.

—Mire, lo que estamos pensando —dijo Alcee Beck— es que la chica era una de las muchas rechazadas por Jason y que quizá él la tuviera escondida en algún lugar secreto. Y que usted la soltó cuando Jason desapareció.

—¿Qué? —Era como si estuvieran hablándome en urdu o en algún idioma que no alcanzaba a comprender.

—Teniendo en cuenta que Jason fue arrestado el año pasado como sospechoso de aquellos asesinatos, nos preguntábamos si no habría quizá fuego detrás de tanto humo.

—Ya descubrieron quién fue el autor de esos crímenes. Está en la cárcel, a menos que haya sucedido alguna cosa que yo no sepa. Y confesó. —Catfish me miró con inquietud. La conversación estaba poniendo nervioso al jefe de mi hermano. Era evidente que mi hermano era un poco peculiar en lo que al sexo se refiere (aunque a ninguna de las mujeres que habían compartido con él sus peculiaridades parecía importarles), pero ¿pensar que podía tener una esclava sexual y que yo me había ocupado del tema después de su desaparición? ¡Venga ya!

—Confesó, y sigue en prisión —dijo Andy—. Pero ¿y si Jason fue su cómplice?

—A ver, espera un momento —dije. Empezaba a superar el punto de ebullición—. Las dos cosas no pueden ser. Si mi hermano está muerto en el bosque después de andar persiguiendo una pantera mítica herida, ¿cómo puede haber tenido mientras como rehén a esa tal María Estrella Cooper? ¿Estáis pensando que yo estoy implicada en las supuestas actividades esclavistas de mi hermano? ¿Pensáis que la golpeé con mi coche? ¿Y que luego la cargué en él y la llevé a urgencias?

Nos miramos todos fijamente durante un largo momento. Los hombres expulsaban oleadas de tensión y confusión.

Entonces Catfish se dejó caer en el sillón.

—No —vociferó—. Me habéis pedido que viniese para revelarle a Sookie la mala noticia de que hemos descubierto una pantera. ¡Nadie me había mencionado nada sobre una mujer atropellada por un coche! Sookie es una buena chica. —Catfish me señaló—. ¡Y que nadie me venga con que es «distinta»! No es sólo que Jason Stackhouse nunca haya tenido que hacer nada más que guiñarle el ojo a una chica para hacerla suya, sino que además es incapaz de tomar a nadie como rehén para hacerle cosas raras. Y encima os oigo decir que Sookie liberó a esta no se qué Cooper al ver que Jason no volvía a casa y que luego intentó atropellarla. ¿Sabéis que os digo? ¡Que os vayáis directamente al infierno!

¿Sabéis que os digo? ¡Que Dios bendiga a Catfish!

Alcee y Andy se fueron poco después, y Catfish y yo mantuvimos una conversación inconexa consistente principalmente en arengas de Catfish contra los representantes de la ley. Cuando la conversación vino a menos, miró su reloj.

—Vamos, Sookie. Tú y yo tenemos que encontrar a Jason.

—¿Cómo? —Estaba dispuesta a hacerlo, pero perpleja.

—Montaremos una batida y, además, sé que querrás participar en ella.

Lo miré boquiabierta mientras Catfish seguía arremetiendo contra las acusaciones de Alcee y Andy. Intenté con todas mis fuerzas pensar en alguna manera de cancelar la batida. No me gustaba nada imaginar a un montón de hombres y mujeres con ropa de montaña rastreando a través de la maleza, ahora desnuda y parda, que tan difícil hacía circular por el bosque. Pero no había forma de detenerlos y yo tenía todos los motivos del mundo para sumarme a ellos.

Existía la remota posibilidad de que Jason estuviese en algún lugar del bosque. Catfish me dijo que había reunido a todos los hombres que le había sido posible y que Kevin Pryor había accedido a ser el coordinador de la búsqueda, aun estando fuera de servicio. Maxine Fortenberry y sus feligresas traerían café y pastas de la panadería de Bon Temps. Me puse a llorar, pues todo aquello era abrumador, y Catfish se puso más colorado si cabe. Las mujeres lloronas ocupaban un lugar relevante en la larga lista de cosas que incomodaban a Catfish.

Alivié la situación diciéndole que tenía que ir a prepararme. Arreglé la cama, me lavé la cara y me recogí el pelo en una cola de caballo. Encontré un par de orejeras que utilizaba tal vez una vez al año, me puse mi viejo abrigo y guardé en el bolsillo mis guantes para trabajar en el jardín, junto con un paquete de Kleenex, por si acaso volvía a darme la llorera.

La batida se había convertido en la actividad popular del día en Bon Temps. No sólo porque a la gente de nuestra pequeña ciudad le guste ayudar, sino porque además habían empezado a correr rumores sobre la misteriosa huella de un animal salvaje. Por lo que yo sabía, la palabra «pantera» no se había extendido todavía; de haberlo hecho, la multitud congregada habría sido aún mayor. Los hombres iban armados en su mayoría…, aunque, la verdad es que los hombres por aquí siempre suelen ir armados. La caza es una forma de vida, la Asociación Nacional del Rifle proporciona los adhesivos oficiales para llevar en el coche y la temporada del venado es prácticamente una época de vacaciones sagrada. Hay momentos especiales para cazar el venado con arco y flecha, con rifle de carga frontal o con rifle normal. (Supongo que también habrá otra en la que no pueda cazarse). En casa de Jason se había reunido una cincuentena de personas, un grupo numeroso para tratarse de un día laborable en una comunidad tan pequeña como la nuestra.

Sam estaba también allí y me alegré tanto de verle que casi me echo a llorar otra vez. Sam era el mejor jefe que había tenido en mi vida, además de un amigo, y siempre había estado a mi lado en los momentos difíciles. Su cabello rojizo y dorado estaba cubierto por un gorro de punto de color naranja fluorescente y llevaba unos guantes del mismo color. La chaqueta marrón contrastaba por su seriedad y, como todos los demás hombres, calzaba botas de trabajo. No es bueno andar por el bosque, ni siquiera en invierno, con los tobillos desprotegidos. Las serpientes son lentas y escurridizas, pero si las pisas se vengan siempre.

En cierto modo, la presencia de toda aquella gente me hizo sentir la desaparición de Jason como algo más aterrador. Si toda esa gente creía que podía estar en el bosque, muerto o malherido, era muy posible que, efectivamente, estuviera allí. Por muchas cosas sensatas que me repitiera para mis adentros, el miedo empezaba a apoderarse de mí. Pasé unos minutos mentalmente alejada de la escena, imaginándome por enésima vez todas las cosas que podían haberle pasado a Jason.

Cuando volví a ver y a escuchar, Sam estaba a mi lado. Se había quitado un guante, su mano había buscado la mía y la había cogido con fuerza. Era una sensación cálida y sólida, y me alegré de estar junto a él. Sam, pese a ser un cambiante, sabía cómo canalizar sus pensamientos hacia mí, aunque él no podía «escuchar» los míos. «¿Realmente crees que está allí?», me preguntó.

Negué con la cabeza. Nuestras miradas se encontraron y no se separaron.

«¿Crees que sigue con vida?».

Eso era mucho más complicado. Finalmente, me limité a encogerme de hombros. Seguía dándome la mano, y yo seguía alegrándome de ello.

Arlene y Tack salieron del coche de ella y se acercaron a nosotros. Arlene tenía el pelo más rojo que nunca y un poco más enmarañado de lo que lo llevaba habitualmente, y el cocinero necesitaba un afeitado, lo que daba a entender que aún no había trasladado todos sus bártulos a casa de Arlene.

—¿Habéis visto a Tara? —preguntó Arlene.

—No.

—Mirad. —Señaló, de la forma más disimulada posible, y vi a Tara vestida con pantalones vaqueros y unas botas de agua hasta la rodilla. No tenía nada que ver con la propietaria de una tienda de moda siempre impecablemente acicalada, aun llevando un adorable gorro blanco y marrón de piel falsa que daba ganas de acariciar. El abrigo iba en consonancia con el gorro. Y también los guantes. Pero de cintura para abajo, Tara iba preparada para adentrarse en el bosque. El amigo de Jason, Dago, observaba a Tara con la mirada asombrada de un recién enamorado. Habían venido también Holly y Danielle, y teniendo en cuenta que el novio de Danielle no la había acompañado, el equipo de rescate empezaba a tomar un aspecto inesperadamente social.

Maxine Fortenberry y dos mujeres más de su congregación habían bajado la puerta del maletero de la vieja camioneta del marido de Maxine y habían instalado varios termos con café, junto con tazas desechables, cucharillas de plástico y azucarillos. En cajas, habían dispuesto también seis docenas de pastelillos calientes. Habían preparado además un cubo de basura de plástico con una bolsa negra para tirar los restos. Aquellas damas sabían cómo celebrar una fiesta.

Me costaba creer que todo aquello se hubiese organizado en el espacio de unas horas. Tuve que separar mi mano de la de Sam para buscar un pañuelo de papel y secarme la cara. Esperaba que Arlene hubiera venido, pero la presencia de Holly y Danielle era asombrosa, y la de Tara más sorprendente aún. No era del tipo de mujer que una se imagina inspeccionando bosques. Kevin Pryor no sentía mucho cariño por Jason, pero allí estaba, con un mapa, un bloc de notas y un lápiz, organizándolo todo.

Miré de reojo a Holly y me sonrió con tristeza, ese tipo de sonrisa que se cruza en los funerales.

Justo en aquel momento, Kevin cogió la tapa del cubo de basura de plástico y golpeó con ella el maletero de la camioneta para llamar la atención de los congregados. Conseguido su objetivo, empezó a dar instrucciones para la búsqueda. No me había dado cuenta de que Kevin pudiera llegar a ser tan autoritario; prácticamente siempre quedaba eclipsado por su pegajosa madre, Jeenen, o por su voluminosa compañera, Kenya. Imposible que Kenya se adentrara en el bosque para localizar a Jason, reflexioné, pero justo entonces la vi y tuve que tragarme mis pensamientos. Ataviada para la ocasión, estaba apoyada en la camioneta de los Fortenberry, mostrando una completa inexpresividad en su oscuro rostro. Su postura sugería que actuaba como protectora de Kevin, que sólo daría un paso al frente o diría algo si él se encontraba en una situación apurada. Kenya sabía proyectar su amenaza silenciosa, era evidente. Le echaría un cubo de agua a Jason si estuviera quemándose, pero estaba claro que sus sentimientos hacia mi hermano no eran abrumadoramente positivos. Estaba allí porque Kevin se había prestado voluntario. Cuando éste empezó a dividir a la gente en equipos, sus oscuros ojos se apartaron de él para examinar las caras de todo el mundo, incluyendo la mía. Me saludó con un leve movimiento de cabeza y yo le correspondí.

—Cada grupo de cinco llevará un hombre armado con un rifle —dijo Kevin—, pero no puede ser cualquiera. Tiene que ser alguien con experiencia de caza en el bosque. —Con esa directiva, el nivel de excitación alcanzó el punto de ebullición. Después de aquello, sin embargo, dejé de escuchar las instrucciones de Kevin. Para empezar, seguía cansada del día anterior, que había sido una jornada excepcionalmente completa. Y por otro lado, el miedo por lo que pudiera haberle sucedido a mi hermano seguía omnipresente y consumiéndome. Después de una larga noche, me había despertado temprano y ahora, allí estaba, aguantando el frío delante de la casa de mi infancia, a la espera de participar en una especie de búsqueda del pato salvaje o en algo que, como mínimo, esperaba que se quedara en eso. Estaba demasiado aturdida como para pensar en nada más. En el claro empezó a soplar un viento gélido y las lágrimas que me rodaban por las mejillas se tornaron insoportablemente frías.

Sam me rodeó con el brazo, aun siendo nuestros abrigos algo incómodos para ese gesto. Pese a ello, creí sentir la calidez de su cuerpo traspasando el grueso tejido.

—Ya sabes que no lo encontraremos aquí —me susurró al oído.

—Estoy casi segura de que no —le dije.

—Si está por ahí, lo oleré enseguida —dijo Sam.

Él siempre tan práctico.

Le miré. No tuve que levantar mucho la vista, pues Sam no es un hombre muy alto. Estaba muy serio. Sam se lo pasaba mejor con su personalidad de cambiante que la mayoría de los seres de dos naturalezas, pero adiviné que lo que más deseaba en aquel momento era apaciguar mis temores. Cuando se transformaba en perro, tenía el agudo sentido del olfato de esos animales y cuando estaba en forma humana, su sentido del olfato era superior al de un hombre normal. Sam sería capaz de oler un cadáver reciente.

—¿Vendrás al bosque? —le pregunté.

—Por supuesto. Haré todo lo posible. Si está allí, creo que lo sabré enseguida.

Kevin me había contado que el sheriff había intentado contratar los servicios de los perros rastreadores entrenados por la policía de Shreveport, pero que resultó que estaban reservados para aquel día. Me pregunté si era cierto o si la policía no había querido poner en peligro a sus perros haciéndolos correr por un bosque donde supuestamente había una pantera. Lo comprendía, la verdad. Y justo delante de mí, tenía una oferta mucho mejor.

—Sam —dije, con los ojos llenos de lágrimas. Intenté darle las gracias, pero no me salían las palabras. Era afortunada por tener un amigo como él y lo sabía muy bien.

—Venga, Sookie —dijo—. No llores. Descubriremos lo que le ha pasado a Jason y encontraremos la manera de que Eric vuelva a ser el que era. —Me secó las lágrimas de las mejillas con el dedo pulgar.

Nadie estaba lo bastante cerca como para oírnos, pero no pude evitar mirar a mi alrededor para asegurarme.

—Entonces —dijo Sam en tono sombrío— podremos sacarlo de tu casa y devolverlo a Shreveport, allí es donde pertenece.

Decidí que lo mejor era no responder.

—¿Cuál era tu palabra del día? —me preguntó, echándose atrás.

Le ofrecí una sonrisa aguada. Sam siempre me preguntaba por lo que proponía mi calendario de la Palabra del Día.

—Esta mañana no lo he mirado. La de ayer era «fárrago» —dije.

Levantó las cejas, interrogándome con la expresión.

—Un lío, una confusión —dije.

—Sookie, encontraremos la manera de salir de ésta.

Cuando los buscadores nos dividimos en grupos, descubrí que Sam no era la única criatura con dos naturalezas que estaba en el jardín de Jason aquel día. Me quedé asombrada al observar la presencia de un contingente de Hotshot. Calvin Norris, su sobrina Crystal y un segundo hombre, que me resultaba vagamente familiar, se mantenían en un grupo aparte. Después de un momento de rebuscar en mi memoria, me di cuenta de que el segundo hombre era el que había visto saliendo del cobertizo que había detrás de la casa cercana a la de Crystal. El desencadenante del recuerdo fue su cabello claro y grueso y lo supe seguro cuando vi la elegancia de sus movimientos. Kevin le asignó al trío al reverendo Jimmy Fullenwilder como su hombre armado. La combinación de los tres licántropos con el reverendo me habría hecho reír en otras circunstancias.

Y como les faltaba un quinto componente, me sumé a ellos.

Los tres licántropos de Hotshot me saludaron con una sobria inclinación de cabeza; Calvin dejó sus ojos verdes y dorados fijos en mí.

—Este de aquí es Felton Norris —dijo a modo de presentación.

Incliné la cabeza en dirección a Felton, y Jimmy Fullenwilder, un hombre canoso de unos sesenta años de edad, me estrechó la mano.

—Obviamente conozco a la señorita Sookie, pero no estoy seguro en cuanto al resto de ustedes. Soy Jimmy Fullenwilder, pastor de la iglesia baptista —dijo, sonriendo a su alrededor. Calvin absorbió la información con una sonrisa educada, Crystal sonrió burlonamente y Felton Norris (¿se habrían quedado sin más apellidos en Hotshot?) adoptó una actitud más fría. Felton era un ser extraño, incluso para ser un hombre lobo criado en un grupo endogámico. Sus ojos eran notablemente oscuros y sus cejas tupidas y marrones contrastaban con fuerza con su pelo claro. La forma de su cara era ancha a la altura de los ojos y se estrechaba, tal vez con demasiada brusquedad, cerca de su boca de labios finos. Pese a ser un hombre fornido, se movía con elegancia y ligereza, y cuando empezamos a adentrarnos en el bosque me di cuenta de que todos los residentes de Hotshot tenían eso en común. En comparación con los Norris, Jimmy Fullenwilder y yo parecíamos torpes elefantes.

Al menos, el reverendo llevaba su 30-30 aparentando saber usarlo debidamente.

Siguiendo las instrucciones recibidas, nos colocamos en una fila y estiramos los brazos a la altura del hombro, tocándonos las puntas de los dedos. Crystal estaba a mi derecha y Calvin a mi izquierda. Los demás grupos hicieron lo mismo. Iniciamos la batida en la forma de abanico determinada por la curvatura del estanque.

—Recordad quién va en vuestro grupo —gritó Kevin—. ¡No se trata de perder a nadie! ¡Adelante!

Empezamos a inspeccionar el terreno, avanzando a ritmo regular. Jimmy Fullenwilder iba un par de pasos por delante, pues era quien portaba el arma. Al instante se hizo aparente que entre los compañeros de Hotshot, el reverendo y yo había una gran disparidad en cuanto al conocimiento del bosque. Crystal parecía deslizarse por la maleza, sin tener que vadearla ni apartar las ramas, aunque la veía avanzar. Jimmy Fullenwilder, ávido cazador y hombre experto en vida al aire libre, se sentía como en casa, y adiviné que obtenía mucha más información sobre lo que lo envolvía que yo, pero aun así era incapaz de moverse como Calvin y Felton. Ellos se desplazaban por el bosque como fantasmas, sin apenas hacer ruido.

En una ocasión, cuando tropecé con un arbusto especialmente tupido de zarzas, me vi levantada antes incluso de que me diera tiempo a reaccionar. Calvin Norris me depositó con delicadeza en el suelo y recuperó al instante su posición. No creo que nadie más se diera cuenta de lo sucedido. Jimmy Fullenwilder, el único que se habría quedado sorprendido, iba un poco más adelantado.

Nuestro equipo no encontró nada: ni un retal de tela, ni un pedazo de carne, ni una huella de bota ni de pantera, ni ningún olor, ni rastro, ni gota de sangre. Los componentes de uno de los otros equipos gritaron al encontrar el cadáver medio roído de una comadreja, pero no había forma inmediata de determinar qué había causado su muerte.

La marcha se endureció. Mi hermano había cazado en aquellos bosques, permitido a algunos de sus amigos cazar allí, pero excepto eso no había interferido en la naturaleza que crecía y se desarrollaba en las ocho hectáreas que rodeaban la casa. Eso significaba que no había limpiado el terreno de ramas caídas ni arrancado las malas hierbas, lo que aumentaba la dificultad de nuestro avance.

Mi equipo fue el que encontró el mirador para avistar venados que él y Hoyt habían construido unos cinco años atrás.

Aunque el mirador se alzaba en un claro natural que se abría de norte a sur, el bosque que lo rodeaba era tan denso que quedamos temporalmente fuera de la vista de los demás equipos, algo que no habría imaginado posible en invierno, con las ramas desnudas. De vez en cuando, una voz humana se abría paso entre los pinos, los arbustos y las ramas de los robles y los eucaliptos, pero la sensación de aislamiento era abrumadora.

Felton Norris ascendió por la escalera del mirador de un modo tan inhumano que tuve que distraer al reverendo Fullenwilder preguntándole si le importaría rezar en la iglesia por el retorno de mi hermano. Naturalmente, me dijo que ya lo había hecho y, más aún, me notificó que le gustaría verme en la iglesia el domingo para sumar mi voz a las oraciones. Aunque debido a mi trabajo iba poco a la iglesia, y cuando lo hacía asistía a la iglesia metodista (un detalle que Jimmy Fullenwilder conocía perfectamente), me vi obligada a decir que sí. Justo en aquel momento, Felton nos informó desde arriba que el mirador estaba vacío.

—Baja con cuidado, esta escalera no parece muy estable —le gritó Calvin, y me di cuenta de que con esas palabras Calvin estaba avisando a Felton de que intentase parecer más humano al bajar. Mientras el cambiante descendía lenta y humildemente, crucé mi mirada con la de Calvin, que reía entre dientes.

Aburrida por tener que esperar a los pies del mirador, Crystal se había adelantado a nuestro hombre armado, el reverendo Fullenwilder, algo que Kevin nos había recomendado no hacer. Y justo cuando estaba yo pensando «No la veo por ningún lado», escuché su grito.

En el espacio de un par de segundos, Calvin y Felton abandonaron el claro en dirección hacia el lugar donde había sonado la voz de Crystal, y el reverendo Jimmy y yo nos quedamos atrás. Confié en que la agitación del momento nublara su percepción de los movimientos de Calvin y Felton. Por delante de nosotros se oía un sonido indescriptible, un coro de gritos y movimientos frenéticos procedentes de la maleza. Entonces, un grito ronco y otro chillido agudo llegaron hasta nosotros amortiguados por la fría espesura del bosque.

Oímos gritos procedentes de todas direcciones, a medida que respondían los demás grupos, dirigiéndose al lugar de donde provenía el alboroto.

Tropecé con unos rastrojos y caí, cuan larga era. Aunque me incorporé enseguida y eché a correr de nuevo, Jimmy Fullenwilder me había adelantado y, mientras me adentraba en una zona de pinos bajos, escuché el disparo de un rifle.

«Oh, Dios mío», pensé. «Oh, Dios mío».

El pequeño claro estaba lleno de sangre y tumulto. Un animal enorme se revolcaba sobre un lecho de hojas muertas, esparciendo gotas de sangre a todo su alrededor. Pero no era una pantera. Por segunda vez en mi vida me encontraba frente a un feroz jabalí, un animal que crece hasta alcanzar un tamaño gigantesco.

En el tiempo que me llevó darme cuenta de lo que tenía delante, el jabalí cayó definitivamente y murió. El ambiente apestaba a carne de cerdo y a sangre. Los alaridos en la maleza sirvieron para indicarnos que no estaba solo cuando Crystal tropezó con él.

Pero no toda la sangre era del jabalí.

Crystal Norris estaba farfullando cosas ininteligibles sentada con la espalda apoyada a un viejo roble, cubriendo con las manos su muslo corneado. Tenía los vaqueros empapados con su propia sangre y su tío y su pariente —bueno, la verdad es que desconocía la relación entre Felton y Crystal, pero estaba segura de que existía un parentesco— estaban inclinados sobre ella. Jimmy Fullenwilder seguía apuntando con el rifle a la bestia, con una expresión en su rostro que sólo podía calificarse de traumatizada.

—¿Cómo se encuentra? —pregunté a los dos hombres, y sólo Calvin levantó la vista. Sus ojos se habían vuelto muy peculiares, más amarillos y más redondos. Lanzó una mirada inconfundible al enorme cadáver, una mirada de puro deseo. Tenía sangre en las comisuras de la boca. Un pedazo de pelo en el dorso de su mano, de color canela. Tenía que ser un lobo de aspecto curioso. Señalé en silencio aquella prueba de su doble naturaleza y se estremeció al agradecérmelo con un movimiento de cabeza. Saqué un pañuelo del bolsillo de mi abrigo, escupí en él y le froté la cara antes de que la fascinación de Jimmy Fullenwilder por su presa desapareciera y se fijara en sus extraños compañeros. Una vez Calvin tuvo la boca limpia, anudé el pañuelo en torno a su mano para esconder el pelo.

Felton parecía normal, hasta que observé los extremos de sus brazos. Ya no había manos…, aunque tampoco eran del todo pezuñas de lobo. Eran algo muy extraño, algo grande, plano y con garras.

No podía leer los pensamientos de aquellos hombres pero percibía sus deseos, y en su mayoría tenían que ver con carne cruda de cerdo, y en grandes cantidades. Felton, de hecho, se balanceó hacia un lado y otro un par de veces acuciado por la potencia de su anhelo. Su silenciosa lucha era difícil de soportar, incluso siendo una mera espectadora. Percibí el cambio cuando los dos hombres empezaron a obligar a su cerebro a actuar siguiendo patrones humanos. Calvin consiguió hablar.

—Está perdiendo mucha sangre, pero si conseguimos llevarla al hospital se pondrá bien. —Le costaba hablar. Felton, que no había levantado todavía la vista, empezó con torpeza a hacer jirones su camisa de franela. Con las manos deformadas, le costaba hacerlo, por lo que decidí ayudarlo. Cuando conseguimos cubrir la herida de Crystal, que estaba pálida y no hablaba, con aquel vendaje improvisado, los dos hombres la levantaron del suelo para transportarla por el bosque a toda velocidad. A Dios gracias, las manos de Felton quedaban ocultas de la vista del público.

Todo esto ocurrió tan deprisa que el resto de rastreadores que se habían dirigido al claro comenzaban a asumir lo ocurrido y a reaccionar ante ello.

—He matado a un jabalí —estaba explicando Jimmy Fullenwilder a Kevin y Kenya, que habían irrumpido desde la zona este—. No puedo creerlo. Todo fue muy rápido, el resto de los animales y sus crías se dispersaron al vernos, los dos hombres se abalanzaron sobre él, y cuando se retiraron, le disparé en la garganta. —No sabía muy bien si se había convertido en un héroe o si iba a enfrentarse a un grave problema con el Departamento de Fauna Salvaje. Y de haberlo sabido todo, tendría más miedo del que podía llegar a imaginarse. Felton y Calvin habían estado a punto de transformarse por completo en hombres lobo, tanto por la amenaza que se cernía sobre Crystal como por el despertar de sus propios instintos, y el hecho de que se hubieran alejado del jabalí en lugar de transformarse por completo demostraba claramente que eran muy fuertes. Aunque, por otro lado, el hecho de que hubiesen iniciado su transformación, el no haber podido detenerla del todo, argumentaba más bien lo contrario. La línea que separaba las dos naturalezas de algunos de los habitantes de Hotshot era completamente borrosa.

El jabalí tenía marcas de mordiscos. La ansiedad me superaba de tal modo que me impidió mantener la guardia y mi cabeza se llenó con las muestras de excitación de los integrantes de los diversos equipos de búsqueda: repulsa, miedo y pánico ante la visión de la sangre, la toma de conciencia de que una de las buscadoras había resultado gravemente herida, la envidia de los demás cazadores ante el golpe de suerte de Jimmy Fullenwilder… Aquello era demasiado y quería irme de allí lo antes posible.

—Vayámonos. Éste será el fin de nuestras labores de búsqueda, al menos por hoy —me dijo Sam al oído. Salimos del bosque juntos, caminando muy despacio. Le expliqué a Maxine lo sucedido, y después de darle las gracias por su maravillosa contribución y de aceptar una caja de pastelitos, cogí el coche y me encaminé hacia mi casa. Sam me seguía. Cuando llegamos, empezaba a sentirme un poco mejor.

Me pareció extraño tener que abrir con llave la puerta de atrás sabiendo que había alguien en casa. ¿Sería consciente Eric de los pasos que se oían por encima de su cabeza, o estaría tan muerto como un muerto normal y corriente? Pero el pensamiento salió de mi cabeza con la misma rapidez que había entrado, pues estaba demasiado sobrecargada como para planteármelo.

Sam se puso a preparar café. En mi cocina se sentía como en casa, pues había venido a visitarnos un par de veces cuando aún vivía la abuela y después, en varias ocasiones más.

Colgué los abrigos y dije:

—Ha sido un desastre.

Sam estaba de acuerdo conmigo.

—No sólo no encontramos a Jason, que era en realidad lo que me esperaba, sino que, además, casi descubren a los hombres de Hotshot y Crystal ha resultado herida. Francamente, no sé qué hacían allí. —Sé que no estaba bien por mi parte decir aquello, pero estaba en compañía de Sam, que conocía bastante bien mi lado malo como para hacerse ilusiones.

—Hablé con ellos antes de que tú llegases. Calvin quería demostrar que estaba dispuesto a cortejarte, al estilo de Hotshot, naturalmente —dijo Sam, hablando en voz baja y sin alterarse—. Felton es su mejor rastreador, por eso le hizo venir. Por otro lado, Crystal sólo quería encontrar a Jason.

Al instante me sentí avergonzada.

—Lo siento —dije, sujetándome la cabeza entre las manos y dejándome caer en una silla—. Lo siento.

Sam se arrodilló delante de mí y apoyó las manos en mis rodillas.

—Tienes derecho a estar malhumorada —dijo.

Me incliné sobre él y le besé la cabeza.

—No sé qué haría sin ti —dije, sin pensarlo.

Él levantó la vista y se produjo entonces un momento prolongado y extraño en el que la luz de la estancia pareció bailar y parpadear.

—Pues tendrías que llamar a Arlene —dijo con una sonrisa—. Vendría aquí con los niños e intentaría echarle un poco de alcohol a tu café, y te contaría detalles sobre el pene torcido de Tack, te haría reír y te sentirías mejor.

Le di las gracias mentalmente por haber pasado por alto aquel momento.

—Ya sabes que esto de Tack despierta mi curiosidad, pero tal vez caiga dentro de la categoría de «exceso de información» —dije.

—Eso creía yo, pero no me impidió escucharlo cuando ella se lo contaba a Charlsie Tooten.

Preparé una taza de café a cada uno y dejé el azucarero medio vacío y una cucharilla al alcance de la mano de Sam, por si quería servirse. Miré el mostrador de la cocina para ver cuánto azúcar quedaba en el tarro y fue entonces cuando me di cuenta de que la luz del contestador parpadeaba. Sólo tuve que levantarme, dar un paso y pulsar la tecla. El mensaje había sido grabado a las cinco y un minuto de la mañana. Oh, había dejado el teléfono en silencio al meterme en la cama, agotada como estaba. Normalmente, mis mensajes eran de lo más vulgares —Arlene preguntándome si me había enterado de cualquier chismorreo, Tara para pasar el rato cuando se aburría en la tienda—, pero aquél era excepcional.

Era la voz de Pam que decía claramente: «Esta noche atacaremos a la bruja y su aquelarre. Los hombres lobo han convencido a los wiccanos para que se unan a nosotros. Tienes que traer a Eric. Puede luchar aun sin saber quién es. De todos modos, si no podemos romper el maleficio, no nos servirá de nada». Esa Pam, siempre tan práctica. Ya que no éramos capaces de devolver a Eric sus dotes de liderazgo, estaba dispuesta a utilizarlo como carne de cañón. Después de una pequeña pausa, continuaba: «Los hombres lobo de Shreveport se han aliado con los vampiros en la batalla. Haremos historia, mi telepática amiga».

El sonido del teléfono al colgar. El clic que anuncia el siguiente mensaje, sólo dos minutos después del primero.

«Pensándolo bien», decía Pam, como si no hubiese colgado, «creo que tu habilidad excepcional podrá ayudarnos en la batalla y nos gustaría explorar la posibilidad. ¿Es ésa la palabra que se utiliza en el mundo de los negocios? ¿Explorar? De modo que vente por aquí en cuanto anochezca». Volvió a colgar.

Clic.

«"Aquí" quiere decir el 714 de Parchman Avenue», decía Pam. Colgó de nuevo.

—¿Cómo voy a hacer eso con Jason aún desaparecido? —me pregunté, cuando tuve claro que Pam ya no había llamado más.

—Ahora acuéstate un rato —dijo Sam—. Vamos. —Tiró de mí para levantarme y me acompañó a la habitación—. Vas a quitarte esos pantalones y esas botas, estirarte en la cama y echar una buena siesta. Cuando te levantes, te sentirás mejor. Déjame el número de Pam para poder localizarte. Le diré a la policía que llame al bar si tienen noticias y te llamaré si Bud Dearborn se pone en contacto.

—¿Así que crees que debo hacerlo? —Estaba perpleja.

—No. Daría cualquier cosa para que no lo hicieras. Pero creo que no tienes elección. No es mi batalla, a mí no me han invitado. —Sam me estampó un beso en la frente y regresó al Merlotte's.

Su actitud resultaba interesante, después de la insistencia de los vampiros (tanto de Bill como de Eric) de que yo era una posesión que tenía que ser protegida. Me sentí fuerte y confiada durante unos treinta segundos, hasta que recordé mi propósito de Año Nuevo: «Que no me peguen ninguna paliza». Si iba a Shreveport con Eric, estaba segura de que vería cosas que no querìa ver, me enteraría de cosas que no quería saber y, además, me zurrarían en el culo.

Por otro lado, mi hermano Jason había cerrado un trato con los vampiros y yo tenía que cumplirlo. A veces tenía la impresión de que mi vida estaba encallada entre la espada y la pared. Aunque, la verdad, hay muchísima gente que tiene una vida aún más complicada.

Pensé en Eric, un vampiro poderoso cuya mente había sido desprovista de su identidad. Pensé en la carnicería que había visto en la tienda de vestidos de novia, en el encaje blanco y los bordados salpicados con sangre y restos humanos. Pensé en la pobre María Estrella, que seguía en el hospital de Shreveport. Aquellos brujos eran malvados y era imprescindible detener el avance del mal; el mal tenía que ser vencido. Ése es el sueño americano.

Me resultaba un poco extraño pensar que estaba en el bando de los vampiros y los hombres lobo, y que ése era el lado bueno. La idea me hizo reír, interiormente. Sí, los buenos nos proclamaríamos vencedores.

Capítulo

II

Sorprendentemente, conseguí dormir. Me desperté con Eric en la cama, a mi lado. Estaba olisqueándome.

—Sookie, ¿qué es esto? —preguntó en voz muy baja. Sabía, por supuesto, que me había despertado—. Hueles a bosque, y hueles a cambiante. Y a algo aún más salvaje.

Me imaginé que el cambiante que había detectado con el olor era Sam.

—Y a hombre lobo —añadí, pues no quería que se perdiera nada.

—No, a hombre lobo no —dijo.

Me quedé sorprendida. Calvin me había levantado de las zarzas y tenía que tener aún su olor en mi cuerpo.

—Más de un tipo de cambiante —dijo Eric en la casi completa oscuridad de mi habitación—. ¿Qué has estado haciendo, amante?

No es que estuviera enfadado, pero tampoco se le veía feliz. Vampiros. Podían escribir un libro sobre el arte de ser posesivo.

—He estado con los equipos de rescate de mi hermano, en una batida por el bosque, detrás de su casa —dije.

Eric se quedó inmóvil durante un minuto. Me abrazó entonces y me atrajo hacia él.

—Lo siento —dijo—. Sé que estás preocupada.

—¿Puedo preguntarte algo? —dije, dispuesta a comprobar una teoría.

—Por supuesto.

—Mira dentro de ti, Eric. ¿Lo sientes de verdad? ¿Estás preocupado por Jason? —Porque al auténtico Eric, con su mentalidad normal, no le habría importado en absoluto.

—Claro que sí —dijo. Pero después, pasado un largo momento, añadió—: La verdad es que no. —Parecía sorprendido—. Sé que debería estarlo. Que debería estar preocupado por tu hermano porque me encanta el sexo contigo, y tienes que pensar bien de mí para desear también tener sexo conmigo.

Eso me pasaba por pedir sinceridad. Aquello era lo más cercano al Eric real que había visto en todos esos días.

—Pero me escucharás, ¿verdad? Si necesito hablar… ¿Por ese mismo motivo?

—Claro que sí, amante.

—Porque te gusta el sexo conmigo.

—Por eso, naturalmente. Pero también porque he descubierto que en realidad… —Hizo una pausa, como si estuviera a punto de decir algo escandaloso—. He descubierto que siento algo por ti.

—Oh —dije, tan asombrada como el propio Eric, hundiendo la cabeza en su pecho. Tenía el torso desnudo, como me imaginaba que estaba el resto de su cuerpo. Noté su vello rubio y rizado acariciándome la mejilla.

—Eric —confesé, después de una larga pausa—. Odio tener que decirte esto, pero yo también siento algo por ti. —Me quedaban muchísimas cosas que decirle a Eric, pero ya teníamos que estar en el coche de camino a Shreveport. Aun así decidí aprovechar el momento para saborear aquel pequeño pedacito de felicidad.

—No es amor, exactamente —dijo él. Tenía los dedos ocupados tratando de encontrar la mejor manera de quitarme la ropa.

—No, pero se le acerca —sugerí para ayudarlo—. No tenemos mucho tiempo, Eric —dije, bajando la mano, tocándole, obligándole a reprimir un grito—. Hagámoslo bien.

—Bésame —dijo, y no hablaba precisamente de su boca—. Ponte así —susurró—, yo también quiero besarte.

No tardamos mucho en estar abrazándonos, saciados y felices.

—¿Qué ha sucedido? —preguntó—. Adivino que algo te da miedo.

—Tenemos que ir a Shreveport —dije—. Ya es más tarde de la hora que Pam me dijo por teléfono. Esta noche nos enfrentaremos a Hallow y sus brujos.

—Entonces debes quedarte aquí —dijo de inmediato.

—No —dije, acariciándole la mejilla—. No, pequeño. Tengo que ir contigo. —No le mencioné que Pam quería utilizarme en la batalla. No le conté que él iba a ser utilizado como una máquina de combate. No le expliqué que estaba segura de que alguien iba a morir esta noche; tal vez más de uno, ya fuera humano, cambiante o vampiro. Era probablemente la última vez que utilizaría una palabra cariñosa para dirigirme a Eric. Era quizá la última vez que Eric se despertaría en mi casa. Era posible que uno de los dos no sobreviviera a esta noche y, de hacerlo, no había manera de saber cómo íbamos a cambiar.

El trayecto hasta Shreveport transcurrió en silencio. Nos habíamos lavado y vestido sin hablar mucho. Siete veces, como mínimo, pensé en dar media vuelta y regresar a Bon Temps, con o sin Eric.

Pero no lo hice.

Entre las habilidades de Eric no se incluía la interpretación de mapas, de modo que tuve que parar un momento para mirar mi plano de Shreveport y averiguar cómo llegar al 714 de Parchman, un detalle que no había previsto al salir de casa. (No sé por qué, esperaba que Eric recordara la ciudad y me guiara, pero no era así).

—Tu palabra del día era «aniquilar» —me comentó alegremente.

—Oh, gracias por mirarlo. —Seguramente no lo dije sonando muy agradecida—. Te veo muy animado con todo esto.

—Sookie, no hay nada como una buena pelea —dijo a la defensiva.

—Eso depende de quién gane, diría yo.

Con eso se estuvo callado unos minutos, lo que a mí no me importó en absoluto. Me estaba resultando complicado encontrar el camino por aquellas calles oscuras y con tantas cosas rondándome por la cabeza. Pero finalmente llegamos a la calle y a la casa indicadas. Siempre me había imaginado a Pam y Chow viviendo en una mansión, pero los vampiros tenían una casa grande estilo rancho en un barrio de clase media-alta. Por lo que se veía, era una calle con jardines cuidados, ideal para pasear tranquilamente en bicicleta.

La luz del camino de acceso al 714 estaba encendida y el aparcamiento para tres coches de la parte posterior de la casa estaba lleno. Subí la cuesta hasta el espacio cubierto de cemento que se había habilitado para cuando en el aparcamiento no cupieran más vehículos. Reconocí la camioneta de Alcide y el coche que había visto en casa del coronel Flood.

Antes de salir, Eric se inclinó para besarme. Nos miramos; sus ojos grandes y azules, su blanco de los ojos tan níveo que costaba apartar la mirada, su cabello dorado perfectamente peinado. Se lo había recogido con una de mis gomas elásticas, una de color azul. Iba vestido con pantalones vaqueros y una camisa de franela nueva.

—Podríamos regresar —dijo. Bajo la luz cenital del coche, las facciones de su rostro parecían duras como una piedra—. Podríamos regresar a tu casa. Puedo quedarme contigo para siempre. Podríamos conocer nuestros cuerpos en todos los sentidos, noche tras noche. Podría amarte. —De repente, se sentía orgulloso de sí mismo—. Podría trabajar. No tendrías que ser pobre. Te ayudaría.

—Eso suena a boda —dije, intentando aligerar el ambiente. Pero me temblaba la voz.

—Sí —dijo.

Pero entonces nunca volvería a ser él. Sería una falsa versión de Eric, un Eric al que se le había estafado su verdadera vida. Mientras nuestra relación durara, él seguiría siendo el mismo; pero yo no.

«Basta ya de pensamientos negativos, Sookie», me dije. Habría que ser tonta de remate para renunciar a vivir para siempre jamás con aquella criatura tan atractiva. Nos lo pasábamos muy bien juntos, disfrutaba del sentido del humor de Eric y de su compañía, y eso sin mencionar sus artes amatorias. Ahora que había perdido la memoria, era divertido y poco complicado.

Pero ésa era la única pega. Tendríamos una relación falsa, porque aquél era un Eric falso. Y ahí se cerraba el círculo.

Salí del coche suspirando.

—Soy tonta de remate —dije cuando él rodeó el coche para dirigirse conmigo hacia la casa.

Eric no dijo nada. Me imagino que estaba de acuerdo conmigo.

—Hola —dije, empujando la puerta después de que mi llamada no obtuviera respuesta. La puerta del garaje daba a un lavadero, y de allí se pasaba a la cocina.

Como cabría esperar en una casa de vampiros, la cocina estaba completamente limpia, pues no se utilizaba. Era pequeña para una casa de aquellas dimensiones. Me imagino que el agente de la propiedad inmobiliaria pensó que era su día de suerte —su noche de suerte— cuando se la enseñó a los vampiros, pues una familia normal y corriente habría tenido problemas con una cocina del tamaño de una cama de matrimonio. La casa era de planta abierta, de modo que desde la barra de desayuno se veía el salón «familiar» —en este caso, la estancia principal de una familia curiosa—. Había tres puertas, que seguramente conducirían a la sala de estar, el comedor y la zona de dormitorios.

Y en aquel momento, el salón familiar estaba abarrotado de gente. Tuve enseguida la impresión, por los pies y brazos que veía, de que en las otras estancias había también más gente.

Estaban los vampiros: Pam, Chow, Gerald y dos más, al menos, a los que reconocí de haberlos visto en Fangtasia. Los seres de dos naturalezas estaban representados por el coronel Flood, la pelirroja Amanda (mi gran admiradora), el adolescente de pelo de punta (Sid), Alcide, Culpepper y (para mi desgracia) Debbie Pelt. Debbie iba vestida a la última —o eso creía ella—, algo que me pareció un poco fuera de lugar para una reunión de aquel calibre. Tal vez pretendiera recordarme que tenía un puesto de trabajo estupendo en una agencia de publicidad.

Estupendo. La presencia de Debbie acababa de rematar una noche perfecta.

Por proceso de eliminación, el grupo de gente que no reconocí tenía que ser el integrado por los brujos locales. Supuse que aquella mujer tan digna sentada en el sillón tenía que ser su líder. No tenía ni idea de cuál podía ser su título. ¿Gran maestra del aquelarre? ¿Ama? Tendría unos sesenta años y su cabello era gris acerado. Afroamericana, con la piel de color café, tenía unos ojos castaños que le otorgaban una mirada infinitamente sabia, aunque también escéptica. Iba acompañada por un joven de piel clara y con gafas, que iba vestido con unos pantalones de sport ceñidos, camisa de rayas y relucientes mocasines. Debía de ocupar algún puesto directivo en Office Depot o Super One Foods y, aquella fría noche de enero, sus hijos se lo imaginarían jugando alguna partida a los bolos o asistiendo a alguna reunión de su iglesia. En vez de eso, él y la joven que tenía a su lado estaban a punto de embarcarse en una batalla a muerte.

Las dos sillas vacías que quedaban estaban, naturalmente, reservadas para Eric y para mí.

—Os esperábamos antes —dijo resueltamente Pam.

—Hola, me alegro de veros, gracias por venir a pesar de haberos avisado con tan poca antelación —murmuré. Durante un prolongado momento, todos los reunidos se quedaron mirando a Eric, esperando que se pusiese al mando de la situación, como había hecho durante años. Y Eric se quedó mirándolos sin entender nada. La pausa empezaba a resultar incómoda.

—Bien, tracemos un plan —dijo Pam. Los seres sobrenaturales allí reunidos se volvieron hacia ella. Pam había asumido el liderazgo y estaba dispuesta a desempeñarlo.

—Gracias a los rastreadores de los hombres lobo, conocemos la localización exacta del edificio que Hallow utiliza como cuartel general —me explicó Pam. Parecía ignorar a Eric, pero intuí que era porque no sabía qué postura adoptar respecto a él. Sid me sonrió; recordé que él y Emilio habían seguido el rastro de los asesinos desde la tienda de vestidos de boda hasta la casa. Entonces me di cuenta de que estaba mostrándome sus afilados dientes. Qué miedo.

Comprendía la presencia de los vampiros, de los brujos y de los hombres lobo, pero ¿qué hacía Debbie Pelt en esta reunión? Era una cambiante, no una mujer lobo. Los hombres lobo siempre se habían mostrado muy esnobs respecto a los cambiantes y ahora tenían entre ellos a una que, además, estaba fuera de su territorio. La odiaba y no confiaba en ella en absoluto. Seguro que había insistido para poder estar presente y eso me hacía fiarme aún menos, si es que eso era posible.

Si tan decidida estaba a sumarse a la lucha, les aconsejaría que la pusieran en primera línea. De este modo no tendrían que preocuparse por lo que pudiera estar haciendo a sus espaldas.

Mi abuela se habría sentido avergonzada de mi espíritu vengativo porque, al igual que a Alcide, le habría resultado prácticamente imposible creer que Debbie había intentado matarme.

—Nos infiltraremos poco a poco en el barrio —dijo Pam. Me pregunté si habría estado leyendo algún manual de comandos—. Los brujos han difundido mucha magia en la zona y gracias a ello las calles están poco concurridas. Tenemos ya apostados algunos hombres lobo. De este modo, nuestra presencia no se hará tan evidente. Sookie irá primero.

Los seres sobrenaturales se volvieron hacia mí. La situación resultaba desconcertante: era como estar en plena noche en medio de un círculo formado por camionetas que encendieran la luz a la vez iluminando el centro.

—¿Por qué? —preguntó Alcide, sentado en el suelo con sus grandes manos posadas sobre las rodillas. Debbie, que se había sentado a su lado, me sonrió, consciente de que Alcide no la veía.

—Porque Sookie es humana —explicó Pam—. Y posee unas dotes más naturales que las del resto. No la detectarán.

Eric me había cogido la mano. Me la agarraba con tanta fuerza que creí oír mis huesos estrujándose. Antes de estar hechizado, habría cortado de raíz el plan de Pam, o tal vez lo hubiera aplaudido con entusiasmo. Ahora, se sentía demasiado intimidado como para hacer comentarios, algo que claramente deseaba hacer.

—¿Qué se supone que tengo que hacer cuando llegué allí? —Me sentí orgullosa de mí misma por ser capaz de hablar con tranquilidad y en sentido práctico. Pero preferiría estar tomando nota de las peticiones de una mesa llena de borrachos que en primera línea de batalla.

—Leer la mente de los brujos que haya en el interior del edificio mientras nosotros nos posicionamos. Si detectan nuestra aproximación, perderemos el factor sorpresa y tendremos más posibilidades de sufrir bajas. —Cuando se excitaba, Pam tenía un ligero acento, aunque nunca había conseguido averiguar de dónde. Tal vez era simplemente el inglés que se hablaba hace trescientos años. O lo que fuera—. ¿Podrás contarlos? ¿Es posible?

Me lo pensé un momento.

—Sí. Puedo hacerlo.

—Eso sería de gran ayuda.

—¿Qué hacemos cuando lleguemos al edificio? —preguntó Sid. Estaba nervioso, sonriendo, mostrando sus afilados dientes.

Pam lo miró sorprendida.

—Los matamos a todos —dijo.

La sonrisa de Sid se desvaneció. Y no fue la única.

Pam se dio cuenta de que había dicho algo desagradable.

—¿Qué otra cosa podríamos hacer? —preguntó, sorprendida de verdad.

Era una pregunta complicada.

—Ellos harán todo lo posible por matarnos —destacó Chow—. Han hecho un único intento de negociación y le costó la memoria a Eric y la vida a Clancy. Esta mañana han dejado la ropa de Clancy en Fangtasia. —La gente apartó la vista de Eric, se sentían incómodos. Él estaba apesadumbrado. Me soltó un poco la mano derecha. Recuperé la circulación en esa mano. Fue un alivio.

—Sookie tiene que ir acompañada de alguien —dijo Alcide. Miraba furioso a Pam—. No puede acercarse sola a esa casa.

—Yo iré con ella —dijo una voz familiar desde un rincón de la sala. Me incliné hacia delante, observando las caras.

—¡Bubba! —exclamé, encantada de ver al vampiro. Eric se quedó mirando maravillado aquella famosa cara. Llevaba su brillante cabello negro peinado hacia atrás, en un tupé, y su labio inferior resaltaba aquella sonrisa marca de la casa. Su actual cuidador debía de haberlo vestido para la ocasión, pues en lugar de un mono rematado con lentejuelas, o de vaqueros y una camiseta, Bubba iba vestido de camuflaje.

—Encantado de verla, señorita Sookie —dijo Bubba—. Vengo vestido del ejército.

—Ya lo veo. Estás muy guapo, Bubba.

—Gracias, señora.

Pam reflexionó.

—Podría ser una buena idea —dijo—. Su, eh…, lo que transmite su mente, sus características cerebrales, ¿comprendéis lo que os digo?, son tan, eh…, atípicas, que no descubrirán que hay un vampiro cerca. —Pam estaba siendo muy diplomática.

Bubba era un vampiro terrible. Aunque sigiloso y obediente, no podía razonar muy claramente y le gustaba más la sangre de gato que la humana.

—¿Dónde está Bill, señorita Sookie? —preguntó, como si yo pudiera predecirlo. Bubba siempre había sentido un gran cariño por Bill.

—Está en Perú, Bubba. En América del Sur.

—No, no es así —dijo una voz fría, y mi corazón dio un vuelco—. He regresado. —Mi antiguo amor apareció por una puerta.

Era la noche de las sorpresas. Esperaba que algunas de ellas fuesen agradables.

Ver a Bill de forma tan inesperada fue una conmoción mayor de lo que me imaginaba. Nunca había tenido un ex novio; bueno, en realidad, mi vida había estado carente de novios por completo, por lo que no tenía mucha experiencia en lo que a gestionar mis emociones en su presencia se refería, sobre todo con Eric cogiéndome de la mano con tanta fuerza como si yo fuera Mary Poppins y él uno de los niños a mi cargo.

Bill tenía muy buen aspecto. Iba vestido con unos pantalones de sport y una camisa de vestir de Calvin Klein que yo le había elegido, de cuadros en tonos marrón y dorado. Me di cuenta enseguida.

—Estupendo, esta noche te necesitamos —dijo Pam. Ella siempre tan práctica—. Ya me contarás qué tal esas ruinas de las que todo el mundo habla. ¿Conoces a todo el mundo?

Bill echó un vistazo a su alrededor.

—Coronel Flood —dijo, saludándolo con un movimiento de cabeza—. Alcide. —El saludo hacia Alcide fue menos cordial—. A estos nuevos aliados no los conozco —dijo, señalando a los brujos. Bill esperó a que terminaran las presentaciones para preguntar—: ¿Y qué hace Debbie Pelt aquí?

Intenté no gritar al oír mis propios pensamientos expresados en voz alta. ¡Era exactamente la misma pregunta que yo me hacía! ¿Y cómo era que Bill conocía a Debbie? Intenté recordar si sus caminos se habían cruzado en Jackson, si se habían conocido; y no recordaba un encuentro así aunque, naturalmente, Bill sabía lo que Debbie había hecho.

—Es la mujer de Alcide —dijo Pam, con cautela y algo perpleja.

Levanté las cejas, mirando a Alcide, que se puso colorado.

—Está aquí de visita y decidió acompañarlo —continuó Pam—. ¿Desapruebas su presencia?

—Estuvo presente mientras me torturaban en el recinto del rey del Misisipi —dijo Bill—. Disfrutó con mi dolor.

Alcide se puso en pie, jamás lo había visto tan horrorizado.

—¿Es eso cierto, Debbie?

Debbie Pelt trató de no acobardarse, pero todas las miradas estaban fijas en ella, miradas poco amistosas.

—Dio la casualidad de que estaba visitando a un amigo hombre lobo que vivía allí, uno de los vigilantes —dijo. Pero su voz no sonaba con la tranquilidad que requerían sus palabras—. Evidentemente, nada podía hacer para liberarte, me habrían hecho pedazos. No puedo creer que recuerdes con mucha claridad que estaba yo allí. Estabas prácticamente inconsciente.

—Sus palabras escondían cierto desprecio.

—Te sumaste a la tortura —dijo Bill, con un tono de voz aún impersonal y, por ello, de lo más convincente—. Lo que más te gustaron fueron las tenazas.

—Y ¿no dijiste a nadie que Bill estaba allí? —le preguntó Alcide a Debbie, de un modo, por el contrario, completamente personal, lleno de dolor, rabia y sentimiento de traición—. ¿Sabías que alguien de otro reino estaba siendo torturado en casa de Russell y no hiciste nada?

—Es un vampiro, por el amor de Dios —dijo Debbie—. Cuando posteriormente descubrí que tú te habías llevado a Sookie a buscarlo, para librar a tu padre del acoso de los vampiros, me sentí fatal. Pero en aquel momento no era más que un asunto de vampiros. ¿Por qué tenía yo que interferir?

—Y ¿por qué iba a sumarse una persona decente a un acto de tortura? —La voz de Alcide sonó muy tensa.

Se produjo un prolongado silencio.

—Y, además, Debbie intentó matar a Sookie —dijo Bill. Su voz sonaba aún serena.

—¡Yo no sabía que estabas en el maletero del coche cuando la empuje allí dentro! ¡No sabía que estaba encerrándola con un vampiro hambriento! —dijo Debbie.

No puedo hablar por los demás, pero a mí no me convenció lo más mínimo.

Alcide bajó la cabeza para mirarse las manos, como si en ellas tuviera un oráculo. La levantó a continuación para mirar a Debbie. Era un hombre incapaz de eludir por más tiempo el dolor de la verdad. Me dio muchísima lástima.

—Abjuro de ti —dijo Alcide. El coronel Flood frunció el entrecejo y el joven Sid, Amanda y Culpepper se quedaron tan atónitos como impresionados, como si fuera aquélla una ceremonia que jamás habían imaginado poder llegar a presenciar—. No quiero verte nunca más. No cazaré contigo nunca más. No compartiré mi carne contigo nunca más.

Era, evidentemente, un ritual de extremada importancia entre los seres de dos naturalezas. Debbie se quedó mirando a Alcide, sobrecogida por su discurso. Los brujos murmuraron entre ellos y el resto de la estancia guardó silencio. Incluso Bubba permaneció con los ojos abiertos de par en par, y en su cabeza muchas cosas empezaron a cuadrar.

—No —dijo Debbie con un hilo de voz, agitando la mano delante de ella, como si con ello pudiera borrar lo sucedido—. ¡No, Alcide!

Pero pese a que él la miraba, había dejado de verla para siempre.

Aun odiando a Debbie, me dolía verla así. Como la mayoría de los presentes, aparté la vista de ella en cuanto pude, intentando mirar a cualquier parte excepto a la cambiante. Enfrentarse al aquelarre de Hallow parecía un juego de niños en comparación con ser testigo de aquel episodio.

Pam estaba de acuerdo conmigo.

—De acuerdo entonces —dijo enseguida—. Bubba abrirá el camino con Sookie. Ella se esforzará todo lo que pueda en… lo que sea que haga ella, y nos enviará una señal. —Pam se quedó reflexionando un instante—. Recapitulemos, Sookie: necesitamos conocer el número de personas que hay en la casa, si todos ellos son brujos y cualquier otro detalle que puedas detectar. Envíanos a Bubba con la información que descubras y permanece en guardia por si la situación cambia mientras nos movilizamos. En cuanto estemos en posición, puedes retirarte hacia los coches, donde estarás más segura.

Ningún problema. Entre una multitud de brujos, vampiros y hombres lobo, yo no era quien para entrar en combate.

—Me parece bien, siempre y cuando no tenga que implicarme más —dije. Noté un tirón en la mano que me obligó a volver la vista hacia Eric. La perspectiva de la batalla parecía satisfacerle, pero su rostro y su postura seguían transmitiendo inseguridad—. Pero ¿qué será de Eric?

—¿A qué te refieres?

—Si matáis a todo el mundo, ¿quién deshará su maleficio? —Me volví ligeramente para dirigirme a los expertos, el contingente de wiccanos—. Si el aquelarre de Hallow muere al completo, ¿mueren con ellos sus maleficios? ¿O seguirá Eric sin memoria?

—El maleficio tiene que ser deshecho —dijo la bruja de más edad, la serena mujer afroamericana—. Lo mejor es que lo deshaga quien lo creó. También puede deshacerlo otro, pero requeriría más tiempo y más esfuerzo, al desconocer cómo se lanzó el conjuro.

Estaba tratando por todos los medios de no mirar a Alcide, pues seguía temblando debido a la violencia de las emociones que le habían llevado a repudiar a Debbie. Aun sin saber que aquella acción era posible, mi primera reacción fue sentirme un poco amargada porque no lo hubiese hecho hacía cuestión de un mes, justo después de que yo le contara que Debbie había intentado matarme. Pero era posible que Alcide se hubiese dicho que yo me confundía, que no había sido a Debbie a quien había intuido cerca de mí antes de verme empujada al maletero del Lincoln.

Por lo que yo sabía, era la primera vez que Debbie admitía haberlo hecho. Y había argumentado que no sabía que Bill estaba en el interior del maletero, inconsciente. Fuera como fuese, arrojar a una persona en el interior del maletero de un coche y cerrarlo con llave no era precisamente una broma, ¿verdad?

Tal vez Debbie también se había mentido a sí misma.

Tenía que seguir prestando atención a lo que acontecía en estos momentos. Ya tendría tiempo de sobra para pensar en la capacidad del ego humano de engañarse a sí mismo, si conseguía sobrevivir a la noche.

Pam estaba diciendo:

—¿Piensas entonces que debemos salvar a Hallow? ¿Para que deshaga el maleficio de Eric? —La idea no parecía hacerla muy feliz. Me olvidé de mis dolorosos sentimientos y me obligué a escuchar. No tenía tiempo de andarme por las ramas.

—No —dijo al instante la bruja—. Que lo haga su hermano, Mark. Dejar a Hallow con vida es demasiado peligroso. Tiene que morir lo antes posible.

—¿Qué haréis vosotros? —preguntó Pam—. ¿Cómo pensáis colaborar en el ataque?

—Nos quedaremos fuera, pero a dos manzanas de distancia —dijo el hombre—. Lanzaremos maleficios para debilitar a los brujos y sembrar la indecisión. Y nos guardaremos algunos trucos bajo la manga. —Él y la mujer joven que lo acompañaba, que llevaba una cantidad impresionante de sombra negra en los ojos, parecían encantados ante la posibilidad de poder exhibir sus trucos.

Pam asintió, como si practicar maleficios fuera ayuda suficiente. Yo pensé que habría sido mejor esperar fuera con un lanzallamas.

Durante todo aquel tiempo, Debbie Pelt se había quedado allí paralizada. Emprendió entonces el camino hacia la puerta de atrás. Bubba salió corriendo para agarrarla del brazo. Ella le lanzó un sonido parecido a un siseo, pero él no se amedrantó, cosa que yo habría hecho.

Ninguno de los hombres lobo reaccionó ante aquello. Era como si se hubiese vuelto invisible para ellos.

—Déjame marchar. Aquí no me quieren —le dijo a Bubba, mientras la rabia y la tristeza se peleaban por controlar su rostro.

Bubba se encogió de hombros y se limitó a retenerla, esperando la opinión de Pam.

—Si te dejamos marchar, podrías ir a visitar a los brujos para avisarles de nuestra llegada —dijo Pam—. Al parecer, es lo que cabría esperar de tu carácter.

Debbie tuvo el descaro de mostrarse ultrajada. Alcide tenía la misma expresión que si estuviera mirando la previsión del tiempo en la tele.

—Bill, encárgate de ella —sugirió Chow—. Si se vuelve contra nosotros, mátala.

—Una idea maravillosa —dijo Bill, sonriendo y mostrando sus colmillos.

Después de unos momentos dedicados a la discusión del medio de transporte y de unas cuantas consultas más dirigidas a los brujos, que se enfrentaban a un tipo de batalla completamente distinta de la del resto, Pam dijo:

—De acuerdo, vámonos. —Pam, que parecía más que nunca Alicia en el País de las Maravillas, con su jersey de color rosa claro y pantalones fucsia, se levantó y verificó su carmín en el espejo que había colgado en una pared. Observó su reflejo con una sonrisa, un gesto que he visto mil veces hacer a las mujeres.

—Sookie, amiga mía —dijo, volviéndose para sonreírme—. Ésta será una gran noche.

—¿De verdad?

—Sí. —Pam me pasó el brazo por los hombros—. ¡Defenderemos lo que es nuestro! ¡Lucharemos por la restauración de nuestro líder! —Sonrió a Eric—. Mañana, sheriff, volverás a sentarte en tu despacho en Fangtasia. Podrás dormir en tu casa, en tu dormitorio. Nos hemos encargado de mantener tu casa limpia y arreglada.

Observé la reacción de Eric. Nunca había oído a Pam dirigirse a Eric por su título. Aunque el vampiro jefe de una sección recibía el título de «sheriff», y a aquellas alturas debería haberme acostumbrado a ello, no pude evitar imaginarme a Eric vestido de cowboy con una estrella en el pecho o, mi imagen favorita, con mallas negras como el malvado sheriff de Nottingham. Encontré interesante, además, que no viviera en esta casa con Pam y con Chow.

Eric lanzó una mirada tan seria a Pam, que le borró incluso la sonrisa.

—Si muero esta noche —dijo—, pagad a esta mujer el dinero que se le prometió. —Me agarró por el hombro. Estaba rodeada de vampiros.

—Lo juro —dijo Pam—. Se lo haré saber también a Chow y a Gerald.

—¿Sabes dónde está su hermano? —preguntó Eric. Sorprendida, di un paso atrás para alejarme de Pam.

Ella también se quedó sorprendida.

—No, sheriff —respondió.

—Se me había pasado por la cabeza la posibilidad de que lo hubierais tomado como rehén para aseguraros de que ella no me traicionara.

A mí no se me había ocurrido, aunque debería haberlo pensado. Evidentemente, tenía mucho que aprender en lo que a ser retorcida se refiere.

—Ojalá se me hubiera ocurrido —dijo Pam, haciéndose eco de mis pensamientos—. No me habría importado pasar un tiempo con Jason como rehén. —Aunque me costara entenderlo, el atractivo de Jason era universal—. Pero no lo he secuestrado —dijo Pam—. Si salimos de ésta, Sookie, me encargaré personalmente de buscarlo. ¿Crees que podrían haberlo secuestrado los brujos de Hallow?

—Es una posibilidad —dije—. Claudine mencionó que no había visto rehenes, pero también dijo que no había mirado en todas las habitaciones. De todos modos, y a menos que Hallow supiera que Eric estaba conmigo, no entiendo por qué deberían haber secuestrado a Jason. De haberlo hecho, creo que lo habrían utilizado para hacerme hablar, igual que vosotros lo habríais utilizado para comprar mi silencio. Pero no me han abordado en ningún momento. No se puede hacer chantaje a una persona si ésta no sabe con qué pueden chantajearle.

—En cualquier caso, recordaré a todos los que vayan a entrar en el edificio que lo busquen —dijo Pam.

—¿Cómo está Belinda? —pregunté—. ¿Lo habéis arreglado para pagar las facturas del hospital?

Se me quedó mirando sin entender nada.

—La camarera que resultó herida en Fangtasia —le recordé, con cierta sequedad—. ¿Lo recuerdas? La amiga de Ginger, la que murió.

—Naturalmente —dijo Chow, que estaba a nuestro lado, apoyado en la pared—. Está recuperándose. Le enviamos flores y bombones —le dijo a Pam. Entonces, se dirigió a mí—. Además, tenemos una póliza de seguros como grupo —lo dijo orgulloso como un padre primerizo.

Pam se quedó satisfecha con la información proporcionada por Chow.

—Bien —dijo—. ¿Estamos listos para empezar?

Me encogí de hombros.

—Supongo que sí. No tiene ningún sentido seguir esperando.

Bill se plantó delante de mí mientras Chow y Pam decidían qué vehículo coger. Gerald había salido para asegurarse de que todo el mundo estaba enterado del plan de batalla.

—¿Qué tal en Perú? —le pregunté a Bill. Era completamente consciente de la presencia de Eric, una gigantesca sombra rubia pegada a mi lado.

—Tomé muchas notas para mi libro —respondió Bill—. Aunque América del Sur, en general, no ha sido siempre agradable con los vampiros, Perú no es tan hostil como los demás países, y pude reunirme con varios vampiros de los que no había oído hablar hasta el momento. —Bill había pasado meses trabajando en un directorio de vampiros por encargo de la reina de Luisiana, que consideraba que una lista así le resultaría muy útil. La opinión de la reina no era compartida por toda la comunidad de vampiros, algunos de los cuales ponían serias objeciones a la idea de salir del armario, incluso de revelar su existencia entre los de su misma especie. Me imaginaba que el secretismo, cuando habías vivido aferrado a él durante siglos, era algo casi imposible de abandonar.

Había vampiros que seguían viviendo en cementerios, que salían cada noche de caza y se negaban a aceptar que hubieran cambiado las cosas; era como las historias sobre los soldados japoneses que vivieron escondidos en las islas del Pacífico hasta mucho después de que hubiera terminado la Segunda Guerra Mundial.

—¿Viste aquellas ruinas de las que tanto hablabas?

—¿Machu Picchu? Sí, subí allí solo. Fue una experiencia fantástica.

Intenté imaginarme a Bill subiendo a una montaña de noche, contemplando las ruinas de una antigua civilización bajo la luz de la luna. Yo no podía siquiera concebir cómo sería algo así. Nunca había salido del país. De hecho, apenas había salido del estado.

—¿Es Bill, tu antiguo hombre? —La voz de Eric sonaba un poco… tensa.

—Ah, sí…, bueno, sí. —Lo de «antiguo» era correcto, pero lo de «hombre» sonaba un poco desfasado.

Eric posó ambas manos sobre mis hombros y se acercó más a mí. No tenía la menor duda de que estaba mirando a Bill por encima de mi cabeza. Sólo faltaba que Eric me colgara un cartel en el que pusiera «Es mía». Arlene me había contado que le encantaban ese tipo de momentos, aquéllos en los que su ex veía claramente que otro la valoraba aunque él no lo hiciera. Todo lo que yo puedo decir al respecto es que para mí el placer es algo completamente distinto. Odiaba aquella situación, era incómoda y ridícula.

—Así que es cierto que no te acuerdas de mí —le dijo Bill a Eric, como si lo hubiese dudado hasta aquel momento. Mis sospechas quedaron confirmadas cuando me dijo, como si Eric no estuviese delante—: La verdad es que creía que era un sofisticado plan de Eric para instalarse tanto en tu casa como en tu cama.

Como yo también había tenido esa idea, y aunque la descarté rápidamente, no pude protestar; eso sí, se me subieron los colores.

—Tenemos que subir al coche —le dije a Eric, volviéndome lo suficiente como para ver su cara de refilón. Era un rostro duro e inexpresivo, lo que normalmente indicaba que se encontraba en un estado mental peligroso. Pero me acompañó cuando avancé hacia la puerta, y la casa fue vaciándose y sus ocupantes llenando la estrecha calle del barrio residencial. Me pregunté qué pensarían los vecinos. Sabían, naturalmente, que la casa estaba habitada por vampiros: nadie durante el día, el trabajo del jardín realizado por secuaces humanos, gente muy pálida entrando y saliendo por la noche. La repentina actividad tenía necesariamente que llamar la atención del vecindario.

Conduje en silencio, con Eric a mi lado, ocupando el asiento del acompañante. De vez en cuando alargaba la mano para acariciarme. No sabía con quién había ido Bill, pero me alegré de que no fuese conmigo. El nivel de testosterona habría sido demasiado elevado en el interior del coche y podría haberme asfixiado.

Bubba iba sentado detrás, canturreando. Parecía *Love Me Tender*.

—Este coche está hecho una mierda —dijo Eric, sin venir a cuento.

—Sí —estuve de acuerdo.

—¿Tienes miedo?

—Sí.

—Si todo sale bien, ¿querrás seguir viéndome?

—Por supuesto —dije, para que se sintiese feliz. Estaba convencida de que nada volvería a ser igual después de la confrontación. Pero, despojado de la convicción que el verdadero Eric tenía de su destreza, su inteligencia y su crueldad, este Eric era bastante inestable. Aunque cuando llegara el momento de la batalla, estaría preparado para afrontarla, en aquel momento necesitaba un empujoncito.

Pam había planeado dónde debía aparcar cada uno con la intención de impedir que el grupo de Hallow se alarmara por la repentina aparición de un montón de coches. Todos llevábamos un mapa donde aparecía señalado el lugar donde nos correspondía aparcar. En mi caso resultó ser un E-Z Mart, en la confluencia de un par de calles anchas, en una zona en pendiente donde el barrio pasaba de ser residencial a comercial. Aparcamos en la esquina más apartada del E-Z Mart. Sin más comentarios, partimos hacia los puestos que teníamos asignados.

Casi la mitad de las casas de aquella tranquila calle tenía carteles de inmobiliarias colgados en el jardín y las que seguían en manos de particulares no estaban muy bien conservadas. Los coches estaban tan destartalados como el mío y las grandes zonas sin césped indicaban que los vecinos no lo abonaban ni lo regaban en verano. En todas las ventanas iluminadas se veía el parpadeo de la pantalla de un televisor.

Me alegré de que fuese invierno y la gente estuviera resguardada en el interior de sus casas. En un barrio como aquél, dos vampiros blancos y una mujer rubia despertarían comentarios, si no una agresión directa. Además, y a pesar del rigor de su vestimenta, uno de los vampiros era muy reconocible…, razón por la cual a Bubba siempre lo apartaban de la vista de todo el mundo.

Enseguida llegamos a la esquina donde Eric tenía que separarse de nosotros para reunirse con los demás vampiros. Yo habría continuado hacia mi puesto sin cruzar una palabra más; a aquellas alturas, la tensión me había puesto tan nerviosa que me daba la sensación de que si alguien me rozaba con un dedo me pondría a temblar. Pero Eric no se conformaba con una despedida silenciosa. Me abrazó y me besó con todas sus fuerzas y, créanme, tiene mucha.

Bubba emitió un sonido de desaprobación.

—No tendría que andar usted besando a otro, señorita Sookie —dijo—. Bill dijo que no pasaba nada, pero a mí no me gusta.

Eric me soltó finalmente.

—Lo siento mucho si te hemos ofendido —dijo fríamente. Me miró—. Nos vemos después, amante —añadió en voz muy baja.

Le acaricié la mejilla.

—Después —dije, y di media vuelta para echar a andar, con Bubba pegado a mis talones.

—No se habrá enfadado conmigo, ¿verdad, señorita Sookie? —me preguntó ansioso.

—No —le respondí. Me obligué a sonreírle, pues sabía que él me veía mucho más nítidamente que yo a él. Era una noche fría y, aunque llevaba mi abrigo, no me parecía una prenda tan caliente como de costumbre. Tenía las manos desnudas ateridas y apenas sentía la nariz. Sólo conseguía detectar una oleada de humo de madera procedente de una chimenea, el humo de la combustión de un automóvil, gasolina, aceite y los demás olores de un coche que se combinan entre sí para dar lugar al «Olor a Ciudad».

Pero había otro olor en el barrio, un aroma que indicaba que aquel barrio estaba contaminado por algo más que el azote urbano. Olisqueé, y el olor serpenteó en el aire con un vigor casi visible. Después de un momento de reflexión, me di cuenta de que debía de ser el olor de la magia, un olor que te encogía el estómago. Los olores mágicos huelen como yo me imagino que olería el bazar en un país exótico. Es el olor a lo extraño, a lo distinto. Cuando hay mucha magia, el olor puede resultar abrumador. ¿Por qué no se quejaban los habitantes del barrio a la policía? ¿Acaso no todo el mundo captaba ese olor?

—Bubba, ¿hueles a algo raro? —pregunté en voz muy baja. Un par de perros ladraron a nuestro paso, pero rápidamente se tranquilizaron en cuanto captaron el olor a vampiro. (Para ellos, me imagino, ese algo raro era Bubba). Los perros casi siempre se asustaban en presencia de vampiros, aunque su reacción ante hombres lobo y cambiantes era impredecible.

Me descubrí convencida de que lo que más deseaba en el mundo en aquel momento era regresar al coche y marcharme de allí. Tuve que esforzarme mucho para obligar a mis pies a caminar en la dirección adecuada.

—Sí, claro que sí —me susurró como respuesta—. Han estado echando maleficios. Magia para mantener alejada a la gente. —No sabía si los responsables eran los wiccanos o los brujos de Hallow, pero el resultado era eficaz.

En la noche reinaba un silencio casi sobrenatural. Mientras caminábamos por las calles, sólo vimos tres coches circulando. Bubba y yo no nos cruzamos con ningún peatón y la sensación de sospechoso aislamiento era cada vez mayor. El maleficio de alejamiento se intensificaba a medida que nos acercábamos al lugar de donde supuestamente debíamos mantenernos alejados.

La oscuridad entre las lagunas de luz que proyectaban las farolas parecía más oscura y la luz parecía no llegar tan lejos. Cuando Bubba me cogió la mano, no la retiré. A cada paso que daba, los pies me pesaban más.

Había olido aquello en Fangtasia en una ocasión. Tal vez el rastreador de los hombres lobo había tenido un trabajo más fácil de lo que me imaginaba.

—Ya hemos llegado, señorita Sookie —dijo Bubba, rompiendo el silencio y la oscuridad con un hilillo de voz. Estábamos en una esquina. Sabiendo que había un hechizo, y que podía seguir caminando, lo hice; pero de haber sido un residente del barrio, habría encontrado una ruta alternativa y no me lo habría pensado dos veces para seguirla. El impulso de evitar aquel lugar era tan fuerte que me pregunté si la gente que vivía en aquella manzana habría sido capaz de llegar a sus casas al salir del trabajo. A lo mejor estaban cenando fuera, en el cine, bebiendo copas…, cualquier cosa con tal de evitar regresar a casa. Todas las casas de la calle estaban sospechosamente oscuras y desocupadas.

Al otro lado de la calle, en el extremo de la manzana, estaba el epicentro de la magia.

El aquelarre de Hallow había encontrado un buen escondite: un edificio comercial en alquiler, un edificio grande donde había una combinación de floristería y panadería. Minnie's Flower and Cakes estaba completamente aislado, era el establecimiento más grande de un grupo de tres que, uno a uno, habían ido apagándose como las velas de un candelabro. Parecía que el edificio llevaba años vacío. Los cristales de los escaparates estaban empapelados con carteles de actos transcurridos mucho tiempo atrás y de candidatos políticos derrotados hacía ya muchos años. Las planchas de madera claveteadas sobre las puertas de cristal indicaban que los gamberros habían entrado allí más de una vez.

Pese al gélido frío invernal, entre las grietas del suelo del aparcamiento brotaban malas hierbas. A la derecha del aparcamiento había un contenedor de basura. Lo vi desde el otro lado de la calle, y fue prácticamente lo único que pude ver del exterior antes de cerrar los ojos para concentrarme en todos mis demás sentidos. Antes de eso, me permití un instante de arrepentimiento.

Si me lo hubieran preguntado, me habría costado un montón saber qué pasos me habían conducido a aquel peligroso lugar en un momento tan arriesgado. Estaba a punto de presenciar una batalla en la que ambos bandos eran bastante ambiguos. De haber tropezado en primer lugar con el grupillo de Hallow, seguramente habría estado convencida de que los hombres lobo y los vampiros merecían ser erradicados.

Hacía justo un año, no me comprendía nadie. Era simplemente Sookie la Loca, la que tenía un hermano indomable, una mujer que daba lástima a los demás y que todo el mundo evitaba, en mayor o menor grado. Y ahora me encontraba aquí, en una calle helada de Shreveport, de la mano de un vampiro de rostro legendario y cerebro confuso. ¿Podía calificarse aquello de mejora?

Y no estaba aquí para divertirme, ni para mejorar, sino como exploradora de un puñado de criaturas sobrenaturales, para recopilar información sobre un grupo de brujos homicidas, bebedores de sangre y transformistas.

Suspiré, de forma inaudible, confié. Al menos, hasta el momento, nadie me había dado una paliza.

Cerré los ojos, bajé mis escudos de protección y dejé viajar mi mente hasta el edificio del otro lado de la calle.

Cerebros, ocupados, ocupados, ocupados. Me sorprendió la cantidad de impresiones que empecé a recibir. Tal vez fuera debido a la ausencia de otros humanos en la vecindad, o a la abrumadora cantidad de magia reinante; pero algún factor había afinado mis sentidos hasta el punto de llegar incluso a causarme dolor. Sorprendida por el flujo de información, me di cuenta de que tenía que clasificarla y organizarla. Primero, conté cerebros. No literalmente («un lóbulo temporal, dos lóbulos temporales…»), sino como conjuntos de pensamientos. Me salieron quince. Había cinco en la primera estancia, que tenía que ser la tienda en sí, naturalmente. Había uno en un espacio más reducido, que probablemente sería el baño, y el resto estaba en la tercera estancia, la de mayor tamaño, en la parte posterior. Me imaginé que sería la zona de trabajo.

Todo el mundo estaba despierto. Cuando un cerebro está dormido recibo el suave murmullo de un par de pensamientos, de los sueños, pero no es lo mismo que un cerebro despierto. Sería algo equivalente a la diferencia entre las sacudidas musculares de un perro dormido y un cachorrito en estado de alerta.

Para conseguir el máximo de información posible tenía que acercarme más. Nunca había intentado hurgar en un grupo para encontrar detalles tan específicos como la culpabilidad o la inocencia, y ni siquiera estaba segura de que fuera a ser posible. Pero si en el edificio había gente que no era tan malvada como los brujos, no quería que se vieran mezclados con lo que iba a pasar.

—Necesito estar más cerca —le susurré a Bubba—. Pero en un lugar protegido.

—Sí, de acuerdo —susurró él también—. ¿Seguirá con los ojos cerrados?

Asentí y me guió con mucho cuidado para cruzar la calle y colocarnos bajo la protección de la sombra del contenedor de basuras que estaba a unos cinco metros del edificio. Me alegré de que hiciera frío, pues gracias a ello el olor a basura se mantenía dentro de niveles aceptables. El aroma a pastelitos y flores quedaba por encima de la peste a comida pasada y pañales sucios que los peatones habían ido tirando al contenedor. Y los olores no se fusionaban muy bien con el olor de la magia.

Me acomodé, intenté bloquear mi sentido del olfato y empecé a escuchar. Aunque había mejorado, seguía siendo como intentar oír doce conversaciones telefónicas a la vez. Había además algunos licántropos, lo que dificultaba el tema. Sólo conseguía captar fragmentos.

«… espero que esto que noto no sea una infección vaginal…».

«Ni siquiera me escuchará, no cree que sea un trabajo que puede hacer un hombre».

«Si la convirtiera en un sapo, ¿quién vería la diferencia?».

«… ojalá se nos hubiera ocurrido comprar Coca-Cola Light…».

«Encontraré a ese maldito vampiro y lo mataré…».

«Madre de la Tierra, escucha mis súplicas».

«Estoy demasiado metido en…».

«Mejor que me compre una lima de uñas nueva».

No era concluyente, pero hasta el momento no encontré a nadie pensando «Estos brujos demoniacos me han secuestrado, ¿vendrá alguien en mi ayuda?» ni «¡Oigo vampiros aproximándose!», ni nada dramático de ese estilo. Parecía más bien un grupo de gente que se conocía mutuamente, o que como mínimo se sentían relajados entre ellos y que, por lo tanto, compartían los mismos objetivos. Ni siquiera el que estaba rezando parecía encontrarse en un estado de urgencia o necesidad. Confiaba en que Hallow no detectara que estaba espiándola.

—Bubba —dije, con un tono de voz sólo un poco más elevado que un pensamiento—, ve a decirle a Pam que ahí dentro hay quince personas y, que yo sepa, son todos brujos.

—Sí, señorita.

—¿Recuerdas cómo llegar hasta donde está Pam?

—Sí, señorita.

—De modo que puedes soltarme la mano, ¿te parece bien?

—Oh, sí, me parece bien.

—No hagas ruido y ve con cuidado —le susurré.

Y se fue. Me quedé acurrucada en aquella sombra que era más oscura aún que la noche, al lado de los olores y del frío metal del contenedor, escuchando a los brujos. Había tres cerebros masculinos y el resto eran femeninos. Hallow estaba allí, pues una de las mujeres estaba mirándola y pensando en ella…, temiéndola, en realidad, lo que me hizo sentir incómoda. Me pregunté dónde habrían aparcado sus coches…, a menos que hubieran llegado hasta aquí en escobas voladoras, ja, ja. Entonces me pregunté algo que ya debería haberme pasado por la cabeza.

Si tan prudentes y peligrosos eran, ¿dónde estaban sus centinelas?

Y en aquel momento, algo me agarró por detrás.

Capítulo
12

Quién eres? —preguntó una vocecilla.

Como con una mano me tapaba la boca y con la otra sujetaba un cuchillo pegado a mi garganta, no le pude responder. La mujer pareció entenderlo al momento, pues me dijo:

—Vamos dentro —y me empujó hacia el edificio.

No podía ser. De haber sido una de las brujas que estaban dentro del edificio, una de esas que bebía sangre de vampiro, no se me habría escapado detectarla. Pero no era más que una vieja bruja, una que no había visto a Sam acabar con tantas peleas de bar como yo había visto. Con ambas manos, la agarré por la muñeca con la que sujetaba la navaja y se la retorcí con todas mis fuerzas mientras la golpeaba con la parte inferior de mi cuerpo. Cayó sobre el sucio y frío suelo, y yo aterricé encima de ella. Le forcé la mano contra el suelo hasta que soltó el cuchillo. Estaba llorando, carente de toda voluntad.

—Eres mala vigilante —le dije a Holly, sin alzar la voz.

—¿Sookie? —Los ojos de Holly me miraban a través de los agujeros de un pasamontañas de lana. Se había vestido para la ocasión, pero seguía luciendo su característico lápiz de labios de color rosa.

—¿Qué demonios haces aquí?

—Me dijeron que secuestrarían a mi hijo si no les ayudaba.

Sentí nauseas.

—¿Cuánto tiempo llevas ayudándolos? ¿Desde antes de que yo fuera a tu apartamento a pedirte ayuda? ¿Cuánto tiempo? —La sacudí con todas mis fuerzas.

—Cuando vino al bar con su hermano detectó allí la presencia de otra bruja. Y después de hablar contigo, sabía que no erais ni tú ni Sam. Hallow es capaz de todo. Lo sabe todo. Aquella misma noche, ella y Mark se presentaron en mi apartamento. Habían estado en alguna pelea, pues venían hechos unos zorros. Y estaban muy enfadados. Mark me sujetó mientras Hallow me pegaba. Disfrutó con ello. Entonces vio la fotografía de mi hijo, la cogió y dijo que podía lanzarle un maleficio a distancia, aunque estuviera en Shreveport…, que podía obligarlo a echar a correr por una calle llena de tráfico o a cargar la pistola de su padre… —Holly estaba llorando. No tenía ninguna culpa. Sólo imaginarme la escena me ponía mala, y eso que ni siquiera era hijo mío—. Me vi obligada a decirle que la ayudaría —gimoteó Holly.

—¿Hay más gente en tu situación ahí dentro?

Eso hacía más comprensibles algunos de los pensamientos que había escuchado.

—¿Y Jason? ¿Está allí? —Aunque había examinado los tres cerebros masculinos del edificio, tenía que preguntárselo.

—¿Jason es wiccano? ¿De verdad? —Se había quitado el pasamontañas y se estaba arreglando el pelo.

—No, no. Me refiero a si lo tiene como rehén.

—Yo no lo he visto. ¿Por qué demonios querría Hallow secuestrar a Jason?

Había estado engañándome todo este tiempo. Cualquier día un cazador encontraría los restos de mi hermano; siempre son los cazadores, o alguien paseando al perro, ¿no es así? Me sentía como si el suelo hubiese desaparecido bajo mis pies, literalmente, pero me obligué a regresar al aquí y ahora, a alejarme de emociones que no podía permitirme hasta estar en un lugar más seguro.

—Tienes que salir de aquí —le dije con la voz más baja que pude conseguir—. Tienes que salir de esta zona ahora mismo.

—¡Se llevará a mi hijo!

—Te garantizo que no.

Holly pareció interpretar alguna cosa en la escasa visión que tenía de mi cara.

—Espero que los mates a todos —dijo, con toda la pasión que puede llevar acumulada un susurro—. Sólo merece la pena salvar a Parton, Chelsea y Jane. Han sido chantajeados igual que yo. Habitualmente no son más que wiccanos que lo único que quieren es vivir tranquilos. No queremos que nadie sufra ningún daño.

—¿Qué aspecto tienen?

—Parton es un chico de unos veinticinco años, cabello castaño, bajito, con una marca de nacimiento en la mejilla. Chelsea tendrá unos diecisiete, lleva el pelo teñido de rojo. Jane…, Jane no es más que una anciana. Ya sabes, cabello blanco, pantalones de pinzas, una blusa de flores. Gafas. —Mi abuela habría regañado a Holly por poner a todas las ancianas en el mismo saco, pero ya no estaba en este mundo y yo no tenía tiempo para llevarle la contraria.

—¿Por qué Hallow no ha puesto como centinela a alguno de sus mejores sicarios? —pregunté, por simple curiosidad.

—Para esta noche han montado un hechizo importante. Me cuesta creer que el hechizo para alejar a la gente de aquí

no haya funcionado contigo. Tienes que ser muy resistente.
—Y entonces Holly me dijo, casi riéndose—: Además, ninguno quería salir a pasar frío.

—Vamos, lárgate de aquí —dije de forma casi inaudible,
y la ayudé a incorporarse—. Olvídate de dónde dejaras aparcado el coche. Vete de aquí en dirección norte. —Por si acaso
no sabía hacia dónde quedaba el norte, se lo señalé.

Holly se marchó corriendo, sin que sus zapatillas Nike
hicieran apenas ruido sobre el pavimento. Fue como si su cabello teñido de negro absorbiera toda la luz de la farola al pasar
por debajo de ella. El olor que rodeaba la casa, el olor a magia,
se intensificó. Me pregunté qué hacer a continuación. Tenía que
asegurarme de algún modo de que los tres wiccanos que había
en el interior del edificio, los que se habían visto obligados
a servir a las órdenes de Hallow, no sufrirían ningún daño. No
se me ocurría cómo hacerlo. ¿Podría salvar aunque fuera a uno
de ellos?

Durante los sesenta segundos siguientes tuve una conca-
tenación de ideas e impulsos abortivos. Pero todos conducían
a un callejón sin salida.

Si irrumpía en el edificio y gritaba «¡Parton, Chelsea, Jane…, salid!», el grupo de brujos se pondría en alerta y se pro-
tegería contra un ataque inminente. Alguno de mis amigos —o
de mis aliados— moriría.

Si me quedaba por allí e intentaba explicar a los vampiros
que en el interior del edificio había tres personas inocentes, lo
más probable es que me ignoraran. O, si sentían un arranque
de piedad, salvarían a todos los brujos y seleccionarían luego a
los inocentes, lo que daría a los brujos tiempo para contraata-
car. Los brujos no necesitaban armas físicas.

Ya era demasiado tarde cuando me di cuenta de que tenía
que haber conservado la compañía de Holly y utilizarla para

entrar en el edificio. Aunque poner en peligro a una madre asustada tampoco era una buena alternativa.

Noté entonces la presión de algo grande y caliente en el costado. Unos ojos y unos dientes brillando bajo la luz nocturna de la ciudad. A punto estaba de ponerme a gritar cuando reconocí al lobo como Alcide. Era muy grande. El pelo plateado que tenía alrededor de los ojos hacía más oscuro si cabe el resto de su pelaje.

Le pasé el brazo por encima del lomo.

—Allí dentro hay tres personas que no deben morir —le dije—. No sé qué hacer.

Como Alcide era en ese momento un lobo, tampoco sabía qué hacer. Me miró a la cara. Gimoteó, sólo un poquito. Se suponía que a aquellas alturas ya tendría que haber regresado a donde estaban aparcados los coches, pero yo seguía allí, en zona de peligro. Noté movimiento a mi alrededor. Alcide desapareció para situarse en la posición que tenía asignada, junto a la puerta trasera del edificio.

—¿Qué estás haciendo aquí? —dijo furioso Bill, aunque sonara extraño en forma de susurro—. Pam te dijo que te marcharas en cuanto hubieses contado la gente que había en el interior.

—Ahí dentro hay tres personas que son inocentes —le susurré—. Son gente de aquí. Los han obligado.

Bill dijo algo para sus adentros, algo que no era muy gracioso.

Le transmití las descripciones que Holly me había dado.

Notaba la tensión en el cuerpo de Bill y entonces apareció Debbie. ¿En qué estaría pensando para agruparse con el vampiro y la humana que más le odiaban?

—Te he dicho que te quedaras allí —le dijo Bill con voz amenazadora.

—Alcide me ha rechazado —me explicó, como si yo no hubiera estado presente cuando sucedió.

—¿Qué esperabas? —Me exasperaba que hubiese aparecido y que, encima, se hiciese la dolida. ¿Acaso no había oído hablar de la responsabilidad?

—Tengo que hacer alguna cosa para recuperar su confianza.

Pues si quería ganarse un poco de respeto, se había equivocado de lugar.

—Entonces ayúdame a salvar a los tres inocentes que hay ahí dentro. —Volví a explicar mi problema—. ¿Por qué no te has transformado en tu animal?

—Porque no puedo —dijo amargamente—. Ha abjurado de mí. Ya no puedo volver a transformarme junto a la manada de Alcide. Y si lo hiciera, tendrían licencia para matarme.

—De todos modos, ¿en qué te transformabas?

—En lince.

De lo más adecuado.

—Vamos —dije. Empecé a avanzar hacia el edificio. Odiaba a aquella mujer, pero si podía servirme de algo, tenía que aliarme con ella.

—Espera, tengo que volver a la puerta trasera con los hombres lobo —dijo Bill—. Eric ya está allí.

—¡Pues ve!

Intuí que había alguien más detrás de mí y me arriesgué a mirar de refilón. Era Pam. Me sonrió enseñándome los colmillos, lo que resultó un poco turbador.

Tal vez si los brujos del interior no hubieran estado realizando algún ritual, y no hubieran confiado tanto en su poco dedicada centinela y en su propia magia, no habríamos conseguido llegar a la puerta sin que detectaran nuestra presencia. Pero la fortuna nos favoreció durante esos pocos minutos. Pam,

Debbie y yo llegamos a la puerta principal del edificio y allí nos encontramos con el joven hombre lobo, Sid. Lo reconocí incluso con su cuerpo de lobo. Bubba iba con él.

De repente se me ocurrió una idea. Me alejé unos metros de allí con Bubba.

—¿Puedes ir corriendo hasta donde están los wiccanos, los que están de nuestro lado? ¿Sabes dónde están? —le susurré.

Bubba movió afirmativamente la cabeza.

—Diles que dentro hay tres wiccanos y que están allí porque les han obligado. Pregúntales si pueden preparar algún hechizo que nos ayude a diferenciarlos de los demás.

—Se lo diré, señorita Sookie. Son muy cariñosos conmigo.

—Eres un buen compañero. Rápido, y sin hacer ruido.

Asintió de nuevo y desapareció en la oscuridad.

El olor que rodeaba el edificio estaba intensificándose hasta tal punto que empezaba a costarme respirar. Impregnaba el ambiente de tal manera, que me acordé de que tenía que ir a comprar velas aromáticas en alguna tienda.

—¿Dónde has enviado a Bubba? —preguntó Pam.

—Con los wiccanos. Hay tres de ellos ahí dentro y tienen que hacerlos destacar de alguna manera para que no los matemos.

—Pero tiene que regresar enseguida. ¡Tiene que ser él quien entre!

—Pero... —Estaba desconcertada ante la reacción de Pam—. Él tampoco puede entrar sin una invitación, igual que tú.

—Bubba tiene el cerebro dañado, degradado. No es del todo un verdadero vampiro. Puede entrar sin necesidad de una invitación expresa.

—¿Por qué no me lo dijiste? —Pam se limitó a levantar las cejas. Pensándolo bien, era cierto que recordaba que Bubba había entrado en lugares sin previa invitación. Nunca conseguía atar cabos a tiempo.

—Pues en este caso seré yo quien entre primero por la puerta —dije, con un tono más desenfadado de lo que en realidad sentía—. ¿Y luego os invito a pasar?

—Eso es. Con tu invitación será suficiente. El edificio no les pertenece.

—¿Lo hacemos ya?

Pam bufó de forma casi inaudible. Sonreía bajo el resplandor de la farola, animada de pronto.

—¿Esperas recibir una invitación formal?

Que el Señor me salve del sarcasmo de los vampiros.

—¿Crees que Bubba tendrá tiempo suficiente para llegar hasta donde están los wiccanos?

—Seguro. Vamos a darles una buena paliza a esos brujos —dijo contenta. Adiviné que el destino de los wiccanos ocupaba un lugar muy poco destacado en su lista de prioridades. Todo el mundo parecía pensar lo mismo menos yo. Incluso el joven hombre lobo enseñaba los colmillos.

—Yo doy una patada y tú entras —dijo Pam. Me dio un pellizquito en la mejilla, casi sorprendiéndome.

«Me gustaría tanto no estar aquí», pensé.

Me incorporé, me coloqué detrás de Pam y observé con pavor reverencial cómo preparaba la pierna y atizaba una patada en la puerta con la fuerza de cuatro o cinco mulas. La cerradura quedó hecha añicos, la puerta se abrió y los tablones de madera claveteados encima crujieron. Entré corriendo y grité «¡Pasad!» a los vampiros que tenía detrás de mí y a los vampiros que estaban en la puerta trasera. Por un extraño instante, estuve sola en la morada de los brujos y todos se volvieron asombrados a mirarme.

La estancia estaba llena de velas y de gente sentada sobre cojines en el suelo; durante el rato que habíamos esperado fuera, todos los ocupantes del edificio se habían trasladado a aquella sala y estaban sentados con las piernas cruzadas formando un círculo, todos con una vela encendida delante, un recipiente y un cuchillo.

De los tres que tenía que intentar salvar, la «anciana» era la más reconocible. En el círculo sólo había una mujer con cabello blanco. Iba maquillada con lápiz de labios de color rosa, un poco corrido, y tenía una mancha de sangre seca en la mejilla. Rodeada por el caos, la agarré por el brazo y la empujé hacia una esquina. En la sala sólo había tres hombres. El hermano de Hallow, Mark, que estaba siendo atacado por un par de lobos. El segundo hombre era de mediana edad, tenía las mejillas hundidas y el pelo sospechosamente negro, y no sólo estaba murmurando algún tipo de maleficio, sino que además estaba sacando una navaja automática de la chaqueta que había en el suelo, a su derecha. Estaba demasiado lejos de mí para hacer alguna cosa al respecto; tenía que confiar en que los demás supieran protegerse. Entonces divisé al tercer hombre, con una marca de nacimiento en la mejilla... Tenía que ser Parton. Se tapaba la cabeza con las manos. Me imaginaba cómo se sentiría.

Lo agarré por el brazo y tiré de él para levantarlo. Él me respondió con un intento de puñetazo, naturalmente. Pero yo no pensaba recibir, nadie iba a pegarme, de modo que pasé el puño entre sus vacilantes brazos y le di justo en la nariz. Gritó, añadiendo una capa más de sonido a la tremenda cacofonía de la estancia, y lo conduje hacia el mismo rincón donde había dejado previamente a Jane. Entonces vi que la anciana y el joven estaban brillando. Estupendo, los wiccanos habían conseguido emitir su hechizo y funcionaba, aunque con un poco de retraso. Ahora me faltaba encontrar a la tercera, una joven de pelo rojo teñido.

Pero mi racha de suerte se había acabado. La joven brillaba también, pero estaba muerta. Uno de los zorros le había destrozado la garganta: uno de los nuestros o uno de los suyos, daba lo mismo.

Avancé entre aquella melé hasta la esquina y agarré por el brazo a los dos wiccanos supervivientes. Debbie Pelt llegó entonces corriendo.

—Salid de aquí —les dije—. Encontrad a los demás wiccanos que están ahí fuera o marchaos a casa. Andando, en taxi, como sea.

—Ese barrio de ahí fuera es muy peligroso —dijo temblorosa Jane.

Me quedé mirándola.

—¿Acaso no lo es estar aquí dentro? —Lo último que vi de ellos fue que Debbie estaba dándoles indicaciones para salir de allí. Había salido hasta la puerta para acompañarlos. A punto estaba de largarme de allí después de ellos, ya que supuestamente no debía quedarme, cuando uno de los hombres lobo del bando de los brujos me agarró por la pierna. No consiguió morderme, pero sí rasgarme la pernera del pantalón, y eso fue suficiente para detenerme. Perdí el equilibrio y casi caigo al suelo, pero conseguí sujetarme a tiempo a la jamba de la puerta para mantenerme en pie. En aquel momento, la segunda oleada de hombres lobos y vampiros irrumpió por la puerta trasera y el lobo salió corriendo para enfrentarse a ellos.

La sala estaba llena de cuerpos volando por los aires, sangre salpicando por todos lados y gritos.

Los brujos luchaban con todas sus fuerzas y los que tenían capacidad para transformarse ya lo habían hecho. Hallow se había convertido en un amasijo de gruñidos y dientes. Su hermano estaba intentando ejercer algún tipo de magia, lo que le exigía mantenerse en forma humana, y trataba de alejarse de los hombres lobo y los vampiros para completar el hechizo.

Junto con el hombre de mejillas hundidas, entonaba una especie de cántico, que no dejó de canturrear mientras lanzaba un puñetazo contra el estómago de Eric.

La estancia empezó a llenarse de una neblina espesa. Los brujos, que luchaban con sus cuchillos o sus dientes de lobo, pillaron la idea y los que pudieron se sumaron a los cánticos de Mark con sus palabras. La neblina era cada vez más espesa, hasta que llegó un momento en que resultó imposible distinguir amigo de enemigo.

Me arrastré hacia la puerta para escapar de aquella nube sofocante. Costaba mucho respirar. Era como tratar de inhalar y exhalar bolas de algodón. Extendí la mano, pero en el trozo de pared que alcancé a tocar no había ninguna puerta. ¡Pero si estaba allí! Sentí una oleada de pánico en el estómago cuando me di cuenta de que palpaba por todos lados frenéticamente y no encontraba la salida.

No sólo no encontraba la puerta, sino que tampoco encontraba ya la pared. Tropecé con el cuerpo de un lobo. No veía ninguna herida, de modo que lo agarré y tiré de él, intentando rescatarlo de aquella espesa humareda.

El lobo empezó a contorsionarse y a transformase en mis manos, lo cual resultó bastante desconcertante. Fue incluso peor cuando vi que se transformaba en una desnuda Hallow. No conocía a nadie capaz de mutar a aquella velocidad. Aterrorizada, la solté de inmediato y volví a adentrarme en la nube. Había intentado ejercer de buena samaritana con la víctima que no correspondía. Una mujer a la que no conocía, una de las brujas, me cogió por detrás con una fuerza sobrehumana. Intentó agarrarme por el cuello con una mano mientras me sujetaba por el brazo con la otra, pero no lo consiguió y aproveché para morderla con todas mis fuerzas. Tal vez fuera una bruja, y tal vez fuera una mujer lobo, y tal vez se hubiera bebido un litro de sangre de vampiro, pero no era una buena guerrera. Gritó y me soltó.

Estaba completamente desorientada. ¿Dónde estaba la salida? Tosía y me lloraban los ojos. Sólo estaba segura de mi sentido de la gravedad. La vista, el oído y el tacto estaban afectados por espesas nubes blancas, cada vez más densas. Los vampiros tenían cierta ventaja en esa situación: no necesitaban respirar. Pero el resto de nosotros, sí. En comparación con la atmósfera cargada de la antigua panadería, el aire contaminado de la ciudad era una pura delicia.

Respirando con dificultad y llorando, extendí los brazos por delante de mí e intenté encontrar una pared o una puerta, un punto de referencia para orientarme. La habitación, que de entrada no me había parecido muy grande, me resultaba ahora gigantesca. Tenía la sensación de estar avanzando a trompicones por metros y metros de vacío, algo que era imposible a menos que los brujos hubiesen cambiado las dimensiones de la sala, y mi prosaica mente se negaba a aceptar aquella posibilidad. A mi alrededor oía gritos y sonidos amortiguados por la nube, pero no por ello menos aterradores. Delante de mi abrigo apareció de repente un montón de sangre. Noté que me salpicaba la cara. Emití un sonido angustiado que no pude transformar en palabras. Sabía que la sangre no era mía, y sabía que no estaba herida, pero me costaba creerlo.

Entonces algo cayó sobre mí, y mientras caía hacia el suelo vi de refilón su cara. Era la de Mark Stonebrook, y estaba muriendo. El humo lo envolvió al instante.

Y ¿si me agachaba yo también? Era posible que el aire fuera más respirable cerca del suelo. Pero allí estaba el cuerpo de Mark, y también otras cosas. Y eso que Mark era quien tenía que deshacer el hechizo de Eric. Ahora necesitaríamos a Hallow. Pero las cosas no siempre salen como uno espera. Me tropecé con Gerald, que se abría paso persiguiendo algo que no conseguí ver.

Me dije que era una chica valiente y con muchos recursos, pero me sonó a hueco. Seguí adelante, tratando de no tropezar con los restos que había en el suelo. Por todos lados encontraba parafernalia de los brujos, recipientes, cuchillos y pedazos de huesos y plantas que no conseguía identificar. Inesperadamente se abrió ante mí una zona despejada y vi a mis pies un recipiente volcado y un cuchillo. Cogí el cuchillo justo antes de que la nube lo cubriera. Estaba segura de que aquel cuchillo era para ser utilizado en algún ritual, pero yo no era bruja y lo necesitaba para defenderme. Me sentí mejor con el cuchillo en la mano, un cuchillo bellísimo y muy afilado.

Me pregunté qué estarían haciendo los wiccanos. ¿Serían los responsables de aquella nube?

Nuestros brujos, resultó, estaban disfrutando de una visión en directo de la pelea gracias a una de sus hermanas, una vidente. (Posteriormente me enteré de que aun estando físicamente con ellos, podía ver lo que sucedía mirando la superficie del agua en el interior de un recipiente). Podía resolver más cosas utilizando su método que nosotros, aunque no sé si en esa agua sólo veía una nube de humo blanco.

Fuera como fuera, nuestros brujos provocaron la lluvia… en el interior del edificio. La lluvia empezó a recortar lentamente la capa de nubes y, aunque me sentía mojada y tenía mucho frío, descubrí que estaba cerca de una puerta interior, la que conducía a la segunda habitación, la más grande. Poco a poco fui dándome cuenta de que podía ver; la habitación había empezado a llenarse de luz y podía discernir las formas. Una de ellas avanzaba hacia mí sobre unas piernas que no parecían muy humanas y me encontré delante de la cara de Debbie Pelt, gruñéndome. ¿Qué hacía aquí? Había salido para acompañar a los wiccanos y estaba de vuelta.

No sé si no pudo evitarlo, o si se había visto arrastrada por la locura de la batalla, pero la realidad era que Debbie se había transformado parcialmente. Le estaba saliendo pelo en la cara y sus dientes habían empezado a alargarse y afilarse. Se lanzó sobre mi garganta, pero no consiguió alcanzarme por la convulsión causada por la transformación. Intenté retroceder, pero tropecé con algo que había en el suelo y tardé un par de preciosos segundos en recuperar la estabilidad. Embistió de nuevo, con intenciones inconfundibles, y recordé entonces que yo llevaba un cuchillo en la mano. Se lo clavé y ella se quedó dudando, gruñendo.

Debbie había decidido aprovechar la confusión reinante para saldar cuentas conmigo. Yo no era lo bastante fuerte como para pelearme con un cambiante. Tendría que utilizar el cuchillo, aunque algo en mi interior se encogía de miedo ante la idea.

Entonces, entre lo que quedaba de neblina, apareció una mano grande manchada de sangre, y aquella mano grande agarró a Debbie Pelt por el cuello y se lo estrujó. Y siguió estrujándolo. Y antes de que me diera tiempo a recorrer con la vista el brazo, prolongación de aquella mano, y de llegar a la cara de su propietario, saltó sobre mí un lobo y me derribó.

Y me olisqueó la cara.

Luego, el lobo que tenía encima de mí fue golpeado y derribado también al suelo, donde empezó a gruñir y a pelearse con otro lobo. Yo no podía hacer nada, pues los dos se movían a tal velocidad que no estaba segura de ser capaz de ayudar a quien pretendía.

La neblina empezaba a dispersarse con rapidez y, aun habiendo zonas cubiertas por niebla espesa, ya veía la totalidad de la sala. Aunque había rezado desesperadamente para que llegara aquel momento, casi lo lamenté cuando por fin se produjo. El suelo estaba cubierto de toda la parafernalia de los brujos y de cuerpos, tanto muertos como heridos, y las paredes estaban salpicadas de sangre. Portugal, el atractivo joven lobo de la base aérea, estaba tendido en el suelo delante de mí. Muerto. Culpepper, agazapada a su lado, lamentaba su pérdida. Aquello había sido una guerra, algo que yo odiaba.

Hallow seguía en pie y en su forma completamente humana, desnuda y cubierta de sangre. En el momento en que yo miré, estaba estampando un lobo contra la pared. Era imponente y horrible. Pam, despeinada y sucia, se arrastraba detrás de ella. Jamás había visto un vampiro en tan mal estado, me costaba reconocerla. Pam se abalanzó sobre Hallow, agarrándola por las caderas y derribándola. Un placaje estupendo, y si Pam hubiese agarrado a Hallow un poco más arriba, todo se habría acabado. Pero Hallow, con la humedad de la lluvia y la sangre que cubría su cuerpo, estaba resbaladiza y tenía los brazos libres. Se revolvió, agarró a Pam por el pelo con las dos manos y tiró. De allí saltaron mechones de pelo, junto con un buen pedazo de cuero cabelludo.

Pam chilló como una tetera gigante al alcanzar el punto de ebullición. Nunca en mi vida había oído un sonido tan potente saliendo de una garganta —si bien no humana, una garganta, al fin y al cabo—. Pam era miembro de la escuela vengativa, de modo que sujetó a Hallow contra el suelo, agarrándola por los antebrazos y presionando con fuerza, presionándola hasta que ésta quedó inmovilizada. Debido a la fortaleza de la bruja, aquélla fue una lucha terrible, y a Pam le perjudicaba además la sangre que le caía por la cara. Pero Hallow era humana, y Pam no. Así que ésta iba ganando… hasta que uno de los dos brujos, el hombre de las mejillas hundidas, llegó a rastras a donde se encontraban las dos mujeres y mordió a Pam en el cuello. Pam tenía las dos manos ocupadas y no pudo impedírselo. Pero el hombre no sólo mordió, sino que bebió su sangre, y a medida que iba bebiendo, su fuerza fue aumentando, como si se le cargaran las pilas. Nadie parecía estar viéndolo excepto yo. Me arrastré por encima del cuerpo exánime de un lobo y de uno de los vampiros para aporrear al hombre de las mejillas hundidas, que se limitó a ignorarme.

Tendría que utilizar el cuchillo. Nunca había hecho una cosa así; cuando me había defendido de alguien, siempre había sido en una situación a vida o muerte, y la vida o la muerte había sido la mía. Esto era distinto. Dudé, pero tenía que hacer algo, y rápidamente. Pam estaba debilitándose ante mis ojos y no podría seguir sujetando a Hallow mucho más tiempo. Cogí el puñal de hoja negra por su mango negro, lo acerqué a la garganta del hombre, y se lo clavé un poco.

—Suéltala —dije. Siguió ignorándome.

Se lo clavé con más fuerza, y apareció un hilillo de sangre que empezó a descender cuello abajo. Entonces soltó a Pam. Pero antes de que pudiera alegrarme de que la había soltado, se volvió y se abalanzó contra mí con ojos de loco y la boca abierta, dispuesto a morderme. Sentí el deseo en su cerebro, ese «quiero, quiero, quiero». Volví a acercarle el cuchillo al cuello, y justo cuando estaba armándome de valor para clavárselo, se abalanzó sobre mí y empujó la hoja contra su propio cuello.

Se quedó con los ojos en blanco casi al instante.

Se había matado solo. No creo que llegara a darse cuenta de que el cuchillo estaba ahí.

Presencié esa muerte desde muy cerca, fue una muerte delante de mis narices, y yo había sido el instrumento de ella, aun inconscientemente.

Cuando conseguí levantar la vista, Pam estaba sentada sobre el pecho de Hallow, inmovilizándole los brazos con sus rodillas, y estaba sonriendo. Aquello resultaba tan extraño que miré a mi alrededor para descubrir el motivo, y vi que la batalla parecía haber tocado a su fin. No tenía ni idea de cuánto había durado aquella lucha invisible bajo la espesa niebla, pero los resultados se veían ahora con claridad.

Los vampiros no matan limpio, matan formando un caos. Podría decirse que tampoco los lobos son famosos por sus modales en la mesa. Los brujos al parecer no derramaban tanta sangre, pero el resultado final era realmente horrible, como una película nefasta, de esas que sientes vergüenza de haber pagado por verla.

Al parecer, habíamos ganado.

En aquel momento, la verdad es que apenas me importaba. Estaba agotada, mental y físicamente, y eso significaba que todos los pensamientos de los humanos, y algunos pensamientos de los hombres lobo, daban vueltas en mi cerebro como la ropa dentro de una secadora. No podía hacer nada para impedirlo, de modo que dejé que los cabos sueltos siguieran girando en mi cabeza mientras, con las últimas fuerzas que me quedaban, me quitaba de encima el cadáver. Me quedé tendida en el suelo boca arriba, mirando el techo. Aun sin pensar nada, tenía la cabeza llena de pensamientos de los demás. Prácticamente todo el mundo estaba pensando lo mismo que yo: que estaban agotados, que había sangre por todas partes, que parecía increíble haber vivido una lucha como aquélla y haberla sobrevivido. El chico con el cabello de punta había recuperado su forma humana y estaba pensando ahora en que lo había disfrutado mucho más de lo que se imaginaba. De hecho, su cuerpo desnudo era una prueba visible de lo mucho que lo había disfrutado, e intentaba disimularlo. Lo que quería, en el fondo, era seguir a aquella preciosa y joven wiccana y encontrar un rincón tranquilo. Hallow estaba odiando a Pam, odiándome a mí, odiando a Eric, odiando a todo el mundo. Trataba de murmurar un maleficio para ponernos a todos enfermos, pero Pam le dio un codazo en el cuello y la calló de golpe.

Debbie Pelt se había levantado del suelo y observaba la escena desde la puerta. Se la veía sorprendentemente impecable y llena de energía, como si nunca hubiese tenido pelo en la cara y ni siquiera supiese cómo matar a alguien. Se abrió camino entre los cuerpos tirados en el suelo, algunos vivos, otros no, hasta que encontró a Alcide, que seguía transformado en lobo. Se agachó para mirarle las heridas y él le gruñó, una clara señal de advertencia. A lo mejor porque no creía que fuese a atacarla, o a lo mejor porque se había convencido de que no lo haría, le posó la mano en la espalda y él la mordió con la fuerza suficiente como para hacerle sangre. Debbie gritó y retrocedió. Durante unos segundos, permaneció allí agachada, con la mano ensangrentada y llorando. Nuestras miradas se cruzaron y sus ojos brillaron de odio. Nunca me perdonaría. Me culparía el resto de su vida por haberle descubierto a Alcide su naturaleza oscura. Había estado dos años jugando con él, atrayéndole, escondiéndole elementos de su naturaleza que él jamás aceptaría, pero deseando igualmente que estuviera con ella. Y ahora todo se había acabado.

¿Era culpa mía?

Pero yo no pensaba como pensaba Debbie. Yo pensaba como un ser humano racional y, naturalmente, Debbie Pelt no lo era. Deseaba que aquella mano que le había agarrado por el cuello durante la lucha entre la neblina la hubiera estrujado hasta acabar con ella. La observé abrir la puerta y adentrarse en la noche, y en aquel momento supe que Debbie Pelt estaría persiguiéndome durante el resto de su vida. Y ¿si se le infectaba el mordisco que le había dado Alcide y se envenenaba?

En un acto reflejo, me regañé por aquel pensamiento malvado; Dios no quiere que deseemos el mal a nadie. Sólo esperaba que Dios escuchara también a Debbie, igual que esperas que el coche patrulla que te ha detenido para ponerte una multa vaya a detener también al tipo que llevabas detrás y que estaba intentando adelantarte en una zona de línea continua.

Se acercó entonces a mí la mujer lobo pelirroja, Amanda. La habían mordido por todas partes y tenía un chichón en la frente, pero se le veía radiante.

—Ahora que estoy de buen humor, quiero pedirte disculpas por haberte insultado —dijo directamente—. Has superado la pelea. Aunque te gusten los vampiros, nunca más me pondré contra ti. A lo mejor algún día acabas viendo la luz.

—Asentí y ella se fue a ver sus compañeros de manada.

Pam había atado a Hallow y, junto con Eric y Gerald, estaba arrodillada al lado de alguien, al otro lado de la estancia. Me pregunté qué debía pasar. Alcide estaba recuperando su forma humana y cuando consiguió orientarse, se acercó a mí. Estaba demasiado agotada para preocuparme por su desnudez, pero pensé vagamente que tenía que intentar recordar aquella visión, pues quería recordarla para posteriores momentos de placer.

Tenía algunos arañazos y sangre en el cuerpo, y una herida bastante profunda, pero en general su aspecto era bueno.

—Tienes sangre en la cara —dijo.

—No es mía.

—Gracias a Dios —dijo, y se sentó en el suelo a mi lado—. ¿Estás malherida?

—No estoy herida, de verdad —dije—. Me han zarandeado por todos lados, y casi ahogado, y me han golpeado, pero no me han dado ninguna paliza. —Caramba, al final, mi propósito de Año Nuevo iba a cumplirse.

—Siento no haber encontrado aquí a Jason —dijo.

—Eric preguntó a Pam y Gerald si lo tenían retenido los vampiros y le dijeron que no —dije—. Pensaba que los vampiros podían tener sus motivos para retenerlo. Pero no han sido ellos.

—Chow ha muerto.

—¿Cómo? —pregunté, intentando mostrarme tranquila, como si apenas me importara. Nunca había sido una entusiasta del camarero, pero de no haber estado tan agotada me habría dolido de verdad.

—Una de las brujas de Hallow tenía un cuchillo de madera.

—Nunca he visto un cuchillo de ésos —dije pasado un momento, y eso fue todo lo que se me ocurrió decir respecto a la muerte de Chow.

—Tampoco yo.

Pasado un buen rato, dije:

—Siento lo de Debbie. —Lo que en realidad quería decir era que sentía que ella le hubiese hecho tanto daño, que hubiese demostrado ser una persona tan terrible y que él se hubiera visto obligado a dar un paso drástico para alejarla de su vida.

—¿Qué Debbie? —preguntó, y se puso en pie y echó a andar por aquel suelo manchado de sangre y cubierto de cuerpos y restos de seres sobrenaturales.

Capítulo

13

Las consecuencias de una batalla son la melancolía y la repugnancia. Me imagino que a lo que pasó podríamos llamarlo batalla... O ¿tal vez mejor, refriega entre seres sobrenaturales? Había que asistir a los heridos, limpiar la sangre, enterrar los cuerpos. O, en este caso, eliminarlos... Pam decidió incendiar el almacén y dejar en el interior los cadáveres de los integrantes del aquelarre de Hallow.

No habían muerto todos. Hallow, por supuesto, seguía con vida. Había sobrevivido otra bruja, aunque estaba malherida y había perdido mucha sangre. De los hombres lobo, el coronel Flood estaba herido de gravedad; Mark Stonebrook había matado a Portugal. El resto estaban más o menos bien. Del contingente de vampiros sólo había muerto Chow. Los demás tenían heridas, algunas de ellas espectaculares, pero los vampiros se curaban pronto.

Me sorprendió que los brujos no nos hubiesen plantado más cara.

—Seguramente serían buenos brujos, pero no eran buenos luchadores —dijo Pam—. Fueron escogidos por sus habilidades mágicas y por sus ganas de seguir a Hallow, no por su destrezas en el campo de batalla. Hallow nunca debería haber intentado hacerse con Shreveport con esa pandilla.

—¿Por qué Shreveport? —le pregunté a Pam.

—Eso tengo que descubrirlo —dijo Pam, sonriendo.

Me estremecí. No quería ni pensar en los métodos que podría utilizar.

—¿Cómo piensas evitar que te eche un maleficio mientras la interrogas?

—Ya se me ocurrirá alguna cosa —respondió Pam. Seguía sonriendo.

—Lo siento por Chow —dije, algo dubitativa.

—El puesto de camarero en Fangtasia parece gafado —admitió Pam—. No sé si conseguiré encontrar a alguien que quiera sustituir a Chow. Tanto él como Sombra Larga han fallecido cuando llevaban menos de un año en el puesto.

—¿Qué piensas hacer para quitarle el maleficio a Eric?

Después de haber perdido a su colega, Pam parecía tener ganas de hablar conmigo, aun siendo yo una simple humana.

—Obligaremos a Hallow; tarde o temprano lo deshará. Y nos contará por qué lo hizo.

—¿Será suficiente con que Hallow se limite a decirnos cómo se deshace el maleficio? ¿O tendrá que realizarlo personalmente?

—No lo sé. Tendremos que preguntárselo a esos wiccanos amigos tuyos. Los que salvaste tendrían que estarnos lo bastante agradecidos como para ayudarnos si lo necesitamos —dijo Pam, vertiendo gasolina en el suelo de la sala. Había inspeccionado previamente el edificio para recoger las cosas que pudiera necesitar y también toda la parafernalia mágica para que los policías que fueran a investigar el incendio no reconocieran los restos.

Miré el reloj. Confiaba en que Holly hubiera llegado ya sana y salva a su casa. Le comunicaría enseguida que su hijo estaba a salvo.

Aparté la mirada de la cura que la más joven de las brujas locales estaba realizando en la pierna izquierda del coronel Flood. Tenía un corte muy profundo en el cuádriceps. Era una herida grave. Él intentaba restarle importancia y, después de que Alcide fuera a buscarle la ropa, el coronel empezó a caminar cojeando y con una sonrisa en la cara. Pero cuando la sangre traspasó el vendaje, el jefe de la manada tuvo que permitir que sus lobos lo llevaran a un médico que conocía sus dos naturalezas y que no emitiría un informe, pues no había manera de explicar aquella grave herida de ningún modo. Antes de irse, el coronel Flood, aun con el sudor provocado por el dolor de la herida impregnado en su frente, estrechó ceremoniosamente la mano a la líder de las brujas locales y a Pam.

Le pregunté a Eric si se sentía distinto, pero era evidente que seguía ignorando su pasado. Estaba inquieto y casi aterrorizado. La muerte de Mark Stonebrook no había producido ningún cambio, por lo que Hallow tendría que seguir viva unas cuantas horas más, unas horas terribles cortesía de Pam. Me obligué a aceptar la idea. No quería pensar mucho en ello. De hecho, no quería pensar en ello en absoluto.

En cuanto a mí, estaba totalmente confusa. ¿Tenía que regresar a casa y llevarme conmigo a Eric? (¿Seguía estando Eric bajo mi responsabilidad?). ¿Tenía que buscar un lugar aquí en la ciudad donde pasar lo que quedaba de noche? Todo el mundo, excepto Bill y yo, vivía en Shreveport, y Bill, acogiéndose a la sugerencia de Pam, tenía pensado utilizar la cama (o lo que quiera que fuera) que Chow había dejado vacía.

Pasé un rato dando vueltas por allí, indecisa, intentando tomar una decisión. Nadie parecía necesitarme para nada concreto, y tampoco nadie me daba conversación. De modo que cuando Pam se reunió con los demás vampiros para darles instrucciones respecto al transporte de Hallow, decidí irme del edificio. La noche seguía siendo silenciosa, pero cuando salí a la calle unos cuantos perros se pusieron a ladrar. El olor a magia había menguado. La noche era igual de oscura, y más fría incluso, y yo me sentía con la moral baja. No tenía ni idea de qué le diría a un posible policía que me parara en aquel momento para interrogarme; estaba cubierta de sangre, llevaba la ropa hecha un asco y no tenía ninguna explicación que dar. En aquel momento, la verdad es que todo me daba igual.

Llevaría casi una manzana andando cuando Eric me atrapó. Estaba muy ansioso, casi espantado.

—No estabas. Estuve buscándote y no estabas —dijo con voz acusadora—. ¿Adónde vas? ¿Por qué no me dijiste que te ibas?

—Por favor —dije, y levanté la mano para suplicarle que permaneciera en silencio—. Por favor. —Estaba cansada de hacerme la fuerte y tenía que luchar con una depresión que empezaba a cernirse sobre mí, aunque no sabía exactamente a qué era debida; al fin y al cabo, no había resultado herida. Tendría que estar contenta, ¿no? Se habían cumplido los objetivos de la noche. Hallow había sido vencida y capturada; aunque Eric no había vuelto a ser el que era, pronto lo sería, porque Pam estaba segura de que conseguiría que Hallow devolviera al vampiro su forma de pensar, de una forma dolorosa y definitiva.

Sin duda alguna, Pam descubriría también por qué Hallow había iniciado aquella empresa arriesgada. Y Fangtasia conseguiría un nuevo barman, algún tío bueno con colmillos que atrajera el dinero de los turistas. Pam y Eric abrirían el club de striptease que llevaban tiempo planteándose, o la tintorería abierta las veinticuatro horas, o la empresa de guardaespaldas.

Mi hermano seguiría desaparecido.

—Déjame ir a casa contigo. No los conozco —dijo Eric, su voz era un murmullo suplicante. Cuando Eric decía algo tan contrario a su personalidad normal, me dolía el corazón. ¿No sería aquella la verdadera naturaleza de Eric? ¿No sería la seguridad en sí mismo algo que él se había creado con el paso de los años, como una segunda piel?

—Claro que sí, ven —dije, tan desesperada como Eric, pero con mi propio estilo. Sólo quería que no hablase, y que fuese fuerte.

Me conformaba con que no hablase.

Al menos, me prestó su fuerza física. Me cogió en brazos y me llevó hacia el coche. Me sorprendió descubrir mis mejillas bañadas de lágrimas.

—Estás toda ensangrentada —me dijo al oído.

—Sí, pero no te emociones —le avisé—. Esto no va conmigo. Lo único que quiero es ducharme. —Estaba a punto de darme el hipo y de ponerme a llorar en serio.

—Tendrás que tirar este abrigo —dijo, con cierta satisfacción.

—Lo mandaré a limpiar. —Estaba demasiado cansada para responder a comentarios despectivos sobre mi abrigo.

Alejarse del peso y del olor a magia era casi tan bueno como una gran taza de café o un buen balón de oxígeno. Acercándome a Bon Temps ya no me sentía tan destrozada y cuando llegué a la puerta de casa, estaba ya completamente tranquila. Eric entró detrás de mí y se dirigió hacia la derecha para rodear la mesa de la cocina, mientras yo fui a la izquierda para encender la luz.

Y cuando la encendí, me encontré con Debbie Pelt sonriéndome.

Estaba sentada junto a la mesa de mi cocina y tenía una pistola.

Sin decir palabra, me disparó.

Pero no había calculado la presencia de Eric, que era rapidísimo, mucho más rápido que cualquier humano. Recibió la bala que iba destinada a mí, y la recibió en pleno pecho. Se derrumbó delante de mí.

No había tenido tiempo de registrar la casa, lo que fue una suerte. Detrás del calentador tenía el rifle que había cogido de casa de Jason. Lo cargué —uno de los sonidos más amedrentadores del mundo— y disparé a Debbie Pelt mientras seguía mirando, sorprendida, a Eric, que estaba arrodillado en el suelo y escupiendo sangre. Cargué una nueva bala, pero no tuve necesidad de dispararla. Los dedos de Debbie se relajaron y su arma cayó al suelo.

Me dejé caer yo también, porque me resultaba imposible mantenerme en pie.

Eric estaba completamente tendido en el suelo, retorciéndose sobre un charco de sangre.

Poco quedaba del pecho y el cuello de Debbie.

Parecía que en mi cocina se hubiese estado realizando la matanza del cerdo.

Extendí el brazo para alcanzar el teléfono que tenía al final del mostrador. Pero dejé caer la mano en el instante en que me pregunté a quién podía llamar.

¿A los representantes de la ley? Ja.

¿A Sam? ¿Y complicarlo aún más en mis problemas? No estaría bien.

¿A Pam? ¿Y que se enterara de que el vampiro que estaba bajo mi responsabilidad había estado a punto de ser asesinado? Ni pensarlo.

¿A Alcide? Claro, le encantaría ver lo que había hecho con su novia, por mucho que hubiese abjurado de ella.

¿A Arlene? Tenía que ganarse la vida y dos niños que sacar adelante. Lo que menos necesitaba era verse implicada en actividades ilegales.

¿A Tara? Demasiado escrupulosa.

Y ahí es cuando habría llamado a mi hermano, de haber sabido dónde estaba. Cuando se trata de limpiar la sangre de la cocina, no hay nada como la familia.

Tendría que hacerlo sola.

Eric era lo primero. Me arrastré hacia su lado y me situé junto a él, apoyada en el codo.

—Eric —dije en voz alta. Abrió sus ojos azules. Brillaban de dolor.

La sangre salía a borbotones del orificio que tenía en el pecho. No me apetecía pensar en el aspecto que tendría el orificio de salida. ¿Sería de calibre veintidós? ¿Y si la bala seguía dentro? Miré la pared de detrás de donde había estado Eric, y no vi ni sangre ni ningún orificio creado por el impacto de una bala. De hecho, me di cuenta, si la bala lo hubiese atravesado, habría impactado en mí. Me miré, me quité el abrigo. No, no había manchas de sangre reciente.

Miré a Eric, empezaba a recuperarse.

—Bebida —dijo, y casi le acerco mi muñeca a sus labios. Pero me lo pensé mejor. En la nevera tenía aún algunas botellas de TrueBlood. Las saqué y las calenté en el microondas.

Me arrodillé para dársela.

—¿Por qué no de ti? —me preguntó dolorido.

—Lo siento —dije a modo de disculpa—. Sé que te lo has ganado, cariño. Pero necesito toda mi energía. Tengo mucho trabajo aún por hacer.

Eric engulló la bebida en pocos tragos. Le había desabrochado la chaqueta y la camisa de franela, y mientras le miraba el pecho para ver cómo iba la hemorragia, vi algo asombroso. La bala que le había impactado se movía hacia fuera, saliendo de la herida. En cuestión de tres minutos, o quizá menos, el orificio quedó cerrado. La sangre estaba aún secándose en el vello de su pecho, pero la herida de bala había desaparecido.

—¿Puedo beber otra? —dijo Eric.

—Por supuesto. ¿Cómo te encuentras? —Estaba aturdida.

Me regaló una sonrisa torcida.

—Débil.

Le traje más sangre y la bebió más lentamente esta vez. Con una mueca de dolor, consiguió incorporarse hasta quedarse sentado. Miró lo que había pasado al otro lado de la mesa.

Y entonces me miró a mí.

—¡Lo sé, lo sé, lo que he hecho es terrible! —dije—. ¡Lo siento mucho! —Notaba las lágrimas rodándome por las mejillas. Me sentía fatal. Acababa de hacer algo terrible. No había logrado cumplir mi misión. Tenía una limpieza intensiva por delante. Y mi aspecto era penoso.

Eric observó sorprendido mi reacción.

—Podrías haber muerto por la bala, y sabía que yo no moriría. Te he evitado la bala de la forma más expeditiva posible, y después me has defendido de forma muy eficaz.

Era una forma algo sesgada de verlo, pero, curiosamente, me sentía algo mejor.

—He matado a otra persona —dije. Ya eran dos en una misma noche; aunque, en mi opinión, el hombre de las mejillas hundidas se había matado solo abalanzándose sobre el cuchillo.

Pero lo que era evidente, era que el rifle lo había disparado yo solita.

Me estremecí y aparté la vista del amasijo de sangre y carne que en su día había sido Debbie Pelt.

—No, no ha sido así —dijo Eric secamente—. Has matado a una cambiante que era una bruja traidora y asesina, a una cambiante que había intentado matarte dos veces. —Así que la mano que le había estrujado el cuello y la había apartado de mí cuando la batalla era la mano de Eric—. Tendría que haber rematado mi trabajo antes, cuando pude hacerlo —dijo, a modo de confirmación—. Nos habría ahorrado un mal rato.

Tenía la sensación de que el reverendo Fullenwilder no estaría muy de acuerdo con eso. Murmuré algo en ese sentido.

—Nunca fui cristiano —dijo Eric. No me sorprendió—. Pero me cuesta imaginarme un sistema de creencias que te ordene sentarte y esperar tranquilamente a ser masacrado.

Pestañeé, preguntándome si no era precisamente eso lo que predicaba el cristianismo. Pero no soy teóloga, ni estudiosa de la Biblia, y tendría que dejar en manos de Dios el juicio de mi acción.

Empezaba a sentirme mejor y, de hecho, me sentía agradecida por seguir con vida.

—Gracias, Eric —dije, y le di un beso en la mejilla—. Ahora, lávate en el baño mientras yo empiezo a arreglar todo esto.

Pero no fue eso lo que hizo. Se puso a ayudarme con gran empeño. Y como podía encargarse de las cosas más desagradables sin que le diese náuseas, me sentí encantada de dejarlo en sus manos.

No pienso explicar lo terrible que fue aquello, ni todos los detalles. Pero conseguimos reunir todos los restos de Debbie y meterlos en una bolsa, y, mientras yo limpiaba, Eric se la llevó al bosque, la enterró y luego me juró que escondió perfectamente bien la sepultura. Tuve que quitar las cortinas, llevarlas al lavadero y meterlas en la lavadora. Metí también el abrigo, aunque con pocas esperanzas de que quedara en buen estado para poder volver a ponérmelo. Me puse unos guantes de goma y fregué con lejía la silla, la mesa y el suelo, así como las puertas de los armarios. Luego lo aclaré no sé cuántas veces.

Había gotas de sangre por todas partes.

Me di cuenta de que prestar atención a aquellos detalles estaba ayudándome a no pensar en el suceso más importante, y que cuanto más tiempo pasara evitando enfrentarme a él directamente —cuanto más calaran en mi conciencia las prácticas palabras de Eric—, mejor me iría. No podía deshacer lo hecho. No había forma de enmendar mis actos. No había dispuesto de muchas alternativas y tendría que vivir con la decisión que había tomado. Mi abuela siempre me decía que una mujer podía hacer cualquier cosa que se propusiese. Si le hubiese dicho a mi abuela que ella era una mujer liberada, lo habría negado con todas sus fuerzas, pero fue la mujer más fuerte que he conocido en mi vida, y si ella creía que yo podía con esta espeluznante tarea, simplemente porque no me quedaba otro remedio que hacerlo, lo haría.

Cuando hube acabado, la cocina olía a productos de limpieza y estaba impecable para los ojos de cualquier espectador normal y corriente. Estaba segura de que un detective experto en crímenes habría encontrado pistas, pero no tenía la más mínima intención de permitir la entrada en mi cocina a un detective experto en crímenes.

Debbie había entrado por la puerta principal. Jamás se me habría ocurrido ir a verificarla antes de entrar por la puerta de atrás. Un punto menos para mi carrera de guardaespaldas. Instalé una silla contra la puerta para que quedase bloqueada durante lo que quedaba de noche.

Eric, de regreso de su entierro, parecía estar excitado, de modo que le pedí que fuera a ver si encontraba el coche de Debbie. Tenía un Mazda Miata y lo había escondido en una pista forestal al otro lado de la carretera local, justo delante del cruce que conducía a mi casa. Eric había sido prevenido y se había quedado las llaves, y se ofreció como voluntario para alejar el coche de allí. Tendría que haberlo seguido, para traerlo luego de nuevo a casa, pero insistió en que podía apañárselas solo, y yo estaba demasiado agotada como para insistir. Mientras él no estaba, me metí en la ducha. Me alegraba de estar sola y me pasé un buen rato enjabonándome una y otra vez. Cuando me sentí lo suficientemente limpia, salí de la ducha, me puse un camisón de color rosa y me metí en la cama. Casi amanecía y confiaba en que Eric regresase pronto. Había abierto el vestidor y la trampilla del agujero, y le había puesto una almohada más para que estuviese cómodo.

Lo oí entrar justo cuando empezaba a quedarme dormida. Me dio un beso en la mejilla.

—Todo hecho —dijo. Y yo murmuré:

—Gracias, pequeño.

—Para servirla —dijo con voz cariñosa—. Buenas noches, amante.

Pensé entonces que yo debía de ser mortal para las exnovias. Había hecho polvo al gran amor de Bill (que encima era su creadora); ahora había matado al amor de ida y vuelta de Alcide. Conocía a cientos de hombres, y nunca había tenido problemas con sus ex. Pero todo parecía ser distinto con aquellos que más me interesaban. Me pregunté si Eric tendría alguna antigua novia por ahí. Probablemente más de un centenar. Muy bien, pues más les valía mantenerse alejadas de mí.

Después de aquello, me sentí engullida por el agujero negro del agotamiento.

Capítulo
14

Me imagino que Pam estuvo ocupada con Hallow hasta que el amanecer se vislumbró en el horizonte. Yo dormí tan profundamente, necesitada como estaba de curación tanto física como mental, que no me desperté hasta las cuatro de la tarde. Era un día gris e invernal, de esos que te lleva a encender la radio para enterarte de si se avecina una tormenta de nieve. Comprobé si en el porche trasero tenía leña suficiente para tres o cuatro días.

Eric se despertaría temprano.

Me vestí y desayuné a paso de tortuga, intentando comprender mi estado mental.

Me encontraba bien físicamente. Algún que otro moratón, un poco de dolor muscular..., nada de importancia. Era la segunda semana de enero y seguía cumpliéndose mi propósito de Año Nuevo.

Por otro lado —y siempre existe el otro lado—, mentalmente, o quizá emocionalmente, no me sentía muy estable. Por práctico que seas, por fuerte que sea tu estómago, es imposible hacer algo como lo que yo había hecho sin sufrir las consecuencias.

Así tenía que ser.

Cuando caí en que Eric se levantaría pronto, pensé en hacer algunos arrumacos antes de ir a trabajar. Y en el placer de estar con alguien que me consideraba tan importante.

No se me ocurrió que el maleficio se habría roto.

Eric se levantó a las cinco y media. Cuando oí movimiento en la habitación de invitados, di unos golpecitos a la puerta y la abrí. Se volvió de repente, con los colmillos a la vista y las manos curvadas como garras, a la defensiva.

A punto estuve de decir «Hola, cariño», pero la precaución me dejó muda.

—Sookie —dijo él lentamente—. ¿Estoy en tu casa?

Me alegré de haberme vestido.

—Sí —respondí, organizando rápidamente mis pensamientos—. Has estado aquí para estar seguro. ¿Sabes lo que ha pasado?

—Estuve en una reunión con una gente nueva —dijo, con voz dudosa—. ¿No? —Observó sorprendido su ropa comprada en Wal-Mart—. ¿Cuándo he comprado esto?

—Tuve que comprártelo —dije.

—¿Y también me vestiste? —preguntó, recorriendo con las manos su torso, y más abajo. Me ofreció una de las típicas sonrisas de Eric.

No lo recordaba. Nada.

—No —respondí. Tuve por un momento la imagen de Eric duchándose conmigo. La mesa de la cocina. La cama.

—¿Dónde está Pam? —preguntó.

—Tendrías que llamarla —dije—. ¿Recuerdas algo de lo de ayer?

—Ayer tuve una reunión con los brujos —dijo, como si aquello fuera indiscutible.

Negué con la cabeza.

—Eso fue hace ya unos días —le expliqué, incapaz de calcular el número—. ¿No recuerdas lo de anoche, después de que regresáramos de Shreveport? —seguí presionándolo, viendo de repente un rayo de luz en todo aquello.

—¿Hicimos el amor? —preguntó esperanzado—. ¿Sucumbiste finalmente a mí, Sookie? Es sólo cuestión de tiempo, es evidente. —Me sonrió.

«No, anoche estuvimos limpiando y enterrando un cuerpo», pensé.

Yo era la única que lo sabía. Y ni siquiera sabía dónde estaban enterrados los restos de Debbie, ni lo que había sido de su coche.

Me senté en el borde de mi vieja camita. Eric me miró con atención.

—¿Va algo mal, Sookie? ¿Qué ha pasado mientras yo estaba...? ¿Por qué no recuerdo nada de lo sucedido?

El silencio es oro.

Bien está lo que bien acaba.

Ojos que no ven, corazón que no siente. (Ojalá fuera eso cierto).

—Seguro que Pam llegará en cualquier momento —dije—. Creo que dejaré que sea ella quien te lo explique todo.

—¿Y Chow?

—No, Chow no vendrá. Murió anoche. Fangtasia tiene mala suerte con los camareros.

—¿Quién lo mató? Me tomaré mi venganza.

—Ya lo has hecho.

—Te pasa algo más —dijo Eric. Siempre había sido muy astuto.

—Sí, me pasan muchas cosas. —Me habría encantado abrazarlo allí mismo, pero no serviría más que para complicar las cosas—. Y creo que va a nevar.

—¿Nevar? ¿Aquí? —Eric estaba feliz como un niño—. ¡Me encanta la nieve!

¿Por qué no me sorprendía?

—A lo mejor nos nieva estando juntos —dijo en tono sugerente, arqueando sus rubias cejas.

Me eché a reír. No pude evitarlo. Era muchísimo mejor que llorar, algo que había hecho con frecuencia últimamente.

—Como si el tiempo te hubiera impedido alguna vez hacer lo que desearas —dije, y me levanté—. Vamos, te calentaré un poco de sangre.

Aquellas noches de intimidad me habían ablandado bastante y tenía que vigilar mi comportamiento. A punto estuve de acariciarlo cuando pasé por su lado, y en otra ocasión casi le doy un beso y tuve que fingir que se me había caído algo en el suelo.

Cuando media hora después llamó Pam a la puerta, yo estaba preparada para irme a trabajar y Eric nervioso.

En cuanto Pam se sentó delante de él, Eric empezó a bombardearla a preguntas. Les dije que yo tenía que irme, y creo que ni siquiera se dieron cuenta de que salía de la casa por la puerta de la cocina.

Después de la cena, que estuvo concurrida, aquella noche no hubo mucha gente en el Merlotte's. Unos cuantos copos de nieve sirvieron para convencer a muchos parroquianos habituales de que era buena idea volver a casa sobrio. De todos modos, el número de clientes era suficiente para mantenernos a Arlene y a mí moderadamente ocupadas. Mientras cargaba la bandeja con varias jarras de cerveza, Sam se me acercó para enterarse de lo sucedido la noche anterior.

—Te lo contaré después —le prometí, pensando que tendría que pulir con cuidado mi historia.

—¿Alguna pista sobre Jason?

—Nada —dije, sintiéndome más triste que nunca. La telefonista de la policía a punto había estado de morderme cuando le pregunté si tenía noticias.

Kevin y Kenya se pasaron por el bar al acabar su turno. Cuando les llevé sus bebidas a la mesa (un bourbon con cola y un gin-tonic), dijo Kenya:

—Hemos estado buscando a tu hermano, Sookie. Lo siento.

—Ya sé que estáis haciendo todo lo que podéis —dije—. Y no sabes cómo aprecio que organizaseis esa batida. Ojalá... —Y no se me ocurrió qué más decir. Gracias a mi tara, sabía algo sobre cada uno de ellos que el otro no sabía. Estaban mutuamente enamorados. Pero Kevin sabía que su madre le metería la cabeza en el horno antes que verlo casado con una mujer de color, y Kenya sabía que sus hermanos estamparían a Kevin contra una pared antes que verlo desfilar por el pasillo de la iglesia con ella.

Y yo lo sabía, pese a que ninguno de los dos lo sabía; no me gustaba nada enterarme de aquellos asuntos personales, aquellos asuntos tan íntimos, que no podía evitar conocer.

Peor que saberlo, incluso, era la tentación de interferir. Me dije muy seriamente que ya tenía bastantes problemas como para andar dando guerra a los demás. Por suerte, el resto de la noche estuve lo bastante ocupada como para olvidarme de aquella tentación. Aunque no podía revelar aquel tipo de secretos, recordé que a ambos agentes les debía mucho. Si me enteraba de algo que pudiera dárselo a conocer, lo haría.

Cuando el bar cerró, ayudé a Sam a poner las sillas sobre las mesas para que Terry Bellefleur pudiera limpiar y arreglar los lavabos a primera hora de la mañana. Arlene y Tack se habían marchado ya, cantando a coro *Let It Snow*. La nieve estaba cuajando, aunque no creía que aguantara hasta la mañana.

Pensé en las criaturas que habitan en el bosque, intentando refugiarse para mantenerse calientes y secas. Sabía que Debbie Pelt yacía en un agujero en algún rincón de la espesura, fría para siempre.

Me pregunté cuánto tiempo seguiría pensando en ella así, y confié en recordar siempre con claridad lo mala persona, lo vengativa y asesina que llegó a ser.

Llevaba un par de minutos mirando por la ventana cuando Sam apareció detrás de mí.

—¿En qué piensas? —preguntó. Me agarró por la muñeca y noté la fuerza de sus dedos.

Suspiré, no por primera vez.

—Estaba preguntándome por Jason —dije. Se acercaba bastante a la verdad.

Me dio unos golpecitos en la espalda para consolarme.

—Cuéntame lo de anoche —dijo, y por un segundo pensé que estaba preguntándome por Debbie. Entonces, naturalmente, me di cuenta de qué se refería a la batalla con los brujos, así que me dispuse a contárselo.

—Así que Pam ha venido a tu casa esta noche. —Sam parecía satisfecho con eso—. Debe de haber machacado a Hallow hasta obligarla a deshacer el hechizo. ¿Eric ha vuelto a ser él?

—Por lo que yo sé, sí.

—¿Y qué ha comentado de su experiencia?

—No recuerda absolutamente nada —dije—. No tiene ni idea.

Sam apartó la vista y me dijo:

—Y ¿cómo lo llevas tú?

—Creo que es lo mejor —le dije—. Definitivamente. —Pero cuando regresara a casa volvería a encontrarme con un hogar vacío. La idea acechaba en el linde de mi conciencia, pero no quería afrontarla directamente.

—Es una pena que no hayas trabajado en el turno de tarde —dijo, siguiendo extrañamente el hilo de mi pensamiento—. Ha venido Calvin Norris.

—¿Y?

—Creo que ha venido con la esperanza de verte.

Lancé a Sam una mirada escéptica.

—Ya.

—Creo que va en serio, Sookie.

—Sam —dije, sintiéndome tremendamente herida—. Estoy sola, y a veces no es divertido, pero no tengo por qué aceptar a un hombre lobo por el simple hecho de me haga proposiciones.

Sam se quedó algo desconcertado.

—No tendrías por qué hacerlo. Los habitantes de Hotshot no son hombres lobo.

—Dijo que lo eran.

—No, no son hombres lobo. Lo que sucede es que son demasiado orgullosos para autodenominarse cambiantes, pero eso es lo que son. Son hombres pantera.

—¿Qué? —Juro que empecé a ver lucecitas flotando en el aire.

—¿Sookie? ¿Qué sucede?

—¿Panteras? ¿No sabías que la huella que encontraron en el embarcadero de casa de Jason era una huella de pantera?

—No, nadie me dijo nada sobre una huella. ¿Estás segura?

Le miré exasperada.

—Claro que sí. Estoy segura. Y Jason desapareció la noche que Crystal Norris le esperaba en su casa. Debes de ser el único camarero del mundo que no se entera de todos los chismorreos de su ciudad.

—¿Crystal? ¿Es la chica de Hotshot que estuvo con él en Nochevieja? ¿Aquella chica flacucha de pelo negro que estaba el día de la batida?

Moví afirmativamente la cabeza.

—¿Aquélla a la que tanto quiere Felton?

—¿Quién?

—Felton, ya sabes, el que también vino el día de la batida. La chica ha sido siempre su gran amor.

—¿Y cómo lo sabes? —Puesto que yo, que soy aquí la vidente, no me había enterado, me había picado.

—Me lo contó una noche que había bebido demasiado. Estos tipos de Hotshot no vienen mucho por aquí, pero cuando lo hacen, beben de verdad.

—Y ¿por qué vendría también a la batida?

—Pienso que es mejor que vayamos directamente a formularles unas cuantas preguntas.

—¿A estas horas?

—¿Tienes algo mejor que hacer?

Tenía razón, y era evidente que quería saber si tenían secuestrado a mi hermano o podían explicarme qué le había pasado. En cierto sentido, sin embargo, me daba miedo descubrirlo.

—Esa chaqueta es demasiado ligera para el tiempo que hace, Sookie —dijo Sam, mientras recogíamos.

—Tengo el abrigo lavando —dije. De hecho, no había tenido tiempo de ponerlo en la secadora, ni siquiera de mirar si las manchas de sangre habían desaparecido. Y estaba lleno de agujeros.

—Hmm… —Fue todo lo que dijo Sam, antes de prestarme un jersey de color verde para que me lo pusiera debajo de la chaqueta. Fuimos en la camioneta de Sam porque estaba nevando con fuerza y, como todos los hombres, Sam estaba convencido de que sabía conducir en la nieve, aunque prácticamente nunca lo hubiera hecho.

El viaje hasta Hotshot me pareció más largo al ser de noche, y con la nieve cayendo sin cesar.

—Gracias por llevarme, pero empiezo a pensar que estamos locos —dije, cuando íbamos ya por medio camino.

—¿Llevas puesto el cinturón? —preguntó Sam.

—Por supuesto.

—Bien —dijo, y seguimos adelante.

Llegamos por fin al pequeño poblado. No había farolas, claro está, pero un par de residentes debía de haber pagado para que instalasen luces de seguridad en los postes de la electricidad. En algunas ventanas se veía luz.

—¿Dónde piensas que deberíamos ir?

—A casa de Calvin. Es el que manda aquí —dijo Sam, muy seguro.

Recordé lo orgulloso que se había mostrado Calvin de su casa y sentía curiosidad por ver el interior. Tenía las luces encendidas y su camioneta aparcada delante. Salir del calor del coche para adentrarnos en la gélida noche fue como atravesar una cortina mojada que daba acceso a la puerta principal de la casa. Llamé y la puerta se abrió al cabo de un buen rato. Calvin puso cara de satisfacción hasta que vio que me acompañaba Sam.

—Pasad —dijo, no muy acogedoramente. Nos sacudimos educadamente los pies antes de entrar.

La casa era sencilla y limpia, decorada con muebles y fotografías, cosas baratas pero dispuestas con buen gusto. En ninguna de las fotografías aparecía gente, lo cual me resultó interesante. Paisajes. Animales salvajes.

—Una noche muy mala para andar conduciendo por ahí —observó Calvin.

Sabía que, por muchas ganas que tuviera de agarrarle por la camisa y zarandearle, tenía que andarme con cuidado. Aquel hombre era el gobernante allí. Y el tamaño que pudiera tener su reino carecía de importancia.

—Calvin —dije, tratando de mantener la calma—, ¿sabías que la policía encontró una huella de pantera en el embarcadero, junto a la huella de la bota de Jason?

—No —dijo al cabo de un buen rato. Veía la rabia crecer en su mirada—. Por aquí no nos llegan los chismorreos. Me preguntaba por qué los hombres de la batida iban armados, pero ya sabéis que ponemos a la gente nerviosa y nadie nos dirigió apenas la palabra. Una huella de pantera. Vaya.

—Hasta esta noche no me he enterado de que ésta es precisamente vuestra otra identidad.

Me miró fijamente.

—¿Piensas que alguno de nosotros secuestró a tu hermano?

Me quedé en silencio, sin apartar mi mirada de sus ojos. Sam seguía a mi lado.

—¿Piensas que Crystal se enfadó con tu hermano y le ocasionó algún daño?

—No —respondí. Sus ojos dorados eran cada vez más grandes y más redondos.

—¿Me tienes miedo? —preguntó de repente.

—No —respondí—. Claro que no.

—Felton —dijo.

Asentí.

—Vayamos a verle —propuso.

Rodeada de nuevo de oscuridad y nieve, con los copos pinchándome las mejillas, me alegré de que mi chaqueta tuviese capucha. Sam llevaba guantes y me cogió la mano cuando tropecé con alguna herramienta o juguete que había quedado tirado en el suelo del jardín de la casa contigua a la de Felton. Y mientras nosotros avanzábamos por el suelo de cemento del porche de casa de Felton, vimos que Calvin estaba llamando ya a la puerta.

—¿Quién es? —preguntó Felton.

—Abre —dijo Calvin.

Reconociendo su voz, Felton abrió de inmediato la puerta. La casa no parecía tan limpia como la de Calvin y el mobiliario no estaba puesto con gracia, sino más bien dispuesto de cualquier manera y apoyado todo en la pared más cercana. Sus movimientos no eran de ser humano, tendencia que esta noche parecía más pronunciada que el día de la batida. Felton, pensé, estaba más próximo a revertir a su naturaleza animal. La endogamia había hecho huella en él.

—¿Dónde está ese hombre? —preguntó Calvin sin más preámbulos.

Felton abrió los ojos de par en par y se tensó, como si estuviera pensando en salir corriendo. No dijo nada.

—¿Dónde está? —volvió a preguntar Calvin. Su mano se transformó en una garra y cruzó con ella la cara de Felton—. ¿Está vivo?

Me llevé la mano a la boca para sofocar un grito. Felton cayó de rodillas, con la cara atravesada por dos rasguños paralelos sanguinolentos.

—En el cobertizo de atrás —dijo.

Salí por la puerta principal a tanta velocidad que Sam apenas pudo seguirme. Al llegar a la esquina de la casa, tropecé y caí, cuan larga soy, sobre un montón de leña. Aunque sabía que después me dolería, me incorporé y me encontré sujetada por Calvin Norris que, igual que había hecho en el bosque, me levantó del suelo sin que me diera ni cuenta. Saltó por encima de la leña con gran elegancia y nos encontramos enfrente de la puerta del cobertizo, una de esas estructuras prefabricadas que tienen en Sears o Penney's. Cuando el camión del cemento viene a instalar la base, tienes que pedir ayuda a tus vecinos para montarla.

La puerta estaba cerrada con candado, pero este tipo de cobertizo no está pensado para evitar a determinados intrusos, y Calvin era un tipo muy fuerte. Rompió el candado, empujó la puerta y encendió la luz. Me resultó sorprendente que hubiera electricidad, pues no es lo habitual en estos casos.

Al principio no estuve muy segura de estar viendo a mi hermano, pues aquella criatura no se parecía en absoluto a Jason. Era rubio, eso sí, pero estaba tan sucio y olía tan mal que me estremecí. Y estaba azul de frío, pues sólo iba vestido con unos pantalones. Estaba tendido en el suelo de cemento sobre una sola manta.

Me arrodillé a su lado, acogiéndole lo mejor que pude entre mis brazos, y abrió los ojos.

—¿Sookie? —dijo, y percibí incredulidad en su voz—. ¿Sookie? ¿Estoy salvado?

—Sí —le respondí, aun no estando ni mucho menos segura de ello. Recordé lo que le había sucedido al sheriff que fue encontrado allí y acabó mal—. Vamos a llevarte a casa.

Le habían mordido.

Le habían mordido mucho.

—Oh, no —dije en voz baja, comprendiendo la importancia de los mordiscos.

—No lo he matado —dijo Felton desde fuera, a la defensiva.

—Le has mordido —dije, y mi voz sonó como si fuera la de otra persona—. Querías que fuera como tú.

—Así Crystal no lo preferiría a él. Ella sabe que tenemos que cruzarnos con gente de fuera, pero le gusto más yo —dijo Felton.

—De modo que lo secuestraste, lo encerraste aquí y te dedicaste a morderlo.

Jason estaba tan débil que no podía tenerse en pie.

—Llevadlo a la camioneta, por favor —dije secamente, incapaz de mirar a los ojos a nadie. Notaba la rabia creciendo en mi interior como una gran ola negra y era consciente de que tenía que reprimirla hasta que saliéramos de allí. Sabía que podía controlarme y conseguirlo. Sabía que podía.

Jason gritó cuando Calvin y Sam lo levantaron. Cogieron también la manta y lo envolvieron en ella. Salí detrás de ellos, camino de casa de Calvin y de la camioneta.

Había recuperado a mi hermano. Existían probabilidades de que se transformara en pantera de vez en cuando, pero lo había recuperado. No sabía si las reglas eran iguales para todos los cambiantes, pero Alcide me había contado que los hombres lobo que no lo eran de nacimiento, sino porque habían sido mordidos —hombres lobo creados, no hombres lobo genéticos— se transformaban en esas criaturas medio hombre, medio bestia, que salían en las películas de terror. Me obligué a dejar de pensar en aquello, y a disfrutar de la alegría de haber recuperado a mi hermano con vida.

Calvin ayudó a mi hermano a sentarse en la camioneta y Sam se instaló en el asiento del conductor. Cuando yo subiera, Jason quedaría sentado entre nosotros dos. Pero Calvin tenía aún algo más que decirme.

—Felton será castigado —dijo—. Ahora mismo.

El castigo de Felton no había estado hasta aquel momento en mi lista de cosas prioritarias en qué pensar, pero asentí, porque lo que quería era salir de allí de una vez.

—Si nos ocupamos de Felton, ¿iréis a informar a la policía? —preguntó. Se le veía rígido, como si intentara no darle importancia a la pregunta. Era un momento peligroso. Sabía lo que le sucedía a la gente que llamaba la atención hacia la comunidad de Hotshot.

—No —dije—. No ha sido más que Felton. —Aunque, naturalmente, Crystal debía de haber sabido algo. Me había dicho que aquella noche, en casa de Jason, había olido a animal. ¿Cómo era posible que no hubiera adivinado que era olor a pantera, cuando ella era una cambiante? Y seguramente siempre había sabido que la pantera en cuestión era Felton. Su olor tenía que resultarle familiar. Pero no era momento de tocar el tema; en cuanto tuviera tiempo para reflexionar sobre lo sucedido, Calvin se daría cuenta igual que me había dado cuenta yo—. Y es posible que mi hermano sea a partir de ahora uno más de vosotros. Os necesitará —añadí, en el tono de voz más tranquilo que conseguí emitir. Aunque no me salió muy logrado.

—Vendré a buscar a Jason la próxima noche de luna llena.

Volví a asentir.

—Gracias —le dije, porque sabía que nunca habría encontrado a Jason si él nos hubiera puesto obstáculos—. Ahora tengo que llevarme a mi hermano a casa. —Sabía que Calvin quería que lo tocara, quería que conectase con él de algún modo, pero yo no podía hacerlo.

—Claro —dijo, después de una larga pausa. El cambiante dio un paso atrás para dejarme subir al vehículo. Parecía haberse dado cuenta de que yo no necesitaba su ayuda en aquel momento.

Creía haber obtenido modelos cerebrales inusuales de los habitantes de Hotshot porque eran endogámicos. Jamás se me había ocurrido pensar que pudieran ser otra cosa distinta a hombres lobo. Lo había asumido. Recuerdo lo que mi entrenador de voleibol del instituto siempre decía sobre la palabra «asumir». Naturalmente, también nos decía que teníamos que darlo todo en la pista para que allí estuviera cuando volviéramos a ella, algo que aún no he logrado comprender.

Pero en cuanto a los supuestos asumidos, tenía razón.

Sam había puesto ya en marcha la calefacción del vehículo, aunque no al máximo. Estaba segura de que si la ponía demasiado fuerte, Jason empezaría a encontrarse mal. Y resultó, además, que en el momento en que Jason empezó a entrar en calor, su olor se hizo más evidente. Casi le pido disculpas a Sam por ello, pero era importante evitarle a Jason más humillaciones.

—Aparte de los mordiscos y del frío, ¿te encuentras bien? —le pregunté, cuando creí que Jason había dejado de temblar y podía empezar a hablar.

—Sí —respondió—. Sí. Cada noche, cada maldita noche, entraba en el cobertizo y se transformaba delante de mí. Y cada noche yo pensaba: «Me matará y me devorará». Y me mordía cada noche. Y luego, volvía a transformarse en humano y se largaba. Sabía que era difícil para él, después de haber olido la sangre…, pero nunca pasó de los mordiscos.

—Esta noche le matarán —dije—. A cambio de que no los delatemos a la policía.

—Me parece un buen trato —dijo Jason, y lo decía en serio.

Capítulo

15

Jason fue capaz de mantenerse en pie el rato suficiente para darse una ducha, que dijo que era la mejor que se había dado en su vida. Cuando estuvo limpio y oliendo a perfume, le apliqué una pomada antibiótica. Acabé con el tubo entero. Los mordiscos parecían estar cicatrizando bien. No podía parar de pensar en cosas que podía hacerle para que se sintiese bien. Le había preparado chocolate caliente, y un plato de harina de avena caliente (lo que me pareció una elección curiosa, pero dijo que Felton lo había alimentado sólo a base de carne muy poco hecha), se había puesto el pantalón de pijama que le había comprado a Eric (demasiado grandes, pero como eran de cintura elástica no le quedaban mal) y una camiseta vieja que me quedaba grande y que me habían dado cuando hace un par de años participé en una media maratón benéfica. No paraba de tocar el tejido, como si estuviera feliz por verse vestido.

Lo que más deseaba era sentirse caliente y dormir. De modo que lo instalé en mi antigua habitación. Con una triste mirada al armario, que Eric había dejado mal colocado, le deseé buenas noches a mi hermano. Me pidió que dejara encendida la luz del recibidor y la puerta entornada. Le costó pedírmelo, de modo que no protesté y me limité a hacerlo.

Sam estaba sentado en la cocina, bebiendo una taza de té caliente. Me miró desde detrás del humo que desprendía y me sonrió.

—¿Qué tal está?

Me dejé caer en el lugar donde siempre suelo sentarme.

—Mejor de lo que pensaba —dije—. Teniendo en cuenta que se ha pasado todo este tiempo encerrado en el cobertizo, sin calefacción y siendo mordido a diario.

—Me pregunto cuánto tiempo pensaba Felton mantenerlo así.

—Hasta la luna llena, me imagino. Entonces, Felton habría visto si lo había conseguido o no.

—He mirado el calendario. Le quedan un par de semanas.

—Bien. Démosle tiempo a Jason de recuperar sus fuerzas antes de que tenga otra cosa a la que enfrentarse. —Apoyé la cabeza entre mis manos un buen rato—. Tengo que llamar a la policía.

—¿Para decirles que dejen de buscar?

—Eso es.

—¿Has pensado ya en qué vas a contarles? ¿Tiene alguna idea Jason?

—¿Que los parientes de alguna chica lo secuestraron? —De hecho, eso era verdad en gran parte.

—La policía querrá saber dónde lo tuvieron secuestrado. Si ha conseguido escapar solo, querrán saber cómo lo ha hecho y obtener de él toda la información posible.

Me pregunté si me quedaban fuerzas para pensar. Me quedé mirando la mesa sin pensar nada: el cacharro para guardar las servilletas que mi abuela había comprado en una feria de artesanía, el azucarero, el salero y el pimentero que tenían la forma de un gallo y una gallina… Vi que debajo del salero había algo.

Era un talón por cincuenta mil dólares firmado por Eric Northman. Eric no sólo me había pagado, sino que además me había dado la propina más sustanciosa de toda mi vida profesional.

—Oh —dije—. Oh, caramba. —Permanecí un minuto más mirándolo, para asegurarme de que estaba leyéndolo bien. Se lo pasé a Sam.

—Caray. ¿Es esto el pago por tener en casa a Eric? —Sam me miró y yo asentí—. ¿Qué harás con el dinero?

—Ingresarlo en el banco, mañana a primera hora.

Sam sonrió.

—Te preguntaba a largo plazo.

—Relajarme. Tenerlo me servirá simplemente para relajarme. Saber que lo tengo… —Y se me llenaron los ojos de lágrimas. Una vez más. Maldita sea—. Así no tendré que andar siempre preocupada.

—Últimamente has vivido situaciones muy tensas, lo entiendo. —Moví afirmativamente la cabeza—. Podrías… —empezó a decir, pero no pudo terminar la frase.

—Gracias, pero no puedo hacerle eso a la gente —dije con firmeza—. La abuela siempre decía que era la forma más segura de terminar con una amistad.

—Podrías vender este terreno, comprarte una casa en la ciudad, tener vecinos —sugirió Sam, como si llevara meses con ganas de decirlo.

—¿Irme de esta casa? Esta casa lleva habitada por mi familia desde hace ciento cincuenta años. Eso no la convierte en algo sagrado ni nada por el estilo, claro está, y la casa se ha ampliado y ha sufrido reformas muchas veces. He pensado a veces en vivir en una casita moderna, con los suelos nivelados y baños arreglados, y una cocina moderna con muchos enchufes. Sin que el calentador del agua se vea, aislamiento sonoro… ¡Una plaza de aparcamiento!

Deslumbrada ante la imagen, tragué saliva.

—Me lo pensaré —dije, sintiéndome atrevida por el mero hecho de plantearme la idea—. Pero en estos momentos no puedo pensar apenas en nada. Sólo esperar a que llegue mañana ya será bastante duro.

Pensé en las horas que la policía había dedicado a la búsqueda de Jason. De pronto me sentía agotada. No podía ni intentar inventarme una historia que contarles.

—Tienes que acostarte —dijo Sam.

No pude sino asentir.

—Gracias, Sam. Muchas gracias. —Nos levantamos y le di un abrazo. Se convirtió en un abrazo más prolongado de lo que tenía pensado, pues me resultó inesperadamente relajante y confortable—. Buenas noches —dije—. Y conduce con cuidado, por favor. —Pensé por un momento en ofrecerle una de las camas de la planta de arriba, pero tenía siempre el piso cerrado y allá arriba debía de hacer un frío terrible; y tendría que subir y preparar la cama. Estaría más cómodo yendo a su casa, aun con la nieve.

—Lo haré —dijo, y me soltó—. Llámame por la mañana.

—Gracias de nuevo.

—Ya basta de gracias —dijo. Eric había clavado un par de clavos en la puerta principal para que cerrase hasta que yo comprara un nuevo pestillo. Cerré con llave la puerta trasera cuando se hubo marchado Sam, y a duras penas me cepillé los dientes y me puse el camisón antes de meterme en la cama.

Lo primero que hice a la mañana siguiente fue ir a ver cómo estaba mi hermano. Jason seguía profundamente dormido y a la luz del sol pude ver con claridad las consecuencias de su encarcelamiento. Llevaba barba de varios días. Incluso dormido, parecía mayor. Tenía moratones por todos lados, y eso que sólo le veía la cara y los brazos. Abrió los ojos cuando me senté en la cama. Sin moverse, recorrió la habitación con la mirada. Y se detuvo cuando se encontró con mi cara.

—No lo he soñado, ¿verdad? —dijo. Hablaba con voz ronca—. Tú y Sam vinisteis a rescatarme. Me soltaron. La pantera me soltó.

—Sí.

—Y ¿qué pasó mientras yo no estaba? —preguntó a continuación—. Espera, ¿puedo ir al baño y tomarme una taza de café antes de que me lo cuentes?

Me gustó que preguntara antes de ponerse a hablar él (hablar sin parar era uno de sus rasgos característicos) y me alegré de decirle que sí e incluso de ir a prepararle el café. Jason parecía encantado en la cama con su taza de café con azúcar, y se acomodó entre los almohadones mientras charlábamos.

Le conté lo de la llamada de Catfish, nuestro ir y venir con la policía, la búsqueda en el jardín y que me había llevado de su casa su rifle Benelli, que me exigió ver de inmediato.

—¡Lo has disparado! —dijo sorprendido, después de examinarlo.

Me quedé mirándolo.

—Me imagino que funcionó tal y como se supone debe funcionar una escopeta de caza —dijo—. Ya que te veo aquí sentada y con buen aspecto.

—Gracias, y no vuelvas a preguntármelo —dije.

Asintió.

—Ahora tenemos que pensar en la historia que le contaremos a la policía.

—Me imagino que no podemos contarles la verdad.

—Por supuesto, Jason, contémosles que el pueblo de Hotshot está lleno de hombres pantera y que como te acostaste con una de ellos, su amigo también quiso convertirte en hombre pantera, para que ella no te prefiriera a ti antes que a él. Y que por eso se transformó cada día en pantera y se dedicó a morderte.

Hubo una prolongada pausa.

—Ya me imagino la cara de Andy Bellefleur —dijo Jason, casi abatido—. Aún no ha superado que el año pasado me declararan inocente del asesinato de aquellas dos chicas. Le habría encantado que me hubiesen declarado neurótico perdido. Catfish habría tenido que despedirme y no creo que me gustara mucho quedarme ingresado en una clínica mental.

—Lo que es evidente es que tus oportunidades de salir con chicas se habrían visto limitadas.

—Crystal… ¡Dios, qué chica! Y mira que me lo advertiste. Pero estaba tan colado por ella. Y resulta que era una…, bueno, ya lo sabes.

—Por el amor de Dios, Jason, es una cambiante. No sigas refiriéndote a ello como si fuese el monstruo de la laguna Negra, o Freddy Krueger, o yo qué sé.

—Sook, sabes muchas cosas que los demás no sabemos, ¿verdad? Empiezo a darme cuenta.

—Sí, supongo.

—Aparte de los vampiros.

—Sí.

—Hay mucho más.

—Intenté decírtelo.

—Yo me creía todo lo que contabas, pero no lo acababa de captar. Hay gente que conozco —me refiero, además de Crystal— que no siempre es persona, ¿no es eso?

—Eso es.

—¿Como cuánta gente?

Conté los seres de dos naturalezas que había visto en el bar: Sam, Alcide, aquella pequeña mujer zorro que estaba tomando copas con Jason y Hoyt hacía un par de semanas…

—Al menos tres —respondí.

—Y ¿cómo sabes tú todo esto?

Me quedé mirándolo.

—Está bien —dijo, después de una larga pausa—. No quiero saberlo.

—Y ahora, tú —dije con delicadeza.

—¿Estás segura?

—No, y no lo estaremos hasta de aquí a un par de semanas —dije—. Calvin te ayudará si lo necesitas.

—¡No pienso permitir que esos me ayuden! —Los ojos de Jason echaban chispas y parecía volver a estar lleno de energía.

—No te queda otra alternativa —dije, intentando no ser brusca—. Y Calvin no sabía que estabas allí. Es un buen tipo. Pero aún no es momento de hablar de ello. Lo que tenemos que pensar ahora es qué le decimos a la policía.

Pasamos como mínimo una hora repasando nuestras historias. Intentando encontrar partes de verdad que nos ayudaran a urdir un plan.

Al final llamé a comisaría. La telefonista del turno de día estaba harta de oír mi voz, pero seguía intentando mostrarse amable.

—Sookie, tal y como te dije ayer, cariño, te llamaremos cuando averigüemos alguna cosa sobre Jason —dijo, intentando reprimir la exasperación que realmente existía detrás de aquel tono conciliador.

—Ya lo he encontrado —dije.

—¿Qué…, qué? —El grito fue alto y claro. Incluso Jason hizo una mueca de disgusto.

—Que ya lo he encontrado.

—Enviaré a alguien enseguida.

—Estupendo —dije, aun sin sentirlo.

Tuve la previsión de quitar los clavos de la puerta principal antes de que llegara la policía. No me apetecía que me preguntasen qué le había pasado a la puerta. Jason me había mirado con extrañeza cuando me vio con el martillo, pero no dijo una palabra.

—¿Dónde está tu coche? —preguntó de entrada Andy Bellefleur.

—En el Merlotte's.

—¿Por qué?

—¿Puedo contároslo una sola vez a ti y a Alcee cuando estéis juntos? —Alcee Beck estaba subiendo las escaleras de acceso a la casa. Él y Andy habían venido juntos y al ver a Jason acostado en el sofá, tapado, ambos se detuvieron en seco. Entonces me di cuenta de que nunca habían esperado volver a ver a Jason con vida.

—Me alegro de verte sano y salvo, tío —dijo Andy, y le estrechó la mano a Jason. Tomaron asiento, Andy en el sillón reclinable de la abuela y Alcee en el sillón que normalmente ocupo yo. Me instalé en el sofá, a los pies de Jason—. Nos alegramos de verte en el mundo de los vivos, Jason, pero tenemos que saber dónde has estado y qué te ha pasado.

—No tengo ni idea —dijo Jason.

Y siguió manteniéndolo durante horas.

No existía historia creíble que Jason pudiese contar y que justificase todo lo sucedido: su ausencia, su deplorable estado físico, las marcas de mordiscos, su repentina reaparición. Lo único que podía decir era que lo último que recordaba era haber oído un ruido curioso mientras estaba en casa pasándoselo bien con Crystal y haber recibido un golpe en la cabeza cuando había salido a investigar. No recordaba nada hasta que, no sabía cómo, se había sentido empujado desde el interior de un vehículo y había aparecido en mi jardín la noche anterior. Yo lo había encontrado cuando Sam me trajo a casa al salir del trabajo. Había vuelto a casa en el coche de Sam porque me daba miedo conducir con tanta nieve.

Naturalmente, habíamos hablado el tema con Sam previamente, y él se había mostrado de acuerdo, a regañadientes, en que era la mejor forma de salir del asunto. Sabía que a Sam no le gustaban las mentiras, como tampoco me gustaban a mí, pero teníamos que mantener cerrada aquella caja de los truenos.

La belleza de la historia radicaba en su sencillez. Mientras Jason fuera capaz de resistir la tentación de adornarla, seguiría a salvo. Sabía que le resultaría duro, pues a Jason le encantaba hablar, y le encantaba hablar exagerando. Pero mientras permanecí allí sentada, recordándole las consecuencias, mi hermano consiguió contenerse. Tuve que levantarme a prepararle otra taza de café —los policías no querían más— y cuando entré de nuevo en la sala de estar, me encontré a Jason diciendo que creía recordar una habitación oscura y fría. Lo miré fijamente y dijo entonces:

—Pero tengo la cabeza tan confusa que tal vez no sea más que un sueño.

Andy miró a Jason, y luego me miró a mí, cada vez más rabioso.

—No os entiendo —dijo, casi gruñendo—. Sookie, sé que estabas preocupada por él. Eso no me lo invento, ¿verdad?

—No, me alegro de tener a mi hermano de vuelta. —Le di unos golpecitos en el pie, que seguía debajo de la manta.

—Y tú, tú no querías estar dondequiera que estuvieras, ¿no? Has faltado al trabajo, hemos gastado miles de dólares del presupuesto local en tu búsqueda, has trastornado la vida de centenares de personas. ¡Y ahora estás aquí, mintiéndonos!

—La voz de Andy se transformó casi en un grito al final de la frase—. ¡Y ahora, la misma noche en que tú apareces, ese vampiro desaparecido que sale en todos los carteles resulta que llama a la policía de Shreveport para decir que también ha recuperado la memoria! ¡Y en Shreveport tienen un incendio rarísimo donde se recuperan cuerpos de todo tipo! ¡Y pretendes decirme que no hay ninguna conexión!

Jason y yo nos miramos boquiabiertos. De hecho, no existía ninguna conexión entre el caso de Jason y el de Eric. No se nos había ocurrido lo extraño de la coincidencia.

—¿Qué vampiro? —preguntó Jason. Lo hizo tan bien, que casi le creí incluso yo.

—Larguémonos, Alcee —dijo Andy. Cerró el cuaderno. Se guardó el bolígrafo en el bolsillo de la camisa con tanta fuerza que me sorprendió que no se destrozara el bolsillo—. Este cabrón nunca nos contará la verdad.

—¿No crees que lo haría si pudiese? —dijo Jason—. ¿No crees que me encantaría ponerle las manos encima a quién me ha hecho esto? —Sonaba absolutamente sincero, al cien por cien, porque lo era. Los dos detectives vieron cómo su incredulidad se desmoronaba, sobre todo Alcee Beck. Pero aun así, se marcharon poco satisfechos. Me sentaba mal, pero no podía hacer nada al respecto.

A última hora, Arlene pasó a recogerme por casa para ir a buscar el coche en el Merlotte's. Se alegró de ver a Jason y le dio un fuerte abrazo.

—Tenías a tu hermana un poco preocupada, pillín —dijo—. No vuelvas a darle a Sookie nunca más un susto como éste.

—Haré lo posible —dijo Jason, con algo que se aproximaba bastante a su vieja sonrisa maliciosa—. Ha sido una buena hermana para mí.

—Eso sí que es una verdad como un templo —dije, algo amargada—. Cuando vuelva con el coche, creo que te llevaré a tu casa, hermano.

Jason pareció asustado. Nunca le había gustado estar solo en casa y después de pasar tantas horas de soledad en el frío de aquel cobertizo, tal vez le gustara aún menos.

—Me apuesto lo que quieras a que ahora que se han enterado de que has regresado, todas las chicas de Bon Temps están preparando comida para traerte a casa —dijo Arlene. La cara de Jason se iluminó de forma perceptible—. Sobre todo porque he estado explicando a todo el mundo que has vuelto hecho un pobrecito inválido.

—Gracias, Arlene —dijo Jason, que cada vez era más él.

De camino a la ciudad, se lo agradecí también.

—Muchas gracias por animarle. No tengo ni idea de todo lo que ha pasado, pero me parece que lo va a pasar mal hasta recuperarse del todo.

—Cariño, no es necesario que te preocupes por Jason. Es un superviviente por naturaleza. No sé por qué no se presentó a ese programa.

Nos estuvimos riendo todo el camino hasta la ciudad con la idea de rodar un episodio de *Supervivientes* en Bon Temps.

—¿Tú qué crees? Con esos bosques llenos de jabalíes y con esa huella de pantera, se lo pasarían bien con un *Supervivientes: Bon Temps* —dijo Arlene—. No te imaginas lo mucho que nos reiríamos de ellos Tack y yo.

Aquello me proporcionó una buena entrada para bromear sobre Tack, un tema que le encantaba a Arlene, y al final acabó animándome tanto como lo había hecho con Jason. Arlene era muy buena en eso. Mantuve una breve conversación con Sam en el almacén del Merlotte's y me explicó que Andy y Alcee ya habían ido a verle para comprobar si su relato coincidía con el mío.

Prácticamente me echó del almacén antes de que pudiera volver a darle las gracias.

Llevé a Jason a su casa, aunque dio claras muestras de que le apetecía quedarse conmigo una noche más. Cogí también el rifle Benelli y le dije que aquella tarde se dedicara a limpiarlo. Me prometió que lo haría, y cuando me miró, adiviné que quería preguntarme de nuevo por qué había tenido que utilizarlo. Pero no lo hizo. Aquellos últimos días le habían servido a Jason para aprender muchas cosas.

Volvía a trabajar en el turno de noche, de modo que tendría poco tiempo libre cuando llegara a casa antes de prepararme para ir al trabajo. Pero el día pintaba bien. De camino a casa no encontré hombres corriendo por la carretera y, en el transcurso de las dos horas siguientes, tampoco telefoneó nadie ni apareció nadie con una crisis inminente. Pude cambiar las sábanas de las dos camas, lavarlas, barrer la cocina y poner en su sitio el armario que disimulaba el escondite. Pero entonces llamaron a la puerta.

Sabía quién sería. Estaba ya oscuro y, por supuesto, era Eric.

Me miró con una cara no muy feliz.

—Estoy algo confuso —dijo sin más preámbulos.

—Y por lo tanto, tengo que dejar todo lo que tengo entre manos para ayudarte —dije, poniéndome al instante en plan de ataque.

Levantó una ceja.

—Seré educado y te preguntaré si puedo pasar. —No le había rescindido la invitación, pero él no quería irrumpir en mi casa sin permiso. Muy diplomático.

—Sí, pasa. —Me hice atrás.

—Hallow ha muerto, después de haber sido obligada a deshacer mi maleficio, evidentemente.

—Pam ha hecho un buen trabajo.

Eric asintió.

—Era Hallow o yo —dijo—. Prefiero haber sido yo.

—¿Por qué eligió Shreveport?

—Sus padres fueron encarcelados en Shreveport. También eran brujos, y además eran estafadores. Utilizaban la magia para convencer a sus víctimas de su sinceridad. En Shreveport se les terminó la racha de suerte. La comunidad sobrenatural se negó a hacer nada para sacarlos de la cárcel. Estando entre rejas, la mujer se vio implicada en una pelea con una sacerdotisa vudú y el hombre tuvo también una pelea con navajas, y todo eso.

—Buenos motivos para tenérsela jugada a los sobrenaturales de Shreveport.

—Dicen que he pasado varias noches aquí. —Eric había decidido de pronto cambiar de tema.

—Sí —le confirmé. Intenté mostrarme interesada en lo que tuviera que decir.

—Y durante ese tiempo…, ¿nunca…?

No quise fingir no entender lo que quería preguntarme.

—¿Te parece eso probable, Eric?

No se había sentado, y se acercó un poco más a mí, como si mirándome fijamente pudiera conocer la verdad. Le habría resultado fácil de dar un paso más, de estar incluso más cerca.

—No lo sé —dijo—. Y me siento un poco incómodo por ello.

Sonreí.

—¿Te gusta estar de nuevo trabajando?

—Sí. Pero Pam lo ha dirigido todo muy bien durante mi ausencia. He enviado flores al hospital. Para Belinda y para una mujer lobo llamada María Cometa, o algo por el estilo.

—María Estrella Cooper. A mí no me has enviado —observé con cierto sarcasmo.

—No, pero te dejé algo más importante debajo del salero —dijo, siguiendo mi tono—. Tendrás que pagar impuestos sobre esa cantidad. Por lo que te conozco, estoy seguro de que le darás una parte a tu hermano. He oído decir que ya ha aparecido.

—Así es —respondí brevemente. Sabía que estaba acercándome al punto de acabar estallando, y sabía también que tenía que marcharse pronto para evitarlo. Había aconsejado a Jason que mantuviera la boca cerrada, pero ahora me costaba mucho aplicarme a mí esa misma receta—. ¿Qué es lo que quieres decir?

—El dinero no durará mucho tiempo.

No creo que Eric fuese consciente de la enorme cantidad que eran cincuenta mil dólares para mis estándares.

—¿Qué quieres saber? Estoy segura de que quieres alguna cosa, pero no tengo ni idea de qué es.

—¿Existe algún motivo por el que pueda haber encontrado tejido cerebral en la manga de mi chaqueta?

Noté que me quedaba blanca. Y a continuación, me encontré sentada en el sofá con Eric a mi lado.

—Creo que hay ciertas cosas que no estás contándome, querida Sookie —dijo. Pero su voz era amable.

La tentación resultaba abrumadora.

Pero pensé en el poder que Eric tendría entonces sobre mí, más poder incluso del que tenía ahora; sabría que me había acostado con él, y sabría que había matado a una mujer y que él era el único testigo. Sabría que no sólo me debía la vida (probablemente), sino que yo también le debía la mía.

—Me gustabas más cuando no recordabas quién eras —dije, y con esa verdad en primer plano de mi mente, supe que tenía que mantener la calma.

—Unas palabras duras —dijo, y casi me creo que estuviera realmente dolido.

Por suerte para mí, alguien más llamó a la puerta. Era una llamada fuerte e insistente, y me sentí alarmada por un momento.

Era Amanda, la mujer lobo de Shreveport que me había insultado.

—Hoy vengo por un asunto oficial —dijo—, por lo que seré educada.

Un cambio de actitud que no estaba mal.

Saludó a Eric con un ademán de cabeza y dijo:

—Me alegro de ver que has recuperado la cabeza, vampiro —dijo en un tono de total indiferencia. Se notaba que los licántropos y los vampiros de Shreveport habían retomado su antiguo tipo de relación.

—Y yo también me alegro de verte, Amanda —dije.

—Por supuesto —dijo, aunque sin darle importancia—. Estamos haciendo interrogatorios por encargo de los cambiantes de Jackson.

Oh, no.

—¿Sí? Siéntate, por favor. Eric estaba a punto de marcharse.

—No, me encantaría quedarme para escuchar las preguntas de Amanda —dijo Eric, resplandeciente.

Amanda me miró levantando las cejas.

Poco podía hacer para alterar la situación.

—Oh, sí, quédate, por supuesto —dije—. Sentaos los dos, por favor. Lo siento, pero no tengo mucho tiempo pues de aquí a un rato tengo que irme a trabajar.

—En este caso, iré directa al grano —dijo Amanda—. Hace dos noches, la mujer de la que abjuró Alcide..., la cambiante de Jackson, aquella que llevaba ese peinado tan raro...

Moví afirmativamente la cabeza, para indicarle que la seguía. Eric no se enteraba de nada. Y seguiría sin enterarse.

—Debbie —recordó la mujer lobo—. Debbie Pelt.

Eric puso los ojos como platos. Sí que recordaba aquel nombre. Empezó a sonreír.

—¿Que Alcide abjuró de ella? —preguntó.

—Tú estabas allí presente —le espetó Amanda—. Oh, claro, lo olvidaba. Eso fue mientras estabas bajo aquel maleficio.

Le encantó decir aquello.

—Pues resulta que Debbie no regresó a Jackson. Su familia está preocupada por ella, sobre todo desde que se han enterado de lo de Alcide, y temen que pueda haberle pasado alguna cosa.

—¿Por qué piensas que me habría dicho algo a mí?

Amanda hizo una mueca.

—Bien, la verdad es que creo que antes habría comido cristal que volver a hablar contigo. Pero estamos obligados a interrogar a todos los presentes.

De modo que no era más que una cuestión rutinaria. No es que me hubiesen identificado por alguna razón. Noté que me relajaba. Por desgracia, también podía notarlo Eric. Yo llevaba su sangre, podía adivinar cosas sobre mí. Eric se levantó y se fue a la cocina. Me pregunté qué estaría haciendo.

—No la he visto desde aquella noche —dije, lo que era verdad, pues no especifiqué desde qué hora—. No tengo ni idea de dónde puede estar. —Y eso era más cierto aún.

—Nadie ha reconocido haber visto a Debbie desde que abandonó la zona de la batalla —me explicó Amanda—. Se marchó de allí en su coche.

Eric regresó a la sala. Le miré de reojo, preocupada por lo que pudiera estar tramando.

—¿Han visto su coche? —preguntó Eric.

No sabía que precisamente era él quien lo había escondido.

—Ni rastro —dijo Amanda—. Estoy segura de que se ha largado a alguna parte para superar su rabia y su humillación. Que abjuren de ti es terrible. Hacía años que no oía mencionar esa palabra.

—¿Piensa otra cosa su familia? ¿Que se ha ido a alguna parte para reflexionar sobre el tema?

—Temen que haya atentado contra su vida —dijo Amanda. Intercambiamos miradas, demostrando con ello que coincidíamos en la probabilidad de que Debbie se hubiese suicidado—. No creo que hiciera nada tan conveniente —dijo Amanda, que tuvo la sangre fría de expresar en voz alta lo que yo no me atreví a decir.

—¿Cómo lo está llevando Alcide? —pregunté con cierta ansiedad.

—No puede sumarse a la búsqueda —observó—, pues fue él quien abjuró de ella. Actúa como si no le importase, pero me he dado cuenta de que el coronel va llamándolo para tenerlo al corriente de lo que pasa. Que no es nada, hasta este momento. —Amanda se incorporó, y yo me levanté también para acompañarla a la puerta—. Parece que estamos en temporada de desapariciones —dijo—. Pero he oído por radio macuto que tu hermano ha regresado, y veo que Eric parece haber recuperado su estado normal. —Le lanzó una mirada para dejarle claro que su personalidad normal le gustaba muy poco—. Ahora es Debbie la que ha desaparecido, pero a lo mejor reaparece también. Siento haberte molestado.

—No pasa nada. Buena suerte —dije, un deseo que no tenía sentido, dadas las circunstancias. Cerré la puerta y deseé con desesperación poder salir también, subirme al coche e irme a trabajar.

Me volví. Eric se había levantado.

—¿Te vas? —pregunté, incapaz de evitar sonar sorprendida y aliviada a la vez.

—Sí, has dicho que tenías que ir a trabajar —dijo.

—Y así es.

—Te sugiero que te pongas la chaqueta, la que es demasiado ligera para el tiempo que hace —dijo—. Tu abrigo sigue en mal estado.

Lo había puesto a lavar en agua fría, pero supuse que no lo había mirado bien para asegurarme de que todas las manchas se hubieran ido. Eso era lo que había ido a hacer Eric, buscar mi abrigo. Lo había encontrado colgado en el porche trasero y lo había inspeccionado.

—De hecho —dijo Eric, dirigiéndose a la puerta—, lo he tirado. Tal vez lo he quemado.

Se marchó, cerrando con mucho cuidado la puerta a sus espaldas.

Sabía, con la misma seguridad que sabía cómo me llamaba, que mañana me enviaría otro abrigo, en el interior de una caja preciosa, con un gran lazo. Sería de la talla correcta, de buena marca y sería caliente.

Era de color rojo arándano, con forro y capucha de quita y pon y botones de carey.

Suma de Letras es un sello editorial del Grupo Santillana

www.sumadeletras.com

Argentina
Avda. Leandro N. Alem, 720
C 1001 AAP Buenos Aires
Tel. (54 114) 119 50 00
Fax (54 114) 912 74 40

Bolivia
Avda. Arce, 2333
La Paz
Tel. (591 2) 44 11 22
Fax (591 2) 44 22 08

Chile
Dr. Aníbal Ariztía, 1444
Providencia
Santiago de Chile
Tel. (56 2) 384 30 00
Fax (56 2) 384 30 60

Colombia
Calle 80, 10-23
Bogotá
Tel. (57 1) 635 12 00
Fax (57 1) 236 93 82

Costa Rica
La Uruca
Del Edificio de Aviación Civil 200 m al Oeste
San José de Costa Rica
Tel. (506) 22 20 42 42 y 25 20 05 05
Fax (506) 22 20 13 20

Ecuador
Avda. Eloy Alfaro, 33-3470 y Avda. 6 de Diciembre
Quito
Tel. (593 2) 244 66 56 y 244 21 54
Fax (593 2) 244 87 91

El Salvador
Siemens, 51
Zona Industrial Santa Elena
Antiguo Cuscatlan – La Libertad
Tel. (503) 2 505 89 y 2 289 89 20
Fax (503) 2 278 60 66

España
Torrelaguna, 60
28043 Madrid
Tel. (34 91) 744 90 60
Fax (34 91) 744 92 24

Estados Unidos
2023 N.W 84th Avenue
Doral, FL 33122
Tel. (1 305) 591 95 22 y 591 22 32
Fax (1 305) 591 74 73

Guatemala
7ª Avda. 11-11
Zona 9
Guatemala C.A.
Tel. (502) 24 29 43 00
Fax (502) 24 29 43 43

Honduras
Colonia Tepeyac Contigua a Banco Cuscatlan
Boulevard Juan Pablo, frente al Templo
Adventista 7º Día, Casa 1626
Tegucigalpa
Tel. (504) 239 98 84

México
Avda. Universidad, 767
Colonia del Valle
03100 México D.F.
Tel. (52 5) 554 20 75 30
Fax (52 5) 556 01 10 67

Panamá
Vía Transísmica, Urb. Industrial Ozillac,
Calle Segunda, local 9
Ciudad de Panamá
Tel. (507) 261 29 95

Paraguay
Avda. Venezuela, 276,
entre Mariscal López y España
Asunción
Tel./fax (595 21) 213 294 y 214 983

Perú
Avda. Primavera, 2160
Surco
Lima 33
Tel. (51 1) 313 40 00
Fax. (51 1) 313 40 01

Puerto Rico
Avda. Roosevelt, 1506
Guaynabo 00968
Puerto Rico
Tel. (1 787) 781 98 00
Fax (1 787) 782 61 49

República Dominicana
Juan Sánchez Ramírez, 9
Gazcue
Santo Domingo R.D.
Tel. (1809) 682 13 82 y 221 08 70
Fax (1809) 689 10 22

Uruguay
Constitución, 1889
11800 Montevideo
Tel. (598 2) 402 73 42 y 402 72 71
Fax (598 2) 401 51 86

Venezuela
Avda. Rómulo Gallegos
Edificio Zulia, 1º – Sector Monte Cristo
Boleita Norte
Caracas
Tel. (58 212) 235 30 33
Fax (58 212) 239 10 51